CONG "GAOYUAN" DAO "GAOFENG"
DANGDAI WENXUE DE SHANXI JINGYAN

□作者简介

白烨，1952年生于陕西黄陵，毕业于陕西师范大学中文系。现为中国社会科学院文学研究所研究员、中国当代文学研究会名誉会长、《中国当代文学研究》主编、《中国文学批评》副主编。曾任中国社会科学出版社文学编辑室主任、总编辑助理，中国社会科学院文学研究所学术委员、当代文学研究室主任，《中国文学年鉴》副主编，中国作家协会全国委员会委员、小说创作委员会副主任、理论批评委员会副主任，北京市作家协会理事，中国当代文学研究会会长，中国文艺理论学会副会长。

从新时期起，长期从事中国当代文学的理论批评，出版《文学观念的新变》《文学新潮与文学新人》《文学论争20年》《批评的风采》《热度与时评——90年代以来的长篇小说》《观潮手记》《演变与挑战》《新实力与新活力——"80后"文学现象观察》《文坛新观察》《新世纪文坛与新媒体文学》《经典与经验——中国当代文学史论》《新时代文学现场》等十余部文学理论批评与当代文学研究著作，主编《中国文情报告》（《文学蓝皮书》）、《中国文坛纪事》等年度文学考察报告，以及"中国当代乡土小说大系"等大型丛书。

2016年，获《当代作家评论》杂志举办的第三届中国当代文学优秀批评家奖。2018年，获中国作家协会主办的第七届鲁迅文学奖。

从"高原"到"高峰"

当代文学的陕西经验

白 烨 著

陕西师范大学出版总社 西安

图书代号　SK25N0726

图书在版编目(CIP)数据

从"高原"到"高峰":当代文学的陕西经验／白烨著. -- 西安:陕西师范大学出版总社有限公司,2025.5. -- ISBN 978-7-5695-5504-2

Ⅰ.I209.941

中国国家版本馆 CIP 数据核字第 2025RG4558 号

从"高原"到"高峰"——当代文学的陕西经验
CONG "GAOYUAN" DAO "GAOFENG"——DANGDAI WENXUE DE SHANXI JINGYAN

白　烨　著

出 版 人	刘东风
策划编辑	杨　杰
责任编辑	梁　菲
责任校对	雷亚妮
出版发行	陕西师范大学出版总社
	(西安市长安南路 199 号　邮编　710062)
网　　址	http://www.snupg.com
印　　刷	陕西龙山海天艺术印务有限公司
开　　本	710 mm×1000 mm　1/16
印　　张	24
字　　数	368 千
版　　次	2025 年 5 月第 1 版
印　　次	2025 年 5 月第 1 次印刷
书　　号	ISBN 978-7-5695-5504-2
定　　价	88.00 元

读者购书、书店添货或发现印装质量问题,请与本公司营销部联系、调换。
电话:(029)85307864　85303629　传真:(029)85303879

目　录

经典是怎样"炼"成的？
　　——当代文学发展中的陕西经验（代序）/ 001

蓄势与崛起

清新醇厚　简朴自然
　　——评陈忠实的短篇小说 / 015
富于个性的艺术探求
　　——评路遥的小说创作 / 029
努力表现时代的蓬勃生机
　　——评莫伸的短篇近作 / 038
和平日子里的一幕壮剧
　　——读莫伸的《生命在凝聚》/ 042
读《鸡窝洼的人家》致贾平凹 / 044
商州的魅力
　　——贾平凹中篇近作漫论 / 048
虚怀·虚静
　　——贾平凹近作风度速写 / 058
浑朴而深情的"父老歌"
　　——评邹志安的乡土小说 / 062

是叹号，又是问号
　　——读《睡着的南鱼儿》致邹志安 / 066
人生的压抑与人性的解放
　　——读陈忠实的《蓝袍先生》/ 069
青春的悲苦向谁说？
　　——读《苍凉青春》/ 072
神性传说中的人性隐秘
　　——读高建群的中篇小说《雕像》/ 075
一个成熟的文学新人
　　——读爱琴海的中篇小说 / 078
延河逐浪高
　　——读《陕西文学新军33人小说展览》有感 / 083
老村之谜与《骚土》之谲 / 088

突破与进取

挡不住的崛起
　　——作为文学、文化现象的"陕军东征" / 099
"陕军"七人小说创作论略 / 110
三读《废都》/ 118
说不尽的《废都》
　　——与陈骏涛、王绯谈"如何评价《废都》"/ 121
有意味的"怀念"
　　——贾平凹长篇小说《怀念狼》读后 / 138
写活了也写神了小人物
　　——读《古炉》有感 / 140

贵在"有趣味"
　　——简说贾平凹的散文 / 143

羊的闹剧与人的悲剧
　　——读杨争光的中篇小说《公羊串门》/ 146

壮歌与颂歌
　　——读高建群的长篇小说《大平原》/ 148

发人深省，引人思忖
　　——论阎景翰长篇小说《天命有归》/ 150

元气淋漓，王气十足
　　——红柯小说的艺术特点 / 159

润物细无声
　　——吴文莉《叶落长安》阅读印象 / 162

叶茂源于根深
　　——侯波近年小说漫说 / 166

山村教师的一曲颂歌
　　——读刘海泉的长篇小说《旭日》/ 170

黄土坡坡种希望
　　——读吴克敬的长篇小说《乾坤道》/ 173

壮怀激烈的军工之歌
　　——读阿莹的长篇小说《长安》/ 178

慷慨激昂的历史壮歌
　　——读杨志鹏的长篇新作《汉江绝唱》/ 182

真情地"寻找"
　　——读杨则纬长篇新作《于是去旅行》/ 186

小人物的光亮
　　——评陈彦的长篇小说《装台》/ 191

多声部的生活现场，多意蕴的人生活剧

　　——评陈彦的长篇小说《星空与半棵树》/ 195

经典与经验

人之楷模　文之典范

　　——柳青给予我们的启示 / 205

当代作家的光辉典范

　　——从《柳青传》看柳青的为人与为文 / 210

史铸创业艰

　　——《创业史》的创作过程与重要经验 / 215

人民情怀：柳青为文为人的内核 / 222

力度与深度

　　——评路遥《平凡的世界》/ 227

一部读者"读"出来的经典

　　——从《平凡的世界》的热读热销说起 / 232

活在作品中

　　——从路遥作品的常读常新说起 / 239

就路遥与《平凡的世界》答腾讯网问 / 243

《白鹿原》《尘埃落定》及其他

　　——当前小说创作答问录 / 246

史志意蕴·史诗风格

　　——读陈忠实的长篇小说《白鹿原》/ 253

他与《白鹿原》一起活着

　　——悼念亦师亦友的陈忠实 / 263

不懈的"寻找" 不朽的丰碑

  ——陈忠实写作《白鹿原》的前前后后 / 267

向着"高峰"不懈探寻

  ——陈忠实创作《白鹿原》给予我们的启示 / 275

一个具有多重意义的小说文本

  ——读柳青长篇小说佚作《在旷野里》/ 279

摭谈与序跋

对陕西小说创作的一点瞻念 / 289

论创作个性化

  ——在陕西青年文学创作会议上的发言 / 292

从"高原"到"高峰"

  ——"陕军东征"三十年感言 / 297

在保护中发掘和利用

  ——关于陕西文化资源的感想 / 300

本色陈忠实 / 305

多色贾平凹 / 310

"路遥知马力"

  ——路遥和他的《平凡的世界》/ 316

"一鸣惊人"前后的故事

  ——陈忠实和他的《白鹿原》/ 322

走红的受难者

  ——贾平凹和他的《废都》/ 327

京都文坛陕西人 / 334

时代的脉动

  ——《中国国外获奖作家作品集·贾平凹卷》序 / 340

有心的人与别致的书

  ——《收藏贾平凹》序 / 344

是纪念，也是回报

  ——《路遥纪念集》序 / 346

新层次上的新收获

  ——陈忠实小说集《夭折》序 / 350

乡土记忆的丰厚意蕴

  ——《陈忠实散文》导读 / 354

走向《白鹿原》的重要过渡

  ——陈忠实《蓝袍先生》编者感言 / 359

描写农村新生活，塑造农民新人物

  ——王汶石《新结识的伙伴》编者感言 / 365

后　记 / 371

经典是怎样"炼"成的？
——当代文学发展中的陕西经验（代序）

人们回顾改革开放以来的文学创作成就，乃至回望新中国成立以来的文学发展实绩时会发现，中国当代文学不同时期的重要创作成果，都有出自陕西作家之手的作品。如，十七年时期，杜鹏程的《保卫延安》、柳青的《创业史》、王汶石的《风雪之夜》短篇小说系列；新时期到新世纪，路遥的《平凡的世界》、陈忠实的《白鹿原》、贾平凹的《秦腔》；等等。这些作品各有不同的文学蕴涵，但部部分量厚重，个个技艺精湛，都堪称当代文学的小说经典。

七十年来，陕西文学稳步前行，不断进取，呈现出花团锦簇的丰硕景象，创造了不同时期的文学辉煌，实际上也积攒了不少重要而独特的文学经验。而这些经由大量的精品力作的创作构成的文学经验，正是陕西文学不断创造新辉煌的秘诀所在。梳理和总结这些难能可贵的经验，对于解读陕西何以精品迭出、何以稳定发展等现象，是十分必要的；而这对于促动整体文学的健康发展，构筑时代的文艺高峰，也是大有裨益的。

一、尽心竭力地写好精品力作

"文艺工作者应该牢记，创作是自己的中心任务，作品是自己的立身之本，要静下心来、精益求精搞创作，把最好的精神食粮奉献给人民。"[①]

[①] 习近平：《在文艺工作座谈会上的讲话》，人民出版社2015年版，第7页。

这样的要求对于一般作家来说，需要不断地提醒、反复地重申，对于陕西作家来说，则属于基本的认知和根本的理念。他们不仅把这样的理念铭记于心，而且以此为目标一直在倍道而进，这是他们把努力写好精品力作当成自己的使命的基本动因。

志在写出好的和比较好的作品，并力求在具体写作中取得应有的成功，收到事半功倍的切实效果，在陕西作家，有两点特别凸显，那就是对待创作的态度，郑重其事，一丝不苟；投入创作的力度，全力以赴，如狮子搏兔。

柳青写作《创业史》，原本的设想就是"描写中国农村社会主义革命"，"着重表现这一革命中社会的、思想的和心理的变化过程"。[①] 这不仅是一个宏伟的主题，也是一个全新的课题。柳青曾告诉新华社记者徐民和："想这个主题，是蓄谋已久了。"这"蓄谋"就包括了他1952年毅然离开北京回到陕西省长安县（今陕西省西安市长安区），1953年落户到长安皇甫村，从互助组到合作社，参与了我国农村革命性变革的全过程。与此同时，开始《创业史》第一部的写作。1954年完成初稿后，又根据新的现实发展和生活感受不断修改，直到1959年底才完成改稿，随即先后在《延河》《收获》杂志发表，在中国青年出版社出书。《创业史》第一部的写作，用去了整整八年时间。其间，深入生活、熟悉对象、积累素材、结构故事、琢磨人物、深化主题等，都在同步进行着，创作与生活难解难分，艺术与现实熔铸一炉。这样的呕心沥血，这样的苦心孤诣，使得《创业史》写事炳炳烺烺，写人血肉饱满，成为"我国农村社会主义革命的史诗性的著作"就是自然而然的事情。《创业史》的责任编辑王维玲回忆，他一再向柳青催稿要稿，不为所动的柳青回答道："人民的作家，不能把自己的草稿交给人民的出版社。"严肃认真的背后，是为人民的写作，就要对人民高度负责。

路遥写作《平凡的世界》，也有着高远的目标："这部书如果不是此生我最满意的作品，也起码应该是规模最大的作品。"他知道："真正要把幻想和决断变成现实却是无比困难的。这是要在自己生活的平地上堆积起理

[①] 引自柳青为《创业史》第一部所写的"出版说明"，中国青年出版社1960年版。

想的大山。"① 为了营造这座"理想的大山",他先扎扎实实地打起了"基础工程":大量阅读中外近现代以来的长篇小说;准备作品的背景材料,查阅1975年到1985年的《人民日报》《光明日报》;深入作品要描写的生活领域,即乡村城镇、工矿企业、机关学校、集贸市场等。在做了这样的充足而扎实的"基础工程"后,路遥开始了写作的构思,这包括"人物运动河流"的梳理、全书题旨的"终点"寻索、作品开头的苦思冥想等,这样的"重大准备工作"用去了三年时间,随后,才开始作品第一部的初稿写作。路遥分别在三个地方写作三部作品的过程,他在《早晨从中午开始——〈平凡的世界〉创作随笔》中的叙述,几近于如泣如诉,看得人惊心动魄。写作本身需要殚精竭虑,需要不断寻求突破,欣忭时欣喜若狂,苦恼时捶胸顿足。除此之外,还要经受艰苦生活的折磨,孤独处境的煎熬,他的写作经历堪称文学写作的"二万五千里长征"。而写完第二部时,他已被发现肝癌先兆,但却"戴着脚镣奔跑",几乎是以决绝的姿态边看病边写作,抢在癌病击倒自己之前,于1988年5月完成《平凡的世界》第三部的写作。这一时刻,"百感交集"的路遥,"不知出于一种什么原因","从桌前站起来所做的第一件事,就是把手中的那支圆珠笔从窗户里扔了出去"。②

陈忠实写作《白鹿原》,是想完成自己长期以来的一个心结:"为自己造一本死时可以垫棺作枕的书。"这样一个心结的中心意思,是"写出真正让自己满意的作品","让这双从十四五岁就凝眸着文学的眼睛闭得踏实"。③ 为了这个心结,陈忠实由踏访家乡周边的大户人家,查阅县志和党史、文史资料开始,悉心研读家族史、村庄史、地域史,并着力挖掘"不同地域人的文化心理结构",不断深化"已经意识到的历史内涵与现实内涵"。在经过了1986年、1987年两年的准备与酝酿之后,陈忠实于1988

---

① 路遥:《早晨从中午开始——〈平凡的世界〉创作随笔》,见《路遥文集》(第2卷),陕西人民出版社1993年版,第6、7页。
② 路遥:《早晨从中午开始——〈平凡的世界〉创作随笔》,见《路遥文集》(第2卷),陕西人民出版社1993年版,第96页。
③ 陈忠实:《寻找属于自己的句子——〈白鹿原〉创作手记》,上海文艺出版社2009年版,第22—23页。

年清明期间动笔写作《白鹿原》，一直写到 1989 年春节期间完成初稿，1992 年春节又写完最后两章，从构思到完成，用了整整六年时间。陈忠实曾说，他的一些中篇小说，如《四妹子》《蓝袍先生》等，都是在构思《白鹿原》的过程中完成的。因此，也可以说，陈忠实的中篇小说创作，既是他写作短篇小说的延伸与拓展，也是他写作《白鹿原》的铺垫与预演。

"传得开、留得下，为人民群众所喜爱，这就是优秀作品。"[①] 用这样的尺度来看待《创业史》《平凡的世界》《白鹿原》，它们属于"优秀作品"不仅确定无疑，而且当之无愧。也许这样一些实际的数字最能说明问题：三卷本的《平凡的世界》自出版以来，每年都在重印，近些年，每年的重印数都在一百万套，累计印数已经达到一千七百万套。《白鹿原》在作品版权相对分散的情况下，人民文学出版社版的《白鹿原》，2016 年重印了六十万册，2017 年重印了八十万册，累计印数已达到三百五十万册。市场的供不应求，读者的争相阅读，正是作品为人民群众所喜闻乐见的最好证明。

二、现实主义精神的坚守与发展

现实主义有很多定义，但忠实于现实的艺术无疑是最好的诠释。这包括了细节的真实性、形象的典型性与具体描写方式的客观性。现实主义文学在演变过程中，不断拓新和发展，产生了不同的风格和流派，但彼此贯通和不断传承的，是现实主义的精神，那就是热切关注现实，强力介入现实，高度重视人的生存状态、精神状态和命运形态，真切地书写所经所见，坦诚地表达所思所感。正是在这个意义上，作家的思想境界决定作品的精神蕴涵，现实主义精神取决于作家的主体精神。

陕西自古以来的文学传统，似乎一直都与现实主义有着不解之缘。从古代的《诗经》《史记》到杜甫、杜牧、白居易的诗作，以及近代以来的郑伯奇、柯仲平、马健翎等的作品，无论哪个时代，无论何种文体，无不贯注着"为天地立心，为生民立命"的强烈的现实主义精神。这种现实主

---

① 习近平：《在文艺工作座谈会上的讲话》，人民出版社 2015 年版，第 8 页。

义传统,无论作为一种写作方法,还是作为一种精神品格,都潜移默化地影响着当代陕西作家,使他们始终沿着现实主义的艺术之路阔步前进,并在这一过程中形成了自己卓具特色又各有千秋的以现实主义为底色的艺术个性与文学风格。

被人们看作现实主义文学旗手的柳青,对于文学创作,有着基于自己的经验的深刻认识。他的"三个学校"说(生活的学校、政治的学校、艺术的学校)、"六十年一个单元"说,都以简明扼要的语言,强调了社会生活对于文学创作的重要性,创作时专心致志的重要性。这种对于文学的认知,实际上就奠定了他必然操持现实主义的重要基石。而对于现实主义,他的认识一直是清醒而坚定的:"人类进步文学的现实主义道路是不会断的。""在这条道路上既有继承,又有不断的革新。"他特别看重现实主义所要求的塑造典型环境里的典型性格,并从"典型冲突"的角度去理解"典型环境";而对于典型人物,他着意在个性特征上下功夫,努力写出与生活的复杂性相联系的人物的全部复杂性。这体现于《创业史》的写作中,就在于他不仅注重描画社会生活中大大小小的矛盾冲突,使得作品叙事跌宕起伏,还在于生动鲜明地刻画出不同阶层代表人物的真实面影,同一阶层也力求描画出不同个性人物的心理特征。《创业史》之所以好看、耐看,并至今都不过时,是因为经由社会矛盾、生活冲突主导的人们的各种心理纠葛,真实地揭示了当代农民面对千年以来的私有制的解体与改变,不同阶层的人所分别经受的心理挣扎、精神阵痛及其接受过程,从而使作品超越社会生活的表象层面而具有心理透视的细致与精神探微的深切。正因如此,《创业史》才卓具超越历史限定的深厚内力,成为人们认知合作社时期社会剧烈变动引发农人心灵变动的一部史诗性作品。

柳青对于陕西作家的影响是难以估量的。在回顾《白鹿原》的创作过程时,陈忠实就明确告诉人们:"我从对《创业史》的喜欢到对柳青的真诚崇拜,除了《创业史》的无与伦比的艺术魅力,还有柳青独具个性的人格魅力之外,我后来意识到这本书和这个作家对我的生活判断都发生过最生动的影响,甚至毫不夸张地说是至关重要的影响。"[①] 这种影响,主要集

---

① 陈忠实:《寻找属于自己的句子——〈白鹿原〉创作手记》,上海文艺出版社2009年版,第92页。

中于两个方面。一个是"对中国农村和农民的认识",一个是"创作有柳青味儿",即现实主义底蕴。而陈忠实又在这样两个基点上有所超越,实现了凸显自己艺术个性的艺术"剥离"。对于中国的农村与农民,他由社会形态的转型和生活方式的变动,进入农民群体的"文化心理结构"探寻,从多个角度揭示了人物丰富而真实的心路历程。对于"柳青味儿",他则在现实主义的底色上,糅进了新的叙事形式和语言范式,以兼收并蓄的姿态尽力展示"意识到的历史内涵和现实内涵"。正是在这个意义上,他又告诉人们:《白鹿原》"仍然属于现实主义范畴。现实主义也应该放开艺术视野,博采各种流派之长,创造出色彩斑斓的现实主义"①。

陕西作家中,受柳青影响最深、得柳青教益最多的,还是路遥。他视柳青为自己的"文学教父",也把柳青的现实主义文学写作提升到了一个新的时代高度。为写作《平凡的世界》,他阅读了大量的中外文学名著,但《创业史》他读了七遍。柳青创作中特有的浓烈的人民性情怀、深湛的现实主义造诣,使他获得了极大的启迪与激励。他认为:"许多用所谓现实主义方法创作的作品,实际上和文学要求的现实主义精神大相径庭。"他坚信:"现实主义仍然会有蓬勃的生命力。"② 基于这样的文学认知和文化自信,路遥在文学界以追逐新潮为时尚的20世纪80年代中期,依然秉持现实主义写法,坚守现实主义精神,锲而不舍地完成了三卷本《平凡的世界》的写作。因为在写法上不合当时的潮流,作品在出版和评论的过程中受到了不同程度的冷遇,但随着时间的推移,广大读者尤其是青年读者越来越喜欢这部人民性情怀与现实主义精神交相辉映的杰作,使它成为超越其他作品的超级长销作品。《平凡的世界》获得茅盾文学奖之后,路遥专程去往皇甫村,祭拜柳青墓;在接受央视记者采访时,也特别选择将柳青墓作为背景。他是在向自己的"文学教父"拜谢,也是在向现实主义文学大师致敬。

陕西作家因为崇尚现实主义文学,操持现实主义手法,坚守现实主义

---

① 陈忠实:《寻找属于自己的句子——〈白鹿原〉创作手记》,上海文艺出版社2009年版,第196页。
② 路遥:《早晨从中午开始——〈平凡的世界〉创作随笔》,见《路遥文集》(第2卷),陕西人民出版社1993年版,第14页。

精神，都取得了各自巨大的文学成就，也形成了不同的文学个性。这都暗含了一个绝大的文学新课题，那就是我们需要重新认识现实主义，除了现实主义本身的内涵、外延与意义，还需要再度认识现实主义与中国文学的密切缘结，现实主义与中国读者的内在联系。

三、理论评论与文学创作的相互砥砺

文学评论作为一种审美的反应和创作的反射，是整个文学事业的重要构成部分，更是文学创作持续活跃和走向繁荣的重要动能。当代文学自改革开放以来的四十年，在新时期、90年代和新世纪以来的演进与发展中，文学评论或者品评新作、推介新作，或者褒优贬劣、激浊扬清，都起到了不可替代的重要作用，并在这一过程中与创作相随相伴，有力地促进了整体文学的奋勉向前。

较之其他省份，陕西的文学评论，因为介入人数较多，代际衔接较好，与作家互动频仍，活动较为经常，在发挥能动作用方面，显得更为突出。无论是十七年时期，还是新时期到新世纪，都是这样。评论与创作是相互影响的，陕西文学评论的活跃，很大程度上源于陕西文学创作的繁盛，而评论的不断介入，既促进了文学创作，又演练了评论自身，使得创作与评论如鸟之两翼、车之双轮，彼此借力，相互砥砺，从而实现整体文学的不断向前与健康发展。

20世纪50年代的陕西文学，创作的力量十分强劲。由柳青、杜鹏程、王汶石、魏钢焰、李若冰等人构成的创作主力，不仅引领陕西的文学创作蓬勃发展，而且在全国的文学创作领域位于前列水准。在这背后，文学评论所起的作用绝对不可低估，那就是评论家胡采卓有成效的辛勤劳作。延安时期就参加边区文艺工作的胡采，新中国成立后长期在陕西担任作协主席、文联主席，始终坚持文学评论的写作，并以此作为组织和引领文学创作的最好手段。当时，他在杜鹏程的《保卫延安》《年轻的朋友》、王汶石的《风雪之夜》等作品发表不久，就及时撰写专题评论文章予以热情推介。他还在《从生活到艺术》《从作家的生活创作道路谈起》等理论文章中，把柳青、杜鹏程、王汶石、魏钢焰等人的创作，上升到理论的层面，从作家"生活道路"与"艺术成就"内在关联的角度,对其各自取得的突出艺术成就予以深度解读。"文革"结束之后,胡采复出,身兼数职的他不改以评论促动创作的初心,主导成立了"笔耕组",主持创办了《小说评论》,并对当时崭露头角的青年作家予以倾情关注。2013年,在纪念胡采一百周年诞辰的座谈会上,评论家肖云儒细数了胡采留下的三大遗产:留下了陕西文坛团结奋进的风气;留下了《延河》《小说评论》两本刊物,成为陕西文学和评论的主要阵地;留下了崭新的有特色的文学评论风格。正是在这个意义上,评论家李国平指出,胡采的理论批评对于陕西的文学发展,"有着不可估量的意义"。

进入新时期,在文学创作刚刚开始复苏的1981年,陕西文学界在胡采的倡议下,成立了以文学评论和文学研究为主要任务的"笔耕组"。组长:王愚;副组长:肖云儒、李星;成员:刘建军、刘建勋、李健民、畅广元、陈贤仲、蒙万夫、费秉勋、薛迪之、薛瑞生、王仲生、孙豸隐等。之后,又吸收了陈孝英、李国平等。这些成员,都是从事文学理论批评的年富力强的实力派。"笔耕组"成立之后,围绕着正在蓄势待发的陕西文学创作,开展了一系列有声有色的文学评论活动,包括对贾平凹、路遥、陈忠实、邹志安等人的文学新作进行会诊式的座谈研讨,就短篇小说、中篇小说、长篇小说的创作和青年作家的创作等专题,接连召开作品研讨和创作推进的座谈会等。"笔耕组"的文学研讨及其成员的文学评论,倡导实事求是的务实精神,践行"好处说好,坏处说坏"的批评文风,对当时的一些作家作品的品评与研讨,直面批评,不留情面,使得如今已经成名的不少作家回想起来依然心有余悸。陈忠实就此说道:"我是被蒙万夫老师骂出来的。"贾平凹说:"笔耕组敢说实话,能点到穴位上。"叶广芩说:"我之所以能成为一个作家,主要是李星老师不断地'砸'的结果。""笔耕组"的成员,各有不同的批评个性,但却有一个共同的特点,那就是做作家诤友式的朋友。因为一些成员的相继离世、一些成员的年事已高,"笔耕组"在2011年光荣谢幕,其职能分别由《小说评论》杂志和陕西文艺评论家协会替代,而其三十多年来褒优贬劣、敢于直言的批评精神,则由李国平、李震、邢小利、梁向阳等年轻一代批评家很好地继承下来,并以他们的方式发扬光大。

说到陕西的文学评论,还有一个不可忽视的板块,那就是在西北大学、陕西师范大学、延安大学等高校从事文学教学与研究的雄厚力量。他们中从事现当代文学研究和文艺理论研究的学者教授，从来就是陕西文学评论队伍的重要构成，如西北大学的段建军、周燕芬、杨乐生、刘炜评等，陕西师范大学的李继凯、吴进、赵学勇、李震等，延安大学的马泽、梁向阳、惠雁冰等。他们充分利用高校的各种资源，以贾平凹研究中心、陈忠实研究中心、路遥研究中心等为平台，开展作家专项研究及其相关的专题研究，以独特的方式切入文学批评领域，使陕西的文学评论增添了别样的角度和学术的厚度。

四、暗中较劲与良性竞争

作为个体的精神劳动者，作家都有各自不同的文学追求与艺术个性，正因这种彼此有别的追求和色彩斑斓的个性，文学的百花园才总会呈现出百花齐放的丰繁盛景。但"花"与"花"之间怎么看待，怎么相处，实际上又暗藏玄机，大有学问。

曹丕说"文人相轻"，似乎一语道破了文人之间隐秘关系的天机。实际上，也不尽然。作为文人的作家，因为为人与为文的区别与差异，很难做到相互的心悦诚服，彼此的桴鼓相应，而这又会导向两种迥然不同的情形：一种是暗中较劲，良性竞争；一种是暗中使绊，煮豆燃萁。前者会令自己更加进步，也会使群体更为优化；后者则会使自己止步不前，并使所处环境逐渐恶化。而陕西文学之所以能在新中国成立后的七十年间，保持稳步发展的势头，不断涌现优秀作家，产生优质作品，有一个人们尚未予以关注的内在缘由，那就是作家之间的关系，既暗中较劲，又彼此尊重，由此形成了良好的同行关系，造就了清朗的文坛风气，而这又给优秀作家作品的产生，提供了和谐的环境和健康的氛围。

20世纪50年代的陕西文坛，写小说的柳青、杜鹏程、王汶石，写散文的魏钢焰、李若冰，写诗的玉杲、毛锜等，个个都别有造诣，卓具个性，但他们在潜心从事个人创作的同时，会关注他人的创作进步，并以暗中较劲的方式，努力突破自己，力求写出更好的作品。

这种作家之间暗中较劲的事例，在20世纪50年代的陕西屡见不鲜，堪称典型的要数杜鹏程的创作对柳青创作的刺激。1954年底，柳青大致写完《创业史》第一部的初稿，但他对写出来的初稿并不满意，总觉得还没有脱出过去叙述事件过程的老一套，感到无论是在生活表现上，还是艺术表述上，都非要突破一下不可。正在这一年，杜鹏程的《保卫延安》问世并大获好评。杜鹏程的成功给了柳青极大的刺激，柳青认真分析《保卫延安》成功的原因，认为一个是杜鹏程自始至终生活在战争中，小说是他自己长期感受的总结和提炼，所以有激情；另一个是写作时间较长，改的次数较多，并且读了很多书，使得写作的过程成了提高的过程。"他深感有必要在深入生活方面更进一步，使自己在生活上精神上完全和描写对象融化在一起。于是，下决心搬到皇甫村去住。"[1] 杜鹏程的《保卫延安》给了柳青压力，柳青把压力化为了动力。《创业史》经过柳青深入生活六年后的四次大改，终于在1959年完成写作，而这时的《创业史》，已在原来初稿的基础上脱胎换骨，发表后受到普遍欢迎和高度好评，成为不逊色于《保卫延安》的另一长篇杰作。

柳青与杜鹏程在暗中较劲中激励自己是一种方式，还有一种方式是对于文学同行发表的作品不仅常常跟踪阅读，而且经常予以评说，把同行的成功经验经过自己的消化传播给更多的人。如王汶石在陕西的一个青年作者座谈会上，除了谈自己的文学经验与创作感受，还用了不少篇幅对陕西同辈作家进行了精到的评说："我们陕西文学界还是有些好传统的：要象柯老（柯仲平）、马健翎同志那样坚持文艺与人民大众相结合，坚持文艺的民族化和大众化，全心全意为人民服务；要象柳青、老杜（杜鹏程）、若冰（李若冰）等同志那样深入生活。"又如，提到胡采撰写《从生活到艺术》时，半个月里与四位作家漫谈交流的例子，王汶石特别指出："这个文人相重的风气也应传下去。"[2] "文人相重"，这是陕西老一辈作家守望相助的亲身经历，也是陕西文人贡献给当代中国文学的有益经验。

---

[1] 蒙万夫、王晓鹏、段夏安等：《柳青生平述略（1916—1978）》，见蒙万夫等编：《柳青写作生涯》，百花文艺出版社1985年版，第168页。

[2] 王汶石：《一个老兵的话》，见金汉编：《中国当代文学研究专集 王汶石研究专集》，陕西人民出版社1984年版，第164、165页。

20世纪80年代的陕西文学，陈忠实、路遥、贾平凹三个文学新星，几乎是不分轩轾地冉冉升起，而他们也是承继了老一辈作家"文人相重"的良好风气，明里相互击掌，暗里相互较劲，在彼此刺激、相互借力中，都写出了堪称经典的优秀作品，成就了自己的文学理想，铸就了陕西文学的艺术高峰。这里最为典型的例子，是路遥的《平凡的世界》对陈忠实写作的刺激。1991年，陈忠实按自己的节奏，不紧不慢地写作《白鹿原》时，突闻路遥的《平凡的世界》获得了茅盾文学奖。有意思的是，评论家朋友李星在转告这一信息的同时，放下一句狠话："你今年要是还把长篇写不完，就从这楼上跳下去。"路遥获了大奖，李星放下狠话，这样连续的强力冲击，使得陈忠实感到自己"再无选择余地"，便推掉一切杂务，全力投入《白鹿原》的悉心写作，终在1992年的春节完成《白鹿原》全稿。《白鹿原》是陈忠实写就的，但能在1992年完成，也有路遥的《平凡的世界》从旁相逼的因素。而终未跳楼的陈忠实，由《白鹿原》一作大幅度超越了自我，其以"民族秘史"成为与《平凡的世界》双峰对峙的小说杰作。

陕西作家何以能做到暗中较劲、良性竞争，陈忠实的一席话可以让人看出个中端倪。还在1980年时，西安市群众艺术馆拟组织一个青年文学社，征询陈忠实的意见。陈忠实不仅当即予以支持，而且就此说道："中国当代文学的天空多大呀，陕西和西安当代文学的天空也够广阔的了，能容得下所有有才气、有志向的青年作家，要把眼光放开到天空去。"[①] 仰望星空，向上伸展，陈忠实的这番话，道出了他自己豁达而大气的文学情怀，也显示出陕西作家高远而恢宏的精神境界。这是陕西作家在激烈竞争中互不伤害又共同成长的秘诀所在，也是最值得当下的作家同行在处理彼此关系时应予汲取的宝贵经验。

（原载《光明日报》2018年11月16日，有改动）

[①] 陈忠实：《互相拥挤　志在天空——有感于叶广芩、红柯荣获鲁迅文学奖》，见《陈忠实文集》（七），广州出版社2004年版，第275—276页。

蓄势与崛起

清新醇厚　简朴自然
——评陈忠实的短篇小说

在陕西很有一些影响的农村题材作者陈忠实,是在1973年的发轫之作《接班以后》中显露出才华的。这篇作品尽管在思想内容上带有当时流行的某些政治观点影响的印记,但蕴含其中的醇厚的生活气息和简洁的艺术笔触,却不能不使人刮目相看。人们由此而得到的印象是:陈忠实是一个有准备、有希望的作者。

果然不负众望。就在1979年人们感到农村题材小说短缺的时候,陈忠实又以新的姿态及时出现了。由于经受过"史无前例"的时代风雨的种种锻磨,他对于生活的感受,对于创作的认识,较前都更见真挚和深刻。他先后发表了《信任》《徐家园三老汉》《苦恼》等十几个短篇小说[1],紧紧环绕着活跃在自己周围的农村基层干部和普通农民群众,尽心抒发他们的欢乐,深情诉说他们的苦衷,肆力描画他们的希望,着意声述他们的理想,和着时代的节拍反映当代农村生活,笔端饱带庄稼人的质朴和泥土的芳香,在农村题材作品中放射出了令人注目、令人兴会的异彩。

---

[1] 本文提及的陈忠实的小说有:《信任》,载《人民文学》1979年第7期;《七爷》,载《延河》1979年第9期;《徐家园三老汉》,载《北京文艺》1979年第7期;《猪的喜剧》,载《延河》1980年第2期;《心事重重》,载《长安》1980年第1期;《枣林曲》,载《延河》1980年第1期;《石头记》,载《群众艺术》1980年第7期;《立身篇》,载《小说月报》1980年第9期;《苦恼》,载《人民文学》1981年第1期;《尤代表轶事》,载《延河》1981年第1期。

一

陈忠实重新执笔之后，面对的是一个满目疮痍而又充满生机的现实。党的十一届三中全会把广大农民从"左"倾思想的深重灾难中拯救出来，政治局势日益稳定，农村政策进一步放宽，农村开始挣脱"左"的桎梏，并出现了新的转机；但是，历史上遗留下来的旧问题与前进中出现的新问题交织在一起，构成了新时期人民内部矛盾的种种复杂情形，使农村形势呈现出新旧交替时期的显著特点：希望中连缀着某些忧虑，美好中夹带着某些瑕疵。在这样一个有待于进一步认识和发展的现实面前，只是停留在对"四人帮"的罪恶行径和流毒影响的浮泛的描绘和控诉上，已经是远远不够的了。驱走严冬走向阳春的新生活，向作家艺术家提出了更高一些的要求：把艺术的触角伸入生活深处，探寻生活中矛盾运动的固有规律和新陈代谢的内在动向，写出具有广泛而深刻的社会意义、能够真正启迪人们认识时代、鼓舞人们振奋精神的作品。

在这样一个严峻的时代要求面前，陈忠实的头脑是清醒的，回答是严肃的。他在《我信服柳青三个学校的主张——〈信任〉获奖感言》一文中这样表述自己对于生活和创作的基本认识："新的生活命题需要作者努力去开掘，新的创业者的精神美需要我们去揭示，生活中新的矛盾需要我们去认识。我想还是深入到农村实际生活中去，争取有所发现，争取写得多一些，深一些，好一些。"[①] 他正是照着自己认定的这一崇高目标扎扎实实地努力的。他在刻苦认真的创作实践中，把热爱生活的赤诚和追求艺术的激情化为深沉冷峻的思索，努力透过繁复的现象去找寻和把握生活之流的脉络，紧扣人民内部矛盾这个农村生活中的主题，抓取素材和题材，开掘作品的思想意义，描绘了一幅幅反映农村发展中的种种障碍和冲决这些阻力向前流动的农村生活场景的剖面图，揭示了发人深省、引人思索的农村生活的真谛。

---

① 陈忠实：《我信服柳青三个学校的主张——〈信任〉获奖感言》，载《陕西日报》1980年4月23日。

陈忠实的作品里，羁绊农村前进和影响农民命运的问题和矛盾，表现是多种多样的：

在《立身篇》里，我们看到了封建的裙带关系怎样无孔不入，在人与人的关系上织罗布网，使不愿在招工工作上放弃原则的公社书记不得不退避三舍，无法工作；

在《心事重重》里，我们看到了个别公社领导怎样以两面手法来掩护"走后门"的行径，使一个正直的老党员大惑不解，"心事重重"；

在《猪的喜剧》里，我们看到了"左"得出奇而又朝令夕改的"土政策"，怎样坑害着一个想以养猪弄几个柴米油盐钱的忠厚老农，使他吃尽苦头，备受愚弄；

在《石头记》里，我们看到了打着支援生产队搞副业旗号的某些工厂别有用心的干部和职工，如何利用拉砂石的副业合同大揩农民的"油水"，使干部和社员有苦难言，欲告无门；

在《枣林曲》里，我们看到了被世俗偏见腐蚀的市民姐姐，如何利用农村暂时的贫困和落后，一再挑唆农民妹妹鄙视乡土，跳出农村。

把这些反映了各种各样矛盾的作品集中在一起看，我以为，作者不仅仅是在提出几个农村中亟待解决的问题，也不仅仅是在表现几个庄稼人的乖蹇命运，而是通过农民际遇的顺遂与坎坷，精神的愤懑与欣忭，来反映丰富而又复杂的人生世相，以此来描摹我们这个时代的社会风云。读了他的小说，人们的思想并不会在具体问题上流连忘返，而是总想在农村和农民以外想点什么，在更远、更深的地方想点什么。这些幽邃的思绪中，最使人萦绕于怀的莫过于这样一点：农民要向富足、进步的方向发展，虽然是必然的，但又是需要做出极大努力的；这不单单是个生产的问题、经济的问题，也不仅仅是农村和农民本身的问题。直接关系着农村命运的党的农村政策和党的农村干部的工作，如果不正确、不落实，与农村有着千丝万缕联系的工厂、城市乃至整个社会的风气，如果不改造、不端正，那么，农村的发展必然受到阻碍，四化建设的总进程也必然受到影响。

如果说《石头记》《心事重重》等作品在反映新时期农村的人民内部矛盾方面，还只是提出问题，尚欠深刻的话，那么，《信任》和《苦恼》，则是两篇立意较高、开掘较深的力作，比较突出地反映了作者的创作在思想内容的开拓上所努力的趋向。

《信任》给我们展示了"文化大革命"充分扩展了的"四清"运动所造成的两代人思想上的裂痕,而且,程度是那样的深,面积是那样的大,简直触目惊心。这是很有胆识而又充满了历史感的艺术概括。"四清"运动是党在农村开展的一项旨在进行社会主义思想教育的运动,但由于阶级斗争扩大化的影响,错整了不少好的干部和群众。如果说1957年的反右扩大化和1959年的"反右倾"并未伤害农村这个肌体的筋骨的话,那么,"四清"运动中的偏差,却在广大干部和社员心里刻下了新中国成立以来少有的内伤。带着这样的创伤,又被匆匆拖入恶人当道、"煮豆燃萁"的"文化大革命",结果只能是旧痕上面添新伤,农村这个不健壮的肌体遭到了更大的损害。正如罗坤用农民的语言所描述的那样:"这十多年来,罗村七扭八裂,干部和干部,社员和社员,这一帮和那一帮,这一派和那一派,沟沟渠渠划了多少?""人的心不是操在正事上,劲儿不是鼓在生产上,都花到钩心斗角,你防备我,我怀疑你上头去了嘛!"

作者以一个打架斗殴事件为线索,一层层地抖搂出盘绕着罗村的复杂矛盾,又一步步地展示出罗坤正确地解决矛盾,从而使罗村走向团结的过程。这不仅告诫人们不要忘记我国农村发展中这一页令人深痛的历史,而且特别提示人们,在新的形势下,应当正确认识和正确处理历史所造成的种种矛盾,尽快扫除笼罩在新生活之上的阴云。我们从支书罗坤的忍辱负重、义无反顾上,从贫协主席罗梦田见义思过、引咎自责上,从大队长罗清发的默然自省、满怀羞愧上,从肇事者罗虎的终于悔悟、认错服法上,都可以感受到我国农民可贵的传统本色。他们中的一些人尽管在历史所造成的误会中,表现出计较私怨、不够互谅的一面,但仍然有着接受真理、修正错误的基本的一面。在粉碎了"四人帮"而又端正了党的思想政治路线的今天,只要从正面引导入手,采取正确的方法,他们之间存在着的矛盾都是可以解决好的。

《苦恼》所揭示的河东公社书记黄建国在新形势下一时转不过弯子来的思想矛盾,也反映了农村中亟待解决而在其他作品中又很少见的问题,因而,也使人有某种新鲜感。黄建国当年是"心甘情愿用自己的几斤肉去换取河东公社的新面貌"的。在"大批促大干"的年代,他跑遍了全公社

"坡陡沟深的塬坡，沙石嶙峋的河滩"，确实是有决心、有干劲，但因为所执行的路线不对头，他大干的结果，只能使河东农民愈来愈穷。在党清除了"左"的影响、制定了新的农村政策的形势下，按理说他应当在接受经验教训中振作精神、迎头赶上，但是不然，他充满了种种疑虑，对政策不理解，对形势不习惯，准备"在躺椅上打发日月"了。他思想上的毛病主要在哪里呢？是"四人帮"极左路线和流毒的影响过深吗？似乎不那么简单；是他本人的觉悟水平太低了吗？似乎也不完全。作品中有一段叙写黄建国对自由市场的感受，有助于我们进一步思索这个问题：

> 自打农副市场开放以来，他没有光顾过，没有兴趣。那有什么好看的呢？搞这种事情，用得着号召吗？多年来对小农经济的限制和斗争，是公社党委书记的神圣职责。现在要他去鼓吹农民上自由市场，甚至叫他去逛自由市场，甭说理论，感情上也难得通畅！

这里，我们可以发现这样一个问题，即多年来对党的基层干部的教育培养，是否有失误之处呢？我们要求他们绝对地听从上级领导的指示，而上级领导又经常给他们灌输的是"限制小农经济""以阶级斗争为纲"之类的非马克思主义的东西，这样天长日久的潜移默化，他们的细胞和神经近于"硬化"，思想和感情近于"僵化"，这种长期形成的思想局限性又焉能在眨眼间的工夫改变过来？如果说黄建国是用教条主义的态度来看待今天的话，那么，这正是对使他成为这个样子的教条主义的昨天的惩罚。束缚创造性的教条主义思想只能教育出缺少生命力的本本主义干部。这是值得记取的历史辩证法，也是作品幽眇的思想深度所在。作者在剖掘黄建国的种种"苦恼"中，有意表现他思想上的"怨气"及其对自己的宽容，愈是这样，愈是引导人们丢开黄建国而去思索党的干部教育中的失误，探究那饱含着辩证唯物主义的生活哲理。同样，作者在展现黄建国从"苦恼"中解脱时，一再抒写他在一系列事实震撼下的惊醒、悔恨和自责，愈是这样，愈是启迪人们去认识党的正确路线及其所带来的大好形势的强大威力。从而，更深刻地回顾昨天，更积极地建设今天，更热情地展望明天。

二

一个决心走现实主义之路的作家，在为时代的进步鼓与呼的时候，决不满足于只在作品中提出几个人们略有所感而未深刻认识的社会问题，还应当塑造出能够体现民族精神和时代风貌的气韵生动的人物形象来，通过对人物栩栩如生的描绘，来表现时代前进的主导力量和必然趋势。陈忠实丝毫没有忽视这一点。他在许多作品中，站在一定的时代高度上，在对现实生活种种矛盾的揭示中，精心塑造了一批活跃在农村舞台上的先进农民的形象，其中有些堪称新时期农村的社会主义新人。

"新人"，是近年来创作中出现的一个新的概念。就目前的理解来看，还没有一个一致的看法。我认为，仅在"以前的文艺作品中没有和少有的人物形象"的意义上理解这一概念，范围过于宽泛，实际上是降低了"新人"应有的标准，似感不妥。"新人"应当是一种既区别于过去时代的英雄人物又区别于当前时代的一般人物，具有新的时代特点和新的性格因素的一种人，即在"十年浩劫"所造成的精神的、物质的废墟上站立起来，觉悟较高，理想远大，思想解放，注重求实，能够给周围的环境和人们以积极影响的那样一种社会主义的创业者和实干家。

在工业题材和军事题材的创作中，我们已经看到了为数不少的豁人耳目、引人奋发的社会主义新人形象，如大刀阔斧的乔光朴、力挽狂澜的丁猛、披荆斩棘的车篷宽、舍己卫国的刘毛妹、献身高原的郑志桐等，但在截至目前的农村题材作品中，似乎很少见到这样一类气度不凡的人物形象。这里，丝毫没有贬低冯幺爸、陈奂生等堪称典型的新时期农民形象的意思，只是说，还缺少与冯幺爸、陈奂生等气质迥异、作用不同的另一类典型，即可与工业战线上的乔光朴相匹配的新时期农村中走在时代前头的"带头人"。

在陈忠实的作品中，虽然还不能说已有几个个性突出、出类拔萃的成功典型，但却实实在在地写出了几个具有崭新思想境界、富有时代色彩的农村社会主义新人形象。而唯其在其他作品中还不多见，而益发显出他们的难能可贵。正是在这一点上，陈忠实暂时走在了其他农村题材作者的前头。

罗坤，无疑是陈忠实塑造得比较成功的一个新人形象。他在"四清"运动中被误整，被错戴上"地主分子"的帽子，含冤受屈十几年，但当平反后重任支书时，他非但没有计较个人得失，而且正确对待这已经翻过去了的一页历史，把心思放在如何使罗村尽快团结和富足的目标上。因此，对于大队长可以理解的儿子为泄私怨所引起的打人事件，他没有表现出半点宽容，而是以登门赔情、派人报案、去医院服侍被打人和坚持将儿子绳之以法的"四步棋"，把一个似乎可以对当年的整人者施以报复的事端当作解决两代人宿怨的契机，使积怨中的人们看到了比个人意气更重要的东西——"团结和富足的罗村"。罗坤是高尚的，这不仅在于他毅然超脱了个人的私怨，还在于他着眼于解决更多人的私怨，把一个四分五裂、人心涣散的罗村引向安定，导向团结；罗坤是伟大的，这也不仅在于他高瞻远瞩地从困难中看到光明，还在于他把自己作为一支引路的火把，使更多的人看到光明，走向光明。罗坤在排难解纷和获取人们信任时，表现出来的崇高博大的思想境界、披肝沥胆的革命精神、着手成春的领导艺术，显然比那些埋头苦干者、后进变前进者，起点更高，作用更大，属于生活中应当有但还不多见的社会主义新农村的带头人的形象。

《徐家园三老汉》里的老党员徐长林，也是一个闪烁着异彩的社会主义农村的新人形象。虽然没有像罗坤那样一个充满斗争风云的环境让他做出石破天惊的壮举，但他却在一个平凡的岗位上，兢兢业业，励精图治，做出了创造性的成绩。他怀着"共产党员就是要团结教育人哩"的崇高信念，以言传身教的行动和耐心细致的工作，开导着"奸老汉"徐治安和"倔老汉"黑山，促使落伍者奋起，执拗者开通。他把三个人的力量拧在一起，追随着时代前进，其中所表现出的对于生活的赤子之心和蓬勃朝气，使人激动不已而又钦佩万分。在他身上，已经找不出旧式农民因袭的精神痕迹，表露出的俨然是一个脚踏实地而又满怀理想的新式农民的可贵气质。随着四个现代化的深入发展，农村社会的矛盾也将更细致、更深入、更微妙，这就决定了发展中的农村不仅需要罗坤这样叱咤风云、能够带领人们跨过急流险滩的杰出领导，也需要徐长林这样满腔热忱、以诱掖后进为己任的先进农民。从这个意义上讲，陈忠实作品中的"新人"正是从农村生活的变化和需要出发，体现了新时期的农村发展趋势。

为现实生活中人物性格的多样化所决定，陈忠实在塑造农村社会主义新人形象的同时，描绘出了不少个性鲜明、血肉丰满的普通农民形象。这里，人们自然不会忘记背着黑锅还在支撑田庄事业的田学厚（《七爷》），勤劳善良、对生活毫无奢望的来福老汉（《猪的喜剧》），不为世俗偏见所惑、要自己亲手创造幸福的蝉儿（《枣林曲》）……在这些人物形象的雕画中，作者致力的不是一般的褒扬进步和正直，而是着意探悉他们在不同形势下的精神状态和心灵变化，展现他们积极追求人生的可喜历程。即使是刻画反面人物形象，陈忠实也是由表及里地剖掘其所代表的人生意义的落后和腐朽，尽力表现出历史事实和社会现实的折光。比如，《尤代表轶事》所刻画的现代中国农村的阿Q——尤喜明的形象，就深刻寄寓了时势造英雄、时势也造侏儒的生活哲理。作者的透视镜窥测的是一个精神紊乱的"左"倾"幼稚病患者"，揭示的却是长期侵蚀人心的极左思潮及其整人运动这个总祸根。这一丑得令人憎恶而又怜惜的形象，引动着人们反复品味那深含在其中的历史意义和现实意义，迸发出的艺术力量同样是巨大的。总之，陈忠实笔下的人物形象大都是这样，或正或反，或多或少，总是体现出一定的时代精神和一定的社会关系总和。这在陈忠实近来创作的反映现实生活的作品中，表现得尤为突出。

三

在谈到短篇小说的艺术特点时，短篇小说大师契诃夫说："短篇小说的首要魅力就是朴素和诚恳"①。朴素要求笔墨简洁，意在袒露生活的本来面目；诚恳要求感情真切，意在叩动读者的心灵大门。这两点可以说是抓住了短篇小说艺术之根本，因此，许多短篇小说作者必欲追求之。陈忠实在短篇小说的艰苦探索中，也是深谙此中之奥妙。他把"朴素"和"诚恳"作为自己努力的目标，在通向这一艺术高峰的崎岖小路上，奋力攀登，并且取得了初步的成绩。他的作品，结构明快紧凑，情节细巧简洁，

---

① 《契诃夫书信选录》，汝龙译，见文艺理论译丛编辑委员会编：《文艺理论译丛》1958年第2期，人民文学出版社1958年版，第166页。

叙述直截了当,描写经济粗犷。大都是于朴素中见清新,于平淡中寓深情。他似乎十分信服笔下生活本身所具有的天然魅力,好像觉得把他们的实际样子原原本本地呈现出来,就足以吸引人,足以打动人似的。因此,他总是尽可能省俭笔墨,尽可能地凸现原貌,不堆砌辞藻,不故弄玄虚,力避繁枝冗叶遮蔽了事物的本色。因此,这就形成了他的作品以简朴自然为主调的淡妆素裹的艺术风格。

《徐家园三老汉》在叙述转变之后的徐治安到苗圃找徐长林去参加群英会时,作者以洗练率直的速写式笔法勾勒了这样一个细节:

> 治安走进苗圃的圆洞门,长林老汉刚从苗圃那头过来,还是那身粘着泥巴土星的衣裤,倒觉得自己穿得太新,不自然了。
> "啊呀,穿这齐整!"长林笑说。
> "老婆子阳性子人,硬叫我……"治安哈哈笑着,摊开双手。

爱整洁本来并没有什么不好,但这在徐治安的过去,常常同他的怕劳动、爱虚荣是联系在一起的。参加群英会,是徐治安改过自新换来的荣誉,应该穿戴整齐,以示郑重。此时,他怀着既喜悦而又怕讥讽的心情。因此,当长林老汉随意地而又明显地注意到了他的衣着时,他便在慌乱中拿老婆子来搪塞。他的一句话,将愧悔过去、珍重现在的心情,爱好干净又怕人议论的心理,以及以表面超然的态度来掩饰内心不安的神情,表现得淋漓尽致。这一经过提炼的普通生活现象的巧妙运用,不仅为作品增加了一种轻松活泼的气氛,而且对刻画人物性格起到了画龙点睛的作用。

如果说这还不足以表明作者是长于用平实而含有情味的生活现象构筑作品细节的话,那么,我们再看《石头记》里河湾西村队长刘广生同红星机械厂程科长的一场不愉快的会面:

> 刚一进门,志科把广生介绍给程科长。程科长的眉毛轻轻一弹,勉强地伸出手来,用几个指头轻轻捏了捏广生粗硬的手掌,算是礼节完毕。广生这才初识这张扁平的白脸,冷得能凝固洋蜡!

"眉毛轻轻一弹",完全是一副不屑一顾的神气,"勉强地伸出手来",又显露出他接待的违心,"用几个指头轻轻捏了捏广生粗硬的手掌",更是表现出他自尊自大的骄傲和鄙夷来客的烦躁。"冷得能凝固洋蜡"的感觉,是真真确确的。寥寥数十字，把一个无礼而又无聊的官僚政客形象、一场枯涩而又冷漠的会面描绘得惟妙惟肖。这些朴实无华的细节描写，无一不是从人们熟悉的生活现象中信手拈来，又无一不使人感到清新和奇巧，经得起推敲和咀嚼。作者观察事物广泛而深刻的眼力和以平淡中见新奇的匠心，于此两端，可见一斑。

《猪的喜剧》里所描述的来福老汉在猪市上与卖主之间讨价还价的交易，集中表现了作者艺术创作的又一特色：以饱含个性特征而又富于地方色彩的语言来刻画人物。

来福老汉在猪市冷落的一角瞅准了一头母猪，母猪长了一身癞癣，但看得出来没有大病，于是凑到了卖主身前：

"价咋说哩？"来福仰起倭瓜脸。

"我看你老哥也是实在人，咱不说诓，按这相——"卖主伸出两个粗硬的指头。

"不值！"来福笑着摇摇头，"不值！"其实，他心里踏实了，这个价是要得不扩外的。

"值多少？你说！"卖主说，"漫天要，就地还！"

"这——"来福先伸一个指头，又伸出五个指头。

"啊呀！十五块能不能卖个猪娃？"卖主说。

"金猪娃，银克朗，仨钱一木锨的老母猪。你这还是个病货！"来福说，"好咧，添一声，十六！"

"我降一块，十九！"卖主叹一口气。

"我再添五毛——足顶喽！"来福也叹一口气。

"我再少赚五毛——到底喽！"

来福停住口，接近成交了，又在猪身上察看起来。他发觉，急于腾手的卖主肯定要着急。果然，那个急性的人喊说：

"算咧！算咧！你甭看咧！咱当腰一斧两头齐——十七块！算你的猪！让猪跟你享福去！"

一个想多赚点钱，又怕要价过高，挡走了买主；一个想少掏点钱，又怕过于苛刻，失掉了机会。于是，就以庄稼人特有的方式打起了肚皮官司。他们的每一句话，表面上看来像是随口而出，而实际上都是慎重地掂量过的，都是力求突破对方的防线，取得自己所企望的效果。来福老汉说价到半截又细细察看起了母猪的一招，表现了他的机智，而卖主干脆利落的结语，更是显示出了精明：他的口气是惋惜的、宽让的，然而又是不容分辩的；他的态度是诚实的，恳切的，然而又明显地保持着警惕。这一切都是为了使来福老汉不再犹豫而尽快成交，其良苦用心溢于言表。这一段对话不仅情态毕露，活灵活现，而且爽快之中夹带着农民特有的幽默，充满了泥土的气息。从他们相映成趣的语言和动作中，不仅可以找到关中农民见多识广的豁达和乐观，似乎也可以窥见他们为谋划生计而费心劳神的艰辛和苦楚。如果不摸透农民的心理活动及其行事方式，不熟悉农民在各种各样的场合的口语和行话，要勾勒出这样呼之欲出、引人遐想的风俗画，那简直是不可能的。

把主观情感凝聚于作品的形象刻画之中，在情节发展的紧要处直抒胸臆，也是陈忠实的作品引人注目的特色之一。《信任》中，写到矛盾重重的罗村因为罗虎的一场打架使矛盾更加激化时，作者蓦然写道：

这一架打得糟糕！要多糟糕有多糟糕！

话语脱口而出，简直是像喊出来的一样。它似乎是罗坤当时心理感受的强烈自白，又好像是作者自己对当时情势发出的不能自禁的评判。这一突如其来的"言外"之笔，给本来就很严峻的形势又增加了几分紧张，把一个打架事件所带来的严重气氛推到了极限。

同样，在《徐家园三老汉》里，作者写到徐治安有务菜技术而不为集体出力从而招人诟责时，也是情不自禁地插入了这样的议论：

一个有能耐不好好给集体办事的人，比之能耐不大或根本没

有什么能耐的人，在队里似乎更被社员所瞧不起。

一句话，既暗中交代了徐治安的为人，又道出了他不为人们所欢迎的原因，还由此引出精警透辟的生活道理，概括了许多字才能说清楚的内容，充满哲理意味，令人警策。

《猪的喜剧》在写到来福老汉为了生计不得不把心血全部花在养猪上时，作者随口倾吐道：

既然队里靠不住，老汉就得想办法，总得要吃要穿喀！这头

母猪啊！盐要从你身上出来，醋要从你身上出来，炭也要从你身

上出来呀！……

这段感叹，更是打破了一般叙述语言的常规，作者好像嫌躲在作品背后不足以把问题说深说透，而不得不直接出面来替老汉说话似的。话语中，一声三叹，感情浓烈，严正的辩解中含有深切的同情，同情之中又含有强烈的不平，动人心弦，引人怜惜。这里，作者的感慨，作品中人物的喟叹，浑然融合，熔铸一炉，形成了一种独特的逻辑的和感情的力量，不仅以它殷切逾常的真切情感深深感染了读者，增加了作品的内在力量，而且以别具一格的旁白，使得情节在正常发展中呈现出了一种波折横生的活泼格调。

陈忠实的作品在艺术表现上是手法多样、富于变化的，然而万变又不离其宗，这就是紧密扣合作品所反映生活的内在旋律，一切服从于更好地表现作品思想内容的需要。他写农村的人物、农民的生活，于是就尽可能地采撷和运用农民的表达方式、农民的习惯用语；他追求作品内容的真实醇朴，于是就尽可能地搜求和调遣那些明快的、素净的、粗犷的、清新的、爽朗的、流畅的、洗练的、简洁的，总之是一切能够袒露事物本相的艺术手段。这就使他的作品自然形成与其思想内容互为映衬、相得益彰的艺术特色。由此可见，陈忠实在艺术形式上的追求，是放手大胆的又有所遵循的，是锲而不舍的又清醒明达的。这无疑是陈忠实在创作上走出自己的路子、形成自己的风格的一个良好基础。

四

促成作者创作风格的因素，是多种多样的。但这样两条大概是基本的：作者所处的一定的历史环境和个人所经历的生活道路。陈忠实在创作上初步形成自己的风格，也主要是这样的情由。

作为生活在陕西关中的农村题材作者，陈忠实受到了写关中农村见长的著名农村题材作家柳青、王汶石等人的影响，这是不言而喻的。这一点，有评论家已经明确地指出了[①]，陈忠实本人在谈论创作体会时也直言

---

① 参见肖云儒：《论陕西小说创作形势》，载《延河》1981年第1期。

不讳①。然而，又因为所处的时代不同，个人的经历也不同，特别是由于所描写的对象发生了历史性的深刻变化，致使陈忠实在创作风格上与柳青、王汶石等人的差别，也是显而易见的。这似乎不完全是一个功夫到家不到家的问题。他撷取了柳青叙述故事的直率和抒发情感的热烈，但似乎又缺少了柳青作品中那种始终以豪迈贯之的主调；他借鉴了王汶石勾绘细节的真确和行文运笔的洗练，但似乎又缺少了王汶石作品中那种欢乐明丽的底蕴。他的作品劲爽，但劲爽中常常掩伏着隐忧；他的作品热情，但热情中时时显见出谨饬。柳青、王汶石那种高亢的理想主义色彩在他的作品中依稀可见，而流贯在他的作品中的，则主要是既努力切中时利又勇于切中时弊的现实主义思考。这是因为，经过三十年来风风雨雨的磨炼，历史的主导力量——人民更加成熟起来；他们冷静地正视现实，清醒地回顾历史；为了完成自己肩负的历史使命，他们郑重地珍惜今天，审慎地对待明天，在前进中思考，在思考中前进。这种发生了深刻变化的现实，必然给作家反映生活的创作打上印记，这不是个人意志能够转移的。正如雪莱所指出的：每个时代的作家，"都少不了要受到当时时代条件的总和所造成的某种共同影响，只是每个作家被这种影响所渗透的程度则因人而异"②。

陈忠实置身于农民的行列写农民，也主要是他的个人生活经历所决定的。他生在西安东郊的农村，自小在灞河边长大。1962年中学毕业后，他一直在家乡工作，先任小学教师、中学教师，后又任主管养猪、蔬菜和农田基建等工作的公社副主任，现今仍在本区文化局从事农村文化工作。他自己是农村人，亲属、朋友也都是农村人。他同各种各样的农民伙伴朝夕相处，上至国家大事，下至柴米油盐，无所不谈，毫无顾忌。他了解他们的苦衷，熟悉他们的心理，热爱他们的事业，关切他们的生计。在这样亲密无间、声息相通的交往中，他积累了大量的生活素材，时时萌起创作的冲动。文艺创作"必须写自己看见的，感觉到的，而且要写得真确，诚恳

---

① 参见陈忠实：《我信服柳青三个学校的主张——〈信任〉获奖感言》，载《陕西日报》1980年4月23日。

② 雪莱：《兰伊斯的起义》，上海译文出版社1978年版，第1页。

才成"①。因此，陈忠实反映自己所熟悉的生活天地——农村，以农民的殷殷之情为农民扬声造影，就是理所当然、毫不奇怪的了。

陈忠实以农民喜闻乐见的形式来反映农民的生活和感情，就作者方面说，有着深厚的主客观原因；就读者方面说，也是有着广泛的群众基础的。他的小说，比较受广大农民读者的喜爱，特别为农村中的青年知识分子所欢迎。《信任》在《陕西日报》发表后，立即为《人民文学》所转载，并被评为1979年全国优秀短篇小说，就是明证之一。谈到这里，想到最近一个时期出现的对陈忠实创作的一些议论。有人说陈忠实的作品过于"土气"，有如陕西的"羊肉泡馍"，很多人不怎么喜欢，因而对他的创作路子表示某种怀疑。对此，我不敢苟同。作家因为生活道路和艺术造诣的不同，在创作上总是有着各不相同的风格和特色，读者也因为生活经验和美学观点的不同，在作品欣赏的趣味上千差万别。正如有人对"荷花淀"一往情深，有人对"山药蛋"爱不释手，"羊肉泡馍"也自然有其钟情者。"不喜欢吃'羊肉泡馍'的人，尽可以选择别的。"② 不能因为"有人"不喜欢，就加以非难或限制，应当允许它与其他风格流派一样，自由竞赛和发展。

当然，陈忠实的创作并非就尽善尽美，他有时为了表达自己的某点感受，把主要的注意力放在事情经过的叙述上，而忽视了对于人物形象的细致镂刻，即便是人物形象塑造得比较成功的作品，也程度不同地存在着线条较粗、人物性格的发展不够丰富等不足。弱点既是前进的障碍，又是前进的潜力。从这个意义上说，陈忠实在创作上的发展，还有许多文章可做。愿他在艺术创作的道路上，不断开拓，不断奋进！

1981年8月改定

（原载《文学评论丛刊》第12辑）

---

① 契诃夫：《契诃夫论文学》，汝龙译，人民文学出版社1958年版，第391页。
② 胡采：《谈谈陈忠实的创作》，载《文艺报》1981年第3期。

富于个性的艺术探求

——评路遥的小说创作

路遥其人其作为更多的人所注意和重视，是从他发表中篇小说《惊心动魄的一幕》开始，尤其是1982年先后发表了中篇小说《在困难的日子里》和《人生》之后。

其实，痴迷艺术的路遥，于1973年就开始了他的文学生涯。不过，他遇上了一个最不适于从事艺术的年代。"有心栽花花不发"，蹉跎数年，少有收获。

1977年，文学随着政治的解放而勃兴，萧条了多年的创作园地重新焕发了生机。路遥把久积在胸的激情化为艺术探索的动力，注意拿自己的眼睛看取生活，用自己的心灵感受生活，以自己的方式描摹生活，执意表现农村青年一代在矛盾中的痛苦和在痛苦中的追求，作品每每以其独有的新意或深意，打动人，启迪人。

可以说，在新时期异军突起的创作队伍里，路遥虽然不是那种始终冲在前边的惹人眼目的佼佼者，然而却以顽强追求的精神，愈来愈显示出自己不凡的艺术功力和鲜明的创作个性。

一

路遥出身于一个地地道道的农民家庭。他生在陕北农村，从小在乡间长大，以后进县城上学，到城市工作，至今仍同养育自己的乡土故里保持着密切的联系。他比较熟悉农村，正在熟悉城市，尤其是对城乡之间的生活现象及其相互联系（用路遥的话说，叫作"交叉地带"）有较为深刻的体味。这种由农村到城市的生活经历和成长道路，幅度雄阔，变化鲜明，他提供了一个可以纵横笔墨的广阔天地，然而，也因为面宽线长，头绪纷繁，又给他的创作提出了不少难题。

路遥是在摸索中前进的。起初，他在城市生活中搜求题材；而后，写城市知识青年在农村的插队生活；再往后，写农村青年在农村生活中的爱情纠葛。这些描写，都属于他所熟悉的生活领域——城乡交叉地带。所以，作品在观察生活、提炼生活和反映生活等方面，都有程度不同的新意。然而，从思想和艺术的角度来看，这些作品对于生活的反映和描摹，有的给人一种距离感，有的给人一种单调感，思想内容尚欠真切深厚，艺术描写也不够洒脱自然。

《夏》显然属于这一时期的作品。这篇小说虽然以某插队知识青年小组因政治信念不同而发生矛盾和斗争，着力表现了青年一代在共同生活追求中的爱情和与"四人帮"之流的英勇抗争，但因为作者未能以个性化的生活细节写出人物的性格特征。所以，作品缺少一种打动人心的内在力量，篇幅不小，分量不重。

同样，这一时期创作的《惊心动魄的一幕》，由于作者熟悉城乡及其相互之间的种种关系，作品中的场景，时而城镇，时而乡村，转换颇多而又自然妥帖；作品中的人物，时而革命干部，时而城镇职工，时而青年学生，时而乡下农民，众生芸芸而又各有其态。然而，在气势磅礴的恢宏画卷中，某些细部的勾描，某些人物的刻画，不免见出粗粝，美中含有某种不足。很显然，路遥还没有找到自己生活矿藏中最为丰厚的部位。

作者自知自己的弱点，更焦灼自己的创作。因此，发表了《惊心动魄的一幕》等作品之后，路遥没有在一片赞扬中陶醉，反而陷入了苦闷。不用说，苦闷也是一种思考，他在寻找自己的突破口。果然，在经过一段时间的沉闷之后，路遥的生活之歌更深沉、更雄浑了。1981年以后，他的创作，尤其是《痛苦》《在困难的日子里》《人生》等作品，的确闪烁出了新异的色彩。

《痛苦》的故事并不奇特，它表现的是一个回乡青年因热恋而导致失恋，又由失恋而发奋的一段普通经历。但作者充分利用这一故事中包藏的生活意义，以丰富而又独特的细节描写和心理刻画，比较充分地掘现了主人公在痛苦中思考、在思考中振作的心理变化过程，人物真切可感，作品深含哲理，很耐人寻味。

《在困难的日子里》是作者在自己经历过的生活中撷取素材、加工制作的，或许可以说，这个中篇小说带有一定成分的自传色彩。因而作品从时代背景到具体细节，都精细确实，通篇回荡着打动人心的感情力量。马建强肩负着似乎超出了他的应对能力的种种重压，在重重困难中分辨、思索、抗争、前进，每一步都紧紧揪着读者的心。作者以径情直遂的笔法，通过一个农民学生的眼光、心理和遭遇，艺术地再现了"三年困难时期"人们在物质上、精神上所经受的巨大艰辛，使读者不仅看到了夹杂着某些人为因素的罕见天灾对于人们的沉重压抑，而且看到了面对奇灾大难顽强向上的民族精神的闪光；使读者不仅看到了城乡之间深藏着的种种差别，而且看到了为缩小这种差别而努力的种种苦衷。历历在目的历史画面如同立体化的电影，引动着读者自觉不自觉地进入小说所描写的生活情境，与主人公一起愁苦，一起欢愉，身临其境般地深切体验那虽然过去了但绝不该忘记的一幕历史。"写自己所熟悉的"，在这里发挥出了巨大的艺术威力。

同一时期脱手的《人生》，不妨看作《在困难的日子里》的续篇。这不仅在于路遥继续采取了以窘境中的农村青年看取人生的角度，主要的还在于它接着《在困难的日子里》的人物的性格发展和时代脉络，生动地展示了80年代的马建强——高加林，在新生活中的新境遇。看得出来，作者是尽了最大努力来开发和利用自己的生活积累的。作品由高加林的生活和性格的变化生发出一系列曲折有致的故事，普通人日常生活的描绘与时代风云的展示互相交错，场景的鲜明勾勒同心理的细腻剖析互相结合，深沉斑驳的文笔呈现了复杂而丰富的人的内心奥秘，繁复交错的线索写尽了现实生活的固有形态。一切都复杂而又地道，纷呈而又深刻，作者从来没有像现在这样意到笔随，得心应手。因此，小说以生活化的艺术画面，哲理化的人生内蕴，引发共鸣，启人思索。《人生》把路遥表现"城乡交叉地带"的生活的创作，推到了一个先前不曾有的高度。

路遥所创作的这些作品能够推陈出新，包含着多种因素，这自不待言，但他找到了自己生活库存的最好突破口，不能不是一个十分重要的因素。路遥熟谙"城乡交叉地带"的生活是不错，但这又因他的农民出身和由农村到城市的阅历所决定，他最熟稔的、最深谙的，是农家出身的青年知识分子在成长、奋斗中的种种境遇、思想和感情。这里，他有亲身体察的感受，蓄积已久的生活和烂熟于心的形象。

经过自己的艰苦探索，由写不大熟悉的、比较熟悉的，到最为熟悉的，路遥的收获是显著的。这些一步一个脚印的进步，反映了他创作的自觉和清醒。通过农村青年的理想追求来反映"交叉地带"，能充分展开作品的生活场景，概括更为深广的时代内容。写它，既是农村题材的延伸，又是城市题材的扩展。这一文艺创作不可忽视的而又比较薄弱的环节，正是路遥能够发挥优势、大显身手的领域。

二

熟悉生活给创作提供了一个良好的开端，但熟悉了并不等于理解了，要很好地反映生活，关键还在于理解生活。路遥的创作在生活内容上常有新意和深意，也在于他对生活有自己的看法。他在《面对着新的生活》一文中这样谈道：生活就像"立体交叉桥"，"复杂的道路，繁忙的车辆行人；不断地聚汇；不断地分散；有规则中的无规则，无规则中的有规则"。"在这座生活的'立体交叉桥'上，充满了戏剧性的矛盾。可歌的、可泣的、可爱的、可憎的、可喜的、可悲的人和事物都有。我们不应该回避生活中的矛盾和冲突，因为只有反映出了生活中的真实的（不是虚假的）矛盾冲突，艺术作品才会有不死的根！"这些意见告诉我们，路遥是把生活作为一个复杂而又丰富的整体来看待，并以大胆而真实地表现这种生活本相为目标。

路遥的这种追求，反映在他早先的创作中，就是以农村青年的爱情生活为契机，反映与爱情纠缠在一起的种种复杂的生活矛盾。

《风雪腊梅》里的冯玉琴，被名为招工实为"选妃"地从农村招进县城当了服务员之后，面临威胁式的劝婚，寄希望于青梅竹马的康庄哥的支持，不料当上了某单位炊事员的康庄哥却苟且偷安，有意让婚。可爱的变成了可鄙的，希望变成了失望。

《月下》里的大牛，得知自己痴恋而又单恋着的漂亮姑娘兰兰将要嫁到城里，顿时由莫名的失意激起了无名的怒火，愤恨之极，便像堂·吉诃德大战风车一般地怒砸接兰兰进城的汽车。无可非议的爱美之心与不切实际的占有美之意混杂一起，憨直里又显然夹带着几分文化愚昧。

《痛苦》里的高大年，因过分沉溺于对女友小丽的热恋贻误了高考，而考上大学的小丽则毫不原谅地疏远了他。在事实的教育下，高大年在劳动中发愤学习，终于以优异的成绩考上名牌大学。痴求爱情却失去了爱情，失去了恋人却得到了学业；为可爱的所弃，令人愤恨；遂由可恨的而受益，又令人感念！

在这些作品里，物无一量，事无定规，一切都在发展中变化，在变化中发展。生活中的爱与恨、悲与喜、愁与乐、甜与苦，互相牵连，互相交叉，互相制约，又互相转化，构成了一个远非"光明"与"黑暗"、"积极"与"消极"、"正面"与"反面"、"主流"与"支流"等简单概念所能概括的包罗万象、不拘一格的整体生活内容。

这种以生活现象的偶然性、变异性、交叉性来表现复杂丰富的人情世相的手法，到了便于拉开场景的中篇小说里，便愈见集中、愈见强烈了。

在《惊心动魄的一幕》里，作者以深刻的剖析和大胆的揭露，典型地概括了那个特定时代的复杂现象："革命"群众在"革命"的旗号下对革命分子大打出手，革命干部抱着接受"革命检验"的诚心被"革命"致死，群众运动的"革命性""造反性"表现为盲目性、破坏性……一切都浑浊了。混乱中，真正革命的几乎程度不等地受骗上当，那些唯恐天下不乱的、借"革命"以营私的，倒却如愿以偿。这一切都那么不可思议、怪诞离奇，这一切又都那么不掺杂任何虚假地真实可信。

《人生》所反映的时代与"十年浩劫"时期已绝然不同了，但人生仍然是人生，旧的问题解决了，新的问题又出现了，矛盾不同了，依然有矛盾。作者毅然把笔锋潜入生活的旋涡，忠实地把人生的内幕展现在我们面前：身为干部的高明楼倚权弄势，位在公职的高占胜拍马钻营，含苞欲放的刘巧珍情真意挚，风华正茂的黄亚萍佻挞多情，他们都从各自的角度同高加林的生活发生着关系，使涉世未深的高加林置身于风浪不息的生活海洋。高明楼的儿子要当教师了，高加林只好回家当农民；高占胜包藏个人目的的"走后门"成功了,高加林进了县城工作;黄亚萍于恋爱中见异思迁了,高加林便喜新弃旧;张克南之母把"走后门"一事告发了,高加林随即被解雇回乡。不同向心力的欲望和行为汇聚在一起,这就是高加林所置身的"典型环境"。这里,他们的进退互有牵涉,得失互有瓜葛,荣辱互有联系,在各自的生活追求中都难尽如人意,每个人都有一本难念的经。在这必须正视而又难于应付的"人生"中,我们不仅看到了生活中"丑就在美的旁边,畸形靠近着优美,粗俗藏在崇高的背后,恶与善并存,黑暗与光明相共","万物中的一切并非都是合乎人情的美"(雨果语),而且看到了不管多么伟大的热情,多么崇高的理想,都要受种种琐细而粗俗的生活情形的牵制,都须经历摆脱种种困扰、束缚自己的斗争。《人生》确实把人生概括化、具象化了。

  仅在反映生活的复杂性上来理解路遥的作品,显然还是不够的。路遥是以生活之特殊来反映生活之一般,以生活之偶然折现生活之必然,以生活之繁杂映现生活之严峻,是在对于生活更为深沉、雄浑的开掘上,揭示复杂而丰富的生活之流的本来面目和客观趋向的。《风雪腊梅》中坚持生活信念的冯玉琴,《青松与小红花》中献身农村教育的吴月琴,《痛苦》中发愤图强的高大年,《在困难的日子里》中忍辱负重的马建强,都是在困难中不迷茫,在逆境中不颓唐,表现出了当代青年积极向上的生活追求。即便是错综复杂得近乎斑驳陆离的《人生》,也是在杂色中显出了亮色的。当高加林伫立在生活的十字路口时,虽然有人把他推向歧途,不是也有人引他走向正路吗?当他因挫折而灰心从而对生活失去信心时,村里的父老乡亲没有因为他一时的背叛而冷漠他、嫌弃他,特别是德顺爷热情、耐心地鼓励他吸取教训,继续前进,使他终于醒悟,并建立起"重新好好开始生活"的信念。这些雪中送炭的帮助,连同高玉智从自己做起扭转不正之风和高加林的反躬自省,都向人们表明:在复杂的人生旅途中,仍有批判腐朽者、诱掖后进者,在以自己有效的努力把生活之船导向光明和进步;而一个因种种原因暂时迷失方向的青年,经过生活的教育、人们的帮助和自己的努力,可以迷途知返,重上正路。这正是头绪纷繁中的头绪,不规则中的规则。

  应当说,像路遥这样大胆、深刻地表现复杂人生的,在当代农村题材作品中还不多见。但是,谁又能说这不是生活本相的真实写照呢?生活中充满了各种欲望和个性，因而绝不是纯洁化、单一化的。正因为生活中有幸福，又有痛苦，有欢乐，又有忧伤，有希望，又有失望，还不是充分理想的，我们才不满于现状，不安于现状，还要通过实现社会主义的物质文明和精神文明，来建造更加美好的新生活。路遥的小说，正是在这样一点上，显示出了现实主义清醒严肃的深邃性。

三

同在社会生活的开掘上以多种努力揭示其内在旋律的一致性，路遥在作品人物的塑造上，也有着相应的追求，这就是在多重、多头矛盾中，显示人物性格在一定的主导倾向中的复杂性。

多年来，我们大都认为"一个社会只有一个本质，一个阶级只有一种典型人物"，"典型人物"不是"英雄人物"，便是"正面人物"，要不就是"反面人物"，而写"英雄人物"和"正面人物"又极力避讳可能影响其光辉形象的瑕疵，不能有私心杂念之疵，不能有迟疑犹豫之嫌，甚至不能写行动之前的思想活动和精神准备，他们的认识一贯是正确而又明确的，他们的行动向来是果断而又成功的。这种创作公式给我们的文艺创作带来了极大的危害。它使我们文艺作品中的人物形象，思想简单，性格单调，语言贫乏，动作机械，越来越趋向于"概念化""类型化""木偶化"。因为严重失真，他们没有认识价值，也没有艺术价值。

路遥是不大信服这种对于人物超生活的简单理解的，他从生活的实际和作品的内容出发，注意塑造多种多样的人物，在塑造人物中，又注意切合生活环境具体描绘他们可能有的、发展变化的思想性格。

他在《惊心动魄的一幕》里，既写了县委书记马延雄的伟大——为平息大规模的群众武斗而献身，又写了这一可敬伟人的可悲——始终未能认清"文化大革命"的"庐山真面目"；既写了武斗干将周小全的卑劣——参与对革命干部的迫害，又写了这一人物的可贵——不沉沦于浩劫的思索、探求和醒悟。他们或者在认识上有自己的局限，或者在思想上有自己的发展，都是在表象矛盾中呈现出符合生活逻辑、符合历史真实的性格真实的。即使是作者在《在困难的日子里》执意推许过的马建强，也是在他那有时失意、有时欣悦、有时自我排忧、有时自找烦恼的复杂心理历程中，表现其思想性格中与好强、聪慧的优点所粘连的孤僻、多疑的缺点。

要说写出了人物性格的复杂性，当然还要数高加林这一形象。他明知应当诚实，却偏要追求虚荣，不愿游戏人生，又想姑且冒险，不忍割舍旧情，又不肯放弃新爱。他时而自强，时而自馁；时而自重，时而自弃。在人生的紧要几步，或者想掌握自己时掌握不了，或者能够掌握时又不去掌握，终于走了一条"之"字形道路。他的思想性格绝不是纯净的：他有着争强好胜的气质，又有随波逐流的惰性；他有分辨是非的能力，又有见利忘义的劣习。他那上进心里分明伴随着一定的虚荣心，英雄主义里显然又连缀着某些个人主义。因而，高加林的生活悲剧，不尽是诸多社会生活矛盾交叉促成的，也是他自身思想性格的矛盾的客观演化。

如果我们进一步分析，就不难看出性格矛盾的高加林并不属于那种"性格分裂者"。他在由农村到县城的人生浮沉中，一度真心爱慕没有文化的刘巧珍，一度立志改革落后农村，一度积极从事采访工作，以及他在追求虚荣时常常若有所失、于心不安等，都表明，他思想性格的基本一面还是健康向上的。这都增加了作品的思想深度和生活厚度。

在矛盾冲突中塑造人物手法的开拓和运用，给路遥的作品带来了不少内在的艺术特色。因为要表现矛盾冲突的多变复杂，路遥的作品在总体结构的大开大合、大起大落上，讲求具体情节的典型性、生动性、曲折性和连贯性，在大波巨澜中涟漪不断，紧锣密鼓与急管繁弦相间，奇崛横生，引人入胜。因为要深刻展现人物内心的风暴及其自我冲突，作品的心理描写在运用传统的概括叙述、语言显现、行动描写、侧面烘托等手段之外，常常借助于触景生情、因事抒怀、行前思忖、行后反顾等做直接而赤诚的自我剖白和心灵坦露。人物的心理状态、内心隐秘表露无遗，人物的心灵活动、心灵历程清晰可见。

应当说，路遥的艺术，是在继承、借鉴中逐渐形成自己的特色的。他剖现生活，在揭示矛盾冲突的强劲腕力上，有着杜鹏程的某些章法；他结构作品，在情节的曲折布局上，似乎受了司汤达的不小影响；他锤炼语言，在议论的画龙点睛和饱带感情色彩上，又显然得益于柳青的一些力作。然而，路遥又是路遥。他不是机械地模仿谁，而是在兼收并蓄中寻求自己的路子。从总体上看，他的创作每每把简洁洗练的白描、浓烈炽热的抒情和精警隽永的议论融为一体；作品语言婉约、洒脱，刻画人物和描绘景物有鲜明的地方色彩而又不依赖于方言；他很注意在作品的不同部分造成与内容相适应的艺术效果：或者画面化，或者诗意化，或者哲理化，力求作品的色调强烈和内涵醇厚。尤为突出的是，他很注意根据时代背景和主题题材的需要，来构置一部作品的整个基调。拿三个中篇小说来说，《惊心动魄的一幕》主气，以雄强、刚健、遒劲为基调；《在困难的日子里》主情，以凝重、郁结、遥深为基调；《人生》主理，以浑厚、谐谑、隽永为主调。无论哪一部作品，你读到悲苦或欢乐的地方，都不能不随之忧虑或欣愉，但是，或忧或喜，也大都超不出作品基调所限定的范围。这表现出作者能够做到把自己领会到的历史感、生活感和由此生发的激情，有效地熔铸在创作之中并用以影响读者的深厚功力。还值得提一提的是，路遥最近以来的创作，明显表现出以含而不露的风格取代早先锋芒毕露的习惯的努力，人物性格更见复杂，主题更见含蓄，文笔也更见深沉，作品愈来愈含有耐人咀嚼的韵味，这无疑是艺术上走向成熟的标志。

艺术创作无止境。这不仅因为总有新的东西可以发现，也因为个体性的精神劳动总免不了要受个人的某些局限。路遥的创作亦如此。他在发挥自己优势的成功探索中，也显露了自己的某些不足。比如，他对自己所主要描写的人物，常常饱含深情，甚至用一种近乎宠溺的笔调来描写。这一般说来，缩短了作者与作品人物的距离，给人一种无隔膜的真切感，但又因为其作品的人物比较复杂，过于"宠溺"便会有失分寸，从而给读者更准确地理解人物形象带来某些困惑。

总体来看，路遥写得不多，但写得认真。他从理解生活到表现生活，都有自己的方式、自己的路数，克己之短，扬己之长，坚持走自己的创作之路。他的创作也确确实实是具有了"自己的笔调""自己的语言"（契诃夫语）的。一个写作时间不算长、作品也并不多的青年作家，能有这样的追求、这样的造诣，应当说是十分不易的。这反映了路遥创作的清醒和严谨。

愿路遥沿着自己认定的创作目标，坚定不移地走下去！

1983 年元月，北京

（原载《文学评论丛刊》第 20 辑）

努力表现时代的蓬勃生机

——评莫伸的短篇近作

青年工人作家莫伸,以出手不凡的《人民的歌手》和《窗口》出现于文坛之后,又陆续发表了《友谊》《采石场的喜事》《冲突》《清凌凌的水》《绿叶》等十几个短篇小说,受到了读者的重视和赞誉。莫伸的创作所以能掀动人们感情的波澜,我认为一个重要的原因是,他把注意力集中在精心发掘生活中向上的、美好的一面,着力塑造普通实在而又光彩夺目的新人形象,生动地反映前进中时代的蓬勃生机。

莫伸创作上的这一特色,在 1978 年获奖的小说《窗口》中,就已初露端倪了。这篇小说通过许多平实细小而又警策动人的情节,使人们从某火车站这个小小的"窗口",窥见了一代新人的美好内心世界和我们社会蔚起的时代精神。莫伸此后的小说创作,基本上是沿着这样一条路子,扎扎实实地前进的。

《冲突》是莫伸近作中一篇开掘得比较深的力作,也是比较早地塑造了开创局面的新人形象的少数作品之一。作者以比《窗口》更清晰的线条,给人们展现了某铁路工程段围绕制定和实施生产任务所发生的严重冲突:党委书记武翔由于政治上别有用心,大搞生产上的盲目冒进,使得人心涣散、计划失调,把全段拖入了一片混乱的境地。面对成堆的问题,段长石斌华及时掌握生产情况,紧密依靠工人群众,在扎扎实实地开展工作的同时,提出实事求是的生产计划和措施,有理有节地坚持同武翔斗争。当武翔在自己所造成的事故面前毫无愧意、仍然一意孤行时,他断然同武翔决裂,表现出一个共产党人义无反顾、疾恶如仇的斗争精神。小说中人物形象的对比是鲜明的：武翔言必称四化，实际上专打个人的小算盘。他政治上心怀叵测，技术上一窍不通，但又妄自尊大，嫉贤妒能，这样的人，简直是一块横在四化路上的绊脚石。与此相反，石斌华有胆有识，有勇有谋，困难面前不低头，关键时刻冲在前，充满了革命干劲和牺牲精神，这样的人无疑是我们时代的脊梁骨、新长征路上的带头人。这篇为新人扬声造形的作品，不仅描述了主要人物使人激动不已的事迹，还以恢宏的气势和壮阔的场面，吸引着读者同作品主人公一起，追随着时代的铿锵脚步，进入"四化建设的前沿阵地"。《冲突》形象而又雄辩地揭示了这样一个历史趋势：我们的事业大有可为，我们的时代大有希望！

稍后发表的《清凌凌的水》和《绿叶》，则是通过对青年人美好心灵的剖掘来歌颂新生活和表现新时代。《清凌凌的水》里的赵秀鹃和《绿叶》里的红旗乘务员，都是参加工作不久的女青年，陌生的环境、同伴的猜忌、无赖的侮辱等，曾经使她们苦恼、彷徨。但是，她们没有消沉，而是在矛盾的旋流中判别着是非，辨识着方向，不断坚定自己追求理想的信念，终于取得了可喜的成绩。她们是带有我们这个时代特点的先进青年的形象。这个特点就是：她们在剧变和复杂的社会环境中成长起来，既有着要强而又易躁、爱思而又多虑等毛病，又有着强烈的上进心和分明的是非观，本质是好的。这就决定了她们虽然在困难面前免不了短暂的动摇，但不会迷失方向，不会畏葸不前，而是在经历了挫折之后，带着心灵上的烙印更顽强地前进。这是十分符合生活真实和青年实际的。在赵秀鹃初学理发遇到困难时，朱万春等忍痛让她在自己的头上学手艺，使她很快掌握了理发技术。当七车厢女乘务员主持正义的行为遭到几个无赖的诬蔑时，"整个车厢的旅客都起来为她辩护"，并推选她当红旗列车员，使她在及时的支持和鼓励中坚定了为人民服务的信念。正像小说借女主人公之口所说的：没有那些扶持"红花"的"绿叶"，"也许在我成长的第一步就夭折了！""绿叶"的作用是多么重要啊！莫伸就是这样，不仅重彩描"红花"，而且浓墨绘"绿叶"，着意表现我们时代五彩缤纷、气象万千的绚丽景象。

即使是反映那些不太令人愉快的生活，莫伸的作品也大半是扣着时代的主题，力求写出新意。最近发表的《雪花飘飘》，是写某铁路工区女工吴娜通过后门关系，调离工区时的境遇和心情的。吴娜的离别很特别：人们表现出了异常的冷漠和疏远，没有人挽留和送行，好像她并不存在一样。而吴娜本人也是若有所失、心烦意乱，没有一般人调到了好单位之后常有的快乐。她拿到了爸爸的权势所换来的进身大城市的调令，然而却失去了原有的好多东西——同志的友情、生活的乐趣、做人的自豪……小说没有正面叙写阻挠和批评吴娜不正当行为的人和事，但通过吴娜的感受所透露出的无形的道德批判力量，是十分强烈的。作者有意表现了吴娜心理上的自愧和不安，也是含有深意的。这些都可以看出，作者是站在时代的高度来暴露"走后门"这一司空见惯的现象的，而且预示了彻底铲除这一丑恶现象的可能性和必然性。

　　莫伸的小说创作，能同时代脉搏相呼应，主要是他对社会有着深切的认识，对生活有着浓烈的热爱，并把这些灌注于自己的创作之中。文艺作品所反映的生活，是经过作者的头脑加工了的生活。因此，作者自己的思想是否正确、感情是否纯洁、情趣是否健康等主观因素，在很大程度上决定着作品反映生活的真实性和思想意义。只有观察生活的眼光敏锐而又幽复，加工生活的头脑清醒而又明达，才能做到准确、深刻地反映现实生活。莫伸正是这样地努力着的。他曾经说："如果说我的创作有什么目标的话，那就是想通过自己的作品，传达一个信念：生活是美好的！……唯其如此，才更需要我们大胆尖锐地抨击丑恶，精心发掘和小心翼翼地扶植美好。"莫伸确实是在不断追求着自己的这一目标的。我们每每读他的作品，无不从字里行间感觉到他那挚爱生活的热辣辣的心。作为一个青年作家来说，对社会有这样一个较为清晰的认识，对生活有这样一种执着炽热的感情，对创作有这样一个矢志不渝的目标，是难能可贵的。

　　从艺术方面来看，莫伸的作品也是显露出了他的一些特色的。他总是从人们习以为常的生活现象入手，用朴实无华的手法写出来，从不在形式上炫奇斗巧，但那细致入微的细节描写，对比鲜明的性格刻画，以及俊逸的文笔、明快的格调，无不深深地吸引着读者。这种洒脱自然的艺术风格与掘意深邃的思想内容有机地融合在一起，使得他的作品既质朴又明丽，既素雅又醇厚，具有诱人、感人而又动人的思想和艺术的力量。

　　当然，在艺术上，莫伸的创作也是存在着不足的。他由《窗口》所开始显露出来的谋篇不够简洁、细节时有堆砌的毛病,在一些作品中仍不同程度地存在着。不过,莫伸很谦虚,不满足,也有一定的生活底子,因此,我们有理由相信,他在筚路蓝缕的创作道路上迈出更大的步子,是完全有可能的。愿他不断努力,创作出更多好作品来。

(原载《人民日报》1981年4月15日)

和平日子里的一幕壮剧

——读莫伸的《生命在凝聚》

读莫伸的《生命在凝聚》（载《十月》1987年第2期），有如经历一次死亡的体验，看到如许年轻的生命在人生坎坷中的消失、融汇与重铸，我们那泰然安宁的生命仿佛也经受了锻磨，平添了分量。

某工厂电视插转机青年技工小祁、小姚和小戴在秦岭中遭遇滑坡和泥石流，完全是人生旅程中的偶然事变，他们在毫无防范的情况下，陡然置身于死亡线上，不能不以青春力量的最大凝聚和尽力释发来应付险恶的环境，从而以自己的迅速成长与成熟把悲剧变为壮剧：小祁为呼引小姚、小戴离开危险区而被山石砸中。在生命弥留之际，他吐露了心中的秘密——痴爱小戴，因而妒忌包括小姚在内的一切与小戴接近的人，他把自己的积蓄嘱交小戴、小姚作结婚之用，表现了他对小戴的倾心爱恋，也表现了他对小姚的衷心祝福；小姚在被严封在隧道的情况下，以男性的勇敢无畏护卫着小戴，克服着难以忍受的孤漠与饥渴，面对两个人只能用四个馒头支撑生命的现实，他选择了以自己的死换取小戴的生的道路；小戴作为一个女性，忍受的痛苦要比两个男性更大、更多，但她表现出的韧性和勇气却丝毫不逊色，她以深厚的爱滋润着他们走完各自的人生之路，更以惊人的毅力坚持和延续着自己分秒难熬的生存。在这一系列壮举中，他们同危厄的环境斗，更与人的种种弱点斗，在人的耐力与生力的坚韧发挥中，寻觅与认识生命的意义和价值，使人生在紧要关头放射出灼人的火花。

这是在和平的日子里演出的一幕动人的壮剧，它在无意义的事故中生发着意义，在无价值的场景里创造着价值，它同老山前线青年战士的血洒疆场一样，同样是当代青年的思想风采和人格力量的耀眼闪现。人们有理由说：这是一代无愧于时代、无愧于人民、无愧于青春的新人。

同现在时兴的注重创作方式和方法的剧变与多变的许多青年作家比起来，莫伸的这种以传统手法描述生活中的闪光事物的创作，似乎有某种保守之嫌。但我想说，这也是一种生活和文学中都不可缺少的追求。生活中确实存在着大量的纯洁而向上的事物，它们有理由在多彩的文学中占有自己的一席领地。

事实上，莫伸在写作手法上也在不断地进取。细读《生命在凝聚》，人们会发现，莫伸已经打破先前那种侧重于在故事中写人的模式，作品因加入了梦幻、歌谣等，减弱了情节性，而增强了抒情性。他明写险象环生的客境，暗写坚忍不拔的主体，而且以事故前的不谐与事故中的互助、不惜自己的死与珍重他人的生等对比鲜明的手法，层层凸现关键时刻人的内在世界的博大、高尚与无私。当然，莫伸的拿手好戏，还是由《窗口》以来保持至今的精巧的细节描写，作品中对小姚和小戴在极度饥饿中互瞒对方，结果各人的馒头谁都未动一口的描写，就真切细腻而动人心弦。

我敬重莫伸这种致力于"写什么"的文学追求，但也希望他能在"怎么写"这方面表现出更大的进展。

1988 年 10 月

读《鸡窝洼的人家》致贾平凹

平凹兄：

近好！

又有时间未通信了，甚念！

我一直有给你好好写篇评论的想法，但一方面因为编辑工作太紧张，总没有脱身的机会，另一方面因为你的创作量较大，且不断有所变化，比较难以把握，所以就拖了下来。

本月13日看了根据你的《鸡窝洼的人家》改编的电影《野山》之后，引发了我的许多感想，心情实在难以平静，似乎非得向你说点什么不可。

《鸡窝洼的人家》我前后读过三遍，我对这个作品有些偏爱，总觉得在你1983年的创作中，它是佼佼者。一次同阎纲同志谈起你的近作，他也是这个看法。因此，颜学恕选中这个本子本身，我以为就是颇有眼光的。难能可贵的是，他的编导比较好地理解了你的作品，把作品多侧面、多层次的内涵表现了出来，艺术上也比较完整、和谐。在中国影协组织的《野山》座谈会上，大家对影片评价很高，认为这是近几年农村题材中最好的影片之一，它在深沉的时代气息和质朴的现实生活的有机融洽中，对普通农人的物质生活和精神生活的真切抒写，对商州乡俗民情、山野风光的着力刻画，有可能获得不同阶层的人的普遍欢迎。

我最近断断续续地循着你的踪迹，读了你的大部分作品，包括1983年的《鸡窝洼的人家》《腊月·正月》《小月前本》，后来的《远山野情》《冰炭》《天狗》《黑氏》等。我觉得你正在向生活和艺术的纵深处挺进。

你已经有了自己的艺术领地——商州。我的印象中，商州这个地方，在文学创作中还没有谁这样深情、这样集中地表现过。你因为有商州，而有今天的创作成就；商州也因为有你，遂为文坛所瞩目。你与商州，都应为占有对方而幸运。你的商州系列作品，读起来是真切引人的，但我并不以为你是在纪实。作品里分明有你的想象，你在仿描商州，也在创造商州，但是你把技巧隐藏得很深很深，让人看不出斧凿的痕迹，好像商州的世事人情就是你所描画的那个样子。你确实做到了你自己所追求的"使作品尽量生活化"，"使所描写的生活尽量作品化"。

你的商州系列作品，给我的一个最突出的印象，是你的独特的视角。你笔下的生活、人物，都不带那种叱咤风云的色彩，普通得不能再普通，平凡得不能再平凡。但这些小人物却在生活的海洋中荡起自己的小舟，有声有色地走着自己的人生航程。他们的环境，是那样的苦焦；他们的信念，又是那样的执着；他们的生活，是那样的窘迫；他们的内心，又是那样丰富。人们从"小"中见到了"大"，从"贫"中看到了"富"。你的作品一般都写的是商州人的现在，但却显然连接着他们的过去和未来；你的作品往往写的是一隅一角，但此时此地的生活氛围，又使人们能明显地感觉到一种时代气息的拂动。我以为，你已经把时代精神（倾向性）、生活感受（真实性）与创作技巧（艺术性）有机地融为一体并化为一种内在的审美意识，艺术的眼光更深邃、更浑厚了。这使你向自由的境界迈进了一大步。这样，你所发现和表现的生活及人物，自然就具有了独有的深度和厚度。这是一个标志，是你在寻求与生活、与艺术更好、更深的契合中找到了自己的标志。

我很高兴。希望你保持已有的势头，更加意气风发地走下去。并且，不断超越已有的自我。说到这里，还想顺便提醒一句。我似乎从你的几部近作中，隐隐约约地感到了一种框架上的定型，但愿这只是暂时的。

拉拉杂杂谈了许多，都是直感性的东西，自以为还不失真诚，如此而已。

我 12 月份有可能去西安参加一个会，如能成行，当去看你。

祝撰安！

白　烨
1985 年 11 月 16 日

附：贾平凹致白烨

白烨兄：

　　近好！

　　我从陕南乡下归来，看到了你的来信，很是高兴。你对我的创作给了许多鼓励，我真谢您，其中的鼓动性将是很大的。

　　我今年以来，共发表了十个小中篇小说（其中三个是前年所写的）。数量上还可以，质量平平。之所以写了这几个中篇小说，我是有意区别于去年一个时期所写的《小月前本》《鸡窝洼的人家》《腊月·正月》的，想多在人的本质上写写，多注意一些艺术性。在今年冬天，我病得厉害，是患了肝炎，因为是慢性病，先情绪不好，慢慢也放松了。这期间动手写一个小长篇小说。这个长篇小说构思很长了，列了许多个写作方案，先是以《史记》的结构办法，后又推翻了。现已写出近十三万字，作为第一部，起名《州河》。州河是商州人对丹江的称谓。在这个长篇小说里，我力图能写得浑厚一些。我个人认为，当前的农村，趋势很好，问题极多，社会总的来说是"浮躁"二字，事如此，人亦如此！故在《州河》题记里就写到"州河是商州最长最深最浮躁不安的一条主河"之话。于今天，我将这个长篇小说寄给了《十月》，若能发表出来，你一定看看，提提意见啊！

　　你在来信中，提到我近作中的一点"框架"上的定型之事，我也早有感觉，也正恐慌。你的进一步提醒，令我十分之感激！我正做这方面的工作；长篇小说一寄走，暂停一段写作，静心想想问题，调整一下路子。是要变一变了，不变就不行了！！在我变之时，也盼你多来信提些参考意见啊！

　　你的鼓励我当记住，继续努力，你的批评也将使我更明白要走的路子。搞创作的人，往往是人在事中迷。

　　你12月份来西安，是参加省作协青年创作会吗？这个会我也参加的，到时详聊吧。

　　你是名评论家了，为咱陕西，为咱这一层人也争了光，衷心盼你取得更大的成功！愿我们常联系，互相激励吧。

　　因又去单位学习文件，只好打住。待见面后好好谝谝。

　　致礼！

贾平凹
1985 年 11 月 25 日

商州的魅力

——贾平凹中篇近作漫论

同"商州三录"、《腊月·正月》、《鸡窝洼的人家》等作品比较起来，贾平凹近期发表的七部中篇小说（依次为《远山野情》《冰炭》《天狗》《人极》《黑氏》《西北口》《古堡》），虽不乏世态与风情的铺陈点染，但显然更注意发掘商州纷繁世相中的人性、人情，并对烘托着这种人之性情的文化氛围进行多角度的立体扫描，用他自己的话说，叫作"对人本身的深挖"。这无疑使得已很诱人的商州的魅力更加深沉、更加隽永。

读着这些作品，我总是很自然地想起老巴尔扎克的一段话："我要写的作品必须从三方面着笔：男人、女子和事物。"平凹的近期作品，亦多从这三个方面涉笔，放手抒写商州人的悲欢离合。而由这些现象所蕴含、所带出的，却是更为深沉本原、更能撼动人心的东西——人的耐力、活力和魅力。

一

给人们带来平凹创作视点上这种新变信息的，是《远山野情》《天狗》《冰炭》《人极》四部中篇小说。这些作品没有一般地描绘由于偏僻、闭锁等原因给商州人带来的生计的艰辛，而是着意表现人们在困苦生活中所形成的并据以支撑着人生旅程的那种人际关系，以及由其中呈现出来的坦诚而美好的心灵世界。

《远山野情》和《天狗》都是写男主人公在不如意的生活中与萍水相

逢的女性的如意交往的。吴三大和天狗分别为香香和师娘所热心相助，均属谋生中的不期而遇。但这种偶然事件中，似乎又包含着一定的必然因素，这就是作者所深情描画出的香香和师娘所具存的宽广无私的心怀。这是向所有的人都敞开着的心扉，是一个大写的"善"字，尤以同情遇难者、理解不幸者为己任，包括她们那身心都不怎么健康的丈夫——跛子和瘫子。当她们得遇三大、天狗这样知情达意、感恩报德的有心人时，那善心便衍化为爱心，从而在相互理解、相互倾慕的接触中，使共同厮守着的苦涩生活平添了几分甜蜜。

吴三大因香香的照顾和施用她那不正当的关系，在艰危的背矿活计中每每得手，而香香又在吴三大正派为人的启召下挺起了做人的腰杆；天狗在被师傅辞退生活无着的景况下仍关照师娘和师傅一家，师娘在困境中记挂天狗，甘愿为两个男人排忧解难，终使自私的丈夫自省自责。这里，真切的同情和无私的交往，援助了别人的生计，又使自己的生活起了变化，各自都得到了新的充实，实现了在共同认识和应付环境中认识自我和肯定自我。从这基于世俗又高于世俗的人与人之间的信任和理解中，人们看到了商州人在并不富裕的生活中安身立命的力量所在。

《冰炭》以"文化大革命"中的劳改农场为背景，生活场景有些特别，也正是在这种冷酷肃杀的气氛衬托下，才更显出老巩爱人——白香那敞向所有受难者的心地的可爱和可贵。严格地说，白香对一个个"犯人"的怜惜，并不含带更多的意思，包括接触得最多、照顾得最多的刘长顺。她只是带着一颗未曾玷污的童心，以人的态度去待人而已，然而这竟给沉寂的农场带来多少生气，又增添了多大的麻烦，一个荡漾着春的气息的局面以三人身亡而告终。善的火花，终于被扑灭了。真是没有比无情的年月里的劳改生活更无情的了。作品写的虽是已经逝去的一桩往事，但镂刻在记述人脑海里的善良而美好的形象，却向人们有力地显示了商州世界无处不在、无时不有的抑恶扬善的健康力量。这一个白香，还有那一个香香，那一个师娘，就是这种人性力量的典型代表。

《人极》主要是写时代生活在人们心中的投影，但它所讲述的光子大半生的坎坷经历，却使人们看到动荡的年月是怎样搅扰着一个善良平和的农人并不非分的生活向往的。光子在逃难女人白水的一再恳求下与之结合，平平和和地做了两年夫妻，不料白水的原夫找上门来，只好忍痛割爱；后又偶遇先前自己救过的女子亮亮，决计帮助她改变厄运，遂结百年之好，不料婚后亮亮却因心神过损带病身亡。光子的这些不幸，很难说是某些个人成心作对所造成的，跟他过不去的，是由"穷"和"乱"所共同汇成的那个时代所特有的颠簸不息的社会风浪。难能可贵的是，在这最不讲善、最缺少情的年月里，光子始终以一个男人应有的尊严和胸怀，对待自己遇到的每一个"奇奇怪怪的女人"：他不仅在当时用粗糙而温暖的大手抚摸着她们的伤痕，减轻了她们的痛苦，而且在动乱后的今天，仍不声不响地履行历史遗留下来的那一份责任——抚养白水年幼的儿子，寻找亮亮失散的女儿。

在这些作品里，人生是困苦的，人情是淳厚的；困苦给商州人带来生计的艰辛，又给商州人以施展人性的天地。他们在由人与自然、人与社会、人与人的三维关系所编织成的充满酸甜苦辣的生活中，养成并释发着由韧性和耐性、善心和爱心所熔铸的人的本体力量。因而，不管在什么情况下，他们都从不放弃人的生活的种种努力。这是在谋划生活，战胜生活，也是在发掘自己，寻求自己。

二

在《黑氏》《西北口》《古堡》三部作品里，平凹对于人性问题的艺术观照，背景移得更近了，细切地探析着变革时期人们在现代文明和传统文化的撞击下的心态调整和性格变化的趋向。

《黑氏》中的黑氏，在夫家以不正当手段致富的过程中，虽然生活日渐富裕，但心却离夫家愈来愈远了，最后终于与小男人离异。她需要钱，但更看重做人的直正，因而宁愿与憨厚的木犊、勤谨的来顺往来；她需要男人，但更向往身心交融的结合，因此，在来顺与木犊的再次比较中，选择了后者。与有钱的小男人离婚，她未要夫家的一砖一瓦，而当小男人犯事潦倒之后，她却慷慨地解囊相济，善良而大方的为人，显然超出了小生产意识的规范；抵不住木犊的一再央讨与之结合，又熬不过木犊的寡情与之分离，婚姻的追求显然超出了传统观念的限定。这是一个带有新的精神素质、迎着时代而自立的女性。她在巨变的社会风浪中小心翼翼而又满怀信心地把握着自己，寻摸着生活的路向徐徐前进，而时代如此成全一个农家妇女的生活向往，这时代多么值得赞美。

《西北口》中的安安，恬静的少女生活被纷乱的世事搅动了，她面临着两种爱的诱惑难以选择：一是有职有钱而又不正派的水文站职工冉宗先的肆意追求，一是有情有义而又颇贫穷的同村青年小四的倾心相恋。经过一番曲折，安安终于同小四结合了，但他们带着失而复得的欣喜，也带着身心受挫的创伤。他们在多风向的生活的摔打中，都更加成熟了。小四由木讷变得开通，学会了谋生的多种手艺；安安由脆弱变得坚强，手中刺绣、泥塑的祖传工艺更加纯熟。在生活的逼促下，他们都不同程度地更新了自我，找到了新的自己，占有了新的生活。新一代的雍州人，在既保持传统文明所熏陶成就的民族本性又使之适合现代文化潮流的努力中，书写了历史的新一页。

《古堡》也是一个被打破了古朴的宁静的纷乱世界。一个电影摄制组开进了深山，直接带来了现代的种种文明；经济政策放宽，活跃了的经济气氛不时吹进山来，冲击着传统的小农经济方式。不安分的张家兄弟率先走出了弃农开矿的新路，然而每走一步都那么艰难，愚昧的人反对，妒忌的人捣乱，奸诈的人欺骗，连带自己人的失足和失误，竟付出了家破人亡的惨重代价。但是，他们终于走出了前人没有迈出的步子——离土另觅艰险而富裕的生路，并且唤醒了更多的人认识自己和自己的环境，同自身的惰性和环境的封闭去斗争。作品在揭示笼罩在古堡上空的凝重生活迷雾的同时，更多地掘现了垢结在人们心怀的种种顽疾痼疤。看来，人们心灵的进化、人的素质的更新，比之环境的改变更为艰难，也更为重要。

与我们时常听到一些农村巨变情形比起来，平凹笔下山民的生活似乎与之有着不小的距离。这一方面是农村改革的形势事实上的不平衡的反映，另一方面是作家"关注人的素质的振兴的严重性"的结果。这是一个很有眼光的艺术选择。不着眼于人，改革是不充分、不彻底的；摆脱愚昧和落后的重负，也不能仅仅依赖经济的手段，它更多地需要我们从文化积淀中找寻民族的优点与弱点，做适应时代、扬长克短的人。作家力图在现实与历史的交汇中，找到人们新的生活和新的思维的立足点。改革，给经济的振兴，更给人的素质的更新，提供了一个前所未有的机会。平凹正是在对这一深层动向的捕捉和绘描中，呼吁人们迎接这个机会，抓住这个机会。

三

不难看出，无论是抒写困苦中的人情，还是描摹变革中的心态，平凹近作中那浑厚的生活浪涛里，无不汇溢着一种性爱的涓涓细流。那是构成商州多姿多彩的生活的一个必不可少的部分。

在人与人的关系中，最重要的莫过于两性的关系。不仅仅因为它是人本身的生产繁衍所必需的，更因为它是日常生活中人显现自己的本质力量和观照自身的天然凭借。因而，性爱往往是生活中最深厚、最内在的一种原动力。

商州人也不例外。不过，他们为自己的地理条件和传统风习所制约，其性爱的表现和实现，带有自己的种种特点。平凹细致地洞察了这种普遍人性在商州世界的特殊表现形态。

《冰炭》让你时时感到一种性爱的涌动，又时时让你感到一种性爱的压抑。"文化大革命"中的"犯人"和看管"犯人"的人，政治身份决然不同，但却共同怀有向往和接近美好女性的性爱之心。这难以释发，又难以禁忌，于是，我们就看到了一场由性意识在背后所操演的惊心动魄的较量。三个人的死于非命，使人们看到了"十年浩劫"对于终难泯灭的性爱的严重扼杀。比较起来，《人极》里的光子，算是比较幸运的了，他生逢乱世，却在不经意中获得了两位女性的挚爱。因而，后来人去屋空的生活虽不免清寂，但他却把苦中带甜的经历缩印在了心里，有了可供驰思神想的另外一个世界。

在没有政治风浪干扰的情况下，商州人的性爱也不都是顺遂的。拉毛被落水女人的娇媚吸引，强人所难地占有了她。二大为女电影演员的艳丽所引动，不顾一切地去搂抱，结果都被迫畏辱自杀。他们那失常的举止中，确包含着一个不难理解的因素——女性的健美总要引起男性的冲动，但却忽视了性爱中一个最重要的条件——出自内心的自爱和自愿。他们既不懂得尊重对方的意志和人格，也分不清楚喜爱与占有的分寸和区别，因而，他们的性行为中更多地带有原始的野性。然而，对这种有由头、缺情理的性爱，周围的人无不持着一种毫不留情的唾弃态度，那种必置于死地而后快的斥骂和羞辱，表现出一种视性为恶的浓重的禁欲主义味道，这似乎是拿一种愚昧去对付另一种愚昧。在这种情况下，谁胜利了，都不可能是正剧。

天狗的不自由的性爱，也是被一种闭锁的文化气氛遏制了的。他与师娘早就情投意合，盼着娶师娘这样一个女人，而当招夫养夫的形式使这种梦想变成现实时，他却踌躇不前了，他要对得起师傅，反而招致了师傅的自尽。健康的性爱为畸形的形式所框范之后，不可能有比这种结局更好的后果。天狗挚爱师娘而又不愿近身的行为，主要出于不愿伤害他人之善心，也分明有顾忌传统道德规范的因素。

当人们的性问题在生活中得不到合理的解决时，它便表现出了各种各样的畸态。天狗这样把爱上升到形而上的层次，沉浸在柏拉图式的恋爱里，是一种；还有一种人，则在动物的两性生活的观照中，排遣自己的激情，释放自己的欲望。如师娘观看蝎子的交配，安安偷看驴子的配种，以及光子有滋有味地劁猪，二大如醉如痴地戏狗，等等。也是，平凹笔下的动物，无不处在一种两性肆意纠缠而又格外融洽的平衡状态中。那似乎是对人的世界中的两性不和谐状态的比照，也似乎是对不能驰笔于人的两性生活的一种补偿。从这有顾忌的人的性关系描写和无顾忌的动物性关系描写之中，可以看出的，不仅有现实生活羁绊着人性的种种障碍，而且有性问题上的传统观念对于创作的束缚和作家试图超出这种束缚的良苦用心。

比较起来看，平凹笔下的黑氏，是在两性关系中焕发出了异彩的一个人物。她一露面，就很令人同情："小男人压迫着她，口里却叫着别人的名字"，这是多大的人格侮辱；小男人同乡长的浪女私通，她用极体面的方式加以劝阻；实在难以维系关系，便当机立断离婚。跟木犊结合，她一心一意；但木犊不谙情爱真谛，她就又去大胆追求知心可意的来顺。她善良，善良里没有怯懦；她多情，多情里没有放纵。她的性爱虽然几多转移，但决非人尽可夫的见异思迁，而是在自己有限的环境里，执着地寻觅着心心相印的志同道合者，追求一种灵肉和谐的结合。这是她婚变中不变的信念。正是这个不变的信念，她才要改变自己不满意的婚状。这是一个既富有传统美德又具有现代意识的女性。在既注重女性为人的贤良又看重女性思想开通的现时代，这一形象获得众多人的喜爱，是理所当然的。

在平凹的商州作品中，具有这样的鲜明个性的爱情追求者，还有《远山野情》里的香香。香香与跛子丈夫的离异，自然与丈夫的体弱多病不无关系，但更重要的是，丈夫并不真正把她当作一个需要疼也需要爱的女人，他不过是需要她用卖身的方式养活自己而已。而这一无敬、无亲、无爱的缺失，正好在三大那里得到了前所未有的满足，因此，她投奔三大，实属游弋着的两颗纯真爱心的自然契合。

这为数不多的两例甜蜜的性爱，都是以弃夫离家的方式实现的，这显然有违反道德习俗之嫌。但习俗作为人的一种道德规范，如果不为人的需求服务，反而成了人的需求的桎梏，有什么理由不打破它呢？一方面是习俗的禁锢，心理的遏抑；一方面是习俗的打破，心理的松动。这不同的性爱，不同的悲欢离合，从一个很重要、很生动的侧面，绘出了商州社会的人情之真状，也显出了商州社会的世运之新兆。

四

平凹的近作已不那么简括、单薄，可以从不同的角度看出不同的风光来，是显而易见的。这是与他在思谋"写什么"的同时，十分注重"怎么写"，追求一种艺术把握世界整体性的进展分不开的。这也是现实中的商州何以具有艺术魅力的奥秘所在。

同以前的许多作品相比较，平凹近期的作品，人物活动的空间拉大了，忽山坳，忽城市，忽人境，忽兽界；人物活动的时间浓聚了，或大半辈子，或囫囵一生。作者好似坐在商州山头上鸟瞰生活万象和芸芸众生，把他们匆匆而来、匆匆而去的行状尽收眼底，向人们点数他们的具体步迹，更向人们述介他们的整体行程。映现在人们面前的，是一种不断流动着、变化着的历史。

与此相适应，作者观察生活、透视生活的眼光，也变得更为浑厚。先前那种单纯的明丽、清雅的灵秀"淡出"了，代之而来的是不失生活本色的驳杂和混沌：人与人的亲善，人与人的争斗，人与自然的谐和，人与自然的纠葛，人与兽共山，人又与兽对峙，美与丑联姻，美又与丑抗争，穷逼人奋进，穷又迫人潦倒，钱诱人致富，钱又引人沦落，爱使人快活，爱又使人烦恼……构成平凹作品底色的，就是这样一种泥沙俱下、汪洋恣肆的生活多种力量互相依存又互相对立、互相碰撞又互相渗透的复杂情状和动态过程。

然而，作家的主观审美个性依然表现得很鲜明。那不是对所有生活琐象不加区分的心灵认同，而是一种带着自己的人生哲学臧否生活的审美意向。看得出来，作者企望看到商州土地的富庶，但又忌怕现代的潮流进入这里之后，使这块土地失去了原有的古朴；作者也希望商州的山民逐渐走向文明，但又担忧斑斓的时风吹入这里之后，使人们丢掉人情的质朴。因而，在作家的笔下，我们就看到了这样的情形：贪钱敛财的，心术不正，害人害己的（《黑氏》里的信贷员、《西北口》中的冉宗先），跟风随向的，寡情薄义的，结局可悲（《黑氏》中的乡长、《西北口》中的安安爹）。像安安这样在历史文化和现代文明的交融中找到自己、保持自我的，像黑氏这样在新时尚与旧传统的撞击中更新自己、不失自我的，似乎才是作者真心首肯的。总之，地要变，但变中要保持其本色；人要变，但变中要不失其本性。这就是作者在对生活的客观审视和叙述中所流露出来的主观好尚。

这种对于生活的看法，在于平凹似乎是顺理成章的事情。他出身于贫寒的商州农家，青少年时代颇多坎坷，性情好孤而内向。在这种生活的负累过早地积淀在心灵的过程中，他阅读了大量的传统文化著述，初步形成了与个人气质相契合的知识素养。最近，又较多地接触了老庄之学和道家思想，更使这种文化结构注入了佛道美学的不少养分。像"无为而为""天人合一"思想的某些影响，在作品里是显而易见的。他热情地赞颂人与自然的和谐，恣意抒写人的天性的自然流露，以及用微妙的感受传达那种松散而自在的生活氛围，无不体现了这一点。这些汇聚到一起，使他的创作呈现出汲取广泛而细密的写实的自然主义和融主观感受于客体对象的感觉主义的诸家之长的开放式的现实主义。

在这个整体跃进中，最惹人眼目的，是作品形式上的变异。

由《商州三录》开始，平凹明显追求创作的不拘一格，他描世态，述风情，记人物，抒情怀，随意挥洒，不事雕饰，并不把自己框范在某种固定的程式里。他的《商州三录》，可当小说看，也可当散文读。嗣后的《商州》，结构上用了心思，却又超出传统模式，用一种复合式脉络负载尽可能多的内容，把对生活的刻意诗化变为视野的自然流动。如今的这一批新作，又有了因文制宜的发展。在《天狗》《远山野情》《黑氏》等作品中，作者有意对男女主人公的生活环境做了简化，躲绕着生活嘈杂的笔触集中刻画人物灵与肉的种种纠葛，人物所到之处，都像有一只聚光灯在跟踪着，人物的行动、情绪都被特写式地折射了出来。然而，作者谈天说地的自如方式，却让你觉得那是随意从生活的书本中撕下来的一页，艺术被生活化了。而在另外的作品里，却是别一种景致。在那里，作者不仅没有回避生活的嘈杂，反而有意在寻找和摄取生活的嘈杂。如《冰炭》《人极》中对纷乱世事、繁复人际关系的刻意渲染，《西北口》中对新旧交替中古今文明的碰撞、美丑心地争斗的交错绘描，《古堡》中与杂乱的天灾人祸汇同行进的道士讲古、白麝逗灵的描写，都表现出一种对生活头绪的多重性和生活场景的复杂性的立体强化。这里的生活氛围每每让你感到一种成心搜求奇崛的厚重，又使你觉得那又不失生活之真实。这里，生活被艺术化了。这里，小说固然还是小说，但其中分明渗入了笔记小说、野史文学的某些素质，在形式上给人们带来了某种新鲜感。

在这讲求"怎么写"的形式探索中，语言的表述随即在平凹的创作中跃升到一个突出的位置。那是在对传统小说语言的系统反拨中的返璞归真、返古归雅。他的叙述语言，文言与白话杂糅，简洁、朴素的文笔中含带着一种历经沧桑的世故；他的人物对话，方言与古语相间，简练而明快的笔墨中辄见言近意远的妙趣。应当说，他的语言除过个别作品的一些地方显得硬合和堆砌外，总的来说是雅俗交融、隽永引人的。他不是在古人那里寻找古香古色的外表点缀，而是在民族文化的土壤中发掘历史积淀下来的思维和风情相应的传达方式和表述"符号"。因此，与其说那是一种语言技巧的探寻，不如说是一种文化意境的探求。

从最近的一些趋向看，平凹似乎又要开始"折腾"了。他的《西北口》跳出了商州写雍州，《古堡》则用较大的篇幅写精灵一样的白麝，这都是在以前的作品里不多见的。是的，由《远山野情》等作品开始的对"人的本身的深挖"，把平凹原有的创作更新了，但它们又在题旨、结构上形成了新的框式。而其中的一些作品，在艺术表现上似还不及《远山野情》和《天狗》，如《人极》《古堡》，或剪裁不够，或节奏欠缺，臃肿的情节和急促的描写，令人有喘不过气来的受累感。这种创作上的不平衡状引起读者的某些不满足感，是不难理解的。这些都似乎向作者表明：再次"折腾"是势所必然，也适逢其时。

不管怎么说，在一个不太长的时间里，接连拿出一系列力作，而且以各有千秋的内蕴碰人心扉、启人思索，是十分不易的。一个作家，一生中难有几次盛极一时的高峰。但我敢说，贾平凹时下所登上的"商州"高峰，还远非顶点。他拥有奇特的商州，拥有古老的秦川，更拥有一个感觉敏锐、想象丰富的审美主观和敢于而又善于写人所未写、言人所未言的创作主体，这将会给这个创作上的"天之骄子"，带来更大的烦恼，也带来更大的收获。

1986 年 3 月 18 日
（原载《中国》1986 年第 8 期）

虚怀·虚静

——贾平凹近作风度速写

读近年来的小说作品,总觉得一种隐匿理性意向、淡化主观评判的倾向愈来愈显见,使得小说需要咀嚼也耐得起咀嚼了。新写实作家中的池莉、刘震云是这样,陕西青年作家杨争光也是这样。最近集中读了贾平凹的一些近作,这些朦朦胧胧的印象大致有了一个可以言说的头绪,因而也意识到,在这种混沌而蕴藉的艺术风度里,显然包孕着艺术思维及艺术方式新变的种种信息,颇值得寻思和寻味。

从成名作《满月儿》到获大奖的《浮躁》,贾平凹的作品在迷迷蒙蒙的诗意中,总能见出一定的美刺所向。但在《美穴地》《白朗》《五魁》这些近期作品里,却很难在那迷团般的事象和意象中揣摩出类似的意向来,因而你并不能对作品一读了之,你得花费些时间和气力去探颐索隐。《美穴地》里以看风水谋生的柳子言,与倾慕已久的姚掌柜的四姨太终成眷属并有了后嗣,他决意给自己踏勘一块风水宝穴以光后人,谁知那只换来了儿子在戏台上威风凛凛而已。这里,表现的是世界的神秘性、幸福的相对性,还是人力的局限性、命运的无定性?还有五魁以仁义、无邪善待女人而使女人失意、寻死,而后变成恶待女人的惯匪(《五魁》),白朗了解了自己从黑老七手中获救的真相,顿失英雄气概毅然出家(《白朗》),等等情节,都在蹊跷、迷离的事象中蕴含了读解不尽的寓意。作者并不刻意向读者说教什么,宣示什么,他只是把自己感觉到的人生本相、所领悟的人生况味,如实地描绘出来,表述出来,酸甜苦辣全由读者自己去品味、去咂摸。你可以发挥自己的想象去揣摸作者的深意,也可以调动自己的体验去补充作品的空隙。作品并不确定的情节内核，为人们提供了驰骋想象、恣意读解的广阔天地。

在我们熟悉的小说表述模式里，作者一般总是带着全知全能的态度解说人生，带着清澈明丽的眼光看取世界。对这样的作品，读者只需要阅读就行了，而无须动用脑筋去思索什么。显然，这样的叙事态度已为近年来的贾平凹所不取。他决意做文学中的"凡人"，而不做文学中的"圣人"。他似乎比任何时候都更加明显、更为深刻地认识到，作家作为生活中的人的平凡性，作为个体的人的局限性。有限的自我面对无限的世界，就使他的作品在一个更高的层次上达到了感觉的真实。这就造成了他必然换一种眼光看人，换一副笔墨写人。这种在认知生活上的虚怀自我，表现在审美方式上，一方面是高度关注个体的生命、个体的感觉，以极其细切、深切而又真切的笔墨去探幽烛微；另一方面则是如实表现人对偌大世界的感知与把握的相对性、局部性，从超越个人经验和时空界限的视角去看取和探悉必然的世界和未知的生活。平凹近期作品中的对主体人的描写的超差别性、超时空性，对客体世界描写的不确定性、神秘性，盖由此而来。理解了这样一个根本点，我们可能就不会执拗于柳子言为什么未能给自己踏到一个真正的好穴、五魁为什么陡然走向病态的变异这些具体问题，而从人在必然世界中难免误入这样那样的盲点、陷入这样那样的悖论的高度，去领悟和思忖这一切。从《白朗》一作中有关白朗从黑老七手中逃离过程的多角度叙述中，我们也许更能形象化地体味作者在认知生活上的变异。山大王中的大王白朗终于从黑老七手中逃生回来，继续做起自己中断了的英雄梦，但当他记起有情有义、为他丧命的黑老七的压寨夫人，提议大家一道追悼亡灵时，部下中先后又有几个人讲述了在营救他的过程中，同样值得敬重的一位丫鬟、两个头目、一对夫妇的赴汤蹈火、舍生忘死，说出了白朗在他的角度上根本不知道也想不到的节烈壮举。如何获救以及谁是当今的英雄这件在白朗看来是确定无疑的事，渐渐在众人的叙述中变得复杂而又模糊起来，成为一个存在多种看法和说法的并不确定的事情。白朗自我感觉良好的英雄观是建立在简朴而又狭隘的世界观之上的，当他意识到了自己世界观的偏狭，英雄观也随之瓦解，遂只好在恍恍惚惚中弃王出家。作者在这看似奇崛的叙述中，实际上反映了一个重要的生活真实：人因时间和空间的限制而必然具有局限性，世界因人的认识的局限而必然具有神秘性，而这种神秘性又必然返回人的意识、影响人的行为。因此，认识世界与认识自身，永远是需要同步进行的无尽的过程。

　　同认知生活中的"虚怀"相适应，贾平凹在艺术表现上益发追求"虚静"的风格，这便是以冷峻的态度、简约的方式，力求使叙事达到"尺幅万里""一夕百年"的效果。他不讳言人性的丑恶、人生的酷烈，敢于直面真实的生活；他也不放过能够避实就虚、以暗掩明的机会，间或游离一下现实。虚虚实实、真真幻幻这样彼此不同的东西聚拢在他的笔下，构成了一个虚实相间、真幻并具的奇异世界，引人入胜又启人深思。这里最为典型的例子，还是《美穴地》和《五魁》的叙述方式。《美穴地》以三万字的篇幅讲述了柳子言因喜欢上姚掌柜的四姨太引起的恩恩怨怨，以及与四姨太成家后在暮年如何为自己踏勘真穴的经过，末了只用百十个字写道："十年后，四十里外的洪家戏班有一个出了名的演员，善演黑头，人称'活包公'。他便是柳子言的儿子。柳子言踏了一辈子坟地真穴，但一心为自己造穴却将假穴错认为真，儿子原本是要当大官，威风八面的官，现在却只能在戏台上扮演了。"十数年间的事情就这样几笔带过，而根根柢柢又一概略去不讲，不合人愿又不违人愿的结果很费人猜详，又耐人咀嚼。《五魁》也是以绝大的篇幅描写五魁如何把在柳家受难的女人救助到山神庙，当女神一样侍奉而不存任何邪念，无意中发现女人与狗同床，寻机弄死了狗，也导致了女人的自戕，结果也是冷隽而简洁的几句话：一年后，五魁变成了山神庙一带的土匪头子，"匪性暴戾，常常冲下山林去四方抢劫，而抢在寨子中来的压寨夫人已经有十一位"。五魁的性情剧变如此，令人愕然，没有过程只有结果的叙述看起来结实，想起来又迷离，而结果本身既事出有因又不合起因，其中的奥秘引导着读者想去探问个究竟。如果用一般人的写法来表述这些内容，那寥寥数语的结尾很可能要敷衍成半部作品，而贾平凹正是在这一点上显出了自己的高人一筹，从构思到叙述，都把差不多是半部作品的容量浓缩为结尾的画龙点睛之笔，以似有联系又不合起因的照应，使作品陡然变得暧昧、繁复起来，从而以十分丰富的内蕴耐人解读。这种不确定的、非完满的叙事方式，不仅有效地增加了作品的弹性和张力，而且十分有力地传达了作者对于人性和人生难以尽知和尽述的独到认识。"虚静"与"虚怀"既然是如此协调得相得益彰，它就不仅仅具有形式营造的意味，而成为认知方式外化的一种审美选择。

作家有侧重于生活的社会性挖掘的，有侧重于人生的审美化观照的，在这两类不尽相同的倾向中，贾平凹属于后者。从他的近作中可以看出，他推向前台的也最为显见的，是他冷隽、简约的叙事方式，而蕴含在这一叙事方式中的，是虚怀的自我对苍茫人世明知是管中窥豹却力求以小见大的独到感知。时代精神、现代意识这些在其他作品里显而易见的东西，在他这里化成了对人这个重要而又平凡的生命个体高度关切的现代人道主义精神，成为弥散在作品字里行间的底蕴，我们从他着意刻画的柳子言、白朗、五魁、姚家四姨太、柳家女人的身上，都能感到作者深藏在其中的对于普通生命个体合目的生长的执着而焦灼的思虑。应当说，柳子言等人都是个体生命的热爱者，平凡人生的追求者，他们正如人文主义先驱彼得拉克所说的那样，只要求"属于人的那种光荣"，"只要求凡人的幸福"。①然而，由既定的文化氛围、坎坷的社会环境和迷失的主体精神所共同构成的种种障碍，竟使这种起码的愿望是那样的难以企及，甚至在这一历程中，生命的"自我"与"非自我"也在不停地搏杀，这一切难道不都由远及近、由人及己地引起我们对人自身的种种反思和反省吗？

经由虚怀和虚静，在更深的层次上接近人的生存本相，在更高的层次上引动读者思考人的生存意义，贾平凹近作的如许艺术风度表明，他在审美的追求上又一次超越自我并达到了一种新的深化。贾平凹对于艺术创造的探寻是具有锲而不舍的坚定性的，而在艺术表现方式的尝试上又充满了见异思迁的不确定性，而这恰恰是一个作家实现进取和突破的可贵个性。因此，对于贾平凹这个从不安分的艺术的精灵，很难就某个时期或某批作品把他看定，显然需要采取谨慎而又灵活的态度去认真地追踪和细切地扫描。但有一点毋庸置疑，这便是从他的变动不居的创新追求和深不可测的艺术潜力来看，他截至目前的所有作品都并非他当之无愧的代表作，好戏刚刚开场，杰作还在后头。

1991年6月

（原载《文艺争鸣》1991年第6期）

---

① 北京大学西语系资料组编：《从文艺复兴到十九世纪资产阶级文学家艺术家有关人道主义人性论言论选辑》，商务印书馆1971年版，第11页。

浑朴而深情的 "父老歌"

——评邹志安的乡土小说

随着我国农村越来越兴旺繁荣，许多写农村题材的作者和着时代的节拍，歌唱新农村，赞颂庄稼人，组成了一部雄浑嘹亮的农村当代生活大合唱。其中，人们不难听出邹志安的声音，他那浑朴而深情的"父老歌"分明有着自己独特的音色和旋律。

邹志安小说的鲜明特色，在于他执意表现我国农民的传统美德——吃苦耐劳、淳朴正直、忠厚善良的精神素质，在于他满怀深情写乡土，字里行间充满了对农民的挚爱。

邹志安是1972年开始创作生活的，但引起人们的注目，则是1979年写出《肥皂的故事》等小说以后。《肥皂的故事》正如它的题目所直白的，是讲述关于肥皂这一人们习见常物的故事，然而那平淡无奇的家常事所挟带着的思想意蕴实不寻常。在公社拖拉机站当保管的长林拿了公家一块肥皂回来，本以为很少使用到肥皂的家人一定很高兴，不料却惹得父母亲生了一场大气。母亲想起老辈人中流行的妈妈放任儿子做贼而自己反受惩罚的传说，毫不容情地对儿子进行了批评；父亲则以集体有个人一份，拿了集体便是拿了自己的道理，语重心长地对其进行规劝。父母各以自己对正直人生的理解，来开导和教育儿子。小说没有停留在这种对善良老农的一般褒奖上，情节的进一步发展，更深一层地向我们揭示了老辈农民的高贵思想品质：他们在长林因坚持原则而被站长无理解雇的事实面前，并没有对自己的做人准则产生半点怀疑和动摇，而是以一种同世俗偏见对着干的精神优越感继续鼓励儿子做个正派人。这种在歪风邪气面前表现出来的一派凛然正气，不能不令人钦敬。故事是平实的，人物是光辉的，邹志安开始显露出他在抓取题材、开掘主题上的扎实功力。

同一时期，邹志安发表的几篇歌颂党的优秀农村干部的作品，也大都是紧扣着反映新时期农民的传统美德这个总主题的。《土地》里的李进科，抱病察访无人敢于问津的冤案，虽然遭到无端的攻击，依然义无反顾地伸张正义；《粮食问题》里的马征，认真记取历史教训，以实事求是的态度揭穿粮食骗局的真相，即使面临自己所敬重的领导的反对，也要坚持站在客观真理一边。两篇小说既以大开大阖的笔调勾勒了李进科、马征等优秀干部同新生活中的阴影坚决斗争的英勇壮举，也以细致入微的情节描绘了他们忍辱负重、纯朴正直的精神以及这种精神与农民传统美德的血缘关系。他们在长期的农村生活熏陶中，接受了党的思想阳光的哺育，也汲取了农民传统美德的滋养。党的正确教育，使他们升华了原有的朴素的精神境界，而农民正直为人的影响，又给他们在品行上打下了正确理解和执行党的路线和政策的良好基础。因此，他们能自觉地把党的要求同农民的愿望结合起来，为人民着想，为人民代言。中国农民的传统美德，就是这样潜移默化地对人们的精神领域产生着积极的影响。

邹志安在注意反映老辈农民在新的社会生活中保持传统美德的同时，还着意探悉青年一代继承传统美德，以及他们在成长过程中显露出来的美好心灵。《喜悦》是这类作品中较有代表性的一篇。淑芳和巧巧两妯娌，在得知婆家把全家积攒的十五元钱要给她们俩买衣服时，是何等的喜悦——干活有劲了，走路轻快了；而当她们因为钱不够在集上买不到衣服时，又是何等的懊悔——"再也不上集来了！""这不是咱们来的地方……"她们的愿望并不大，要求也不算高，这里边没有丝毫的非分之处，只是我们的农村还处在劫后复苏中，一时还达不到人们所期望的富足。可贵的是，她们在这未完成的"喜悦"中，并不埋怨婆家穷，只是一味地自省、自责。更为难得的是，她们对尚处于落后状态的现实一点也不失望，而是满怀信心地以自己的艰苦努力去争取未来。在她们身上，农民严于律己的品行、脚踏实地的态度，是具体可感而又光彩照人的。

近来，邹志安的小说比较注意在一系列错综复杂的矛盾冲突中展示社会主义强者的美好心灵，着意表现传统美德在建造新生活的斗争中的重大社会作用。

《关中冷娃》和《冷娃新传》是为憨直忠厚而又敢作敢为的农村青年薛冷娃写生立传的。环绕着冷娃的不良习俗盘根错节、令人压抑，似乎超出了他的应付能力。然而，这个一度被一些人瞧不起的平凡角色，在偶然被推选为队长之后，却冷不丁地干出了一系列石破天惊的"冷活"——实行了生产责任制，治住了三队干部中的不正之风，出人意料地把困境中的工作推向了前进，赢来了人们肃然起敬的目光。冷娃绝不是凭着他那股只管向前冲的"冷劲"侥幸取胜的，这里边包含着一种必然的因素，这就是他把时代精神和传统美德融洽起来的胆识和魄力。小说以曲折有致的情节和妙趣横生的文笔，热情赞美了农村中青年一代蓬勃向上的美好心灵，深刻揭示了党的新农村政策不仅促进生产发展，而且催生新人出现的更加重大的社会意义。

《早春》这篇作品以实行生产责任制后当代农村的现实生活为背景，描述了共产党员王保护坚持同不良倾向做斗争和永葆革命本色的动人业绩，真切地反映了农村中的传统美德必然压倒歪风邪气的客观趋势。一贯大公无私而又疾恶如仇的王保护，在一些人把实行新经济政策理解为各人顾各人而大刮损公肥私风的时候，义无反顾地挺身而出，使一度混乱的王家四队扬起一股祛邪压魔的凛然正气。容不得半点人品上的差池，他像一个思想道德领域的清道夫，不放过任何不利于党的事业的言行，他又是一个忠贞不渝的党的形象的坚定维护者。无论是思想气质的新颖、纯正，还是艺术形象的丰满、光辉，邹志安笔下的王保护都可以当之无愧地进入社会主义新人的艺术画廊。

无论写什么事由，写什么人物，邹志安的小说都可以使人感受到一种炽热的庄稼人情感和浓烈的乡土气息。《肥皂的故事》中两位老人不免有些唠叨地教育儿子，《喜悦》中两妯娌溢于言表的时喜时忧，《早春》中王保护错打孩子和爱人后极力掩饰内愧的爽快赔情，都是以庄稼人特有的生活方式，来宣泄他们自己的真情实感。而那环绕着人物的时而滞重、时而轻松的生活氛围，又分明使人感受到农村生活张弛有致的内在旋律。总之，在艺术手法的追求上，他以农民所喜见的方式讲述农民的故事，用农民所特有的语言描画农民的形象，形成了一种淡雅淳朴的艺术风格。

邹志安是决心唱一辈子"父老歌"的。他的父母妻儿都是道道地地的农村人，自己又在县文化馆从事农村文化工作，他十分珍重这些有利因素，利用这些天然条件保持着同广大农民的密切联系，并通过他们观察、了解、研究和把握中国农民精神变化的现状和趋向。他说："我有一种偏见，中华民族的传统美德和人类的优秀品质，不少都集中在中国农民的身上，他们受马克思主义教育多年，正在进步和提高，我们就是要写他们的事业和前途，发现和表现他们身上存在的真善美。"这是把我们中国的历史特点和社会现实结合起来研究所得出的结论，非但不偏，而且是颇有见地的。这说明，邹志安执意写农民，不仅仅是出于一种浓厚的乡土感情，而且是基于一定的坚实而又明晰的理性认识。

生活之树常青，艺术之境无垠。愿邹志安同志在自己选定的艺术道路上，扬长克短，不断进取！

1982年4月

是叹号，又是问号

——读《睡着的南鱼儿》致邹志安

志安同志：

  大札收悉已久，因终日穷于应付各种杂务，一直未及拜读你自我感觉还好的八部近作。新近挤出时间，先读了《支书下台唱大戏》，又读了《睡着的南鱼儿》，我感到了几分震惊，你的创作确实开始变了：在以往的注重生活气息和故事情节之外，开大了人物的心灵世界的窗口，并使这个活动着的窗口映现一定的社会心理。我要毫不犹豫地告诉你：这一步迈得好。

  这些年来，你和其他几位以写农村生活见长的家乡作家的创作，我都很爱看。那浓郁的乡土气息和丰厚的生活情趣，常使我梦游乡间故里，神会乡亲父老，慰藉着思乡的心情，充实着板滞的生活。但当进入评论者的角色，从一定的文学高度来审视这些作品时，却常常有某种不满足感。总觉得表述上过于本分，内蕴上不够深沉，不乏感染力，但欠缺撞击力，因而可以说的话并不太多。有感于此，我在1981年作了《对陕西小说创作的一点瞻念》一文。但随后不久，陕西小说创作新变的迹象就接踵而来。最近，忠实的《蓝袍先生》《毛茸茸的酸杏儿》，你的《睡着的南鱼儿》，又向人们显示了陕西一代人到中年的作家在保持已有特色的基础上不断进行创作意识自我更新的努力。这是一个很重要也很令人高兴的信息。

  你的《睡着的南鱼儿》，是在坎坷的事业和朦胧的爱情两条线索的交错点上，来表现农村少女南鱼儿的不幸遭际的，但我更愿意把它看作一出爱的悲剧。南鱼儿的抑郁而死，固然有同行的忌恨、流言的伤害、理想的受阻等多种因素，但爱人霍生生硬要把搏击在艺术生活的大河里的南鱼儿"逮"在自己身边，并用蒙骗的手段达到这一目的，从而击碎了南鱼儿的理想之梦，却是最为致命的原因。其实，南鱼儿醉心于演剧事业也不仅是为了实现自己的爱好，更多的是为了在事业上站住脚，从而把心爱的人儿调到剧团，使他更好地发挥自己的才能。然而，这样一颗纯真的、利他的心，却被误解了、践踏了。而其中最粗暴、最有力的一脚，竟是她倾心相爱的霍生生踩来的。这一毁灭性的打击使她彻底绝望。面对霍生生的"我爱你，真心实意地爱你"的表白，她轻轻地说了一句"可你不理解我"，这实际上是她在爱的幻梦中的初醒。

但南鱼儿未能大醒，终于含悲而死，这一处理，颇带几分残酷，也颇有几分深刻。残酷的是，如此可爱的人儿竟在不经意中长别人世；深刻的是，这一死的结局因不那么值得，所以激人深醒。

南鱼儿的悲剧，在于她还没有真正醒悟过来就了却了自己的生命。她与霍生生的爱带有一定的盲目性，热烈执着中多带着少男少女青春期的性的涌动和爱的冲动，两颗互爱着的心并未完全相通，因而爱中缺少一种相互间真正理解的内在纽带。更重要的是，也许南鱼儿没有认清自己的独立价值所在。她以别人的幸福为自己的幸福，总是成全他人，依附他人，而当发现自己为之献身的对象不那么圣洁之后，便万念俱灰，一蹶不振，她几乎没有考虑过自我存在的意义。她死了，是因为心中的上帝坏了。她的思维模式不容许她做出别的选择。初涉人生，便陷进滞闷沉重的传统文化心理的深渊，这是南鱼儿的个人悲剧，又不尽是南鱼儿的个人悲剧。她的死，是一个叹号，又是一个问号。我以为，这正是作品的深意和重力所在。

《睡着的南鱼儿》向人们表明，你的创作正在由外宇宙向内宇宙掘进。你发表在《文艺报》上的《在人物的内宇宙遨游》一文，也讲了自己在这一方面的思索心得。我极同意你的"当小说把现代人的内宇宙作为开发基地时，还有什么艺术形式敢来替代小说"的说法。人都说人的内在世界同人的外在世界同步发展、同样丰厚，其实，主体世界比客体世界可能还要博大、恢宏和深沉，不然，何谈按照人的理想改造环境和世界。文学家比别的人更有理由关注主体世界之嬗变，绘描主体世界之奇观，以自己的独有发现为人们观照自身提供丰富的借鉴。

我一向很喜欢那弥布在你作品里的那种水漉漉、活鲜鲜的生活情趣,那多是由富有泥土芬芳的人物语言构成的,几句言谈,一段对话,笔下的种种人物便神情毕肖,关中农人那种特有的旷达与幽默豁然显露。这样的一个优长,你在《睡着的南鱼儿》里不仅保持了,而且发展了。像霍生生与霍得林夫妇的谈话,以及与霍在保的对话,不仅质朴结实,而且旁敲侧击中每每有弦外之音,很耐人寻味。他们关于性爱问题的议论,直爽中不无含蓄,掩饰中又有张扬,打趣嬉闹之中真切地表现了一代农村青年有继承又有叛离的性文化心理。这里的生活情趣,就不那么表象和外在,而是与现代农人的生活和习性联系在一体,并负载着一定人生内容的文化符号。

同变化较大的创作视点比起来,你在表述方式方面还相对拘谨一些。在读《睡着的南鱼儿》时,我还是有一种太满、太实的感觉。把旮里旮旯都写到,事无巨细都不惜笔墨,便会使读者一览无余,只用眼睛而少动脑子,结果是费了力又不大讨好。真希望你的叙述角度能更刁钻一些,文笔能更灵动一些,不要轻易放过读者,也使读者不轻易放过你。

信手写来,又褒又贬,天知道是否都在点子上,聊供参考而已。

遥祝撰安!

1986年11月30日于北京

(原载《延河》1987年第2期)

人生的压抑与人性的解放

——读陈忠实的《蓝袍先生》

忠实近年来的创作,我的印象是多贴近现实写生活。他得以赢人的,是对故土的炽烈挚爱,是对乡人的执着歌赞,那是一首首满带着生活晨露和泥土清香的深情恋歌。

但读了他的新作《蓝袍先生》(载《文学家》1986年第2期),却着实叫人惊异。故事是如此的悲凉,人物是如此的不幸,作者毫无掩饰地写了现时代中一个普通人物的人生坎坷,题旨与基调都一改旧辙,那满含酸楚的文字让人心里一阵阵发紧,令人扼腕叹息,迫人凝神驰思。

蓝袍先生徐慎行,为遵从"读耕传家"的家训,做一个继承文业的人师,从小便遏抑着活泼的天性,后来被配以丑妻以淡绝色念,这颇带几分壮烈的庄严事业,终于在人民当家做主的洪流的荡涤下,显出了它本来的迂腐和偏畸。在新生活浪潮的推动下,少年老成的徐慎行开始觉醒,他改掉了惯走的八字步,脱掉了习穿的蓝长袍,终于过起了正常人的自由生活。

但是事情并不那么顺遂,他与同学田芳的真诚相爱撼动不了无爱的事实婚姻,接着反右运动中糊里糊涂变成了右派,从此,紧箍咒层层紧缩,他被迫复却原先那种心枯神萎、唯唯诺诺的非正常生活境况,如此度过了自己凄凉的青年期、揪心的中年期,步入了孤寂的老年期。

徐慎行获得一个正常人敢哭敢笑、敢爱敢恨的自由生活,只有二十天的光景。六十岁与二十天,多么巨大的反差,多么悬殊的对比。因与长时间的失常生活过于不成比例,那二十天的自由生活,如同一场稍纵即逝的梦，是那样的甜美，又是那样的虚幻。

看来，田芳等人以为徐慎行脱掉了蓝袍，便得到了解放和新生，是把问题看得过于简单了。蓝袍只是束裹着徐慎行的一个外在枷锁，摆脱这种历史因袭的重负并不困难，困难的是给这种复苏的心灵提供一个健康生长的合适环境，使人的内在世界获得真正解脱。然而，蓝袍脱掉之后，由反右和其他一系列政治运动所带来的，却是更深重、更紧密的心灵禁锢。徐慎行只能把刚刚打开的心扉重新关闭，在重重限定中以自我否定的形式萎缩地存在着。渴求心性的解放，却偏偏被套上有力而无形的锁链，寻觅属于自己的那一份生活，又每每被击碎心愿，始终流离在人的生活之外。这是徐慎行个人的命运悲剧，又何尝不是人民已成为主人的那一段历史的悲剧呢？而尤其是用种种因素所构成的非人力量硬去束缚这样一个生性怯懦、与世无争的平头百姓，更让人感到异常的可悲。

封建意识极浓的徐父要把徐慎行变成跟自己一样从而也跟自己的父亲一样的"蓝袍先生"，毫不考虑儿子的个人意愿和爱情幸福，独断地主宰着儿子的一切；而"左"倾思潮操演下的政治运动，为了政治斗争的需要，毫不手软地给徐慎行扣上种种莫须有的罪名，剥夺了他应有的权利和自尊，粗暴地一次次地蹂躏着他。封建的和"革命的"东西，在这里合力完成了一个共同的任务：把徐慎行当作没有个人意志和自身权利的工具和玩物，随意发遣和处置，使他由人变为"非人"。封建专制主义和"左"倾社会思潮，就是这样的臭味相投，如出一辙。

《蓝袍先生》所描述的人物和事件，虽然是一个人们已普遍认识到了的历史事实，但作者着意刻画的一个小心翼翼的"慎行"者始料不及的遭祸而又带着难以平复的创伤和内痛神经质地蹒跚于剩余的人生之路，深切揭示的封建主义残余与"左"倾社会思潮貌离神合的血缘关系和毫无二致的反人道性质，却让人们由独到而深切的命运剖析中受到了巨大的心灵悸动。它使人想起了应当如何对待人，如何避免重蹈历史的覆辙，如何建造真正人的环境等有关人的诸种问题。这对于我们今天在真正恢复人的地位时，提高对残余而顽固的封建主义、"左"倾思潮的警觉，在社会主义精神文明的建设中高扬社会主义人道主义的旗帜，都是有着积极而强烈的现实意义的。因此，《蓝袍先生》所表现的内涵毫不过时，它是面对现实写历史，心仪未来看现实；呼唤人性的复归，更呼唤人的观念的开放、人的氛围的更新。这些就使这部作品在社会主义人道主义文学中占有了自己的一席地位。

由《蓝袍先生》可以见出，忠实创作思想中悲剧意识的成分在扩伸，在强化。这是一个很重大也很可贵的进展。悲剧意识多以忧国忧民为基调，委实是作家历史责任感的重要表现之一。一个好的悲剧性作品，必然蕴藏着比它直接显示的东西更深邃的撞击力和启示力。《蓝袍先生》便多少具有此类作品的某些特点。作者写徐慎行与田芳的苦苦相恋而又无法如愿以偿，其寓含的另一面显然是愿天下有情人终成眷属；作者写徐慎行的生活愿望屡屡受阻和被打破，其寓含的另一面显然是应让普通人的现实愿望切实得到实现；作者写徐慎行人生压抑的格外沉重和难以名状，其寓含的另一面显然是企望真正解放人性并使之得到正常发展；作者写徐慎行内心的禁锢长期不能解脱，其寓含的另一面显然是千万避免对于人的随意戕害。这样，在众多的否定中包含了一系列潜在的肯定，使作品在冷峻的情调中暗含着一种涌动的激情，从而启迪读者在哀叹中惊醒和深思。

也可能是作品悲剧性的内容所必需，《蓝袍先生》的叙述语言也较忠实以前作品的语言有所不同。那节奏是从容不迫的，句式是短促简洁的，严正的叙述中不时夹带着浅浅的幽默，使自述性的语言并不乏生活的情趣。

从整个表现手法上来看，《蓝袍先生》还显得比较拘谨和单一。尤其是作品中把徐慎行被打成右派归咎于曾是"情敌"的刘建国的个人原因，便减敛了徐慎行命运悲剧在社会批判方面的不少力量，这似乎是作品比较显眼的一个美中不足之处。

忠实带着他的《蓝袍先生》在自己的创作道路上朝前跨出了一大步，他当然还会继续有力地迈出自己的新步子来。我愿意听他那出自雄浑歌喉的淳厚的生活之歌，尤其是《蓝袍先生》这样有力度的悲歌。

1986年4月26日晚于北京朝内

（原载《文学家》1986年第4期）

青春的悲苦向谁说？
——读《苍凉青春》

读了白描反映女知青生活现状的纪实体小说《苍凉青春》（工人出版社1988年版），我只能用这样的题目来表述我的主要感受。

知识青年上山下乡作为一场运动，似乎已经成为历史，但对知青本人来说，那场销蚀了他们青春年华的运动仍深深影响着他们现实的人生；至于那些迄今仍滞留原插队落户之地、挣扎于生活底层的知青，上山下乡则成为他们终生要背负的使命，远没有完结。

《苍凉青春》正是着眼于这样一批差不多要被人们遗忘了的女知青，写她们因嫁给了当地农民而遭遇的生活和精神的种种困窘，向人们展示了至今仍在茫茫的黄土高坡上演着的一幕幕可歌又可泣的插队落户的活剧。

作者白描用一种简洁清丽的白描手法来叙述和描写他看到、听到的一切，因而五个故事都相当切实和朴素。但因作者着意选取那些颇具生活内涵的人物和事件，切实和朴素中又时时见出丰富和深刻，很引人品味和深思。

五个女知青嫁给当地农民的过程，虽然不无曲折，但绝少现代恋爱所应有的甜蜜，那多是一种苦涩而无奈的结合。程幼芬在与女友沈小兰的竞争中终于如愿以偿地嫁给农民王全民，其中自有爱的成分，但更多的是先失身于王的原因。而她为此付出的代价，则是尽心竭力地去做一个符合当地标准的贤妻良母。王村钰毅然与有四个孩子的农民二万子结合，主要是出自女性的同情和母性的怜惜，而由此承担的重负却超出了她的应付能力。她不得不过早地做母亲，过早地做奶奶，甚至不得不在回京探亲时为省八块钱车费而拼死背着儿子泅渡黄河。她的艰窘生活虽在逐渐改善，而她自己的青春却过早地衰萎了。梁海燕与农民李顺兴的结婚，是由电话中的不期而遇和寂寞时的聊天而逐步导致的，她并不甘心这样的结果又无法摆脱，因而成为当地最受非议的新闻人物。比较起来看，李娅的婚事及生活似乎比较顺遂，她与丈夫相安无事，工作上也饶有成绩，但她那无拘无束的天性显然被不幸的生活磨损了，她事业上的成绩分明是个人情感转移的结果。至于活泼天真的赵晓华与残疾农民李三性的结合，则纯系一种稀里糊涂的配给，这里边压根儿找不到情爱的成分，赵晓华的存在，其意义不过在于为李三性家传宗接代充当一个工具而已。

在这一桩桩寻常又不寻常的行为和事件面前，我感到了认识和评价的困难。

首先，我感到作为人生历程中最重要的婚姻大事，五位女性各自的抉择都过于匆促和随便，还不能说是出于相互深知的爱，但她们为自己这一青春抉择负责的精神以及承受着物质生活和精神生活的双向重压，在文明与愚昧的搏斗中奋力前行的挣扎，却使人真切地感受到这些平凡的躯体中蕴藏的伟大女性的韧性、善良和美德。

然而，这种在忍辱负重的生活中所表现出来的可贵美德，却是以自觉或不自觉地牺牲自我的追求和主体的意志为代价的。她们因而获得人们不同程度的称许，也因而失去了自己最不应当失去的东西，两相权衡，这又不能不使人感到可悲和可叹。

这一切作为她们的人生流程，当然是她们自己一步步地走过来的，但作为在知青运动那个特定环境中的行为，很难说她们的命运与苦难都是她们自己造成的。王村钰说了一句值得人们深思的实话：我们同当地农民的结合，"与其说是爱情的驱使，不如说是由于处境的逼迫"。知青上山下乡，要义在于"接受贫下中农的再教育"，在当时前景暗淡、处境艰难的境况下，思想单纯而多情善感的女知青与当地农民的结合，未尝不是一种出路。而现在，运动随着改革的进程成为历史，大多数知青返城工作，而某些地区的城乡差别逐渐拉大，迅猛转折的社会巨轮把落后的乡村连同那里的知青远远地抛在了身后。当初，她们被历史的浪潮卷进了狂热的上山下乡运动，不由分说；如今，她们又被历史的浪潮冲刷到冰冷的社会一角，也毋容置辩。个人总是难以违抗潮流，除去自我牺牲之外别无他途。但个人总是历史活动中的一个因子，今天，女知青们以她们的滞留当地，既证明着自己不无所失的存在，也注释着历史中可悲可叹的一页。

现在，人们都在对当代中国的坎坷历程进行多角度的文化反思，寻求它之所以如此的更深层的原因。白描的《苍凉青春》从部分女知青与当地农民婚配后面临人生难题的角度，实际上触及了我们社会长期以来存在的一个普遍性的问题：在至高无上的运动面前，人的地位无情失落；而在运动过后，恢复这一地位又无比艰难。从狂热的运动之后必须应付严酷的人生这一意义上来说，女知青们面对的，不仅有个人的青春迷惘，而且有我们历史的贻患。如果说这是悲剧的话，那么，这些悲剧不仅是个人的，也是国家的、历史的。

感谢《苍凉青春》以它真切而生动的描述提醒我们：不要忘了那些听命于时代召唤而身处生活底层的知青！不要忘了那些狂热无度、运动群众的历史，不要忘了人在我们社会中应有的位置！

1988年12月

神性传说中的人性隐秘

——读高建群的中篇小说《雕像》

一向以扎实、厚重著称的《中国作家》，在1991年连续推出了一批题旨丰富、风格多样的中篇小说，内中蕴含着编辑们辛勤的劳作，也显现了作家们不倦的追求。如果说每个刊物都是当代文坛的"瞭望台"的话，那么，通过《中国作家》这个"瞭望台"，人们看到的是小说作者正以沉稳的审美态度进一步走向艺术探索的深化。

在该刊1991年绰约多姿的中篇小说群中，值得注意的作品相当多，而我着意挑选高建群的《雕像》（载《中国作家》1991年第4期）来谈论，不仅因为作品写了家乡陕北令人感到亲近，还在于它的确有一些耐人寻思的独特意蕴。

作为一个青年作家，高建群是以擅写传奇题材、注重生活底蕴引人注目的。《雕像》也具有他创作的惯常风格，作品以一个青年画家因要为一位红军女英雄雕像来到女英雄生活过的地方搜集素材为主线，由众多情节碎片的连缀与拼接，构成了对一个英雄传说的寻绎与解读。

画家从老高等人的追忆中了解到，女英雄兰贞子从小投身于解救穷人的革命，入党后肩负改造地方武装的使命，而后听从革命需要与部队首领李得胜成婚，最后因叛徒出卖英勇就义。总之，无论是流传于民间的兰贞子，还是记载于史料的兰贞子，都是打富济贫、所向披靡、才貌双全、智勇兼备的神奇英雄。这虽然不失其光辉性和传奇性，但却缺乏把自己同别人区分开来的"这一个"所应有的个性特征。画家本能的艺术追索和敏感触角，使他进而由一张遗像窥知了女英雄鲜为人知的秘密：舍弃与情人单猛的结合而受命与搭档李得胜成婚，使她在牺牲生命之前就已牺牲了爱情，从而使她的革命生涯充满了忍痛负重的悲壮意味。发掘出被神性传说掩盖了的人性隐秘，画家战栗了。这一发现使画家增进了对于女英雄的理解，从而使雕像的塑造更加理想，也使单猛勾起了对于女英雄的炽热怀恋，并促成了他最后陪伴着恋人的雕像溘然长逝。故事情节的两次意外生发，使作品的意蕴陡然升华了，兰贞子、单猛都以格外生动而鲜明的形象站立在了人们的面前。

兰贞子的就义是那样的从容而慷慨，那里分明既有把生死置之度外的无私，又有一无所有、了无关碍的无畏。她或许是在割舍了爱情的那一刻就决意奉献自己的一切的，在这种不惜生命的奉献中恰恰隐藏着她对真挚爱情的强烈憧憬。而老干部单猛数十年珍藏着兰贞子的照片并不遗余力地为雕像到处奔走，甚至依偎着兰贞子的雕像安详地死去，显然也是既把生命献给了革命，又把生命交予了兰贞子。剥露出英雄人物非规范性的一面，兰贞子和单猛都没有因此而减损光辉，相反，他们的崇高和非凡因立足于真实和平凡而更加可歌可泣，令人可敬可信。

通过兰贞子和单猛爱而难婚的故事，高建群给我们描绘了一个英雄而悲壮的时代。那是一个革命和爱情难得两全却又始终相生相伴的时代，缭绕在那个时代那块土地上的一曲曲信天游，无不充满了这种甜蜜与苦涩相互交织的旋律："闹革命的哥哥你试听，干妹妹要和你结婚"；"你当你的红军我守我的寡，革命成功再到一搭"；"哥哥你常常打胜仗，再不要把心操在奴身上"；"只要革命成了功，牺牲我的男人莫要紧"。因了革命而恋爱，又因了革命而舍爱，在这看似矛盾的心态中正包孕了一种对更大、更高的利益的遵从。陕北的人民是怎样在苦求爱情又牺牲爱情的悲壮人生中表现出崇高，于此可见一斑。

在《雕像》一作中，高建群既大胆地去揭示神性传说中的人性隐秘，努力恢复其原本世俗的真实面目，又勇敢地直面现实社会中精神生活的缺损，把一种可贵的民族精神注入了当前的时代。的确，无论是兰贞子的为革命的两次牺牲，还是单猛晚年的为恋人殉葬，都体现了为一种自己所认准的信仰而奉献一切的专注精神、奋斗精神和牺牲精神。"人是要有一点精神的"，有了这样的精神，世间还有什么事情做不到、办不成呢？

《雕像》的题材是严正的,人物也是崇高的,但作品在表现形式上却一反此类题材刻板、枯燥的通病,以连环性的悬念结构情节,又以好奇性的口吻叙述作品,尤其是恰到好处地运用了许多信天游的段落和句子,使作品举重若轻又钩深致远,不露圭角而引人入胜。虽然作品还存有人物形象尚欠丰满、细节描写有失粗疏等不足,但高建群的小说艺术显然较之前更见成熟了。

高建群走上文坛是《中国作家》一手扶持起来的。这个起点不低、成长较快的文学新苗恰遇这块园丁辛勤、土壤肥沃的文学园地,因而在创作上不断有新的起色是合情合理的。当然,其中蕴含着编创双方的协同努力也自不待言。

我为《中国作家》高兴,也为高建群高兴。

(原载《中国作家》1992年第1期)

一个成熟的文学新人
——读爱琴海的中篇小说

《沉默的玄武岩》（载《开拓》1988年第1期），《哑地层》（载《开拓》1989年第2期），两部作品接踵而来，把鲜为人知的爱琴海和他那别具手眼的创作一齐推向了前台。

这是个准备得相当充分之后才向人们走来的文学新人，他以出色的处女作宣告了自己创作的开始，也宣告了自己创作的成熟。这种艺术上的深沉与练达，我们在他的作品由表及里的多重演进中，都能充分而清晰地感觉到、体味到。

爱琴海的语言狂放不羁、汪洋恣肆，然而那不是华赡辞藻与佻达语气的炫耀，像"太阳抱着大酒坛在山那边醉饮，金黄色的酒泉就从它嘴角歪歪斜斜地流出来，流醉了苞谷林，流醉了小路，流醉了山坡上一棵红色的童话树"这样的写景，像"杜三春在路上想着黑妹，宿营想着黑妹，站岗想着黑妹；天愈黑，黑妹那大眼睛看起来愈清晰。那眼睛放大了几倍几十倍几千倍，整个世界全成了黑妹的眼睛"这样的写意，都分明传达着一种率真而灵动的感觉，这语言没遮没拦地跟着感觉走，简直像是感觉的自言自语。因而，循着这语言，我们便体味到鲜活而独到的感觉，而由这感觉，我们又领受到了有声有色、有滋有味的人生体验，从而被作者引入他所营造的悲怆世界，同他一起感触、慨叹、唏嘘。

爱琴海从不放过任何一个可以施以象征手法的具象细节：被打死的人可以爬到象征着情人的柿子树下，数天内面色宛如活人；身首离异的头颅仍可以与情人喃喃对话……企求灵魂安宁、情意永存的欲念是如此强盛，如此执着，此种精神力量足以逾越任何障碍，造成任何奇观。在这些象征中，爱琴海以自己大胆而丰富的想象强化了人物坚韧而蓬勃的主体精神，使人物的生死歌哭，都饱带着各自的鲜明个性。

同狂放语言中的灵动感觉、奇妙象征中的深邃寓意一起展示给人们的，还有爱琴海那长于捕捉和处置超常文学对象的强劲的艺术腕力。像农民当红军、红军变逃兵、逃兵又变土匪这样畸形多变的人世沧桑，像一个农人毫无负罪感地锲而不舍地戕杀四十九个无辜者这样的残暴而蹊跷的恶性事件，无一不是人生中的异常现象，因其异常，而给艺术把握和表现带来极大困难。但爱琴海对此类并非平常的现象有着特别的兴味，他那善于探幽索隐的笔不断潜入扑朔迷离的生活底层，游刃有余地剖解着变异现象中的种种奥秘，并把自己的发现、自己的感受、自己的理解，不加任何掩饰地告诉人们。这里，人们不难感觉到爱琴海对自己把握生活、领悟人性的识力和腕力的深深自信。

对于一个成熟的作家来说，艺术表现上的任何创新，都应当到其更内在的艺术思维上去寻找原因。读解爱琴海的创作，也当如是。在《沉默的玄武岩》中，人们目睹了杜三春在无可奈何中走向"半是天使，半是野兽"的"这一个"的全过程，先前的惊诧渐渐地变成了同情与叹惋；读了《哑地层》，人们领略了生肖坪王国的封闭、滞闷以及蛇本人的愚昧和执拗，更多的不是惊讶他的杀人如麻，而是惊讶那个造就这一切又容受这一切的麻木的生活氛围。应当说，读者的这些印象正是作者创作的主要意向的衔接与延伸。化离奇为神奇，在异常中求平常，在偶然中找必然，这是爱琴海的创作较为易见的表象特征。沿着这一表征继续深究下去，我们便会发现，这一切都源自作者艺术思维上的恣意求新：力求超越过去常见的在历史审视与人性透视中的简单化的究罪模式，而用一种理解和宽宥的目光和胸襟去检视历史和现实，去复原个性和还原生命，去寻找简单事象中的丰富内涵，使暴烈的显出温情，使愚讷的显出可爱，使英武的见出残酷，使美好的见出陋态，而由这一切所合就的历史与生活，也就热烈而冷峻、斑斓而驳杂、真实而炫目地展露在人们面前。这样，爱琴海不仅还原了生命个体，而且还原了历史整体，生命怎样在历史中呼号，整体怎样揉捏着个体，迂腐怎样酿造着愚昧，愚昧又如何回报着迂腐，都很自然地在读者面前展示着、演进着，令你在震惊、战栗中思索、反刍和寻味。

浑厚的《沉默的玄武岩》最生动不过地反映了作者这种独特的艺术追求。这部作品如若用一般的传统手法来处理，很可能或者把杜三春的复杂人生经历在由"红"变"黑"的描述中，变成对政治变节者的一种鞭笞；或者着眼于个人在时代大潮面前的无能为力和随波逐流，从而对已经过去的历史进行一种愤激而简单化的批判。如果是这样，那么，《沉默的玄武岩》就会成为一部平庸之作。爱琴海不然，他在作品里无疑也密切注视着杜三春的人生变异，但那目光是超越非此即彼、非红即黑的既定模式的，他甚至把种种与政治有关的意识一股脑抛在脑后，只关切作为一个真正的人的杜三春在历史所限定的环境里，所面临的一个又一个的坎坷和所进行的一次又一次的抉择。因此，人们从杜三春生活的和精神的三次较大的跃动与演化中，主要感受到的，是人在现实中的求实、求生以及顽强地保持人格、坚韧地维护自我的正气与勇气。不辜负养育自己的乡亲，不辜负挚爱自己的恋人，是杜三春人生的两大准则。而这简单而执着的信念，在那个特殊环境下竟构成生与死、善与恶、喜与悲，甚至"革命"与"反革命"的繁哀莫测的人生"七巧板"，使杜三春耗尽毕生精力而穷于应付。但他在这一终归失败的过程中，却以普通人性不愿任人宰割和生命之火不愿默默熄灭的拼死抗争，在玄武岩演出了一幕惊天地、泣鬼神的悲壮活剧。对既定命运的不驯顺，对弱小自我的不满足，是杜三春这一形象的悲剧所在，也是这一形象的光彩所在。他由动荡的时势中寻求真诚的自我，而在这一追寻中使自我发生了异变，由不适生存到适于生存，由适于生存到不能生存，他无可挽回也无可奈何地走向了生命的终结。这里，作者实际上通过对杜三春这一内涵丰厚的形象的悲剧命运的透视，生动地表达了"个体、个人的命运比整个世界的命运和中国皇帝的命运更重要"（别林斯基语，作品的题引）的题旨，也巧妙地折现了这个"重要的""个体和个人的命运"布满陷阱的混乱时世。如何看待个体与整体、个人与历史的关系，是走向文明社会至关重要的问题，也是我们的社会错失较多直至当今仍疏漏百出的问题。因此，杜三春的悲剧，在极其独特的个体性中，显然带有深沉的时代性，并且不只具有一种历史的意义，还具有一种现实的意义。它至少提醒我们，沉默的玄武岩原来并不沉默，后来的沉默也许正是一种无声的申辩与宣告：个体、个人总是历史活动中的一个因子，没有生动活跃的个体、个人，就没有历史；因之，个体并不渺小，个人并不轻微，重要的是超越自卑的自立、自尊和自强。

关于商洛某地一个山民先后斫杀数十人的事件，1986年冬从陕西传开时，人们无不为之惊愕。这个事件乍一看来是个很诱引人的文学话题，但要表现起来却相当困难。因为它本身就是那样的骇人听闻，如实反映反倒使人难以置信。问题还在于，必须超越事件本身而探悉当事人的动机及其心态，而这一切已不复存在。但是，爱琴海终于以这一事件为内容写出了《哑地层》，而且作品是那样的有声有色，耐人寻味，着实让人感到惊异。爱琴海在这部作品里，依然发挥了他善于对变态人生和人心做微观透视的特长，他那艺术的视镜由蛇这个人的不正常的人生的探明，进而深入对其所处的那个动乱的时代背景、愚昧的文化氛围的扫描，揭示出这个杀人狂的成长及其变形、毁灭的诸多主客观因素，使杀人之谜终于大白于天下。原来一切都并不深奥，蛇第一次杀的人，是自己盲流妻子的前一个丈夫，从此便把杀人不当一回事。四川泥瓦匠死于他的手，是因为那个人要火柴的口气过于傲慢，使他觉得不那么顺眼；收破烂的死于他的手，是因为他坚持说马克思是德国人，这使一直认为马克思是巴黎人的蛇觉得不能容忍……四十九个人就这样一个个地死于非命。死因都简单极了，正是这种杀人借口的出奇无聊和简单，才更加反衬出杀人者极端的愚昧和残忍。在蛇所置身的那个环境，人人都有杀人的欲望，人人也都不那么恐惧死亡：为争一块石头，贫农牛一锄头砸死了地主分子猪；因弟媳的一句气话，牛便弄死了7岁的侄女；因为龙动员狗的妻子节育，狗便杀了龙一家五口……生和死在这里都变得无足轻重，大家真正醉心的，是"你斗我，我斗你，你整我，我整你，你骗我，我骗你"。生肖坪的人就这样互相倾轧着，彼此埋葬着。谁能说这已是进入现代社会的文明人呢？恐怕正是由于这一原因，作者才给杀人者勾勒了一个生肖坪的动物式的环境，并以"蛇""狗""猴""马""羊""牛"来给一个个人物命名。开始读《哑地层》，你会觉得这种以动物名称来代替人名的象征过于别扭、露骨，而读着读着，便会觉得那样恰切、内在，而且那种弥漫于生肖坪的杀人与被杀的气氛，似乎也是蛇、牛、狗的本质属性的必然释发。如果说，《沉默的玄武岩》是讴歌人性的保持与挣扎的话，那么，在《哑地层》里，作者显然哀叹的是人性的萎缩与退化。两部作品分别从不同的角度反映了作者对于人类生存状态及其命运演进的思索与忧虑。历史中的人是那样的不幸，现实中的人又是如此荒谬，人何以如此？人向何处去？人们不能不同作者一起进入对于民族、对于自身的深沉反思。

爱琴海是继莫言、李锐等人之后，又一个追求人类大主题从而超越了已有的社会意识羁绊和传统文学规范的青年作家。因此，他的深富思想和艺术冲击力的创作的出现，无论对于他个人，还是对于文坛，都是很有意义的。尽管他的创作间或有主观意向与客观事象不够浑然的疵病（这在《哑地层》一作中表现得更为明显），但他整体的艺术感觉力、透视力和表现力，都是卓尔不群并深富潜力的。

我特别感兴趣的是，这样一个颇具才气的青年作家，竟出自本人的家乡陕西的一个较为边远的地区——汉中。似乎凡从偏僻山地冲闯出来的作家，都有落笔惊风泣雨、开口秀夺山川的壮志和豪气。山西和山东的一些青年作家是这样，湖南、陕西的一些青年作家也是这样。我以为，不负时代使命的中国当代文学的脊梁和希望也正在这里。

势头刚刚开始，爱琴海仍需努力！

1989 年 8 月

延河逐浪高

——读《陕西文学新军33人小说展览》有感

顷读《延河》第6、7期的《陕西文学新军33人小说展览》，我由浓郁的乡情、乡风中得到极大愉悦的同时，还深深地感到一种创作的生力与活力的涌动。

这是一批年纪尚轻、初涉文坛的文学新人，更是一批具有新的眼光、新的素质的文学新人。他们在对于时代生活的深入开掘和生动绘描中，向人们显露出了一个个饶有风采的艺术个体，以及彼此争奇竞秀的新人群体。对这样一个总体印象做些许具体的实证分析，结论自会更为清楚。

首先，真实是许多作品所普遍追求的，但确有深浅之分、真伪之别。我感到栏目中的许多作品，是在追求一种痛彻淋漓的真实，那不仅是沾泥带土的，而且是沾血带泪的。

郑歌龙的《流血的中午——洪河故事之一》主要用血的事件串结成篇自不待说，竹子的《远去的歌声》情调之悲怆，杨争光的《盖佬》形象之凶悍，冯积岐的《豹子下山》环境之险恶，李小虎的《无题》人物之孤漠，明琪的《子幻》具象之阴凉，黄卫平的《死巷》画面之酷烈，都令人色动而心惊。读这些作品，你一方面会感到作者的笔力过于坚忍，抑或近乎残忍；另一方面不能不承认，那是逼似生活的真实，而且这一份份真实中更有悃幅无华的诚心在。

上述作品自然各有神韵，但无疑都属于现实主义之列。现实主义不只是一种写实手法，还表现为一种求实精神。这种精神的来源及标志，都应是创作主体的悲剧意识。郑歌龙等人由真诚的主体中所体现出来的悲剧意向，虽然是初步的，然而是明晰而坚定的。有这样的文学之魂，应当说是相当可贵的。

其次，如果说作品动人主要在于真实的话，那么，启人则主要在于内蕴。而在作品内蕴的开掘一方面，不少新人的作品都有不凡的表现。

程海的《情不自禁》写缺德无才的"诗人"田德歌给自己的小侄子吃红枣，无意中使这个少年诗才致死。有此恶果，田诗人确是无意识的，然而，忌恨一切有诗才的人包括自己的小侄子，却是潜意识中的恶意。因而，作者表面上一再强调他的无意，深层里愈是让读者感到他那恶意深化至无形之可怕。李康美的《流失的岁月》也有一定的嚼头，宝臣为躲避捉奸丢弃了云蕊，他虽保全了名声却使灵魂难以安宁。怯懦的他终于"勇敢"了一回，而这一次"勇敢"又使他终生怯懦。赵伯涛的《生命之卜——困惑的生存之一》写算命的柳婆一口咬定吴某当不了副县长，侥幸当上副县长的吴某在羞辱柳婆时失手出了人命，结果失了乌纱帽。在这难解的事件中，只要认真剖解一下吴某的德行，便知柳婆不过是把迟早会有的事情说得十分确凿、自信而已。整个事情是必然的发展采取了偶然的形式。作者当然不是在夸耀柳婆能掐会算，而是用这样一个现代神话告诉人们，与其问卦于人，不如反求诸己。

王润华的《白天鹅》也许在内蕴的营造上更为浓缩一些。某剧团的男演员因出错一张牌而得罪了团长，从而在受冷落中忧郁致病；他在住院期间被一位官太太撵出了监护室，又把气撒在对自己体贴备至的女护士身上。作品不仅写了弱者总是难以逃避强者的欺凌，更写了被损害的弱者又损害另一个弱者。作品中连环套式的纠葛，很引动人从人际关系上想开去，思索有关人的地位与命运的问题。

晋川的《我的天堂经历》在荒诞事件中对庸人俗态入木三分的击打，钟平的《悟》在娓娓自叙中对陈腐老风欲抑故扬的冷嘲，李春光的《沉思的黄土地》在两代隔阂中对亲人之间失之理解的慨叹，等等，也都各含妙趣，而令人读后难以释然。

再次，从艺术上讲，直接关系着作品内容表达的叙述方式，常常更能见出一个作者的艺术功力。文学新人在寻求表现自己生活内容的适当叙述方式方面的努力，也很引人注目。

《白天鹅》的生活容量比较丰厚，在很大程度上取决于作者把男演员致病的遭际压缩在病房的回忆中，在叙述上选取了横向而不是纵向的角度。这一选择取得的篇短而意厚的成效是十分显著的。

周矢的《蓝眼点子》，是另一个精选角度的佳例。作品通篇写的是鸽子，但通过鸽子与人的联系以及鸽子类乎人类般的悲欢离合，把人间的喜怒哀乐若明若暗地揭示了出来。在一个看似漫不经心的布局里，实际深隐着殚思竭虑的匠心。

张敏的《最多十分钟》所选取的角度也有着出人意料的刁怪：相对象不在工余闲时，也不在花前月下，而在理发刮胡子的一霎。因而难以张嘴，"谈"情"说"爱一概在内心进行，这便引出了一篇"爱"的意识流。这不仅使"我"具有了有啥说啥、想啥说啥的绝对自由，而且使大口罩捂得只剩下一双俏眼的"她"平添了几分神秘感。

李小虎的《无题》则在对全知全能的叙述角度的舍弃上表现突出。他把艺术摄像镜头主要对着花圈工聂桑一方面，作品另一部分——刘魁妻子与聂的交往以及她的种种不幸一概是点悟式的侧写。这使人既能看出点什么又不能全知其所然，因而需要细细品味甚至用许多想象去添加、连缀和补充。这与其说是作者在省略笔墨，不如说是作者在开掘意蕴。

又次，探寻自己的文学语言并显露出初步的个性端倪，是这批新人新作所表现出来的第四个特点。

延鸿飞的《牧羊少年》的语言，把叙述的成分压缩到最小的程度，表现出了作者较强的白描功力，作品中的文字显得脱俗而出新。钟平的《悟》中的全部对话文字，一概没有加注引号，谁说的话也不作交代。作者完全靠话语本身的指意和语气让读者去感觉，而且连成一气的文字传达了叙述者不吐不快的满腹郁情。与此有异曲同工之妙的是封筱梅的《雪暮》不加引号的对话和不加标点的意识流段落。由于作者从内容表现的需要出发并比较恰当得把握分寸，这些文字不仅使人感觉不到凌乱，相反还强化了作品的意境。

说实话，黄建国的《在山坳》主要是依仗语言把一个没有多少写头的事情写得令人留恋回味。作者的语感相当好，要说什么，既不说白，也不说破，总是紧紧把握着暗示性不放手，给你那么一点不清不楚的雾幛，让你边读边猜，甚至参与进去想象、生发和连缀。

其他人的语言，也都能品尝出一定的意味来。比如，程海的淡雅而又慧黠，刘路的辛辣而又圆润，赵泊涛的沉着而又刚劲，杨争光的浑朴而又沉郁，张敏的机警而又洒脱，叶广芩的跌宕而又绵密，郑歌龙的悲慨而又峻烈，竹子的清丽而又纤余……笔者难以尽述所有新人的语言特色，简短的概括也难以传达其全部风貌，但这似乎业已表明，独特的文学语言，已成为文学新人普遍意识到的文学追求的重要构成。

最后，用三十三人小说的优长所构成的总体艺术水准来衡量具体作品，或者把一个个作品放在全国小说创作的大背景下观照时，我们也会明显地感觉到：文学新人也存在着一些有待克服的不足，甚至有些是值得注意的普遍性问题。

其一，是构思上的巧妙有余而意味上的深厚不足。无论是写人物在突变行为中的尴尬，还是写人物在矛盾纠葛中的烦恼，许多作品都苦心追求结尾的惊人之笔，以达到出奇制胜的戏剧性效果。然而，因为作者的笔锋并未潜向生活的纵深处，读者在故事的奇巧之外，很难得到更多的东西。我以为，这一方面有写法上的原因，另一方面有观念上的原因。一些作者显然过于着眼于人物性格本身以及人与人的表象纠葛，从而限定了探测生活的视力走向深邃。对于一个深刻的作家来说，人物在其笔下只能是作者掘现和美刺一定的社会心理的中介，或褒或贬都不仅限于人物性格或人际关系本身。只有透过一定的人物以及人与人的关系，独到地挖掘与此密切联系而又不那么显见的社会因子，从人物性格的复杂性向社会意识的复杂性进一步深化，作品才有可能做到既动人又启人，从而在精神上给读者以深刻的撞击。

其二，多数作品似还处于"写什么"的层次，在"怎么写"上用力尚不多，因而，艺术手法上普遍显得拘于传统或趋于一统。我以为，以各种写实性的故事比较忠实地反映现实生活的变化，当然很有意义。但从艺术功用上看，这种艺术可能多局限于帮助人们认识生活的意义。创作要想不局限于这样一个层次并在艺术本身的进展上做出一定的贡献，那就必须在"怎么写"上花费大功夫和大气力，使作品成为别具手眼的独有产物。文学是创新的事业，这种创新最主要的标志便是由缭乱多变的文体所表现出来的主体审美思维的恣意求新。我们当然要尊重传统，但却不能用属于别个时代的成果的传统束缚自己的手脚。对于文学传统的最好倡扬，莫过于对它进行各种各样的创造性的"偏离"，使之以更新潮的形象跟上时代的审美步伐。

三十三人是个不小的队伍。同这个队伍在一个相当不低的艺术层次上腾身跃起这样一个势态比起来，他们的一切无可避免的稚气无疑都属于大醇小疵，甚至正预示着一种更深的潜力和更大的起色。

"新潮复起，延河逐浪高。"

这不仅是一个出自衷心的良好祝愿，而且是一个正向人们走来的可喜现实。

1987 年 10 月

老村之谜与《骚土》之谜

一

知晓老村的大名,是看了小说《骚土》之后。

当时,以《白鹿原》《废都》《最后一个匈奴》《热爱命运》为代表的"陕军东征"的热潮方兴未艾,书摊上又忽喇喇地摆出了《骚土》等一批乡土题材的长篇小说。由于这些书的外在包装和广告宣传都涉嫌媚俗,引起了出版管理部门的注意。有关部门找了几位搞评论的同志,要求尽快拿出审读意见,忝列其中的我,分到手的正是老村的《骚土》。老实说,这种角色和这种使命,在很大程度上决定了审读以挑毛病为主的性质,但当我认认真真地读完《骚土》之后,反倒为小说中的那种浓郁的乡土气息、浑厚的悲壮气氛和深沉的批判意味所撼动。我感到,小说本身是严肃而独特的,有问题的是有意媚俗并游离作品的外在包装,其情形恰如一个良家妇女被打扮成了浪荡娼妓。我在审读意见中如实地陈述了自己的看法,由此也对老村其人发生了兴趣。

嗣后,中国工人出版社副总编辑南云瑞说他认识老村,此人现居北京南城,是陕西籍自由撰稿人。不久,我与老村有了正式联系。老村借第二部长篇小说《鹫王》出书之际,与北京的陕西籍文人小聚了一次。由此,我约略知道老村的真名叫蔡通海,时年38岁,是陕西澄城人,早年由陕西去青海服兵役,近年又由青海到北京写作品。看着老村那不大修边幅又不太会应酬的样子，我深感《骚土》这本书带给人们的印象与作者实有的情形相去甚远。老村厚道，决不轻佻；老村质朴，毫不风流。人们由《骚土》知晓老村，而彼老村又非此老村，这种阴差阳错真不知是老村的幸抑或是不幸？

由此来看，经过包装的老村与《骚土》因并不切实存有诸多隐情，而未曾包装的老村与《骚土》因难知其详也留有不少谜团。在我向老村表述了这一观感之后，老村先是抱来他的未被删改的《骚土》原作，后又拿来他与邱华栋的对话录《走入骚土》。读完两作之后，我在更多地了解了老村及其创作进而解开了诸多疑惑之后，深感有必要还其本来面目的《骚土》，同时尽快推出这本《走入骚土》。其意义当然在于，首先，以来自作家的第一手资料揭示老村之谜和解释《骚土》之蠡；其次，在生活如何成就一个作家，而作家又如何在复杂环境中把握自己等方面，也有着诸多启人又警人的经验和教益，这对于当今的文坛都不无现实性的意义。

二

一个文人以"老村"为笔名，多少显得有些古怪，但老村就这样把"老村"与"文人"这一对看似矛盾的称谓印制在名片上，并在他《走入骚土》的题记的开首便以"乡土之生身"和"村夫之憨实"介绍自己。显而易见，以"老村"的名号命名并以此介入文坛，老村自有个人的用意。

这些方面的问题，《走入骚土》一书虽未做出具体的解答，但经由作家对经历和追求的自述，又把什么都和盘托出了。

首先，"老村"这个称谓是个人出身的一种标识。老村是生长于陕西澄城农家的乡下人，艰窘的生存环境和枯涩的村社文化，限定着他又养育着他，使他在起步之始就备尝了人生的甜酸苦辣。他从小就感受到命运的不公，很早就为命运而焦虑，后来终于以当兵"走出黄土地"，并如愿以偿地上了大学，顺顺当当地进了北京，一步步地实现了自己的目标。但已贯注于他生命的早年的经历和童年的记忆，却非其他经历所能相抵和类比，因为那不仅是他认知世界的原初印象，而且是他看取人生的基本视点。"村夫"和"村人"的早年人生之于老村，就是这样让他抹不了又忘不掉，而且以神移情随的方式每每左右着他的心态与行状。有意味的是，有着同样经历的一些人在极力掩饰这种出身，老村不仅毫不避讳，反而理直气壮地昭示于人。这一则表现了他的真挚与诚朴，二则表现了他对"村人"的认同与首肯。由此，老村既表现出了他的立足所在，也表现出了他的特点所在。

其次，"老村"这个称谓是切入文学的一种角度。文学之果结于生活之树，因立足于生活的角度有别和表现生活的才情不同，才有文学园地里的姹紫嫣红和春兰秋菊。老村深谙其中道理，一开始就依循"写自己最熟悉的"创作规律，把自己定位于乡土，明确了自己这个园丁的责任与使命，那就是让"来自天地"的天籁之音，占据一方世界，给文坛添加一些日见稀薄的生活底气和泥土本色。他以《骚土》等作品实践着自己的追求，并从内容到形式给人们切实带来一股清越而独特的乡土新风。事实证明，骚动不安的土地与变动不居的文学，都有新的生面可供开发，文学中的乡村题材和村夫角度仍有广阔的前景。

我还觉得，老村之于文学，从个人与文学的角度看，表明人生经历在成就一个作家的过程中具有举足轻重的意义；而把它作为共性符号来看人，则在许多方面解析了陕西的黄土地与文学创作的内在缘结。《走入骚土》告诉人们，十八年的置于穷与"左"的社会背景下的乡间生活，使老村从乡邻、从家人、从自己的多重角度目睹并体验了卓富中国特色的社会生活，使他感受盈胸激情满怀，从而想写出来，要说出来，而苦焦的形而下生活最易激发思想上形而上的探索。于是，他十二三岁上接触老子的《道德经》，十五六岁上迷恋古代文学，就成了他在现实中驰思寄情的重要手段。其实，现实生活的封闭与落后和文化传统的丰厚与悠久，恰是黄土地特有矛盾的对立统一。这二者的互为因果，就使得人们自然而然地尊耕重读，而年轻的学子就更多地把命运的改变寄托于读书作文，由此黄土地便与文学结下了不解之缘。据知，陕西一省经常从事文学创作并发表作品的业余作者，要以千人计。偌大的一个创作群体，在全国也并不多见。而在这样的一个基础上涌现出诸如陈忠实、贾平凹、杨争光、老村这样的佼佼者，也属势在必然。由此也可进而理解中国的作家多出于山乡农家，而农村题材创作也始终在中国文学中占据主流的种种原委。

三

老村在发表《骚土》之前，有过十年的创作演练，但他的名字仍鲜为人知。长篇小说《骚土》的出版，使他几乎在一夜之间蜚声文坛。这种文学奇效的造成，从表象上看要归功于现代图书出版中的商业手段，而究其底里，则在于作品本身的内功和魅力。图书出版中以商业手段操作的图书，有货真价实的媚俗之作，也有雅扮俗装的严肃之作。《骚土》作为后者的代表，作品本身即为商业包装提供了多种可能性。然而，成书之后的《骚土》，显然以前言、后语、封面和封底等环节构成的包装，在作品浑然一体的精与粗、雅与俗、文与野的内蕴构成中，有意突出和渲染了后一方面，从而以外形的媚俗招徕读者。这样，走向社会和走近读者的搔首弄姿的《骚土》，实际上与作品本身严气正性的文本大相径庭。

比如，对书名《骚土》，书的包装就以误读的方式做了俗化处理，有意抓住风骚的一面大做文章。其实，骚，首先是指纷扰和躁动，其次是指文体和诗人，最后才指轻佻和风骚。作者正是在骚扰不安和变动不居的意义上使用"骚"字并把作品命名为"骚土"的。弄清"骚"的本义，不仅是为书名正名，还因为理解《骚土》一书的钥匙正在这里。

日作夜息的鄢崮人，有着不屈的生力与不竭的活力。但由于社会和自然的种种条件的制约，他们未能摆脱贫穷与落后的樊篱，却又陷入动荡又荒诞的"文化大革命"的泥淖，更使一切都走了调又乱了套：有点文化的贺根斗、邓连山把背毛主席语录当成了撑脸面、争风头的手段；流氓无产者庞二臭剃头的营生干不成，便四处游荡、调戏妇女，而后成了最有资历的造反派；身为"钦差"的季工作组以"革命"的名义训人、抓人又整人，而心里想的是幼年时算命先生的"官至七品"的预言何时变成现实。在季工作组这棵"大树"的萌护下，党支部的叶金发仗书记之权威逼水花成奸，民兵连的吕连长借握枪之便随意滥施淫威，村民只好顺时势之坡骑驴，看上面的脸色行事，诸种以相互倾轧邀功，以色相诱引争宠之事便接踵而来。而对这些争风吃醋又争权夺利之事不感兴趣，只想仿效梁山好汉们行侠仗义的大害等人，却被穿凿附会地当成了反革命受到了镇压，使不少善良农户家破人亡。死的死，走的走，鄢崮村元气大伤走向衰落，而季工作组则以成绩辉煌荣升了县革委会副主任。一人升迁，众人遭殃，这是多么残酷的结局，多么悬殊的代价！真不知是人把"革命"扭曲了，还是"革命"把人扭曲了，反正人们都尽力地追随"革命"改造世界，结果却走向了自己愿望的反面。

鄢崮村果然是一块骚动不安又怪诞不经的"骚土"，但发生在这里那如同打摆子一样的种种病症，都是鄢崮村自行发作起来的么？显然不是，鄢崮村是黄土地的一部分，是中国农村的一部分。作为大社会的一个小构成，它难以避免整个肌体的病患感染，只能以你感冒我也咳嗽的方式传达彼此相连的脉息与气象。因而，这块小的"骚土"，委实是大的"骚土"一个写实的缩影和形象的映照。

社会紊乱了内在神经，风行起政治斗争，农民搁置下土地去从事职业性的"革命"，政治时尚让人们丢弃了自我，遗忘了主体，甚至反"主"为"客"，以角色反串的形式，认认真真又懵懵懂懂地演出着令人啼笑皆非的活闹剧，这就是老村给人们勾勒出的"文革"十年在鄢崮村的一部历史。这部在今天看来相当荒诞的历史，却是不少人用极其可贵的血泪以至生命书写就的，因此，它荒唐而又沉重，悲哀而又悲壮，很难让人笑得起来。在喜剧和闹剧的形式中深孕悲剧的内核，是《骚土》的最大特色，仅此它就超越了一般认识价值，而具有一定的批判意味和启迪意义。

毋庸讳言，《骚土》里的性描写相当不少，有的地方还比较炫目，可以说作者几乎是任何可以写性的地方都没有轻易放过。但大体来看，这些描写多为作品的风情描画和人物塑造所需要，而且下笔落墨比较注意节制和分寸。对鄢崮村人来说，人生本义既简简单单又赤赤裸裸，那就是马翠花所概括的"说尽天下之事，不都是吃吃喝喝日日戳戳八个大字"，这也正是儒学老祖宗"饮食男女"的别一说法。其实，就作品一些主要性描写段落来看，都并非无缘无故，像珍珍为讨好季工作组以身相许，淑贞因丈夫有病而找张老师借种，栓娃妈为一筐杏、一瓶油而委身于买卖人和二臭，水花因偷柴火不得不跟抓着她的支书上床，黑女为一枚毛主席像章而遭受二臭的凌辱，等等，虽则得失不成正比，却也事出有因。而正是这种随意的付出和廉价的失身，以及非出于意愿和毫不涉及情爱，才让人觉着格外辛酸与悲哀。因此，在这种随手拈来的性描写里，其实包含了一种对女性命运的悲鸣和对男权社会的批判。

我觉得《骚土》还值得称道的，是它的结构方式和语言形式。它在作品叙述上采取了一种娓娓道来的话本小说的叙述方式，在现在时的大故事的展开中，又不时穿插讲述过去时的小故事，使得作品引人的故事环环相扣，作品的时间和空间也随之拉大，现实画面与历史图景在系列化的故事中交叉演进，使鄢崮村的人生景观成为过去与现在相衔接的"骚土"史话，而"骚土"史话又成为写实与传奇相杂糅的流动的历史。在语言、语感方面，《骚土》无论是作者的叙述口吻，还是人物的对话语言，都大量采撷和运用了渭北澄合一带的民间口语和方言俚语，使得刻画人物性情和勾勒风土人情，既有描其形之趣，又有传其神之妙。对渭北民间方言口语在用字和用意上的简练而古拙特点的生发和张扬，还使《骚土》在形式整体上具有一种文白相间、雅俚并举的地域色彩和文化底蕴，使它本身即成为描写对象的一种鲜明标记，使人觉得并非作者在"言说"黄土地，而是黄土地在"言说"自己。从这个意义上看，《骚土》可能是当今小说创作之中，真正以乡土化的语言完成乡土性的题材的为数不多的一部特色之作。

四

作为老村的第一部长篇小说作品，《骚土》充分表现出了作者有备而来的艺术才情，也约略显露了他尚待克服的一些艺术不足。就我的观感来看，在生活和艺术如何更好地化合的大问题上，或者说在恰当处理创作中的粗与细、雅与俗、文与野的诸种矛盾问题上，老村还须结合创作实践再花功夫和再下气力。

比如，老村比较讲究作品结构的故事性和故事本身的可读性，这当然无可厚非，但在注重故事的同时，人物性格的塑造似乎有欠内在，尤其是复杂人物的复杂心态，多属点到为止，很少深究细述。而讲述故事必然注重情节，难以顾及细节，因而在《骚土》里也很难看到大起大落的叙述和大开大阖的描写，整个作品在结构上多为平铺直叙和来去匆匆的推进，看来在注重故事的同时，如何放手写人、写情，使作品跌宕起伏，老村仍大有文章可做。

还如，老村长于运用方言俚语叙述作品，并常有画龙点睛、妙趣横生的效果。但我总认为，运用方言俚语要适度，因为作品是写给更多地域的人看的，而语言作为交流、交际之工具，应具有相互理解之可能，不然就成了自我逗趣和自我封闭。我读《骚土》就感到一些方言的运用是生动而适当的，另一些方言的运用则是生涩而失当的。前一种如"谁氏""碎娃""这相""这达""务治""对铆""头牯""日鬼捣棒槌"等，一般的读者从字面上或上下文的阅读中都能约莫知晓其大致含义，而后一种如"驾"（站着）、"奘了"（生气）、"避尸"（躲开）、"彻业"（完备）、"抬下"（藏起来）、"拧刺"（不驯顺）、"球势"（阵势或德行）、"胡神呈"（捣蛋或发神经）、"球浓水"（没能耐）等，则只有地道的陕西渭北人才能确知其含义，别的地域的读者只能望文生义或望词兴叹了。把这样一些使用范围狭小的生僻方言大量运用于作品，与其说是给作品增色，不如说是给作品添障。

这些问题的出现，可能与作者业已形成的文学观不无干系。如在《走入骚土》的文学自述里，老村一再强调土地对于文学的意义，他不仅有"我的声音来自土地"的宣言，而且有"唯有土地才能教会你怎么写作"的断言。应当说，老村涉足创作不久，即有对于文学与生活关系如此清醒、深刻的认识，实属难能可贵。这与那些或把文学当成一己的情性宣泄，或把文学当成个人的文字游戏，恰成鲜明的对照。

文学是生活的映象，也是生活的馈赠。作家的积累与灵感也罢，创作的素材与题材也罢，无不主要来源于生活本身。文学创作的成败与优劣，也常常在于作家把握生活的深与浅和发现生活的多与寡。老村正是把自己的文学之根植于生活的沃土，使他初试锋芒便不同凡响，一切都带有独属于自我的鲜明印记。但还必须看到事情的另外一面，即文学与土地的关系并不那么直接和简单。文学说到底是立足于生活的艺术创作，再经由作家主体完成的作品，只能是一种主观的创造和现实的象征物，而非客观生活不走样的文学照相。从这个意义上说，文学只是主观意义上的艺术真实，并非客观意义上的事实真实。因而，在文学与生活的关系问题上，既不能疏而离之，又不能拘而泥之，这里有一个适度的问题。总之，作家应该在立足于自己所熟悉的基地的同时，尽力拓展自己去占领更为广阔的创作天地，而不要囿于一己的偏爱而难于自拔，以致被束缚被框范，从而化优为劣，变长为短。在这些方面，老村似应有所警惕，如能更好地坚持该坚持的，舍弃该舍弃的，其创作当会有新的局面。

老村有奇才，所以我格外看重；老村是乡党，所以我坦诚相见。但愿这些看法既有益于读者诸君理解老村其人其作，也有助于老村自己反省自我，从而"走入骚土"又"走出骚土"，以更独特更成熟的风姿自立于当代文坛。

1995年6月10日于京南郊

（原载《小说评论》1996年第2期）

突破与进取

挡不住的崛起

——作为文学、文化现象的"陕军东征"

"陕军东征"是沿用一种比喻性的说法，指的是去年以来陕西几位作家联袂发表的长篇小说对于文坛的冲击和影响。具体来说，主要指陈忠实与《白鹿原》、贾平凹与《废都》、京夫与《八里情仇》、高建群与《最后一个匈奴》、程海与《热爱命运》。为什么刻意强调作为文学、文化现象来看？这是因为有人并不把它们看作一种文学、文化现象，有人或者认为那是"精心策划的商业性事件"，或者认为那是"讨好主流意识形态"的政治现象，总之，它被打入了文学、文化之外的另册。对于这样一些看法，我不能苟同，也无意论理，只想从自己的角度谈谈我对"陕军东征"现象的一些看法；当然，我还有通过这个题目申明应该从文学、文化现象来看"陕军东征"的意思。不求理解，但求存异。

"陕军东征"的有关背景

谈到1993年的"陕军东征"，不能不使人想到1992年、1993年"陕军"的损兵折将。先是路遥因病去世，紧接着邹志安因病身亡，路遥终年43岁，邹志安终年46岁，都是正当人生年富力强之时。路遥，人们可能比较熟悉一些，他以中篇小说《惊心动魄的一幕》走上文坛，以中篇小说《人生》一举成名。他的三卷本长篇小说《平凡的世界》，在全国第三届茅盾文学奖评奖中获奖并名列前茅，可以说他的创作生涯刚刚拉开了帷幕。邹志安在影响上不及路遥那么大，但也是当代文坛一位有积累、有特色的实力作家。他以短篇小说《哦，小公马》和《支书下台唱大戏》连续两届荣获全国优秀短篇小说奖，他的《乡情》《喜悦》《关中冷娃》等中短篇佳作被收入各种文学选本。他在逝世之前，正在从事长篇小说系列"爱情心理探索"的创作，重病之时还在为其中的一部长篇小说奋力拼搏。他是想拿出一部真正代表自己水平的力作。可以说，路遥和邹志安都是带着无尽的遗憾离开了人世的。他们患病的原因是多方面的，但在清贫的生活状态中顽强不息地追求文学，乃至不惜以身体为代价去拼命创作，也不能不说是原因之一。"陕军"连损两员大将，损失是灾难性的。据陈忠实讲，这几年，连同老作家余念等逝世，陕西作协都在为一个又一个的作家办理丧事，满院是白花，充耳是哀乐，那种低沉、阴郁的调子似乎成了基本的生活氛围。对于陕西作协和陕西作家来说，这几年是黑色的。

虽然置身于这样一种环境氛围，陕西的作家们仍然没有停止文学的思考和探索。也是在1992年，陈忠实完成了《白鹿原》，贾平凹创作了《废都》，京夫改定了《八里情仇》，程海拿出了《热爱命运》，高建群写就了《最后一个匈奴》。当这五部长篇小说不约而同地汇聚到京城五家出版机构时，谁能说这个体的创作行为里头没有包含着整体的文学精神呢？个性中葆有共性，偶然中寓有必然，他们没有在文学的苦旅中倒下来，他们的成果不仅仅属于他们自己。因此，就有了"陕军东征"，就有了扬眉吐气的1993年。

"陕军东征"的作家作品中，除过贾平凹的《废都》和京夫的《八里情仇》，其余均为各位作家的长篇处女作。陈忠实从1965年步入文坛以来，以从事中短篇小说的创作为主，1986年发表中篇小说《蓝袍先生》以后，有关民族命运的思考使他难以自抑，这种深深的反思触发了他的所有生活库存，使他不得不寻求更为适当的表达方式，这便开始了《白鹿原》的创作。这部作品的写作过程是五年，但他为此所做的生活积累和文学准备要长久得多。陈忠实在新中国成立前有过七年的最初人生经历，中学毕业后，又在社会底层的乡村担任民办教师、乡镇干部十几年，这种长期而实际的人生体验是后来的中青年作家较少具备的。他的《白鹿原》首先是这种丰厚而独特的人生积累的结晶。贾平凹是当代作家中著作甚丰的一位。据不完全统计，他目前已出版近百部各类作品集。《废都》之前，他发表长篇小说《浮躁》。《浮躁》在题材上、写法上与他以前的中短篇小说区别并不大。他一直想写一部关于城市的小说。他由1972年初到西安就学到1993年写《废都》，已有二十多年的城市生活积累。这二十多年是他由不知名到知名的二十多年，是他由初恋到结婚又离婚的二十多年。其间，他备尝了一个文人成名之后的种种幸与不幸。《废都》是他用完全不同于过去的素材和写法创作的一部都市文人生活的感言。作品虽然写了不到一年，但其在生活上艺术上的准备却要早得多。京夫跟陈忠实同龄，他在家乡当过十三年的中学教师，1972年正式从事文学创作，以短篇小说《手杖》获取了全国优秀短篇小说奖。他在80年代发表的《深深的脚印》《娘》等作品，都在文坛引起了一定的反响。《八里情仇》是他继长篇小说《文化层》之后的又一篇力作，其中所描写的"文革"期间乡村社会的动荡人生画卷，正是基于他感受最切、体味最深的一段重要的人生经历。高建群在发表《最后一个匈奴》之前，在国内的文坛已有一定的影响。人们对他印象较深的是发表于80年代中期的中篇小说《遥远的白房子》，他后来又以中篇小说《雕像》获得《中国作家》优秀作品奖。他的作品常常在传奇式的故事中充溢着理性的激情。他的人生经历也多姿多彩，生于关中，长于陕北，当兵多年，又解戎从文。他的《最后一个匈奴》并非基于自己的生活经历，但多方面的人生体味显然使他在创作这部作品时有了更多的参照。程海长期在县文化馆从事诗歌创作，80年代中期转向小说创作，1990年出版中短篇小说集《我的夏娃》。他善于观察，敏于感觉，这种诗人的气质、诗人的文采在写作长篇小说《热爱命运》时，起了较大的影响作用。因此，这部作品的许多章节都与一般的小说不同，带有感觉的灵动性与描写的抒情性。

由以上的简单介绍可以见出，五部长篇小说的创作都是有基础、有准备的，是作家们呕心沥血的结晶，绝非心血来潮的产物。

五部作品的概要评说

"陕军东征"的五部作品，各有其所重和所长，比较而言，《白鹿原》和《废都》在内涵和艺术上更浑厚更具分量。

在于北京文采阁举行的《白鹿原》讨论会上，有人提出，现在有关"史诗"的提法太多太滥，评价《白鹿原》不必再有"史诗"的概念。我对此说不以为然，便比喻说：原来老说"狼"来了，"狼"来了，结果到跟前仔细一看，不过是一只"狗"；现在"狼"真的来了，不说"狼"来了怎么行？我觉得《白鹿原》是真正具有史诗品格的作品，因此避讳使用"史诗"，不足以说明这部作品。这部作品从清末写到新中国成立，历史跨度有半个多世纪，虽然主要写白、鹿两家，但由此联结的根根须须却异常丰繁，比如，由不同政治力量的对抗表现了悲怆国史，由不同的文化心理的较量表现了民族心史，由有关的性爱的恩恩怨怨表现了畸态的性史。整个作品便由这各具内涵的线索交合勾连，构成了一部气势恢宏的"民族秘史"。在一部作品中，复式地寄寓了家族和民族的诸多历史内蕴，具有如此丰赡而厚重的史诗品位，我以为在当代长篇小说创作中并不多见。这部作品在艺术上也是精益求精的。它在结构方式上以人物命运为单元，以历时性的事件为线索，分合得当，宏微相间；语言表述上把关中方言与书面语言相杂糅，铿锵有力，有滋有味。比如，作品的开场描写就很有一些出手不凡，一般的长篇小说总有一个序幕，或叙述历史背景或描画自然环境，这几乎已成为一个模式。但《白鹿原》就不这样，开首就是"白嘉轩后来引以为豪壮的是一生里娶过七房女人"。开门见山，直奔主题，点出了主人公的传奇式经历，又设置了故事性的悬念。这部作品在发表之后，多数评论家评价较高，有人认为是新时期以来最好的长篇小说之一，还有人认为它是现代以来最好的长篇小说之一。层层递进，不一而足。这些看法都有所本，并非无稽之谈。说它是新时期以来最好的长篇小说，是因为新时期以来少有在史志意蕴上如此丰厚隽永的作品；说它是当代最好的长篇小说，是因为当代少有在化合中西艺术上如此自然老到的作品；说是现代以来最好的长篇小说，是因为现代以来少有在反思民族文化传统上如此深沉锐利的作品。陈忠实给他的一位乡下朋友说，他要写一部死后可以作枕头的书，不然就白活了。我看他的《白鹿原》就实现了他的这一愿望，不过我觉得，陈忠实还正值盛年，只弄这一个"枕头"显得吝啬了一些，或者说目标还嫌小了一些，他还可以弄一个或几个像《白鹿原》这样的"枕头"，因为他完全具备这样的实力。

《废都》的出版跟我多少有点关系，这部书稿是我1993年初去陕西时，从贾平凹当时暂居的户县（今西安市鄠邑区）带到北京来的。不久前，到政协会上去看平凹，谈起这一件事，一位朋友开玩笑说：原来《废都》经由你的一双"黑手"走向了社会，是功是过你都难脱干系。对此我供认不讳。我是在《废都》出书之前看过书稿的少数几个人之一。平凹写《废都》的情形我大致知道一些，但读过《废都》手稿，感到和想象的、期待的都很不一样。最初的感觉是从头到尾都贯注着一种人性的无奈和人生的悲凉，还有就是有关性描写的段落显得过于直露乃至炫目。后来看了校样和发表出来的作品后，理解和体味就更深入了一些，觉得它的确是平凹创作中颇有特色和深度的一部力作。这部作品在许多人生感觉上是写实的，像文人的聚会、文人的心态、文人的行状，以及社会上的种种斑驳陆离的文化现象等。但其内蕴却深富哲理与象征意味，尤其是文人如何由名人成为闲人，又成为废人的过程，很具一种警策意义。庄之蝶作为一个作家，碌碌忙忙又碌碌无为，自己想写的作品总写不成，自己心爱的女人也得不到手，什么都是竹篮打水一场空，临了身心两伤，徒具躯壳。这样的结果，既有客观的原因，也有主观的原因：从客观上说，既有现实的原因也有历史的原因；从主观上说，既有生理的原因也有心理的原因。这一切都引动着读者从人如何在转型期的复杂环境中把握自己思索开去，从而反观环境、反省自我。人从寻找自己出发到最后陷入失去自己的迷惘，这是一个世界性的文学主题，正是在这一点上，《废都》具有明显的现代意味，并且超越了贾平凹过去作品的艺术视野。《废都》还有一点与贾平凹过去的作品不同，这就是写性大胆了、率直了。为什么他过去涉笔情性时比较含蓄，而现在刻意放达了呢？我想这首先是作品整体上追求径情直遂的写实，写性时就必然不加掩饰；其次是作品在描写特定人物性格、表达独到主题内涵时，需要这一部分写成现在这个样子。有人怀疑作品写了那么多的性，还画了那么多的方框框，一定有招徕读者方面的考虑。我觉得这种可能性在作家的潜意识里也不好排除。文学史上常常有一些作品因其怪、异、俗反而流传下来的例子。《废都》若少了情爱部分，几乎就不可能为更多的人所阅读、所流传，它是一个在俗的外衣里包裹着雅的内核的典型文学例证。

京夫的《八里情仇》围绕林生与荷花一对有情人因家仇、"左"祸和穷命而难成眷属的恩恩怨怨，写了"文革"大背景下普通人的乖蹇命运及其顽强抗争。作品的生活细节平实而密集，笔端饱带着对"左"倾思潮的愤懑和对普通农人的同情；作品有底气、有力度，颇具严谨现实主义之内韵。但因作者过于爱惜他所占有的素材，剪裁、取舍不够有力，作品在结构上尚嫌冗赘，叙述上显得拖沓，有光彩的无光彩的交织在一起，使作品不够紧凑与精致，其力度与厚度也大大地减敛。从作品存在的缺陷看，既有作者的艺术手法偏于传统的问题，也有对现有素材的发酵与提炼尚欠功夫的问题。作为长篇小说处女作来看，高建群的《最后一个匈奴》比较多地显示出了作家个人特有的艺术才情。这部作品经由杨作新曲折而传奇的人生经历，把革命加爱情的传统故事写出了历史的深意和文化的新意；作品视野宏阔，文笔倜傥，充满着自如驾驭生活素材的艺术自信。但从整体来看，上、下两卷缺少内在的逻辑衔接，下卷又在内蕴上颇显零乱，因而作品有硬拼起来的嫌疑，这使之实际上只是半部杰作。比较起来，程海的《热爱命运》以南彧与三个女性的情爱纠葛来展开故事，结构上更见完整，叙述上更显浑全。但这部作品更能显出其长处的，却是感觉的微妙、情思的丰繁，以及准确而细切的文字传达。我在作品的讨论会上说，这部作品是一个"有贼心没贼胆"的多情男子的情爱心路历程的生动写照，有些人以为是玩笑之谈，这其实是认真的。现实生活中，多是这种"有贼心没贼胆"的。我们过去很少在文学作品里看见这样的主人公，因为这样的人常常用一句"不正经"就给否定了，谁还敢把他领进文学殿堂呢？所以，《热爱命运》的作者在这一点上有自己的贡献，以写这样的人物、这样的心态为主需要有胆，而写得如此活灵活现、惟妙惟肖又需要有心。这部作品与其他几部作品比起来，似乎缺少历史的厚度，但却自有其人性的深度。

从什么角度来看"陕军东征"

"陕军东征"现象一出现，便引起人们的广泛注意，这原本很自然。一个省份在差不多同一时期相继推出五部长篇小说，而且经由某些商业手段的运作铺天盖地地涌向社会，这怎么可能不引起人们的关注呢？

但同样是关注，却体现了彼此不同的角度，因而在看法上也就大相径庭。

在有关《白鹿原》和《废都》等作品的评论和讨论之中，许多评论家都立足于文学和文化的角度，对作品进行了实事求是的论析，肯定了应该肯定的，也批评了应该批评的，不少意见中肯而令人信服。比如，对于《白鹿原》，一些评论家在肯定它的史诗气韵和史诗风格的同时，指出作者对主人公白嘉轩寄予过多的同情，后半部在笔墨上不及前半部有力、紧凑，关于黑娃和小娥形象的塑造也有可再斟酌之处。对于《废都》，一些评论家在肯定它的深邃的哲理意蕴和浓厚的文化意蕴的同时，指出作者与主人公庄之蝶在距离上过于靠近，作品的悲观主义情调过于浓重，写性的不少地方过分、冗琐，以至对人们正确理解作品带来障碍，等等问题。这些意见从文学出发又落脚于文学，着眼于创作又寄望于作者，让人既看得见又摸得着，对于作者借以反省自己的创作、对于引导读者更好地理解作品都不无积极的意义。

但有一些批评却很叫人惊诧莫名，这些批评使用的也是文学性的字眼，但其角度、用意却明显游离了作品的实际和文学的本义。

比如，有一本十人合著的专评《废都》的小册子，开首便把序言写成了一篇"唁文"，说什么作者的（文学）"心灵业已死亡"，"读《废都》是一次令人心情黯淡的凭吊"；而后分列十章，深入揭批《废都》在"庄严"外衣下裹藏着的"恶劣的通俗性"和"有预谋的商业圈套"。其中不少论据都属于论者的捕风捉影和主观臆造，什么"作者有意制造商业噱头"，种种广告手段"都是贾先生一手策划和导演出来的"，等等。这十人联手批《废都》的举动源于一次哥们儿之间的《废都》讨论会，其中一位与会者自得地告诉人们，他由此会"产生了一些还未完全被铜臭气淹没的自信"。殊不知，小册子问世不久，即有知情人著文披露了内情，有关《废都》的这次讨论及撰文、出书，都是基于一种商业性的考虑："《废都》畅销，《废都》的批判自然也会受到欢迎，引起读者的购买兴趣。"怪不得满篇找不到文学的气息，原来这是一种着眼于"购买"的评论，一次被"预订"了的批判。这次批判乃至批判的最终结果也为该书"序言"所不幸言中："这种谴责之中包含着我们对自己的谴责。"也是，除了又上演了一场有预谋、有组织的"商业圈套"的闹剧外,这种批判能给人们留下什么有益的东西呢?

如果说前一种批评主要基于一种商业的角度的话,那么,另一些文章对于《白鹿原》和《废都》的批评则主要立足于政治的角度。比如,有的文章批评《白鹿原》"因对革命斗争中某些'左'的弊端和错误行为的反思失衡","导致了对革命斗争本质的历史文化阐释的失误"。这里所据以评估《白鹿原》的,与其说是文学创作的尺度,不如说是历史问题决议的尺度。一部内蕴丰富而厚重的作品,就这样被一句简单而干瘪的评语轻易地否定掉了。还如,有的文章批评《废都》,持论竟是"没有写出那些具有当代意识和文化追求的新人","作者立意在暴露,旨归在逃避;而不是立意在批判,旨归在变革"。这样的批评,真是让人不知说什么好。作者没有写的东西自然很多,据此去批评作品合适么?难道文学作品都要写了"新人",写了"变革",才能算得是好作品?论者在这里并不是从作品所提供的生活内容出发去看取得失,而是从自己既定的政治意识出发去框范作品,这样的批评只能让作者不得要领,让读者敬而远之,无论是肯定还是批评,都与发展变化了的文学现状相去甚远。

没有批评的文坛是悲哀的,但失却文学本义的批评四处出击也很令人悲哀。当年老评论家朱寨发出文学批评要"回到文学"的呼吁,现在来看这一呼吁仍然没有过时。批评只有"回到文学",才能真正对文学的发展有效和有益。出现于"陕军东征"现象的某些批评,又一次向人们证明了这一点。

"陕军东征"的意义

作为个体性的文学现象来看,《白鹿原》是陈忠实创作上的一个飞跃,《废都》是贾平凹创作上的一次转折,《最后一个匈奴》《八里情仇》《热爱命运》,则分别是高建群、京夫和程海创作上的重要尝试,都不无其标志性的意义。它们作为作家们创作上的一个界碑,无疑对他们的创作具有重要的影响和重大的意义。

那么,作为群体性的文学现象来看,"陕军东征"又有哪些意义,说明了一些什么问题呢？我以为至少有这样四点。

第一，有一批投身于文学的作家在整体文学不景气之时，甘于寂寞，潜心创作，这种执着的文学追求逾越了一切困难和障碍，个中表现了他们作为作家重义而轻利的本质特性。

从"陕军东征"的几位代表作家以及整个陕西作家群来看，有两个特点几乎为人所共有：一是大都出身于三秦乡下农家，普遍经过艰苦奋斗走上了现在的文学道路；二是大都能甘于寂寞、甘于清贫，始终不渝地恪守初衷和投身创作，为了文学可以不顾一切，用陈忠实的话来说就是"馒头就葱写长篇"。这样两个方面，就使陕西作家与生养他们的土地保持着密切的血缘关系，黄土地的文化和生活也不断给他们以新的滋养；他们由此获得信心，也由此获得力量，因而吃苦受累都不在话下。陈忠实于1987年在小说《四妹子》后记里写道："我能把自己在这个世界里的生活感受诉诸文字，再回传给这个世界，自以为是十分荣幸的事。""被这个世界的人所唾弃，可真受不了。我仅仅也只惧怕这一点。"这些话最明晰不过地表达了陕西作家与黄土地须臾难离、与黄土地荣辱与共的共同心声，而文学创作和乡土情思正是内在地熔铸一体构成了他们人生的必然选择。在这样一个神圣的目标面前，其他的一切都显得渺小和微不足道了。因此，就有了《白鹿原》《废都》等作品克服重重困难的相继问世，就有了"陕军东征"这挡不住的文学崛起。注重于文学的想往和乡情的宣示，定位于精神的追求决不旁顾骛，使得他们在商海茫茫之中没有迷失自我，反而保持和拓展着自己的特色，这种重情尚义而轻物薄利的精神，对于作家来说十分可贵，对于文坛来说也十分难得。

第二，长篇小说作为文学形式中的重型武器，越来越成为衡量一个作家和一个民族文学成就的重要标志，而一批有才华、有抱负的中年作家在人生积累和艺术造诣上趋于成熟，正为长篇小说的创作准备了有利的条件。长篇小说有望获得长足发展并在文学创作中扮演主角。

在所有的文学形式之中，长篇小说因生活容量较大而难以敷衍、艺术形式相对繁复而难以把握，日益成为衡量一个作家乃至一个时期、一个民族的文学成就的标志。对于生活阅历较浅、艺术造诣不高的作者来说，长篇小说的创作无异于一道"鬼门关"。但正因为它难，它又对许多作家构成了难以摆脱的诱惑，使得许多作家到了一定的时候非要一试身手不可。

近年来有影响的长篇小说相当不少,稍微考察一下这些作品连同"陕军东征"作品,人们会发现,这些长篇小说绝大多数出自40岁以上的中年作家。人常说"四十不惑",也就是说,这个时候已有相当的生活体验和人生感悟,该明白一些什么了。应当说,这正是创作长篇小说所必需的基础。长篇小说如无大量实打实的生活细节和基于人生思考而提炼出来的人物与旨意,很难"说"得出来,而中年作家既有生活上的积累又有艺术上的储备,在创作上跨过长篇小说这一文学高度正可以跃跃欲试。从"陕军东征"的几部长篇作品来看,虽不能说它们在艺术上普遍达到了一个很高的水准,但却可以认定它们在生活实情的描述和人生实感的抒发上,都有着一种扎扎实实的厚度,如同从肥沃的黄土地中挖下来的一块活鲜鲜又沉甸甸的泥土。其中,陈忠实的《白鹿原》和贾平凹的《废都》,在生活与艺术相统一的基础上,显然还开创了长篇小说创作的新生面,这也正是作家在长篇小说创作上造诣较为丰厚、准备颇为充分的结果。

第三,纯文学作品的发表、出版与发行等环节,将有可能运用俗文学的手段去包装或被纳入商业化的轨道去运作,使其在形象上有所失而在销路上有所得,从而由文人的小圈子走向广阔的大社会。

纯文学作品在前几年一直走不出出书难、行销难的困境,而"陕军东征"前后,一批长篇小说却印数激增,接连火爆,其中的一个重要因素是综合性商业行为的介入与运作。所谓综合性的商业行为,包括一些报刊出于猎奇的目的就某些作家作品所做的新闻渲染,一些出版单位出于营销目的就某些作家作品所做的舆论宣传,一些职业书商出于赚钱目的就某些作家作品所做的倾力推销。这种不同的环节出于非文学目的加诸纯文学作品的种种动作,使得一部纯文学作品常常在外形上被包装得与俗文学读物无异,从而以更切合大众口味的形式和方式进入市场。这些做法势必给纯文学的作家作品在形象上带来不利的影响,如《白鹿原》和《废都》等作品就曾因出版过程中的商业行为,被一些批评家迁怒于作家作品本身,从而招致了不应有的批评。但有失就有得,这个得就是作品经过商业化的包装与运作,冲出了小小的文人圈子,走向了更多的读者和广阔的社会。这对于作家、对于文学和社会来说,又都不无益处。从目前的文学作品运作来看,这种以俗的手段处理纯文学作品的趋向似乎已成定式,估计在一个时期内不会有大的改变。

第四，广大文学读者的阅读兴味在日渐提高，阅读需求中的雅俗取向趋于平衡，那些生活容量大、写实色彩强、文学品位高的重头作品越来越受到欢迎，这种文学的需求趋向将对文学的整体创作产生愈来愈明显的影响作用。

有些人认为这些年来的"陕军东征"和"长篇小说热"是"炒"出来的，这种看法过于简单和肤浅。有人在"炒"是外在现象，有人真读是问题的实质。如果一部作品内容空空，不忍卒读，试问能"炒"得起来吗？关键还在于作品本身的质量。不可否认，那些被"炒"得炙手可热的作品，有少许文学质量并不高，但其中的多数作品都不无可"炒"和能"炒"的因素，确实都值得一读。这么多的长篇小说被人"炒"、被人买、被人读，说明广大读者对纯文学作品依然存有浓厚的兴趣，而且他们的阅读口味也在变化和提高；或者至少说明，广大读者不仅需要"文化快餐"式的消遣性读物，也需要那些可读和耐读的重头文学作品，尤其是那些生活容量大、写实色彩强、文学品位高的长篇小说。这种审美需求上的有俗有雅的总体平衡，正是文学多样发展的社会心理基础。完整的文学活动，是由创作和阅读两大部分构成的，二者应当是相互影响、彼此促进的关系。过去，创作一方较少考虑读者的需求，读者一方也较少影响创作的发展；现在，纯文学和俗文学的界限在出版运作中不断被打破，商业化的渠道也使作者和读者比过去有了更多的沟通，读方市场正在迅速形成和日益壮大，这都使读者的审美意向经由种种中介不断回传到创作界并对创作发生愈来愈明显的影响。从这些方面来看，商品经济的大潮在给文学不断制造困难时，也给文学不断创造着机会，至少在促进文学活动向双向运动发展方面起了不少的作用。

总之，从文学、文化的角度来看待"陕军东征"，其内涵十分丰富，它的出现不仅带有一定的必然性，而且具有很大的典型性。它是文学创作发展到一定历史时期的产物，究其底里，既可以点带面地检视文学的现状，也可管中窥豹地把握文学的趋向。正是在出自陕西地域而又超越陕西地域的意义上，我为"陕军东征"拍手叫好。

（原载《当代文学研究资料与信息》1994年第3期，有改动）

"陕军"七人小说创作论略[①]

今年年初,既是作家又是编辑的陈泽顺君从陕西调到了华夏出版社。谈起搞点有意思的选题,我们都不约而同地想到了编一部陕西中青年作家小说精品选集。原因很简单,其一,被文坛称为"陕军东征"的长篇小说现象方兴未艾,在此之时系统地提供"陕军"的小说作品,正可满足广大文学读者的阅读需要;其二,作为陕西籍的或长期参与陕西文学活动的文学工作者,白描、陈泽顺和我,对于陕西的作家作品都如数家珍,编选此类书有着别人难以替代的优势。于是,说干就干,就有了摆在读者诸君面前的这部《陕军东征小说佳作纵览》。

这部书共选收了陈忠实、贾平凹、京夫、程海、莫伸、高建群和杨争光七位小说家的十六篇(部)小说作品,作家都属"陕军"之主将,作品均为主将之力作。依次大略读来,即会看出"陕军"之文学硕果,不只限于长篇小说"东征",还可感到近年的"陕军"以联袂"东征"震惊文坛,也实属事情发展之必然。

受几位编者的委托,我就自己所了解的七位作家的创作结合他们的作品略做评价,借以与读者交流研读"陕军"之所得,也试为他们走向读者和读者走近他们搭筑一座桥梁。

以《白鹿原》享誉天下的陈忠实,无论是从省作协主席的地位上看,还是从近年来创作上的影响来看,无疑都是"陕军"之主帅。这个从60

[①] 此文是为《陕军东征小说佳作纵览》撰写的代序。

年代中期就开始创作的中年作家，完全是以不急不躁的态度和稳扎稳打的步履，一步步地实现着自己在创作上的种种追求。他在创作起始，只把"从生活到艺术的融化过程"作为目标，力求从自己熟悉的生活出发，写出自己眼睛里的世界和感受到的生活。这一时期的演练，使他在独到地把握生活与艺术的关系上找到了自己，作品也充满了源于生活的内在魅力。他于1979年获全国优秀短篇小说奖的《信任》和于1982年出版的短篇小说集《乡村》，都属于这一时期艺术探索的结晶。如果说陈忠实在创作初期是以求真为特征的话，那么，由1984年的中篇小说《梆子老太》开始的创作中期，则在求真的基础上进而求深了。这部小说所叙说的是不正常的年代扭曲了老农妇梆子老太的灵魂，而她又以被扭曲的灵魂进而去扭曲身边的生活。作品在对人对事的审视上，显然借助于国民性问题的省察，达到了相当的人性深度。此后发表的中篇小说《蓝袍先生》，持续并深化了这一文学思索，通过徐慎行先有封建礼教毒害后有极左思潮虐杀而使其终生唯唯诺诺、紧缩心性，把强大的社会思潮施予弱小的生命个性的巨大的影响，描写得入木三分，令人惊愕。这些作品读后令人难以释卷，总牵引你从社会文化的根基上去反思普通人所不应有的乖蹇命运。1987年之后，陈忠实集中精力写作长篇小说《白鹿原》。这部长篇处女作显然把他的小说创作推进到了一个新的艺术层次，这就是在原有的故事上求真、题旨上求深的同时，在艺术表现上求新，以对现实主义手法的革故鼎新，使作品在内蕴上和形式上都深富史诗性的风韵。可以说，陈忠实从不把自己的创作寄托于一时一事的追波逐流，他只是按照自己的方式默默地走自己的路。《白鹿原》的成功，正是他甘于寂寞又不懈求索的必然回报。

　　本书在《白鹿原》之外收入的短篇小说《轱辘子客》和中篇小说《地窖》，都属于陈忠实创作成熟期的作品。《轱辘子客》明写王甲六"总想走一条笔直的路而其实每一步都歪着"的生活坎坷，暗写大队长刘耀明出于个人目的倚权弄势对王甲六的命运播弄。与王甲六这个钱场上的"轱辘子客"比起来，刘耀明这个官场上的"轱辘子客"，何等的阴险又何其的顺遂。这一时期如何抑善彰恶、以邪充正，于此可见一斑。这个短篇小说的叙述方式之蕴藉，批判意味之深刻，与陈忠实早期的短篇小说相比，几乎判若两人手笔。《地窖》这个中篇小说以"文革"前后的历史动荡为背景，通过关志雄在"四清"运动中错误地整治了唐生法的父亲，唐生法借"文革"扯旗造反整治关志雄这样一个连环套式的纠葛，揭示了"左"倾思潮假"革命"名义给不同的人带来的命运悲剧。作品由关志雄无奈中被唐妻藏入地窖起笔，层层剥茧式地细细道出事象底里，在引人入胜之中启人深思。应当说，无论是《轱辘子客》还是《地窖》，都显示了陈忠实对于人性和人生复杂性的认识与把握，那种钩深致远的题旨营造和举重若轻的叙述方式，多少也能见出后来《白鹿原》中的某些影子。反过来说，也正是这样的生活小发现和艺术小探索的铢积寸累，才使他最终聚就了《白鹿原》这样的艺术巨塔。

从以创作的别树一帜在文坛辄领风骚的一方面来看，贾平凹可视为"陕军"的另一主帅。如果说以陈忠实为代表的注重写实述史的小说创作倾向，基本上是柳青、杜鹏程的小说传统的接续与延展的话，那么，贾平凹的小说创作愈来愈成为这一小说传统的例外。在他的小说创作前期，短篇小说《满月儿》、中篇小说《鸡窝洼的人家》以及长篇小说《浮躁》，叙述手法上都较为传统，题旨表达上也不乏强烈的写实气息，而《太白山记》以后的中短篇小说创作，表现方式上返璞归真，扑朔迷离，所负载的内容也真幻莫辨，虚实并蓄，明显带有以感觉化的语言抒写非确定意向的意味。《废都》正是在这样一个基础上创作出来的。它在表象记述文人的心态与行状的同时，内里抒写一个迷惘者裹藏在无聊与无奈中的寻索与哀叹，那种由形而下的沉沦和形而上的悟想交织构筑成的画面，使它更像是现实主义和现代主义相互嫁接的独特艺术产儿。

本书所收的贾平凹的三篇作品，均为他创作变异期的代表作。短篇小说《太白山记》以笔记体的形式描述一种浸透着神秘文化气息的社区生活，并经由这种生活氛围体现作者对作为生命本体的人的了悟与感知。作品里的人和事，被一一剥离了社会性的色彩，以最本能也最简朴的状态展示着生存与生命本身，有如一幅幅初民生活的岩画拓片。中篇小说《佛关》，是作者由《太白山记》到《废都》的许多中介中的重要一环。这部作品以少女兑子因美而招致的种种不幸，实际上揭示了人性之中的一个悖论：人渴盼美，人又毁灭美；美能陶冶人，美也迷惑人。这里，作者不仅在哀叹美人不济的命运，而且呼吁给美的事物营造美的环境。作品在对人生和人性的多种可能性的思索中，表述上首次以"□□□□"的方式对某些性描写文字进行删节处理，由此可见，《废都》中的"□□□□"并非作者一时的心血来潮，它委实是作者在涉及性描写时自我约制的一种手段。把《太白山记》《佛关》与《废都》连缀起来看，作者在小说艺术探索中的路数便十分显见：由群体到个体对普通生命的合目的生长进行深刻而细切的观照，而在艺术上则兼收并蓄、不拘一格。这种在描写对象上锲而不舍地挖掘与探求和在表现方式上变动不居地借鉴与创造，正是贾平凹的小说创作总能独树一帜因而也弥足珍贵的奥秘所在。

作为"陕军"中的重要一员，中年作家京夫是以扎实、稳重的创作风格见长的。80年代初，他先后发表的《深深的脚印》《手杖》《娘》等短篇小说，均在文坛引起了一定的反响，其中《手杖》一作还获得了1980年全国优秀短篇小说奖。他的这些作品，多以平实而细小的生活情节，描写普通人家或亲情之间的道德变异，往往在生活的细波微澜之中折现人生的宏旨大义。中篇小说《啤酒》带有他创作的固有特点，由当年的老干部老东山在给私生儿子民娃做短工时的回忆与感触，写了社会、历史对人的限定：它既使老东山失去儿子民娃，也使他愧对情人陈玉民；他只能在大义灭亲的阶级斗士和有情有义的寻常男人之间择取其一，历史迫使他选择了前者，他却带着永远的负疚与缺失苦度不如意的人生。问题还在于，历史在动荡之后复归了正常，而老东山却再也找不回失去的青春与人生。作品在辛中含酸的悲剧故事中，包含着深深的社会反思和文化批判的意味。这部作品在内蕴上和形式上，都与作者的《八里情仇》等长篇小说不无异曲同工之妙。《八里情仇》在林生与荷花曲婉迷离的有情人难成眷属的个人恩怨中，包孕的正是对家仇、"左"祸和贫穷沉瀣一气、愚弄普通人的外在强力的有力揭示和强烈批判。畸恋的历史必然造成畸态的人性，带来畸态的人生。人的健康发展有赖于健康的主体，更有赖于健康的环境，人与社会正是这样互为作用、互相影响，这便是京夫近年来在小说创作中萦绕于怀的大主题。如同《八里情仇》既具传统现实主义之长又有传统现实主义之短一样，《啤酒》一作在叙述方式上也是较为平均地使用笔墨，因而前半部颇显琐细和累赘，影响了整体结构的协调与紧凑，使人读起来不免感觉沉闷。看来，如何使作品的叙述轻重有致、缓急相宜，摒弃事无巨

-113

细都精雕细刻的平铺直叙方式,确是京夫在今后的小说创作中应着力解决的主要问题。

以长篇小说《热爱命运》在文坛广受瞩目的程海,先前是一位颇有名气的诗人。他在80年代中期转入小说创作之后,以《三颗枸杞豆》《情不自禁》《我的夏娃》等短篇、中篇小说,令不少人刮目相看。他在小说创作中带入了诗人的锐敏观察和细腻感觉,因而看取生活常能见人所难见,表达感受也常能言人所难言,自觉不自觉地溢渗出诗人所特有的一种气质。收入本书的《人之母》,你可以说是中篇小说,也可以说是中篇散文,它以散淡的结构和随谈的形式所叙述的有关故乡的人和事,并不重在具体写了什么,一切都在于勾画一种丑陋与美好并存的生活氛围,抒写一种苦涩与甜蜜混杂的乡恋情绪,在整体上实现一种大写意。《人之母》一作的内在意蕴与它的独特形式关系极大,它既写实又写意,既叙事又抒情,还间或议论的叙述,颇像小说、散文、诗歌和小品诸家笔法熔于一炉的大杂烩。它的长处与短处都在于它不像规范的小说,而这正是程海之为程海的特点所在。比较而言,他的《热爱命运》在吸收多种艺术手法形成自己所长上显得更为成熟,然而这部作品的引人和过人之处,却在于它正面描写了一个多情善感的男子,并把他朝三又暮四的情爱心理揭示得惟妙惟肖。别的人涉笔情性多有遏制与修整,而程海笔下的南彧则是和盘托出,管他是正常的还是变态的,是见得人的还是见不得人的。因而,从《热爱命运》中,人们读到了作为作家的程海的艺术真诚和不凡腕力。程海的笔是擅于写情的,如果他再放宽一些视线,入笔再添加一些深度,他的创作将是不可限量的。

从跃入文坛的时间来说,莫伸和贾平凹几乎是同时起步的。1978年的全国短篇小说奖,莫伸的《窗口》和贾平凹的《满月儿》都榜上有名,他们也成为并升于陕西大地的两颗文学新星。但无论是创作追求还是艺术风格,二人都相去甚远,绝少雷同。贾平凹在创作上决不安分,以见异思迁为长;莫伸则在艺术上谨严有加,在持成稳重中渐次求变。莫伸在长达十年的业余创作时期,所写的题材大都不离他所熟悉的知青生活和铁路生活,调入西安电影制片厂任专职编剧之后,才在《生命在凝聚》等中篇小说中把题材拓展到别的领域。总体来看,莫伸比较恪守现实主义的创作原则，注重于在直面现实中有自己的思索与发见，写出艰窘人生的酸甜苦辣。中篇小说《宝物》描写下乡知青沈效明承继庆祥老师的未竟之志，尽力收藏流失民间的珍贵古币，其间既不为有的人所理解，又辄遭行中人算计，费尽千辛万苦地把藏品上交县博物馆，却因"造反派"弄权使藏品再次失散。作品既写了动乱年代遗忘历史又贩卖历史的罕有荒诞，又写了青年一代在无想可往、无事可求的环境氛围中的可贵追求。作品在内蕴上充满着为人为事的严气正性，形式上不失有板有眼的叙述路数。比较而言，他的长篇小说近作《尘缘》，则表现出了较大的创作更变。这部作品不仅由白晓栋的一桩婚外情事牵扯出了一座城市的根根须须，写出了情事因家事、人事和国情的羁绊而难遂人愿，而且悠悠的哀怨与淡淡的幽默交织于笔端，叙述方式上以张弛有致和游刃有余表现出了内在的机智和成熟。莫伸比较善于驾驭城市生活题材，这使他在描写对象和领域上与别的陕西作家不同。《尘缘》虽然在社会生活的深度与力度开掘上尚有缺欠，但它无疑是莫伸创作的一个重要信号：在直面现实和表现生活上，莫伸将由此走向一个新的创作阶段。

　　高建群在"陕军"中属于作品不多但篇篇掷地有声的特色作家。他自小辗转于陕北各地，成年后又到西北边地服役，这种流浪者的盈实经历，使他过早地尝到了生活的艰难，也使他过多地积淀了人生的体验。最现实与最浪漫，最苦涩与最绚烂，构成了高建群文学创作的浑厚底色，使得他一涉足小说，便很有出手不凡的味道。他的第一部中篇小说《遥远的白房子》甫一发表，便以浑厚天成的传奇性引人瞩目；接着以在革命与爱情的题材上翻出新意的《雕像》一作，摘取了《中国作家》优秀中篇小说奖；长篇小说处女作《最后一个匈奴》，更以雄浑刚健的艺术气度使评论家刮目相看，成为"陕军东征"的领衔作品之一。高建群的小说，常常在诗情画意中充溢着一种野气和雄性，故事往往富于传奇色彩，人物常常满带浪漫气息，形式上也总逾规越矩，甚至就以议论和抒情来代替叙事，有意释发一种历尽沧桑而踔厉风发的豪气和壮气。本书收入的中篇小说《伊犁马》，为《遥远的白房子》的姊妹篇，作品在"我"与伊犁小黄马的大故事中套写"我"与少女乌龙木莎的小故事，人与马的深情，人与人的挚恋，融会成一曲辽远而悠长的浪漫牧歌，令人感念，让人怀恋。作品在表现方式上，也将叙事、抒情和议论合三为一，颇富强劲的律动感与浓烈的主体色彩。高建群善用情感之琴弦弹奏民族大情感和个人小情感的和弦，这篇《伊犁马》也可见出不少端倪。这样的一个题旨追求，在他的长篇小说《最后一个匈奴》里，可谓发挥得淋漓尽致。杨作新不管人生的旅途如何艰难曲折，始终抱着同样炽烈的热情追求民族的解放和个人的幸福，在他不懈又不倦的前进路辙中，"革命"与"爱情"是合而为一的动力，也是合而为一的目标。作品由杨作新的际遇串结起来的革命史片段，悲壮迷离中有案可稽；而他与黑白氏、与荞麦的爱情史线索，阴差阳错中又引人嗟叹惋惜。这部作品虽然下半部与上半部缺乏更为内在的联系，使它尚难构成一个完整而有机的艺术统一体，但前半部能写得如此雄浑而灵动，也令人大喜过望。问题还在于，这部作品已经显示出的种种独特性或者独特性之萌芽，使人看到了高建群善于自出机杼地驾驭重大题材的不凡才力。这对于作家、对于文坛，都是更大的意义所在。

　　杨争光在"陕军"中，是不温不火又极具个性的一位。他出身于家境贫寒的关中农家，工作之后在陕北一个山村下乡一年，这使他的创作与乡土黄尘有着不解之缘，甚至他后来索性就把第一部小说集命名为《黄尘》。近年来，他一方面从事小说创作，一方面从事影视编剧，《黑风景》《赌徒》《棺材铺》《老旦是一棵树》等中篇小说迭次在文学界引起较大反响，《陕北大嫂》《双旗镇刀客》等电影作品也先后在国内外的电影奖项中得奖获誉。杨争光创作的特点，不仅在于他"两栖"作战而斐然有成，还在于他看取生活常常逾越显见的社会性层面，直取日常生活和简陋行状之中的人的种种悖常现象，写出隐含其中的人生存在与人性底里的尴尬与无奈。而在表现形式上，则以木刻般的笔锋、漫画般的叙事，以避免主观介入的"生活自然流"来表现一切，使作品饱带一种不动声色的冷峻气度。本书所收入的《蓝鱼儿》和《赌徒》，均为杨争光近年来的小说代表作。《蓝鱼儿》通过一出把日常生活中胳肢人的小玩闹运用到政治运动中的批斗会的小故事，写出了人们难以主宰自我更难以驾驭生活的大不幸。让蓝鱼儿到批斗会去胳肢人是她丈夫想出来的主意，不料这主意又使他自己饱受其苦，临了还剁掉了蓝鱼儿的手。小人物在大运动中被迫逼上害人又害己的自戕之路，《蓝鱼儿》真是把喜剧细节所蕴含的悲剧意味揭示得入木三分。

《赌徒》在骆驼痴迷甘草而甘草又挚爱八墩这样一个三角恋情中，把爱煎熬人又滋润人，爱的正面的炽烈与负面的冷酷，揭示得活灵活现；而写到骆驼因爱甘草无望转而去成全甘草与八墩并为之送命时，那种为爱而视死如归结果又未能引起任何反响的无谓的悲剧，可以说让人惊心动魄了。作品似乎是写骆驼痴心去爱一个并不爱他的女人的无望与无聊，又似乎是写明知不可能却偏不撒手地追求的不屈与不挠。爱在这里超出了原义，表现为人生的一种念想与过程，无奈与无常，无知与无畏，都如此这般地交融在一起，让人扼腕，令人嗟叹。在个体的狡黠中呈现群体的愚鲁，以具体之有为表现整体之无为，从而折现一种封闭而困顿的村社文化及其遗风余俗，杨争光的作品具有一般的乡土题材所少有的独特而浑厚的文化意蕴，从而成为读解中国村社文明的重要文学标本。

以上对"陕军"七位重要作家小说创作的述论，简括概略中难免挂一漏万，而在他们之外还有许许多多的"陕军"作家未能涉及，如同样活跃而出色的李天芳、李凤杰、王蓬、王戈、王观胜、王宝成、王吉呈、王晓新、峭石、黄建国、邢小利、爱琴海等。因此，这个选本和我的这个序言，只能当作一份观览陕西小说创作盛景的简略的示意图，读者应当由这个图例生发开来，根据自己的兴味和条件，去更深地研读单个的作家作品或更多地了解整体的创作风貌。

越是地域的，就越是民族的；越是民族的，就越是世界的。因此，文学中的"陕军"属于陕西，也属于中国，更属于热爱他们的广大读者。

1994 年 7 月于北京

三读 《废都》

《废都》被"炒"到火爆京城的程度，颇令作者贾平凹感到不安。他几次给人说，希望读者静下心来慢慢去读。作为平凹的朋友和最早读到《废都》书稿的读者，我经由自己三读《废都》的体味，很能理解平凹再三劝告读者的苦心所在。

今年3月，我因事去西安公出，到户县看望了在那里养病的平凹。正巧平凹刚完成了《废都》的定稿，托我把书稿带给北京出版社。趁在西安小住的两个晚上，我翻阅了《废都》的手稿。当时，有两个印象最为深刻：一个是庄之蝶总是阴差阳错的坎坷际遇和事事违愿的失落心态，让人看到了名人在失去自我之后无以安置身心的深深悲凉，我感到这是以前的当代文学作品中没有见到过的一个独特形象；另一个是作品中许多处打了方框的性爱描写，无拘无束的率直又有声有色的炫目，似乎是凡能涉笔写性的地方，作者都没有轻易放过，这种写法在当代小说创作中也未有过。对这些既多且露的性描写，我确心存疑虑，甚至怀疑平凹那不够正常的生活状态是否直接影响了他的小说创作。诸种感受交织在一起，使我对《废都》的看法在说不清、道不明中，不得不抱取一种低调态度。

因评论工作的需要，我在《废都》成书之前，有幸得到了一份校样，又第二次阅读了《废都》。这次静下心来从头再读，我发现《废都》在文人生活情态的状描和文人内心世界的剖解上，以素朴显本真，以细琐见微妙，桩桩件件都诉述着名人在被"捧"中被"炒"、被"炒"中被"吃"的幸与不幸，作品颇显沉郁而凝重。细细读来，在那日常生活场景的如实白描中，也包孕着作者冷峻而蕴藉的哲理反思，那就是在名人之"累"的内中时隐时显的文化与时代的错位，理想与现实的悖逆。可以说，正是这种繁复难解的矛盾造成了庄之蝶等人的"泼烦"、惶惑与悲剧。从这样一个全局去看作品中的性描写，那实际上是庄之蝶想要摆脱烦恼与痛苦刻意寻觅的一块"绿洲"，但实际上，却又在另一个层面上陷入不幸，并连累了牛月清、唐宛儿、柳月等诸多女性。由此，作品里的性描写让人在热烈的表象之中读出了内在的凄凉。第二次阅读《废都》，我多少掂出了这部不同凡响的作品的内在分量。

《废都》在《十月》杂志发表和正式出书之后，从出版社和平凹处得到了一刊一书，恰巧一家报纸约我写篇《废都》的故事梗概，我第三遍阅读了《废都》。因这次阅读不同往常，我不得不认真梳理人物的相互关系，细切把握人物心态的发展演变。下过这样的一番功夫后，我对《废都》有了较前更为深切的体味。我感到作品实际上是写庄之蝶在幸运表象中裹隐的人生之大不幸，而且经由这种不幸，作者严厉拷问了包括自身在内的众多文人的灵魂，也对桎梏庄之蝶们（包括汪希眠、龚靖元、阮知非）的社会文化氛围进行了含而不露的鞭笞。庄之蝶们从内在心态到生活形态都乱了章法，其因在于他们赖以存身的环境和氛围"出了毛病"。这便是与改革潮流所并存的一些地方和阶层所流行的附骥攀鸿、帮闲钻懒的惰散时尚和念古怀旧、坐享其成的"废都"意识。置身其中的庄之蝶，无法避免被人利用，无法潜心本职创作，无法获得真正的爱情，在官场、文场、情场接踵失意，由名人变成"闲人"，又由"闲人"变成"废人"，临了身心淘虚得连出走都没有了可能，这样的悲剧难道不令人触目惊心吗？正是在这个意义上，《废都》是惊人、醒人之作，而绝非魅人、惑人之作。

当然，对于一部白纸黑字的作品来讲，俊就是俊，丑就是丑，既毋庸讳言也无法讳言。《废都》里的性描写，虽然大部分为塑造人物和揭示人物关系所必需，但也不是没有冗赘的笔墨。尤其是在领悟了全书沉重异常的主旨之后，再回过头来看某些地方的性描写，确有逾游题旨、颇显多余之感，尽管这仍属大瑜之小疵。

三读《废都》，我在步步深入的领悟中，深感这部作品题旨之繁复、内容之深沉、描写之大胆、语言之朴茂，绝非平凹以前的作品和当代小说的一般作品所能比拟。看来，平凹在40岁之后的文学反思中所表白的——写"天地早有了的""少机巧""不雕琢"的作品，绝非一时戏言。摆在人们面前的《废都》就是这样一部饱带自我作古、自然天成意味的探索之作。显而易见，平凹并没有顾忌《废都》写出来后，家人们会怎么看，朋友们会怎么看，领导们会怎么看，评委们会怎么看，他只是无遮无拦、不管不顾地开怀敞扉、推襟送抱，把自己看到、感到和想到的明与暗、好与坏、美与丑、善与恶一股脑儿地抛倒在光天化日之下，任人笑骂评说。对这样赤诚相见的作家和作品，人们理当用同样的态度去回报，那就是在认真的阅读中仔细品味内中的深意和厚味，而不要匆匆忙忙地浏览，轻轻易易地否定。这也正是贾平凹和他的《废都》所寄予广大读者的热切愿望。

1993年8月

说不尽的《废都》

——与陈骏涛、王绯谈"如何评价《废都》"

陈骏涛（以下简称"陈"）：《废都》出版以来，社会反响很大，有的说发行了几十万册，有的说发行了上百万册，大有"洛阳纸贵"的气象。对这样一部大反响的作品，采取完全回避的办法，恐怕并不可取。今天，我们三个人聚在一起，对《废都》评头论足，说长道短，意见可能会很不一致，但在《废都》是一部有说头的作品这一点上我们统一起来了。如果《废都》是没有说头的作品，我们又何必聚在一起谈它呢？我觉得，有说头就说明了它的价值。现在，社会上和文坛上对《废都》的看法很不一致，有的认为好得不得了，有的认为糟得不得了。这跟《金瓶梅》和《红楼梦》出世时的情景有些相像——当然，我在这里不是拿它与《金瓶梅》和《红楼梦》做简单的类比，我只是说，对《废都》意见分歧之大，与当年对《金瓶梅》和《红楼梦》意见分歧之大是相像的。譬如，关于《金瓶梅》，至今对它持否定意见者，也并非个别。美籍学者夏志清先生对《金瓶梅》就是持激烈否定态度的。评价文学作品，存有分歧，是很正常的现象。对《废都》这样的作品，现在很难有定论，将来可能也难以有定论，只能是各说各的。

今天，我们是不是还是大体按照五个方面的问题来谈？可以有交叉，但还是大体有个顺序好，显得有条理，也便于整理。五个问题是：一是《废都》的总体评价，二是关于庄之蝶的形象，三是关于性和性描写，四是《废都》的文化意蕴，五是结构、语言和形式。下边就开谈第一个问题。白烨，是不是由你来开个头？

一、《废都》的总体评价

白烨（以下简称"白"）：好，我先提个话头。《废都》这部小说发表以来，的确反响大，争议大。就我们周围读了《废都》的同志来说，看法之不同观点相当对立。平凹前不久来信，也说西安的许多读者"说好的特好，说不好的骂流氓"。我最早看过原稿，后来又看了校样和发表出来的作品，三次的感觉都不一样。

王绯（以下简称"王"）：好像你在《人民政协报》上发了篇《三读〈废都〉》，就讲了你三次阅读的感受。

白：是这样。开始读的时候，感觉并不太好，读过两遍之后，才品出了一些味道。我觉得，对这部书要慢慢读，尤其要超越作品里既炫人耳目又不大精彩的性描写，去从全局、整体上理解这个作品。用我现在的眼光来看，我以为《废都》是一部写世态、人性、心迹的文人小说，这无论是从它所反映的内容上看，还是从它所采取的表现形式上看，都是这样。它不仅撩开面纱写了城市的角角落落，而且敞开心扉写了自己的忧忧怨怨，这在贾平凹的创作中是第一次，在当代长篇小说的创作中也不多见。

贾平凹曾在一篇答问中说他在《废都》中主要"追求状态的鲜活"。这状态包括了生存的状态，也包括了生命的状态和意识的状态。应当说，他的这样一个追求在作品中得到了很好的实现。我们在作品行云流水般的叙述所展示的生活画卷中，看到了社会生活的纷繁涌动，也看到了民俗文化的交融杂陈，更看到了文人心态的微妙剖露。尤其是作品通过庄之蝶这个人物，把当代文人在传统与现代、理想与现实的纠葛与冲撞中的尴尬处境和"泼烦"心境，表现得真切实在，淋漓尽致，令人时有入木三分感和触目惊心感。文人常常得不到应有的待遇，往往被无端地卷入各种纷争，无力也无法把握自己的命运，基本上处于一种自生自灭的状态。这种现状揭示里头，显然包孕着主体反省、文化反思和社会批判的多种内涵，很值得人们咀嚼和玩味。

作品在写法上，基本上是一种有感悟无判断、有梳理无雕琢的方式，用作者的话来说，就是"顺着体悟走"，差不多是由着庄之蝶的兴致顺流而下，碰到什么写什么，写到哪里算哪里。真实而又顺兴，便使得《废都》在意蕴上呈现一种"混沌"状态。从这一点上说，《废都》是反史诗的。这种小说作法在当代的小说创作中可说是独树一帜的。

平凹在创作上从不固守什么，大概是最容易见异思迁的一个。我觉得，《废都》诞生了，同时把他过去的创作超越了。

陈：我同意刚才白烨说的，这是一部文人小说，不是史诗式的作品，而是一部写文人的心灵的作品。就像贾平凹在题头中说的："唯有心灵真实。"它主要表现当代文化人的一种生存状态和生命状态，他们的心灵发展的轨迹。在如实地表现生命状态这一点上，它可能超越了当代所有的长篇小说。作品表现了当代文化人的矛盾和彷徨、困惑和思索、颓唐和沉沦。但我与白烨意见不尽相同的是，我觉得它主要是写当代文人的一种负面状态，而很少写当代文人的正面状态，即他们的奋发和进取的状态。小说中出现的文化人形象，大都是浑浑噩噩、混混沌沌的。因此，这只能说是某种当代文化人的生存形态，而不是所有当代文化人的生存形态。贾平凹把这些文化人置放在80年代急剧变动的社会文化背景中，反映了急剧变动的时代大潮中的一些失却了精神支点的当代文化人的一种世纪末情绪，这是一种有代表性的时代情绪。贾平凹以前的作品特别擅长表现当代农民的心理情绪，通过这种心理情绪变化的轨迹反映当今农村的深刻变革。《废都》是贾平凹第一部写城市的长篇小说，在这部作品中，他通过当代某种文化人的心灵轨迹反映当今社会（主要是城市）的深刻变革。因此，这是一部很有时代感的作品。遗憾的是，这部小说没有或很少表现当代文化人的正面状态，因而不能说是我们时代精神情绪的全面反映——当然，我们也不能对作家一概提出这样的要求。

从艺术上说，我觉得这部小说是贾平凹倾其心力之作，成就是比较高的。贾平凹对他40岁以前的作品似乎不太满意，认为很少有称得上"美文"之作。《废都》是他刚过了40岁的第一部长篇小说，他要倾其心力写成一部"美文"。当然，是不是"美文"还可以讨论，但至少可以说，艺术成就是比较高的。它继承了中国明清以来的古典小说的现实主义传统，对当代城市生活做了不加雕饰的严苛反映。在对日常生活和人物心理的描绘上，它可谓精雕细刻、淋漓尽致，可以看出作品受到了《金瓶梅》和

-123

《红楼梦》的影响，但却缺少像《金瓶梅》和《红楼梦》那样的腕力。在对文化人负面心态的刻画上，它似乎受到了《儒林外史》的影响，但又缺少像《儒林外史》那样的批判锋芒；贾平凹对他笔下的文化人，是无所谓褒贬的，他与他们是站在一个水平线上的，这缺乏一种批判的锋芒。这部小说是现实主义的，但在总体写实的基础上，又融进了一些灵奇怪异的色彩，表现出一种亦真亦幻的特点，这是对中国传统小说表现手法的继承。

因此，我觉得，无论从内容或从形式上，从思想或从艺术上，这部小说都是很有说头的。我个人评价是比较高的。当然，它也有它的缺陷和不足。

王：陈老师刚才说《废都》出来之后引起了那么大的社会关注，大家都觉得有话可说，我觉得对这一问题应该分开来看。《废都》所引起的社会关注并非完全是作品本身所决定的，与这部书未出来之前的社会舆论和文化包装有很大关系。因为在没有看到书之前，社会舆论已经通过新闻媒介造出来了，这样，大家自然就产生了一种不同寻常的阅读期待，看过小说之后自然也就有了要对比最初接受的文化信息说说话的愿望。我想，如果没有这种具有特殊诱惑的文化包装，这样一部书在目前的文学景况下很可能会在大众阅读市场上被湮没，很难像现在这样形成争买争看的局面。目前的读《废都》热，炒《废都》热，首先是文化包装的效应。具体到《废都》本身的评价，我觉得它并不是贾平凹的成功之作。贾平凹是一个土地情感非常强烈的作家，他的那些小说、散文不管怎么描写，怎么追逐现代，他的情感之根总是紧紧地系在他那块土地上，而且他是一个非常理性的作家。我很同意白烨刚才"混沌"的说法。进一步说，《废都》是贾平凹站在土地的立场上以类似于西方小说中外省青年找外省人的眼光来审视城市的一部带有强烈的厌恶城市和逃避城市情绪的作品；从另外一个意义上说，它是贾平凹对于城市所有混沌感觉的拼合。我不大同意你们二位说的这部小说的立足点是在文人或文人心态上，我恰恰觉得贾平凹写文人不是写心态，他的笔墨并没有着力于这方面的开掘，这部小说几乎所有的情节及贾平凹的着眼点都是在社会的层面或社会的表层运行，或者说，贾平凹对于城市各个方面的混沌感觉都通过庄之蝶这个人物凝聚起来。譬如，101农药所引起的令人啼笑皆非的社会逸事，靠洗衣粉和硫磺的蒸馒头技术，放大烟壳子的面条生意，新闻、司法、文化界以及政界的种种，其实是早已尽人皆知的不称其为内幕的黑幕，包括鬼市、当子市场、尼姑庵的景况，这一切都是贾平凹对于城市或社会表面感觉的汇总。《废都》正是贾平凹以厌恶城市、挑剔城市和逃避城市的眼光来看城市的一种感觉状态的展示。我读过《废都》之后感到，如果这部书可以留下来，那么它留给后人的并不是庄之蝶这个文人或者名人对于我们当今知识分子的存在和心态多么有代表性，而是通过这个人物形象所展示的如今社会的面貌，使人们看到20世纪80年代、90年代官司就这么个打法，馒头就这么个蒸法，面条就这么个做法，市场就这么个卖法，官就这么个当法，广告宣传就这么个搞法，尼姑就这么个出家法，等等。所以，《废都》是贾平凹在对城市混沌感觉或感悟中将社会（家庭）内幕、黑幕、民间流传的趣闻逸事（包括讽喻调侃式的顺口溜）、世态民情的风貌、当代文化五花八门千奇百怪景状拼合的一种小说形态。以我的理解，长篇小说按照规律讲该是一种向后反看的东西，像《金瓶梅》《红楼梦》这样的作品都不是它当代的人可以准确地做出评价的。《废都》所展示的内容与我们当今的时代距离贴得太近，而当今的批评家、读者很难从自身超越出来，而且我们很难确实地按照我们的愿望对作品做出准确评价，即便有些东西我们确确实实感觉到了，但是也很难直接地表达出来。因为涉及政治、经济以及当今社会的复杂状况，从这个意义上说，这部小说也许是后人才能做出准确评价的，或者说贾平凹这部小说是为后人和为自己写的，他通过《废都》将自己对城市所有混沌的感觉、感悟集合起来做了一次淋漓痛快的宣泄。还有一点，长篇小说的内在特质是命运，也就是说，小说人物的命运是情节发展的最根本的驱动力。《废都》的内在驱动力恰恰不是命运，庄之蝶从名人到闲人（多余的人）再到废人的经历，还有他的家庭和性爱生活，严格地说都不给人以命运感的推动，因为小说一开始，庄之蝶的形象就摆在我们面前并固定在那里了，就是一个既倒霉又风流的角色。我重视的是，这部小说所展示的当今社会的时代状况，也包括文人的存在状况，可是小说仅仅是在社会的表层运行，几乎什么都写到了却什么都没有深入下去。

陈： 王绯刚才说这部小说社会层面的东西写得很多，这个感觉是对的。这正好说明了这部作品的价值，作品内涵的丰富。但不能说这部作品写心态就不行，实际上它还是很清晰地写出了当代文人心灵发展的轨迹的。譬如，王绯你说过，牛的反刍、牛的思索在某种程度上也可以说是庄之蝶的反刍和思索，是贾平凹本人的反刍和思索，从中可以看出当代文人的某种精神状态。王绯所说的，实际已经涉及对庄之蝶这个人物形象的评价，下面我们就谈庄之蝶吧。

二、关于庄之蝶的形象

白： 庄之蝶是个具有多重侧面的典型形象。他是浑浑噩噩的文人，忙忙碌碌的闲人，浪浪荡荡的男人，更是一个不甘沉沦又难以自拔因而苦闷异常的文人。他集美与丑于一身，淡泊名利又抛不开名利，重情尚义又重色贪欲，老是吃着碗里的又看着锅里的；他不时感到"泼烦"，又不时招引着"泼烦"；总说"我还是要写长篇的"，又总拨不开冗事、琐事的纷扰。他比龚靖元、阮知非、汪希眠更清醒、更深刻地感到了"废都"文化氛围的桎梏人、戕害人，又总是无力超越和摆脱，因而更深刻地陷入苦闷。他在成名中沉沦，又在沉沦中挣扎，终未能走出"废都"，是一个走红不走运的受难者。

庄之蝶悲剧人生的形成，有他自身的原因，更有文化的原因和社会的原因。这个形象及其他人物形象的命运具有相当的概括性，可以说比较典型地反映了当代文人中的一些人已有的和将有的那种生活形式和心态。他可能成为一类文人的"共名"人物。对于其他人来说，也可把这个人物作为一面"镜子"，反省自身，认识环境，从而获得某些警策。

陈： 白烨刚才说庄之蝶是"浑浑噩噩的文人，忙忙碌碌的闲人，浪浪荡荡的男人"，说得很好，我同意。《废都》虽然写了许多人物，其中几个妇女形象的确写得出色，如牛月清、唐宛儿、柳月、阿灿，还有牛月清的母亲，等等，但最主要的人物形象是庄之蝶，谈《废都》不能不先谈庄之蝶。对庄之蝶这个人物，我个人是并不喜欢的，这个人物缺少当代人的一点正气、骨气、阳刚之气、奋发之气；但个人的好恶，不能代替审美的评价。客观地说，这个人物形象的塑造，还是相当成功的，主要是对这个人物的生存状态和生命状态的表现，小说是客观真实、淋漓尽致的。这是一个失却了精神支柱，处于矛盾彷徨、陷入颓唐沉沦的当代文化人形象。他先是为声名所累，继而卷入一场无聊的桃色官司而心灰意冷。在这个过程当中，他为摆脱尘世的纷扰，先后陷入与三个妇女的性关系，从而产生了严重的家庭危机，终于在心力交瘁中中风于车站。小说也写到了庄之蝶身上好的一面，如心地善良、淡泊名利、重视友情、有正义感和同情心，但主要写了他的负面，他的心灵破碎，他的精神危机……两性关系的混乱，就是这种精神危机的表现。因此说这是一个闲人、废人、多余人的形象并不为过。庄之蝶的精神状态绝对不能代表当代文化人的普遍的精神状态，他只能代表某一类文化人的精神状态，这个形象是具有相当的典型性的。作者对待这个人物，特别是对他的精神危机，采取了完全客观展示的态度，表面看来是无所谓褒贬的，但从总体倾向来看，作者对这个人物是同情的，流露出一种物伤其类、同病相怜的哀婉的情绪。由于作者的思想情绪不能比他的人物高出一头，因而就使这部小说缺少强有力的批判的锋芒，虽然庄之蝶最后的悲剧性的下场客观上也是对他的精神危机的批判。

王：我感到作者创作《废都》时的那种混沌状态，直接影响到他对庄之蝶这个形象的把握，使这个人物的来龙去脉、意识状况、精神主旨等，让人觉得混混沌沌，你弄不明白，仅看到他随着作品社会表层的运作忙忙乱乱且风流不尽，虽然能使人看到当今一个名人或一个人的社会之累、他人之累、自我之累，但是把他作为当代文人典型的心态和存在境况，或者是正、负面意义的知识分子生存状态和生命状态的代表，是难以为人接受的。以当今知识分子、文人生命的情状而言，与社会痞子、贵族公子哥儿的人生观是不同的，我觉得他们还有伦理、道德、追求精神高尚的层次，而庄之蝶对待女性给我的感觉总是有西门庆的影子，在感情态度上有时又是贾宝玉式的，这个人物是贾宝玉式的感情加西门庆的行为方式的一种综合，恰恰难以看到一代知识分子、文人对于女性、爱情，哪怕仅仅就是性的态度。我是这样理解的。

三、关于性和性描写

白：《废都》里的性描写是人们谈论较多的一个话题。的确，《废都》里的性描写既多且露，在平凹的创作上可说是一反常态。关于这个问题，我想主要说两点。

一是确有必要。《废都》作为一部无遮无拦剖示文人生存状态的小说，不可能在性的问题上遮遮掩掩，如是，就不符合全书的情调。在性问题上的大胆直书，实属事出有因、情所必然。另外，从全书写得比较充分的庄之蝶与牛月清、与唐宛儿的性关系来看，都有助于塑造人物性格，揭示人物关系。如牛月清如何恪守传统妇道、半推半就，使夫妇关系渐显裂痕，唐宛儿如何多情又善解人意，遂使庄、唐关系日益身心交融，等等，都是由有关的性关系的描写展示出来的。包括庄之蝶与柳月、与阿灿的关系，也对剖露男女双方的性情不无作用，它在这里发挥着其他文字所无法传达和无力传达的微妙内容。还有，《废都》里相对直露的性描写，可能是当今社会的人们在性观念上开始表现出某种松动趋向的一个反映。没有这样的一个背景，作者那样放手去写，大概真是不可思议的。

二是确无特色。有关性描写的文字在作品里留下来的，多给人一种似曾相识感。我觉得这是作者过多地着笔于性行为本身造成的。说实话，性行为本身就是千篇一律的，只有诉诸感觉和意识，才能见出千差万别来，而在后一方面作者恰恰下的功夫不够。另外，当人们领悟了全书的悲剧意蕴和沉重题旨之后，回过头来看作品里的性描写，确有骚扰人的注意力的感觉。

王：我不大同意庄之蝶在性上的表现是他精神危机的一种体现的说法。在这个人物的塑造上，贾平凹并没有给人这样的感觉或心理准备，庄之蝶的出场并不带有精神危机的信息和状态，贾平凹也没有用相当的笔墨对他精神的苦闷和性压抑做铺垫。他对女孩子、女性的情感往往是贾宝玉式的，常常为她们流下几滴眼泪什么的，有一种女儿是水做骨肉的崇尚；在性行为方式上又具有西门庆的影子。庄之蝶的性爱态度更多的是天性的东西，他是一个情种。

对《废都》性描写的评价，我想应该依据我们的阅读感觉，同时以具有代表性的如《红楼梦》《金瓶梅》《查太莱夫人的情人》这样的中外作品为参照，进行纵向和横向比较。庄之蝶在感情的层面是对《红楼梦》的一种沿袭，写他见了女孩子多么喜欢，并没有心灵层次的深入。小说中的女性使人觉得应该是从《红楼梦》里走出来，或者是从《金瓶梅》里走出来，像唐宛儿、柳月的情感风度似乎是古人的，她们的服饰啊化妆啊属于80年代末到90年代的，而且写这些女孩子的对话是很糟糕的。贾平凹写女人很出色的是101农药厂黄厂长的老婆，下笔如有神，人物的性格、面貌活脱脱地出来了。但是写唐宛儿、柳月，你忽而觉得潘金莲出场了，忽而觉得平儿来了，总使人感到她们在古人和现代人之间摇摆不定。一旦说起话来，特别是两个人表达起自己的爱情来，又像是女哲人、女智者、女高级知识分子，什么"爱情可以激活你的创作灵感"之类，很明显的感觉是在代贾平凹言，与人物的身份、修养、性格都不搭界的；而且，柳月说的话和唐宛儿说的话都难以分清，没有受到性格和角色的规定。具体到性的描写上，贾平凹并没有在继承古典小说的同时化腐朽为神奇，把所继承的化为自己的东西喷发出来，模仿的痕迹很厉害。我曾为了研究中国古典小说散韵结合的演变很认真地读过《金瓶梅》，特别是它的韵文。一般论者都说《金瓶梅》在写性的行为表现时淋漓尽致，登峰造极，使得后代的人再出这本书时不得不删节，但是作品在大幅度性的细节铺排外往往伴有韵文的渲染，琐细的性行为描写经过诗词氛围的烘托之后便获得了某种审美的高度，那些韵文写得很漂亮，在作品中起到了一种审美提升的作用。而《查太莱夫人的情人》的笔力投放在性感觉的描写上，给人以心灵的震响，《废都》中的一些□□□，却使我有一种贾平凹黔驴技穷的感觉。

陈：那些方块是真删，还是假删？

白：我问过平凹，他说初稿中确实有，后来删了，成为现在的样子。

王：不管是真删还是假删，《废都》在这方面给我的感觉与《金瓶梅》恰好是悖反的。《金瓶梅》的删本框下去的是那些不大雅的难以登文字大堂的东西，而贾平凹某些保留的段落给人的感觉是应该框起来的东西，而框起来的似乎绝没有保留的厉害，因为有些文字已经写到淋漓尽致、登峰造极的分儿上了。我就想，那些框下去的还能再如何写呢，已经不可能

-129

了，要不就是贾平凹还觉得不够淋漓还企望造极，于是以□□□掩饰或替代自己的黔驴技穷。

白：是不是说他把没有必要删的删去了，把有必要删去的留下了？

王：这只是一个方面。还有另一个方面。是不是贾平凹故意以这种形式的设置招徕和诱惑读者呢？这是不是贾平凹面对目前商品经济对文学的冲击在以性、以女人为包装的文化背景之下，所表现出的一种文化妥协或者媚俗呢？

《废都》的性描写停留在行为层面，没有人物心态的充分展开，更缺少《金瓶梅》那种艺术氛围的渲染，有些东西在用笔上是很无聊的，我们在此不做道德判断，仅就作家本身的艺术书写来看，层次也是不够的，与《金瓶梅》尚存在着相当的艺术距离。《废都》使人不得不思考创作现代小说原封不动地返古或仿古的可行性，我们毕竟不是明清时代的古人，那时的社会发展限定了人就是那个样子，小说就是那个样子，但是一个当代小说家在有了弗洛伊德学说之后，在大量的现代小说涌现之后，抛开艺术成功的经验，陷入返古或仿古的文学操作，我以为很难真实又准确地传达出现代人心灵的脉动和时代风貌。可以肯定地说，《废都》在时下读者市场的轰动，主要是别人不敢写或没有写出来的一些形而下的东西让贾平凹全部赤裸裸地写出来了，那些□□□便是在日渐低俗的文化市场上自我贩卖的商标。我们的某些媒体的张扬很成问题，如果说我们仅仅是在别人不敢写而他偏偏写了这样一个基点上来评价文学的突破的话，我觉得这是中国当代文学的悲哀。

白：不排除方框框在阅读上有招徕读者的效果，但我认为这不仅并非平凹的本意，而且是他的悲哀。说实话，方框框一概没有，也不影响《废都》的价值存在。平凹似乎后来意识到了这个问题，反复告诫人们不要只盯着方框框，把作品看走眼。

陈：《废都》的性描写，你们两位谈得很多了，我基本上持两点论。对性，《废都》采取了撕开来大胆率真地写的态度，这没有什么可非议的。文学要写人，写人要写得全面，就不可以回避性，既要写生存状态，也要写生命状态，才能显出人的全貌。当然，具体到每一个作品，是不是都得写性，写到什么程度，作家有选择的充分自由。陈忠实在写《白鹿原》的时候，对写性，确定了两条准则：一是"不回避、撕开写"，二是"不是诱饵"。在实践过程中，陈忠实的处理也是比较好的，分寸感很强，总体上没有什么不妥的感觉。现在已经不是性禁忌、性封闭的年代了，因此对写性不应该有什么非议。但《废都》中的性描写，的确是存在着一些问题的。一是缺少节制，显得有些多了，滥了，缺乏分寸感；他撕开写了，但又做了诱饵，怪不得有人批评道：从《废都》随处可见"湿漉漉的一片"。二是有些描写层次很低，显得无聊、低俗，如阴毛、红嘴唇印等，都很低俗。大体说来，《废都》中的性描写，大多是形而下而不是形而上的，缺少提炼和升华。有些人对《废都》感兴趣，主要是对性描写感兴趣，贾平凹迎合了这些读者对性的新奇感，的确有王绯所说的"媚俗"的倾向。对《废都》中的性描写，可能非议最多，分歧意见也最大，不同的读者读后也有不同的感受。我个人认为应该一分为二，两点论。

四、《废都》的文化意蕴

陈：《废都》是一部具有浓厚的文化意蕴与文化氛围、表现了当今社会的某些文化现象的作品。这部作品的价值很大程度上体现在它的文化价值方面。可以从这样几方面来看：其一，小说中的人物都受到一定文化的制约，有深刻的文化烙印，从而表现出自身的特点。如庄之蝶受到儒道文化的影响，儒使其中庸平和、心地善良，道又使其淡泊名利、洒脱放达；孟云房是仅次于庄之蝶的重要人物，受到灵异文化的影响，有点走火入魔，热衷于气功、算卦、求符、拜佛等活动；牛月清的母亲则受到神秘文化的制约，以至于人鬼不分、阴阳颠倒；其他如几个妇女形象，也都受到了其自身文化的制约……其二，民间民俗色彩和浓郁的陕西地方特色。不看书名，也知道这是写陕西西安的作品，因为这里面所写的东西太有地方特色啦。如鬼市、当子、吃食特点、民间医生等。还有古文化的特点，如埙这个乐器，既使全书笼罩着一种悲剧性的氛围，也衬托出西京作为古都的文化韵致。其三，灵怪色彩。如牛的反刍、思索，牛月清母亲的神神怪怪，孟云房的走火入魔……既表现了古代灵怪文化在当代的复苏，又使小说具有一种亦真亦幻的文化氛围。其四，政治背景退居幕后，文化背景推

-131

居幕前。《废都》中固然也涉及政界的钩心斗角之类，但总的来说不多，它把政治隐蔽在厚厚的文化帷幕之后。那个卖破烂的老头编唱的歌谣，最突出地表现了这个特点。在每一首歌谣当中，都可以读出老百姓的一种政治情绪，还有对社会弊端的揭露，但它是用文化的形式包装起来的。在《废都》里，凡涉及政治的地方，贾平凹大多采取点到则止、不铺开写的办法。

白：同意骏涛的看法，再补充两点。

一是，《废都》写出了不同人的不同活法的文化背景。庄之蝶、孟云房的士大夫情趣和追求自我完善，可以见出儒道文化的深重影响；从市长秘书黄德复的弃文从政、如鱼得水的行状中，也可见出他对政治文化的崇尚；而那个与庄之蝶合开书店的洪江，又暗中捞钱又利用官司出书，则是商品文化浸润至深的一个典型。不同的人由不同的文化支点表现出各自的追求和个性，文化本身构成了一种多元并举的状态。

二是，由作者如实描写的气功热、宗教热、字画热以及名人崇拜等文化现象日益盛行来看，我觉得《废都》在一定程度上表现了民间文化的形成与壮大，以至与权威意识形态相分离的趋向。这个倾向和这几年兴起的"新写实小说""新历史小说"在文化内涵上的走向是暗合的。

可以说，一览无余地描绘了当今社会流行的各种文化现象，绘声绘色地记载了当代生活内涵的各种民俗、民情、民风，是《废都》的重要价值所在。仅此一点，它就可能成为后人解读这个时代生活和情绪的一个标本。也正是在这一点上，贾平凹把他的文化积累、文化造诣上的优势和所长发挥得淋漓尽致。

陈：写文化是贾平凹的所长。贾平凹其他作品的价值很大程度上也体现在它的文化价值方面。如果叫贾平凹去写政治斗争，恐怕未必写得好。政治的东西时限性较大，而文化的东西时限性较小，这也是贾平凹的作品为什么有嚼头、能够经得起时间检验的原因。古往今来，许多优秀作品之所以能够流传下来，也是因为文化涵蕴比较丰厚的缘故。

白：很正确，文化的底蕴要靠平时的积累与沉淀。贾平凹正是在这一方面下了比别人更大的功夫。他对儒、道、佛的钻研与了解，已有十数年的时间，平时特别喜好收集民俗故事、民间谣曲。看相、算命也很有一套，人称"贾半仙"。有了平时和日常的这些积淀，写起作品来，自然一齐汇聚笔下，达到既丰韵又自然的境界。

王：我很同意你们二位说的，在文化问题上我们没有什么分歧。就像白烨所说的，贾平凹笔下的许多东西别的同龄作家是写不来的，这和他自身的兴趣修养很有关系。《废都》所展示的正是当今时代的文化状态，它的涵盖面也是比较广的，既有传统文化的当代复苏，譬如，清虚庵、孟云房的形象都能看到这一点，还有喝红茶菌、甩手、练气功这种民间的文化状态，贾平凹都写得很地道。而古典和传统文化的复现又带有鲜明的当代特色，譬如，慧明就是一个会搞技术也敢怀孕的现代尼姑。在一系列传统文化以当代特有的方式复现的文化状态把握中，可见贾平凹的灵气。这部小说散点式的、散发式的结构，使贾平凹把感觉到的城市文化各个方面的状态几乎都涉及了，所以读了《废都》，真正感觉到的是作品所提供的当代文化状态的信息。如果这部小说可以留下来的话，那么，展示20世纪末的文化状态或文化风貌才是它的价值所在。

五、结构、语言和形式

白：《废都》在艺术形式上最为显见的特点，一是结构的散文化，二是语言的话本化。

它的结构不像一般的长篇小说那样刻意雕饰，而是信马由缰，行云流水，无序无迹，实际自然，时时让你感到是在深入生活本身，而不是在欣赏一部虚构作品。这样的结构形式在近几年的长篇小说中并不少见，但贾平凹显然运用得更为熨帖，更为成熟。也许平凹的艺术创造，更多地表现在创制独特的艺术语言这一方面。就《废都》来说，那种亦文亦白、简洁凝练的话本化语言，就不是一般人能写得来的。应当说，那种文雅的、传统味的语言与芜杂的、现代化的生活存在着一种天然的矛盾，但平凹把二者对应起来又协调起来，在写人状物之中达到了寥寥数语惟妙惟肖的境界，使人读起来别有韵致。承继和弘扬传统的话本语言，使其重获现实的生命力，是平凹一个了不起的贡献。但我以为，因为它并非这个时代的代表性语言，可能给若干年后的人们从形式到内容由《废都》解读这时代，会带来某些误解。

王：《废都》在语言上表现出一种很执拗的返古或仿古倾向，用文白相间的话本式的语言是否能准确地把当代人的心灵状态传达出来，我是表示怀疑的，其中必然会产生一种隔膜的感觉。因为话语本身的风格就负载着与之同步的时代人的生命面貌或风度的信息，当仿古倾向的一套话语把当代人语言的特色都挤掉了，小说由此所呈现的东西自然在气质和风貌上与当代社会的存在是隔膜的。我读作品时总感觉一些人物应该穿上古人的衣服。为什么很多现代或新潮小说家在文体上喜欢采用独特的话语表现方式，譬如，一些调侃式的、戏谑式的语言，就是因为这种话语充分地负载了当代人的生存方式、气质和风度的信息。《废都》在结构的方式上是散文式的、随意挥洒式的、行云流水式的，而表述语言常常呈示出某种不协调的错位操作。譬如，写性、写聚会等的语言是仿古倾向的语言，文白相间；写政界、新闻界内幕时，仿古的语言又被丢掉，是很白的一套话语表述；写牛的时候沉浸在哲人的思考中，是一派西方式的语言表达。这恐怕与贾平凹散文化的结构方式和他写作的特定状态有关系，语言一会儿文，一会儿俗，一会儿又西方起来了，随心所欲，给人一种不协调之感。如果贾平凹在这里尝试不同的语言方式在同一部作品中统一的可能性的话，那么他没有做好试制，现在起码在小说里没有达到和谐的融合。还有情节，也与作品行云流水式的走到哪儿写到哪儿的结构有关系，散文化的结构决定了这部小说的情节复现应该是非常自然的、生活化的，可是一些情节人为雕琢得很厉害，譬如，那只鸽子的故事，柳月窥视庄、唐偷情而引出三人乱交的章节，黄厂长老婆死死活活的闹戏，都显得穿凿。贾平凹几乎是不加改造地把一些社会流传的笑话、逸事，做漫画式的呈现，作为状写社会本真的情节，自然给人一种失真的感觉。一些人物的语言也不符合角色身份，显得作假。可以明显看出某些情节或情节模式是从《红楼梦》《金瓶梅》中偷的，或者说有意模仿的，譬如，庄之蝶家庭的聚会，大部分性行为的描写，等等。说《废都》是当代《红楼梦》，其实是根本无法比的。《红楼梦》只在结构上就是无法超越的，它在作品前几回正、副册里对人物及贾府命运的预示，包括那个《好了歌》，都表现出结构的非凡，贾平凹在《废都》里似乎也学了，如让孟云房给柳月、唐宛儿、汪希眠老婆测字，还有捡破烂的老头儿唱的一首首纳入文化范畴的政治性歌谣，但是他只学到了皮毛，并没有在整体的架构上、情节人物的设置上显示出文学结构的力量。也许，贾平凹在结构上追求一种"天人合一"的境界，但是我觉得，最高的最精致的结构恰恰是你用心地制作却又看不出斧凿痕迹，而不是随心所欲的无结构、自由结构。

白：我觉得《废都》的结构艺术就属于那看不见技巧的技巧。你说作品中的一些情节是从《红楼梦》《金瓶梅》上偷下来的，我不能苟同。当今，男女文人聚在一起说说笑话，而且说些荤笑话，是常有的事；就性描写来说，《废都》在表现不同人的感受和意识方面也有自己的特点。另外，在全作散漫的结构中，仍有不散的东西，那就是文化底蕴和"废都"意识。《废都》就是《废都》，不必和《红楼梦》《金瓶梅》类比。

陈：是不能把《废都》与《红楼梦》做简单的类比。《红楼梦》只有一部，至今还是无法超越的作品。这一点我很同意你们两位所说的。至于讲到《废都》的结构、语言和形式，我觉得它自身还是很和谐的。我们不能要求《废都》能达到《红楼梦》那样的艺术成就，但它能达到自身艺术的和谐，我觉得就很不容易了。《废都》采用了一种散文化的结构（如同你们两位所说），它以生活的自然流动和人物心灵的发展轨迹为径，从容不迫、行云流水般地展开故事，很少有人工斧凿的痕迹。王绯说《废都》的结构缺少一种内在的很强的凝聚力，我觉得对一部散文化结构的小说提出这样的要求，显然是过于苛刻了。不过，细究起来，《废都》的结构也不是没有什么可以挑剔的。譬如，作为支撑全书骨架的桃色官司这个情节，是难以负载如此丰富的生活和如此众多的人物及其心灵轨迹的。我甚至觉得，即使没有桃色官司这个情节，这部书也仍然是可以撑持起来的。桃色官司在《废都》中没有什么太大的作用，它至多带出了社会层面上的一些东西，包括社会的弊端等。在这方面，《废都》确实缺少像《红楼梦》那样的腕力。《废都》的语言也很有特色。它平实灵秀、富于韵致，既是口语化，又经文学加工，文白相间，半文半白，雅俗相容。当然，这样的语言未必会为当代读者所普遍欣赏。当代的读者，特别是青年读者，比较喜欢两种语言：一种是受西方语言影响的、西化或半西化的文学语言，如《白鹿原》《最后一个匈奴》那样的语言，当然它也具有本土的特色，是一

—135—

种中西糅合的语言；另一种是完全口语化、通俗化的语言，如王朔小说那样的语言。因此，他们读《废都》，可能会觉得语言有点隔、有点涩，读起来也不那么顺溜和畅达。我们家的孩子就有这样的感觉。这跟他们自身的语言素养和欣赏习惯有关。但是，贾平凹恐怕只能运用这样的语言，而不能运用别样的语言，这是受贾平凹自身的文化制约的。贾平凹比较熟悉中国古典小说的语言，更熟悉陕西地方的语言，这二者的糅合，就形成了目前《废都》这样的语言。贾平凹在语言上的造诣还是比较高的。当然，我也同意《废都》中的过于低俗的语言可以加以删略的意见。《废都》在表现手法上，我在第一个问题中已经讲了，它继承和发扬了中国自明清以来的古典说部小说、话本小说的传统，在总体写实的基础上，又有一些灵奇怪异的色彩，表现出亦真亦幻，既是现实的又有某种神秘的特点。

我觉得当代小说可以朝两个方向发展：一个是更多地借鉴和吸收西方和俄苏现代小说的经验，创造出从表现手法到艺术技巧再到语言都比较现代的作品，如《白鹿原》那样；另一个方向就是更多地继承中国古典小说的传统，又糅进一些现代的东西，如《废都》这样。从《废都》，我们可以看到中国古典小说某些东西的复现，要说它有某种"返古"的倾向也未为不可，但这里面还是有贾平凹自己的创造的，因此又不是简单的复古。我们不能说《废都》就会流传千古，但至少在当今的长篇小说中，它是独树一帜的。

陈：今天我们三个人侃了三个小时，涉及《废都》五个方面的问题，但还不能囊括《废都》的全部问题……

王：说不尽的《废都》呀！

白：是说不尽，这个说不尽既包括《废都》因丰富、复杂说不尽，也包括了看法不同的说不尽。

陈：譬如，关于《废都》中的人物形象，特别是妇女形象，我们就基本没有涉及。我们在座的有一个女权主义者……

王：不，是"后女权"（众笑）……

陈：可能有一些话还没有说。譬如，《废都》的悲剧意识就没有涉及。但我们涉及了《废都》最主要的几个问题，当然还是比较浮面的，没有深化。对这些问题我们有的看法是一致的，如对《废都》所表现的文化层面的东西的看法就比较一致。其他问题的看法则不尽一致，甚至大相径庭。这是很正常的，因为每个人的阅读感受不同，评价标准不同，所拥有的不同的生活经验和情感体验也会影响对作品的评价。我们的这些不同意见在某种程度上也正是社会上对《废都》的不同意见的反映。这些分歧意见我们还可以进一步讨论，也许在某些点上可以统一起来，达成共识，但有些问题恐怕永远也统一不起来。对《废都》的评价，恐怕需要留待时间的检验，沉淀若干岁月，可能对它的评价会更客观一些，但永远也没法子一致。对《金瓶梅》，对《红楼梦》，不是至今都还有这样那样的分歧吗？今天，我们是不是就侃到这里？

（原载《当代作家评论》1993 年第 6 期）

有意味的"怀念"

——贾平凹长篇小说《怀念狼》读后

贾平凹近期的小说作品常有一个挥之不去的主题意蕴,这便是人在生存与发展之中的悖论状态。他的小说《怀念狼》(作家出版社2000年版)表面上看来是写商州一带山区野狼的盛衰与存亡,实际上是在写现代人生存的尴尬与无奈。

在盛产野狼的商州地域,由于狼的肆虐和人的捕杀的两相较量,如今只剩下屈指可数的十五只野狼,州政府不得不把野狼列入当地保护动物的名单。作为记者的"我",怀着好奇的心理,也带着生态保护的意识,随着曾任捕狼队队长的舅舅和他当年的捕狼队队员"烂头",去找寻这些有待保护的野狼,但是实际结果却是把所遇到的野狼捕杀了。原因各个不一:有的是野狼危及人的生命,有的是猎狼者要证明自己的存在,有的是山民对野狼的群体仇视。总之,猎杀了仅存的十五只野狼,各有各的缘由。原本出于保护目的的普查,最终变成对所有野狼的追猎与绝杀。

行动的结果背离了行动的目的,这本身即一个绝大的悖论,让舅舅这个以杀狼为生也为荣的人负责动物保护普查,更是天大的谬误。舅舅是众多猎手中的佼佼者,以猎狼成名,也以猎狼成性。可以说,他作为猎人的代表,最典型不过地体现了与狼相克又相生的关系。有狼,他才有神有力;杀狼,他才显勇显谋。通过找狼、杀狼,他证明着自己的存在和价值,而当狼被赶尽杀绝之后,他失去了对手也失去自我,竟失态变疯,成为到处咬人的"人狼"。这是猎杀野狼的后果,也是失去野狼的代价。

有了狼,弱者慎怕,强者猎杀;没有了狼,黄羊锐减,人性退化。人不仅需要在生态和谐的意义上加强对于生物链的深刻认识,更需要在实际生活中做到与如狼这样的动物相安无事和共生共存。"与狼共舞"实难做到,学着"与狼共处"如何?

《怀念狼》是一部饶有丰富寓意的小说,也是一部有着独到的艺术描写的小说。就贾平凹90年代以来的几部长篇小说来看,在艺术探索上用力最多而又卓有成效的,可能还是这部《怀念狼》。作品充满诡异的感觉与幻化的形象,一会儿狼变成了人,一会儿人又变成了狼,真幻互置,虚实互动,神神道道又绰绰约约,现实在精神中的折射,主观在客观中的映象,却在根本上服务着并强化着作品的主旨,混沌着并丰富着作品的意蕴,使人与狼如影随形,狼与人难分难辨,使得《怀念狼》这样一个独特的主题既扣人心扉,又令人难忘。

2000年10月

写活了也写神了小人物

——读《古炉》有感

读了贾平凹的新作《古炉》（人民文学出版社 2011 年版），确实让人很感意外。本以为在厚重异常的《秦腔》之后，他的家乡记忆与乡土积累已经吃光用尽，贾郎已经"才尽"，没想到新出的《古炉》更加浑朴扎实，不仅厚重的意味不输《秦腔》，而且在近年的乡土题材里又独树一帜。

《古炉》这部作品，阅读的过程并不轻松。因为没有连贯的时间，出差背着，开会带着，有时间就看，看得很辛苦。我觉得恐怕陕西以外的读者看起来会更辛苦，因为他的对话与叙事，用的都是陕西方言。这个作品不光是语言极具乡土性，整个的叙事都是细腻、细致、细切的，整个作品读来感觉都是鸡零狗碎、鸡毛蒜皮，但在细碎与细琐的唠叨中，更细部、更底层和更内在的东西都被淋漓尽致地揭示了出来。也即别人忽略的，他格外重视；别人不屑的，他格外认真。这不仅使作品人物鲜活，内蕴饱满，而且别具一种原生态性意义上的生活质地，使作品因而浑朴而丰富，具有了多角度解读的可能性。

从《古炉》的时代背景与主干故事来看，作品确实写了中国特有的乡村政治，以及"文革"在古炉这样一个小村庄的起势、发展与演变。但这只是作品的一个方面，另一重内容，则是即便是闹"文革"，古炉村的"文革"也跟全国其他地方的"文革"很不一样，甚至跟通常意义上的"文革"完全是两回事。《古炉》虽然受到"文革"的种种熏染与诱导，但这里的"文革"其实是借力和借势，彼此的矛盾与斗争的内涵都是古炉村民自己的利益分配，以及多年来的家族矛盾的爆发，等等。古炉的"文革",委实是借庙堂泄不满,借灵堂哭恓惶。所以,贾平凹笔下的古炉村"文革",反映的是"空转"中的"自转",是一种经过乡土转化了的"文革"。从这个意义上讲,他写出了中国乡村的特殊政情、社情与民情。

《古炉》让人印象最深也最难以忘怀的,是作品中狗尿苔这个人物。在当代小说中,像狗尿苔一类的人物,似乎也有一定的表现,但经常是在作品中一掠而过而已。主角由像狗尿苔这样的人物担纲,而且写得那么典型、那么生动、那么完整、那么复杂、那么一言难尽,委实并不多见。我觉得在鲁迅之后,小人物形象的塑造能够跟阿 Q 相比的和接近的,少之又少,几近没有。我觉得《古炉》里的狗尿苔这个人物,是比较接近于阿 Q 的一个堪称艺术典型的人物形象。

《古炉》的成功,很大程度上是因为整部作品选取了以狗尿苔这个人物为叙事视角,这个在政治上、人格上都十分低下和卑微的小人物,原是被地主婆捡来的孩子,身体本有残疾,又命定了要打入另册,在古炉村几乎被所有的人看不起,他存在的价值似乎就是拿上一条火绳,给抽烟的人点点火,间或被人们戏弄。这个小人物决定不了自己的命运,但却连缀起了古炉村的五行八作,由细微处看人际,由低视角看人性,于是,在这个看来既不对称的关系也不正常的视角里,却格外真实地揭示了乡村政治与乡村人性的异常风景。

狗尿苔这个人物,性格上的独特性、艺术上的概括性,都构成了当代文学中一个罕有的典型形象。这个被遗弃的孤儿,是蚕婆把他捡来养大的。但因蚕婆的男人被说成是国民党潜逃犯,所以跟蚕婆的男人毫无关系的狗尿苔也就成了国民党军官的残渣余孽。他原本聪明、善良、顽皮,但是家境的特殊性,使他在很小的年龄就不得不面对村民的是是非非。他追求平等,向往平等,并为实现这个愿望做着不懈的努力,但这在那个年代简直就是异想天开。不论他花费多少心思,不论他怎样地去讨好村民,他总是被人们看作不屑的另类。只要村民不高兴,只要大家想取笑他,他就逃脱不掉被戏弄和被嘲讽。为此他受了很多的委屈,但却无处申诉,只得与动物、植物交流。他是古炉村里的多余人,"文革"政治的局外人。因为他的超脱,他的低调,他的旁观,他的清澈,他成为映衬古炉村人和事的一面镜子,你拿他可以测量出人情,衡量出人性。从某种意义上说,贾平凹在塑造这个人物的时候，用了现实主义的与超现实主义的混合性手法，把狗尿苔这个人写神了，也写活了。

狗尿苔这个人物的名字也非常绝，狗尿苔是陕西的一个土话，是指生长在猪圈旁、粪堆里的一种野生菌类，因为不能食用，常常被人们踢来踢去。把人的名字叫作狗尿苔，名字与人物就有了内在的对应，让人联想起它的多余无用，它的自生自灭。取了这样的名字，又写得如野生菌一般栩栩如生，在人物形象的塑造上，是不无大胆的，也是颇见功力的。由这部作品显示的创造力来看，平凹还很有活力，也很有潜力，他的创作真是无可限量，还可寄予厚望。因此，不好再说这部作品是他的高峰，只是期待他继续释放，再攀新高。

2011年6月

贵在"有趣味"

——简说贾平凹的散文

贾平凹之为作家，小说创作的影响要更大一些，尤其是他在1993年发表了长篇小说《废都》之后。实际上，贾平凹在经营小说创作的同时，一直没有放松散文写作。散文领域也如同他的小说创作一样，佳作不断，成就斐然。几年前，与女评论家季红真聊起贾平凹的创作，季红真非常肯定地说：贾平凹在散文上的成就，绝对大于他在小说创作上的成就。在我看来，在贾平凹的文学世界里，小说与散文两栖的成就难分伯仲，两者并进共秀，是名副其实的双峰对峙。

受供职于香港三联书店的朋友李昕之约，我为"三联文库"编选过一本平凹的散文集《四十岁说》（香港三联书店有限公司2002年版），因而较为系统地拜读了平凹写于不同时期的大部分散文作品。我的感觉是，从80年代开始散文写作的平凹，从数量上看是越写越少，从质量上看却是越写越好。当然，他早期的《月迹》《红狐》《落叶》《一棵小桃树》《天上的星星》等作品，都质朴而清朗，淡淡的景象之中含有浓浓的意象，而且浪漫的意蕴中别具一种童趣。但后来的《关于垿》《三目石》《看人》《牌玩》等作品，或托物说人，或借景说事，都在简约平实的文字里，裹藏着沉郁又独特的人生况味。可以说，因为人生的历练和艺术的演练都到了一定的火候，平凹此后的散文，基本上是不求韵而韵自生，不搜意而意自在。由此，我更坚信了自己的这一看法：文学是人生的文学，散文是长者的文体。

关于散文，平凹说过许多话，这些话中可看作读解他作品的钥匙的一句话是"散文要写得有趣味"。这看似十分简单的一条标准,却是许多散文作品常常难以达到的。有的散文,过于平白、实切,除了照相式地叙说一些身边琐事,了无意趣;有的散文,则过于较劲、用力,不是叙事很宏大,就是用意太哲理,读来少有情趣。其实,散文不能没有意义,又不能有太多的意义。散文在内蕴的营造上一定要有一个分寸,或者说要有一个度。而这个度的恰当表达,便是趣味。趣味应该基于作者对于生活的细切而独到的发现,来自对于发现的巧妙而自然的表达,也即常说的"信手拈来,妙趣天成"。平凹是深谙个中奥秘的,他的许多散文篇什,都是入手平实,行文浅切,但读着读着就有了自出机杼的"趣味"和连绵不绝的"意思"。比如,他有一篇《我的老师》的散文,就堪为"有趣味"和"有意思"的典范。这篇散文写朋友孙见喜的3岁半的儿子孙涵泊,依次写小孙涵泊心疼被折下来的花,看电视时跟着乐曲指挥国歌,看人写毛笔字说写的是"黑字",街上大人打架时冲过去喊"打架不是好孩子",有人指着挂历上的裸女的胸脯问是什么,他说"是妈妈的奶"。一桩桩细小的孩提趣事娓娓道来,3岁小儿孙涵泊的憨态可掬和纯真可爱,都活灵活现地跃然纸上。作者间或在叙事中穿插的议论,如"视一切都有生命,都应尊重和和平共处","无所畏惧,竟敢指挥国歌","不管形势,不瞧脸色,不慎句酌字,拐弯抹角,直奔事物根本","安危度外,大义凛然","不虚伪,不究竟,不自欺欺人,平平常常,坦坦然然"。他以沿波讨源又严气正性的点评,引申出包含在孩子天真行为里的荦荦大端。而"他真该做我的老师"的感叹和最后的"我没有理由不称他是老师"的结论,又把自己对孩子童真天性的那份尊重和对自己过于世故的那份自省一同托了出来。我们有过自己的3岁小孩,更见过许多别人的3岁小孩,但却没有这样仔细地去观察,认真地去发现,尤其是把他们当成写作对象去用心用意地对待。什么是好作家,好作家就是这样善于在平常之中见奇崛,由细微之处见精神,以其高人一眼的发现和快人一步的言说给人以惊喜和启迪。

平凹的散文,大致有状景的、记事的、写人的几大类。《中华文学选刊》编选的三篇,正好分属这样三个类别,也可看作这三类写作的代表性作品。《黄河魂》是一篇典型的大题小作的写景散文。文章由冲出龙门的黄河的舒缓而壮阔、深沉而烂漫,说到它的"时空演义"和四季变化,由外及里，从形到神，最后落到了黄河的"魂"与"魄"。全文以惜墨如金的四百二十个字，简中带繁地写活了黄河，可谓言简意赅，情文并茂。《五十大话》是一篇自我总结性的散文，由身体的多病和文坛的多事，说到自己对于人生的新的省悟。"病是生与死之间的微调，它让我懂得了生死的意义。""声名既大，谤亦随焉，骂者越多，名更大哉。"我知道，这些话说的都是他的实情，而"平生一片心，不因人热；文章千古事，聊以自娱"的大彻大悟，可能还是一种需要努力才能够达到的境界。但悟到这一点很重要，要不怎么能称得上是知了"天命"？《通渭人家》是平凹记事散文中的力作。通渭五月行，由农家的衣食起居的整洁有序，农民业余爱好的写字作画，写出了一个虽然贫穷却民风淳厚，暂时落后却重教好学的通渭。那是一个既随着大的形势在前进，又按照自身的规律在运转的西部世界，它的长处与短处共同造就了它净化人、陶冶人的独特魅力。"我来通渭正是时候！我还要来通渭"，"我要让他们（城里的朋友）都来一回通渭！"这样的感慨，是真实的，也是真诚的。

总的来说，贾平凹的散文，整体上有一种径情直遂、浑然天成的特性。无论状物、抒情，还是记事、写人，他都是信手拈来，恣意写去，不端架子，不拿样子，娓娓而谈之中性情尽现，描声绘影之中逸韵丛生。尤其是他的那些带有叙事特点的篇什，如收入中学语文课本的《丑石》，被许多选本选收的《说话》《桌面》，还有上文说到的《我的老师》，入手都很平实，意象却极其浪漫，依流平进之中透着灵动，细针密缕之中孕着诡异，在表象的漫不经心之中深匿种种匠意。在散文这一领域，长于以小见大、擅于举重若轻的贾平凹，真是把技巧化到了看不出技巧的境地。所谓美与丑、雅与俗的鸿沟，所谓大与小、浅与深的界限，他都浑然不论，信步超越。可以说，在散文创作这个天地里，贾平凹获得了相当的自由，也表现出越来越多的大师相。

平凹在人生上正走向老成，在文学上正走向老到。对于一个作家来说，这正是一个收获金色的好时节。我们有理由期待他在文学创作尤其是散文写作上，更多一些地写出打着贾平凹"趣味"印记的好作品。

2002年10月

羊的闹剧与人的悲剧

——读杨争光的中篇小说《公羊串门》

一般来说，好的小说有赖于好的故事。而好的故事，则在于平中有奇，朴中见色。杨争光的中篇小说《公羊串门》，便是这种为数不多的好小说之一。

《公羊串门》的写法，是典型的以小见大，循序渐进，其叙事很像一句俗话说的那样，"老鼠拉锨把，大头在后头"。从王满胜家的公羊流窜到胡安全家的母羊那里"吃野食"起始，你几乎看不出这是一个什么样的故事，后边会发生什么样的大事。但作者就是由这样一桩很不起眼的小事，一步步生发，一层层撕扯，由一只公羊与母羊私下"交合"的偶发事件，最终拎出一个有人被强暴、有人被砸死、有人被枪毙的人命大案与人间惨案。

事情一开始，王满胜与胡安全比较较真的仅仅是配种的几块钱，而后由钱的问题又牵扯出谁输谁赢的争端，事情不断升级演化。先是王满胜气愤不过，踹了胡安全家的母羊一脚；胡安全为了报复，则拿王满胜家的公羊私下配种挣钱。事情闹得不可开交之后，村长李世民为了了断王、胡两家有关两只羊的纠纷，闭门阅读现有的法律文本，怎么也找不到处理两只羊的依据，只好拿民事纠纷的"通奸"与"强奸"的条文来做判断，孰料竟引发了一系列意外之变：胡安全以公然强暴王满胜的妻子来解气，恼怒至极的王满胜则不管不顾地砸死了胡安全，而后自己也被判刑枪毙。

为了一桩牲畜之间的小事，王满胜和胡安全两家就龙争虎斗，大打出手，他们多会把羊事变成人事，多会把简单变成复杂。而每一次冲突，都那么理直，那么气壮；每一次报复，都那么冷酷，那么亢奋。为了什么，值不值得，孰轻孰重，会有什么后果，他们压根就没有走过脑子，更谈不上有什么法理意识。他们都有想让别人吃亏、自己占便宜的心理，多么地执着，多么地偏狭；他们为了斗气而不顾一切的行为，是多么地痴迷，又是多么地愚昧！

人的存在当然比羊的存在更为重要，而在人的存在中，素质显然更为重要。人养羊是为了人们自己，人不能为羊所左右而忘记了自身。这些近乎浅显的生活常理，并不为许多人所真正明白并时时牢记。而悲剧的发生，恰恰是从忘记常识开始的。

《公羊串门》的结尾颇有意味，甚至透出几分恶狠。王、胡两家的男主人，一个已经死去，一个即将赴死，如此重大的恶性事件，当事的那只公羊却浑然不觉，竟在枪毙王满胜那天，"大摇大摆地走进了胡安全家的羊圈"。对如此不长记性、不改本性的羊们，人又何必去为它们争短论长呢？真是可叹，可笑，可悲！

这是羊的闹剧，更是人的悲剧。掩卷之后，令人深长思之。

(原载《广州文艺》2000年第2期)

壮歌与颂歌

——读高建群的长篇小说《大平原》

毋庸讳言，高建群描写家族故事，带有自传色彩的长篇新作《大平原》，当属这个实力派作家最想写也最该写的一部作品。因为这个家族故事与他的个人命运休戚相关，如影随形地纠缠了他五十多年，使得他如芒刺在背，不拔不行，如骨鲠在喉，不吐不快。

由于高建群在这样的一个主干故事里想写的很多，想说的也很多，作品在线性的叙事之中不断生发和连缀种种枝节，作品在平铺直叙的散漫故事中，充满了丰富而复杂的内蕴，具有可从多个角度去解读的可能。

因为作者视野的宏阔，也因为故事本身的连带性，高姓家族三代人的命运的起承转合，无不涉及动荡的社会、变异的时代。这些被故事连带出来的内容，从大的政治事变、时代更替，到具体的社会事件、自然灾难，几乎无所不有，无所不包。这样，从新中国成立之前的社会境况，到新中国成立之后的生活状况，包括改革开放的历史演变，在作品里都由高家三代人相互牵连的各自遭际，得到了相当充分的揭示与生动形象的表现。比如，发生于1938年6月的黄河花园口决堤，原是蒋介石希图以黄河大水来阻挡日军，未料想日军没有阻挡住，反使豫、皖、苏三省四十四个县遭灾，八十万人被淹死，一千多万人受灾。然而，这个抗战时期人为的灾难，使得离家逃难的顾兰子由河南跑到了陕西，最后嫁入高家，而高家又随逃难的人去往黄龙山，暂时渡过了一段难关。还比如，因为寄居于黄龙山一带，高三才得以就近去往延安参加革命，使高家出了一个后来担任了副市长的"公家人"，并在很大程度上决定与影响了高二儿子黑建后来的命运。可以说，这些相互牵扯的事情连缀和累加起来之后，就比较好地做到了以小见大、以少总多，从而使这种家族化的叙事，超出家族本身的家长里短与是是非非，实际上实现了以家史写国史的艺术目标，使人们看到了一个人与一个家族的关联，一个家族与一方土地的关联，一方土地与一个社会的关联，一个社会与一个时代的关联。总体来看，这是一种相辅相成、荣辱与共的关系。因为这种复杂关系的夹缠与纠结，置身于这个家族与环境的人，都有得有失，有苦有甜，悲喜交加，难求圆满。作为这个家族第三代代表的黑建，就很自然地遭遇了不舒心的童年，铸就了不如意的人生，生养成不驯顺的个性。一个家族如何受惠又受制于乡土，一方水土如何滋养又限定着个人，黑建这个人物形象无疑是一个可供人们读解与玩味的重要典型。

在《大平原》一作中，有两位女性人物给人以深刻印象，让人过目难忘，这就是高发生的妻子高安氏，高二的妻子顾兰子。这两位女性不仅在高家的香火赓续中起了重要的作用，而且使高家的繁衍历史充满母性的灼热与女性的温情。可以说，《大平原》所达到的人性深度与所具有的人情温度，正是由这样两位女性人物来具体实现并为主要标识的。

无论是从一部杰作的艺术要求看，还是从高建群这样一个"很大的谜"的应有水准来看，《大平原》在一些方面都还有不尽如人意之处，比如从第四十六章"黑建从军"之后，作品笔力明显松懈，不够集中，而且作品由第三人称的客观叙事转向了以黑建的视角为主的主观叙事，等等。但客观地说，这部作品在看取人生、把握人性的艺术水准上，已经突破了高建群以往的小说创作，达到了长篇小说艺术的一个新的高度。就乡土题材的长篇写作而言，这个高度应该也是我们这个时代的一个高度。

（原载《文艺报》2010年1月22日）

发人深省，引人思忖

——论阎景翰长篇小说《天命有归》

2021年6月25日，恩师阎景翰先生不幸病逝。我从时在礼泉老家颐享晚年的阎纲先生的微信中得知消息，又问询了陕西师范大学的李继凯校友，证实了消息的确凿无疑。

在惊愕与悲痛之余，我向陕西师范大学文学院发去了唁电，其中有这样一段话："我本人在陕西师大求学期间，在文学写作上，有幸得到过造诣深厚的阎景翰先生的悉心指拨和谆谆教诲，在文风与学风上，受到质朴而严谨的阎景翰先生的深深影响，这些一直都让我受益无穷，没齿不忘，我深深地感激和无限地感念。"

人们知道，阎景翰先生在教书育人之余，笔耕不辍，著述甚丰，尤其是散文写作，坚持了数十年，影响广及省内外。阎景翰先生的笔名为侯雁北，发表文章和出版作品，都用笔名侯雁北。在写作行当和文学领域，侯雁北的名号更为人所知，也更具社会影响。但我还是想沿用求学读书时的习惯，称呼阎景翰先生。

这段时间，我抽空找出了阎景翰先生赐予的他的长篇散文《蓦然回首》（三秦出版社2004年版），长篇小说《天命有归》（大众文艺出版社2009年版）。在拜读与学习中，又走进了先生营造的文学世界，得到了诸多的教益。尤其是长篇小说《天命有归》，切入生活之深切，把握现实之准确，挖掘人性之深邃，洞悉世事之透彻，都令人震惊，使人难以忘怀。我以为，作为国内颇有影响的散文大家，阎景翰先生花了四年多时间经营这样一部长篇小说，自然有其良苦之用意，有其特别之寄寓。我还以为，

《天命有归》这部小说作品，可能并不逊色于他的散文作品，甚至在某些方面另有天地，别具深意，更值得人们关注。

这里，我主要想谈谈阅读《天命有归》之后的诸种感受与体悟。如果说这也算是一篇小说评论的话，那也是先生所教予的一种写作技能。那么，就用先生所教予的写作技能，写篇先生的作品评论，权当学生向恩师的在天之灵奉上的一份作业。

一段动荡时代的校史

《天命有归》这部作品，以新中国成立之后的十七年时期为背景，主要描写这一时期发生于辉城大学的种种故事，探悉和揭示置身其中的知识分子的跌宕命运。

从作品循序展开的故事叙述看，新中国成立之后新建起来的辉城大学，原本既有着较好的学科基础，也有着一个很大的奋斗目标。校长耿自夫向全校师生员工提出"出关，上京，争取全国发言权"的战斗口号，"全国的几家重要报刊，已多次报道了辉城大学的先进事迹，也发表了多篇辉城大学文理科教师的学术论文，使辉城大学在全国大大地有了知名度"。

但世事多变，辉城大学在随后的发展演进过程中，被接踵而来的运动和频频发生的事件搅扰和拖拽，陷入起伏不定、动荡不安的状态，与原本建设国内知名大学的目标相离相悖，渐行渐远。

事情的变化是由历史系学生王谟被处理开始显现的。王谟在高中时期参加了几次"现代人"读书会的活动，虽然所读的作品没有查出什么问题，但因组织活动的老师被查处，王谟也受到了牵连。在接到文教局等单位发来的告知函件后，在历史系主持工作的焦未英出于个人私利，便抓住王谟事件不放，最终导致了王谟的自杀。此后，教师卫苍豪因为多年研究《史记》的长篇论文在泥土出版社出版，因此被认为与有关文化事件有所牵连，也遭到逮捕和抄家。

面对这些层出不穷的事件，校长耿自夫深深感到，"像这样的运动如果再搞下去，这学校便很难办了"。但他的个人意愿阻挡不了汹涌而来的时代大势。接下来的种种运动使越来越多的教师身不由己地裹挟其中，受到种种伤害，辉城大学就此陷入无序的状态和混乱的泥淖。直到迎来历史巨变，党中央召开"具有伟大的时代转折意义"的大会，提出"拨乱反正""解放思想，实事求是，团结一致向前看"的精神之后，辉城大学才显现出了希望的曙光。"靠边站"的耿自夫，回归校长本位。重新主持工作的耿校长，首要的任务是"落实政策"。他读着一份份教师本人或其家属的申诉材料，意识到学校几十年来发生的大大小小的事件，都受到极端路线和投机分子的危害，导致学校工作无法正常展开。而纠正这些错误，恢复学校正常的教学科研秩序，是目前工作中必须解决的主要问题。可以说，耿自夫的这种认识与感受，是到位的、深刻的，但对于那些在动荡时代遭受厄运和已经酿成的错误来说，很多影响是难以弥补的。

大学是实施高等教育、开展学术教研的高等学府。但在辉城大学，学校一旦陷入政治运动，高等教育与学术研究的本业便不能正常开展，甚至会成为批判的对象，学生和教师作为学校的主体，在种种批判和运动中都身涉其中，就导致大学无法正常运行，教师难以为教，学生难以为学，这无疑既是教育的悲剧，还是人的悲剧、知识分子的悲剧，更是社会的悲剧。《天命有归》的故事叙说，无疑正是这样一个悲剧性时代氛围的文学写照与艺术缩影。

两个堪称典型的人物形象

在《天命有归》的写作中，作者特别注重人物的形象描写与性格刻画，既着意写出人物外在形象的鲜明生动，更力求写出人物精神世界的自成一格。在作者的笔下，每个人物都形神兼备，栩栩如生。特别是一些学有专长的知识分子形象，写得活灵活现，各有风骨。如马奚林、卫苍毫、赵萍生、陈至径等，都以各有所长的学术造诣和独具气象的心理世界，使人印象深刻，令人过目难忘。

但比较而言，《天命有归》中，既有整体的贯穿性作用，又有性格的典型性特征，尤以两个人物形象最为特别而突出，这就是辉城大学的校长耿自夫，辉城大学历史系的"大拿"焦未英。

由兴办教育起家，又有投身革命经历，还在心理学上颇有造诣的耿自夫，出任辉城大学的校长，是实至名归、十分适当的。爱好学问，敬重学者，使他"与很多知名人士结有深厚的友谊，即使在辉城大学，他对几位学有专长的老先生，也很尊敬和崇拜，和这些人情投意合，私交颇深，常常去这些人家里谈天说地，研讨字画或欣赏古玩"。在焦未英这样的人看来，"耿自夫并不是她所想象的无产阶级学者，也不是她所想象的一位理想的高等院校领导"。越来越"左"的时政走势，绵延而来的批判运动，似乎都是站在焦未英的立场上，对这位学者型的校领导给予着无言的审查，进行着无尽的考验。从学生王谟出事，到教师卫苍豪、赵萍生、陈至径等人蒙冤，耿自夫不仅难以理解，不能认同，而且尽其所能以"稳妥"等方式予以减缓处理。但在"左"比"右"好、宁"左"勿"右"的大势面前，他不能改变任何事，也不能佑护任何人。因清醒而焦虑不安，既明白又万般无奈，这便是耿自夫所处的基本状态。

　　令人意外也令人敬重的是，在重新恢复工作之后，耿自夫首先公开自我责备，要大家"不要原谅他，宽宥他，同情他"。在回应好心的老伴的埋怨时，他这样说道："我要振作精神，从头做起，改变辉城大学的面貌，也改变自己的面貌。""我不能只顾自己；我如果只顾自己，也就没了自己！"辄遭磨难而不气馁，受了冲击还在自责，耿自夫身上，十分典型地表现出了有良知的知识分子在反思历史中反躬自省的精神。这种深厚又优秀的精神品质，使得耿自夫这个形象，不仅有了儒雅的外在魅力，而且有着宽广的内在精神伟力。

　　"对教学是外行"的女干部焦未英，原本只是一个班主任的小角色。但她却凭借着辉城大学的运动，步步高升，青云直上，成为辉城大学历史系和全校叱咤风云的主导者。焦未英趋炎附势地"向上爬"，有一个逐步发展的过程。她紧紧跟住政治风向，捕捉种种问题苗头，先是利用学生的不满情绪来要挟不明就里的老师，又利用一些老师的差错与失误来钳制领导，直到勾搭上市政法委的王振飞主任，使她有了扛硬的后台和整人的能量，也就越发地肆无忌惮起来。但用更为宏观的眼光来看，真正培育了焦未英、成全了焦未英的，还是那一时期越来越"左"的政治，越来越多的运动。什么样的时代孵化什么样的人才，焦未英就是那个混乱时世孕育出来的一个"怪胎"。

因为母亲戴有地主分子的帽子,焦未英认为这"影响了自己的前程",于是怀着自我表现的强烈渴望,抓住每一次机会尽情发挥,充分利用。果然,通过整治学生王谟,焦未英让人看到了她的"政治敏感性和工作能力",不仅由系办公室主任升任了系副主任,而且兼任系党总支代理书记。这种因整人而晋升的结果,使从中尝到甜头的焦未英必然渴望运动接续不断,自然更乐于挑事整人。于是,卫苍豪、赵萍生、陈至径等教师,或被批判,或被遣返,乃至无奈自杀的桩桩悲剧,就一幕接着一幕地上演。可以说,焦未英既是这些悲剧的直接操弄者,又是这些悲剧的最大获益者。当一段历史结束之后,一桩桩冤案平反,一个个真相大白,焦未英在经历了短暂的"神情恍惚、坐卧不安"之后,并未"回心转意,痛改前非",她不仅未被处理,反而在新任校长孟才晋上任之后,成了辉城大学的两办主任。饶有意味的是,焦未英在校内紧贴孟才晋校长,在校外攀附王振飞主任,但两个人都另有新欢,别有所图,焦未英感到自己被"玩弄",被"戏弄"。她的这种感觉,当然是真切的,但她没有去深想,"玩弄"她,"戏弄"她的,何止王振飞、孟才晋,对她"玩弄"又"戏弄"了一生,使她不能自拔的,其实是极左政治,以及由极左政治操弄的各种运动。在这个意义上,她是极左政治的受惠者,也是极左政治的受害者。由焦未英这个人物,人们可以看到极左政治通过对人的洗脑式影响,对一个人在人性异化上所达到的深度和烈度。

耿自夫和焦未英,是两类不同人物的典型代表。代表知识分子的耿自夫,与代表极左政治"打手"的焦未英,在许多事情的看法上都意见相左,在许多事情的处理上都截然不同。这种矛盾与冲突,构成了作品的故事主线,两人背后依托的力量也在反差与对比之中,凸显了不同人物的立场站位和鲜明个性。美与丑,善与恶,真与伪,正与反,也由此呈现得更加分明,更为生动。

令人警醒的深刻意蕴

《天命有归》以沉重的故事、沉郁的叙事,有力地勾勒了辉城大学十七年时期的发展历程，书写了当代知识分子的跌宕命运，内中蕴含着十分丰盈的题旨与意蕴。因之，读来令人荡气回肠，读后引人深长思之。

小说具有引人思忖又发人深省的意蕴：在大学这样的高等学府，为何会疏离教育和学术；知识分子在高校这样的环境，为何失意落魄；在"革命"的旗号、"改造"的名目下，为何好人遭难，小人得志，等等。在这样一些事情上继续深究，便会发现，问题的根源都指向同一个出处，那就是极左政治路线和极左社会思潮的大行其道。极左，是造成一切混乱的总根源。

在辉城大学，以政治眼光看待学术问题，利用极左手段处理知识分子，有一个过程。但这样的走势与路径，是与全国范围的政治运动的愈演愈烈密切关联的，委实是大潮流的小波澜，大事件的小穿插。看得出来，从历次社会运动，再到迎来改革开放和教育的春天，辉城大学都有自己的因应，都有相关的事件发生，都有相应的教师经历心灵震荡和精神洗礼。辉城大学十七年时期的坎坷行进，完全是国家这一阶段曲折行程的一个典型缩影。但《天命有归》显然把极左政治的本质属性与为害为祸的严重程度，做了更为集中的表现，给予了更为深刻的揭示。

1949年至1966年，是一个本该在各个方面获得新的发展、取得更大成就的重要时间段。但却因频频出现的"左"倾错误，使得事业的建设受到严重拖累，前行的路上历尽坎坷。关于十七年时期的"左"倾错误，党的十一届六中全会通过的《中国共产党中央委员会关于建国以来党的若干历史问题的决议》（以下简称《决议》）中，已经做了准确的判定与正确的结论。如谈到反右，《决议》指出："反右派斗争被严重地扩大化了，把一批知识分子、爱国人士和党内干部错划为'右派分子'，造成了不幸的后果。"谈到60年代的"左"倾错误，《决议》指出："'左'倾错误在经济工作的指导思想上并未得到彻底纠正，而在政治和思想文化方面还有发展。""在意识形态领域，也对一些文艺作品、学术观点和文艺界学术界的一些代表人物进行了错误的、过火的政治批判，在对待知识分子问题、教育科学文化问题上发生了愈来愈严重的左的偏差，并且在后来发展成为

'文化大革命'的导火线。"①《天命有归》这部作品，从一个高等学府的不大也不小的角度，对此做了生动而深切的艺术再现，让人们看到了"左"倾错误的实质与危害，给人们以警醒和警策。

由此使人联想到，"左"倾错误似乎还有更为深刻而长久的根源。从党的发展历史上看，正是因为"左"倾错误屡犯不止，愈演愈烈，造成了许多不该有的历史悲剧。党的六届七中全会于1945年4月通过的《关于若干历史问题的决议》，就对党内的"左"倾错误进行了系统的梳理，特别对第三次"左"倾路线进行了深入剖析，指出："第三次'左'倾路线统治时间特别长久，所给党和革命的损失特别重大"②。"左"倾路线和极左政治，为何成为一种屡反屡犯的顽症和难以去除的痼疾，并从民主革命时期长驱直入社会主义革命和建设时期，这实在是值得今天的人们大力反思和深入探究的。民主革命时期，众多英勇献身的烈士和无辜被杀的革命者，社会主义时期，在各种扩大化的斗争中蒙受冤屈和改写人生的人们，都在用他们的损失和牺牲诉说着过往的历史，也以此向人们发出无声的诘问。我们确实需要从中认真总结深刻教训，避免同样的历史悲剧一再上演。从这个意义上说，《天命有归》这部作品，触及的是一个带有根本性的大问题。从极左政治不断为祸，至今仍然缺少有效的反思与有力的反制的情形来看，由《天命有归》这部作品的阅读，联想和反思这些历史顽疾和根本问题，确实具有特别重要的意义与作用。

主要艺术特点探微

《天命有归》的写作给人的总体感觉，是秉持传统的小说叙事手法，恪守严谨的现实主义艺术方法。作品在以时间为经、事件为纬的总体架构中，依序展开辉城大学的运动始末与矛盾纠葛，不同人物的性格形象，各色人等的命运浮沉，相互交织又彼此辉映，共同演绎了一出惊心动魄的人

---

① 《中国共产党两个关于若干历史问题的决议》，人民出版社2021年版，第100、102、103页。

② 《中国共产党两个关于若干历史问题的决议》，人民出版社2021年版，第60页。

间悲剧。

可以说，作者写作《天命有归》，既没有在写法上另辟蹊径，也没有在文字上雕章琢句，只是按照自己原有的构想，老老实实地"按照生活本来的样子"，用虚构的方式去写真纪实。但当你进入作品的阅读之后，就会感觉到有一种无形的力量，在暗中牵拉和引动着人，使你很快进入作者所描述的场景与情景，穿越到十七年时期，去见证辉城大学的风云变幻，目睹置身其中的人们的生死歌哭。

在近年兴起的网络文学与网络游戏中，出现了一个新词"代入感"。与这种意在角色带领的"代入"不同，《天命有归》给人的感觉是另一种带入，即以激情投入、披心相付的方式，既引动读者进入故事与叙事，又与读者在阅读体味中进行情感交流和心灵对话。这种带入的背后，是作者的自我投入，以此来激活所描写的对象，使他们以立体显现的方式与读者赤诚相见。如作者对于卫苍豪、赵萍生、陈至径等人的描写，既细写他们被无辜定罪的遭际，更深写他们不满、不解、不甘的心理活动，以及他们的遇难遭罪对于家人、亲人的种种牵连与命运改变。他们在回应审问时的有声的回答，他们在更多时候的无声的思绪，都自然引动着人们思虑他们的思虑，忧患他们的忧患。

作者对于不幸落难的知识分子的深切了解和准确把握，对于祸国殃民的极左政治的痛切愤慨和无情揭露，确实是有来由、有所托的。我们从先生的《蓦然回首》叙说家事与诉说身世的作品中得知，阎景翰先生本人，因早年在中学时期不明就里地填写过一份"三青团"的申请表，虽然经过审查没有什么问题，但却烙下了永远去除不掉的"污点"，留下了什么时候都可以被问罪的把柄。为此，他比别人更勤奋、更努力、更小心地行事，却依然被打入另册，长期不被重用。可以说，卫苍豪、赵萍生、陈至径等人的坎坷境遇与心路历程，先生都有相似或相近的经历，都有自己切身的体味，他是把自己的经历与感受、自己的认识与思考，融入一个个知识分子的形象塑造，用"有我"又"无我"的文学方式，为总被"运动"肆意整治的知识分子秉笔，为辄遭命运磨难的文人学者代言。因而，故事特别引动人，人物格外感染人，并让读者从个人的命运联系到国家的命运，为之唏嘘和慨叹，更为之思忖和深省。

《天命有归》在艺术特点上可圈可点处甚多，比如以反差和对比的方式，状写不同人物的性格与性情，由优柔的叙事、优雅的文笔构成的温文尔雅的文风，等等。但我以为，更为独特也更为重要的，是投入自我激情、融入自我感受、直入人物内心、切入人物命运等主体介入，构成的"有我"的写作和"带入"的特点，这是《天命有归》这部作品葆有生命活力和精神内力的关键所在。从这个意义上说，《天命有归》这部作品，完全可以看作先生留给我们的最为重要的一份文学遗产。

2021年9月10日于北京朝内

（原载《大西北文学与文化》2022年第1期）

元气淋漓，王气十足
——红柯小说的艺术特点

  红柯的小说写作，在陕西作家群中是个例外，在全国来看也是个异数。从十七年时期到新时期以来，陕西作家基本上是以乡土叙事和写实风格见长的。而红柯的小说，却是以抒情为主，并不注重叙事，也不特别注重写实，而是更着意于写意。这一点和陕西作家群的其他作家的情形不大一样，而且他的这种写法在20世纪60年代出生的这一批作家中是少有的。60年代包括70年代出生的这一批作家，在追求个人化的叙事当中，与现实生活贴得太近，也跟踪太紧，他们的青春叙事与都市故事中，常常伴有对于欲望的释放、对于物质的眷恋的成分。我不太欣赏这样一些东西。我觉得对于现实的这种认同式描绘多了之后，就会缺少另外一种东西，缺少一种保持一定距离的批判的姿态和审视的眼光。红柯的小说写作与此完全不同，他的与现实都保持着一定间离的作品，放在这一拨作品里来看，确实显得跟谁都不一样，他的特点就彰显了出来。他是包括陕西文坛在内的当代文坛新生代中的与众不同的"这一个"，别有特色的"这一个"。

  红柯的小说，我感受最深的，就是八个字：元气淋漓，王气十足。他的作品，很在意人与物关系的观察和描写，跟我们常见的主写人与人的小说大不相同，尤其是他写新疆的那种广袤、空旷、辽远环境中人们的生存、人与物的关系。他让我们真真切切地认识到，在那个人烟罕至的地方，确实人与物的关系上升了，重要了。人与自然，人与环境，人的生命意识，人的原欲，等等，在他作品里被描写得十分突出，也表现得非常充分。

有一个看似奇怪的现象，就是红柯的小说，人物大都没有名字，作品里的主人公，或者叫男人，或者叫女人，或者叫屠夫，或者叫司机，或者叫队长，或者叫连长，或者叫父亲，或者叫儿子。每一个人物的出场，都是以名字之外的称呼示人，没有任何包装，没有任何外在的东西。他在这个场景中、在这个环境中出现，角色是什么，就称呼他什么，这个我觉得是个非常有意思的现象。一部小说的主人公全无姓名，我在以前确实所见不多。我觉得，这种现象就值得写一篇论文来研讨一下，什么讲究？什么用意？至少从这个角度可以看出，红柯在小说写作中，对我们所认为很重要的东西，他认为并不重要，我们认为很有必要的，他认为未必必要。

红柯在一个创作谈中有一句话很重要，他说他在写作时非常注重简洁，我觉得这是他非常重要的一个特点。通过简洁，回归到最自然状态，回归到最原生的状态，回归到最原始状态。他作品中对话都不太多，你如果用惯常的讲述故事的小说去看的话，他的小说好像是朦胧的、氤氲的，人物与人物之间互相揣摩，彼此寻思，你揣摩我，我寻思你，完全是一种心灵的触摸，包括人与物也是在触摸，这是红柯一个非常明显的特点。现在有些作品渐渐离开了最原初的东西，我觉得就跟我们目前过于注重产品包装一样，常常以过于奢华的包装，把手段当成了目的，而把原来的目的忘了。红柯不是这样，他是回归到了原来的目的，把别的东西全部剥离，这就使他的小说生气勃勃，元气淋漓。

红柯的小说写作还有一个特点，就是王气十足。他在作品写作中，爱用一个词语：牛皮。这是很有用意的。他作品里的主人公都是强者，有王者之气。《美丽奴羊》中的屠夫，把连长都不放眼里，宰羊和庖丁解牛一样，进入了一个艺术化的境界。他是屠夫中的王者，他不干则已，一干绝对是这个行业最棒的、最好的、最强的。这一点令人看了以后眼睛为之一亮，精神为之一振，现在竟然还有这样的王者？王者之风还表现在另一面，体现在作品中就是理想化、浪漫化，或者是一种境界，或者是一种精神，或者是一种寄托，或者是一种寓言。我看他的作品，第一篇是《奔马》，当时看了就有一种惊异的感觉。《奔马》把马写出了精气神，显示出了个性，这在其他作品中是看不到的。红柯的小说，不注重故事，但讲究语言，语言本身构成了一种审美对象。他的语言传达感觉是非常到位的，而且暗含一些小幽默，又含有一定的哲理。他的这种写法，在《奔马》中表现得十分充分。他后边的几篇作品，如《乔儿马》等，也是延续了这种写法。《乔儿马》以自己儿子的名义，给自己办工作手续，继续让乔儿马留下来，没想到小说会这样结尾。他在王者之气中写出了许多个性化的东西，每一个人都有自己的个性，互相之间并不重复，所以我觉得从红柯作品的元气和王气这两方面来看的话，确实很独特。他的作品不大注重生活本身的含量，更为注重精神含量，这在青年作家中是非常少见的。所以，作品中的精神含量大于生活含量，由此红柯把自己和别人区别开来了，显示出了自己独有的艺术特长。红柯这样的写作和作品特点，是非常有意义的。以他这样的年富气盛，又卓有个性的追求，确实给我们文坛注入了一股新风，带来了一股活力。

我觉得现在的文坛，尤其是一些年轻的作家，在直面现实、看取生活时，应该具有一定的穿透力，更多地注重精神状态与精神现象。有些年轻作家对物质注重得过多，一些很有才华的作家往往重物质而忽视了精神，红柯不是这样。我们今天研讨红柯的作品，在给他个人创作高度评价的同时，在肯定一种创作倾向，对于他个人的写作追求而言，我们予以首肯和好评；作为一种写法来看，他的这一写作倾向在今天也很值得肯定和张扬。这对于今天的文坛来看，都非常有意义。

正如尺有所短、寸有所长一样，任何写法，都有长有短，红柯也不例外。红柯的不大重视故事性叙事的写法，似乎更适合于写中篇、短篇小说，很难去驾驭和操作长篇小说。因为他这种浪漫型又散文化的写法，构制一部长篇就比较有难度，会显得分量不足。所以，不到不吐不快的时候，长篇小说可以先不写，先把中短篇小说写好。当然，不妨在长于抒情的特点之下，根据自己的长处，先在中短篇小说创作中做一些尝试，来为长篇小说写作蓄势。我看他已经在一些作品中做这种尝试了，这是令人可喜的。陕西一直是文学大省，从 50 年代到 80 年代，一直是全国的文学重镇。但在新一代这一拨里，陕西好像突然人数少了，质上和量上都不够了。我们应多出几个红柯这样的文学才俊，再续写陕西文学的当代辉煌。

（原载《绿洲》2000 年第 4 期）

润物细无声

——吴文莉《叶落长安》阅读印象

吴文莉以西安城区为舞台、以河南等外省移民为主角的《叶落长安》《叶落大地》和《黄金城》三部长篇小说，我只看过《叶落长安》《叶落大地》两部。印象深刻的是《叶落长安》，因为这部作品先后看过两遍。我主要以这部长篇小说作品为主，从三个方面谈谈阅读感受，以及我感觉到的吴文莉小说写作的一些特点。

其一，作品写出了普通百姓的日常生活，揭示了平民生活内里的精神气韵。

《叶落长安》以新中国成立前后为背景，写河南人因各种缘由流落到陕西之后，在西安重建家园的故事。西安城区有半数居民是河南祖籍，这一部分人的人生经历，是近现代以来的西安故事的一个重要组成部分。作品以小东门外的白老四一家人为主，写他们从河南来到西安之后，由白手起家开始，最终生根落户的故事。白老四和郝玉兰，因为几乎一无所有，所以，为了生存和生计，一直在日作日息地奔波，寻找各种机会。可以说，这一家人到西安之后从安家到立足，两代人为了生存和生计打拼。作品写得非常的细切，非常的感人。而且，西安这一方水土如何养贤纳士，河南移民怎样入乡随俗，作品都有比较充分的表现。

还让人感动的是，在他们始终为温饱而努力的艰难人生中，作品写出了这些移民和平民的一种生活伦理、道德操守，以及在民间流淌的一种向上向善的精神追求。那就是不论何等贫苦，如何艰难，都恪守着乐观自信的基本信义，坚持着急公好义的应有操守。依凭自身的努力，也彼此帮衬和相互借力。大家都是有福共享，有难同当。这些描写看起来很低调、很平实，但是它从一个很特殊的，也即民间的、平民的角度，写出了我们传统美德在这个社会层面的不断传承和流动运行。

作品里有一个堪称代表性的典型形象，就是女主人公郝玉兰这个人物。这个人物很重要，在作品里头既有穿针引线的功能，也起了一种定海神针的作用。家人和孩子们遇到很多犯愁的事情和困难，常常不知所措，她一出面，事情或者迎刃而解，或者有了转机。她不仅头脑清醒，还有自己的办法，关键是有自己的操守、自己的追求，她是听从内心命令行事的。她贤惠善良，勤劳节俭，而且惜老怜贫，讲信修睦。无论是家族生活，还是邻里交往，她都在日常生活中恪守民族美德，传承传统美德，这个人物形象把传统美德如何在民间运作，在平民中传承，表现得生动形象、淋漓尽致。所以，这个人物形象不仅非常特别，而且恐怕是当代文学人物画廊中一个非常重要的典型人物。她胸怀的宽广程度、善良的丰厚程度，都超出了人们的想象。可以说，她的胸怀有多大，她的善良就有多广，所以这个人我觉得表现得非常好。甚至在某种意义上，《叶落长安》作品的价值很大程度上都在于对郝玉兰这个人物的精心塑造。

作品中的另一个重要人物，是郝玉兰的养子梁长安。梁长安在无处安身之时，郝玉兰收留了他。对于白家而言，他非属嫡系子女，但他所起的作用却有过之而无不及。他宽诚待人，实在做事，是非感非常强，爱憎分明。从国企辞职自办工厂，表现出了他敢于弃旧图新的勇气，把民营的皮件加工厂一步步办起来，显示出了他敢想敢干又能顺应时代的创新精神。在梁长安的身上，能够看到属于时代新人的某些气息。如果说郝玉兰是传统中国女性的典型形象的话，那么梁长安就是一个具有时代新人素质的形象。他敢于自主创业，能够顺应时势去选择自己的追求。他身上有一种显而易见的改革弄潮儿的精神。

其二，作品写出了小生活背后的大时代。

这个作品没有写什么很大的人物，也没有写很大的事件，但是作者通过这样一个市民阶层人们的劳作，平民生活的悄然变动，包括他们精神层面的某些变动，经由小细节、小人物、小波澜，写出了社会演进、时代变迁对于他们的影响，以及对于他们从日常生活到个人命运的改变。虽然小东门外的河南移民村，既不处于城市的中心位置，更不处于社会生活的中心地带，但社会的各种大波大澜，都在他们这里激起了层层涟漪，产生了种种影响。新中国成立以后白老四一家的生活，由每个人的工作状况到整个家庭的生活，慢慢地显示出一种越来越好的走势，这种日常生活的细微变化，都是跟这个时代和这个社会密切相关的。

比如，郝玉兰开办胡辣汤店铺，梁长安自办皮件厂，小东门的拆迁改造，小青年们对流行文化的憧憬，对电影人物的模仿，衣着打扮的追求时尚，等等，都折射了时代和社会的变化进程与某些身影，写出了改革开放的时代大变革对于底层平民百姓的影响，以及普通百姓切切实实的获得感、幸福感。而梁长安这个人物的工作经历与人生打拼，更是直接表现了改革开放给人们带来的工作契机与命运转机。从某种意义上讲，这部作品从平民百姓的角度，写出了社会发展尤其是改革开放四十年对他们的影响，也写出了平民百姓对于美好生活的不懈奋斗，以及他们向上向善的积极追求。

其三，"润物细无声"的写作特点。

阅读吴文莉的作品，有一个很强烈很突出的感受，就是"润物细无声"。这个"润物细无声"，是我阅读作品的一种印象与感受，也是我对吴文莉写作特点的一种感知与把握。吴文莉的写作姿态，是低视角的、低调子的。她多采用一种漫吟低唱的方式，或者说是不露圭角的表述。她笔下的那些河南移民，几乎是悄无声息地到了西安，默不作声地在小东门外头打拼。说话行事都不事声张，不求闻达，甚至只求耕耘，不问收获。但这些蓬门荜户的平民，日作日息的生活，慢慢地就引动了人们，并以其平实、平朴打动着人，感染着人。让人们在心里，为这些小小的老百姓，默默的劳动者不断生起敬意。作者由此写出了平民的生活状况，也折射出了"生生不息的人民生活"。

习近平总书记在中国文联十一大、中国作协十大开幕式上的讲话中，谈到文艺与人民、文艺与生活的关系问题时，特别指出"生活就是人民，人民就是生活"。这就告诉我们，生活和人民，是合二为一，融为一体的。什么是人民生活？当然是劳动者的生活、创造者的生活，当然是体现人民本色、内含时代气韵的生活。我认为吴文莉所书写的，就是这样一种普普通通又实实在在的人民生活。这样的生活，具有大众性和普遍性，因而也具有代表性和典型性。以"润物细无声"的方式，表现实在的人民生活，折射社会的发展演变，这是《叶落长安》这部作品的主要价值所在，也是吴文莉小说创作的一个显著特点。

2020 年 5 月

叶茂源于根深

——侯波近年小说漫说

  由柳青、王汶石等著名作家开启的当代陕西乡土文学叙事,以其直面新现实、歌吟新生活的独特追求,为陕西当代文学铸就了一个时代的辉煌,也为中国当代文学添加了浓重的陕西元素。这样一个闪耀于陕西、影响了全国的乡土文学叙事传统,从20世纪80年代到90年代,因陈忠实、贾平凹、路遥、邹志安等人的继承与创新,不仅重新得到接续,而且有新的发展。但进入新世纪,这样一个重要的乡土文学叙事传统,从作者到作品,都好像有些代际断裂,明显青黄不接。这种境况,不能不让关切陕西文学创作和关心乡土文学叙事的人们为之忧虑,感到焦急。

  正是在这样一个背景之下,侯波小说及时出现,并以其率性直面乡土现实、浓烈的现实主义气息,让人们看到了陕西乡土文学叙事传统在新一代作家身上的生根发芽。事实上,侯波和他的小说创作,看起来是个人的单打独斗,而实际上既含着陕西乡土现实的原有本色,又带着陕西乡土文学叙事的鲜明印记,是陕西乡土文学叙事传统在当下的新的复活。

  侯波的小说创作始于1985年,处女作为发表在《当代》1986年第1期的《黄河之歌》。1985年至今,已二十九个年头。二十九年来,侯波既没有疏离于乡土,也没有放弃写作。他如同一头埋首犁地的老牛,只管耕耘,不问收获。这种执着,这种坚韧,终使他在出版了《稍息立正》《春季里那个百花香》等四部中短篇小说集之后,赢来了人们的普遍关注,受到了文坛的如潮好评。他的近作陆续被各种小说排行榜和作品年选收入,评论家的评论与读者的读后感也时见于纸媒与网络。老资格的文学"新"

人侯波的重新被发现、被关注、被评说,是耕耘必有收获的绝好诠释,也是根深必将叶茂的最好证明。

侯波的小说你一接触,就会感到与众不同,跟踪阅读之后,更会加深这一印象,那就是地气十分充足,元气格外淋漓,一篇篇作品如同刚从生活的泥壤里挖掘出来的,冒着热气,带着晨露。他那一支笔,也如同与泥土须臾不离的一只犁,犁出来的,是乡土现实之墒情,乡村生活之风情,而且这墒情、风情里,既有黄土高原之乡情,又有当下中国之国情。

以他近几年来的小说为例,《春季里那个百花香》就由村里组织秧歌队的起起落落,把当下农村的现实境况揭示得一览无余。为落实镇里下达的在春节期间组织起一支秧歌队的任务,村长侯方方跑前跑后,忙得不亦乐乎,但就是怎么也难以组织起来:信耶稣的妇女们要唱耶稣歌,男人们更愿耍赌博,好不容易动员起来的秧歌能手红鞋,却因和邪教结怨,被人诬告进了派出所。秧歌队敌不过唱诗班,赢不了耍赌博,其原因说起来确实令人奇怪又困惑,那就是李翠翠所说的:"这日屎怪事,现在是人越来越有钱了,可越来越神神道道了。"农民的日常生计不再让人发愁了,但文化生活的乱象却令人担忧。这种经济与文化的不成正比、物质与精神的极大反差,正是当下农村更为真切也更为严峻的现实图景。

《乡情小学》《上访》《2012年冬天的爱情》,都涉及农人的上访事件,看起来都是农村发展引起的种种矛盾纠葛的表现,但若深究下去,却另有玄机。陆教授为青山村援建一所小学之后,就被乡里黏住不放。因建学校占了红鞋家的地,乡里一直无意赔偿,红鞋找到乡里,告到县里,均无结果后,就去堵了学校的大门。陆教授无辜受累,红鞋也无处申冤,究其底里,是乡里为了所谓的招商引资的面子蛮干硬上,不察民情,不顾实际。《上访》里的祁乡长,几乎像是钻进风箱里的老鼠,前后受堵,两头受气:扩建公路需要住户拆迁,却有官员亲戚暗中作梗;引进的红根韭菜因卖不出去,被乡民堵在了乡政府门口;为盘活石马陵的文物来弥补乡财政的不足,好生招待神通广大的马经理,陪吃、陪喝、陪玩,甚至拉来小姨子充当小姐……因为上级领导的决策脱离群众和不切实际,使得祁乡长的每一项工作都步履蹒跚,格外维艰。《2012年冬天的爱情》描写为了监视有上访前科的老钟夫妇,两个本乡干部加上两个大学生村官两路人马,披星戴

—167—

月,忙前忙后,而老钟夫妇因修路被占地、占房的未决问题,却全然被人们置于脑后。在这些作品里,乡村原有的伦理秩序的失范,本有的精神依托的迷乱,以及领导与管理工作的官僚与涣散,共同构成了热气腾腾又纵横交错的立体画面,让人为之触目,更让人为之揪心。这种面对矛盾不加掩饰,揭示问题不打折扣的如实描写,背后衬托出来的,是作者基于对农村的熟谙、对于农人的热爱,对其发展中引发的问题与变化中的倾斜走向,深怀忧患意识的揭示,满怀愤懑情绪的抨击。

侯波笔下的人物,常常是好心办不成好事,好事难有好的收场,总是处于各种矛盾的夹缝之中,除了无奈之外,很难有所作为。《春季里那个百花香》里的侯村长是这样,《上访》里的祁乡长是这样,《乡情小学》里的陆教授也是这样。祁乡长的难处,在于上面的指令都要一一落实,下面的难题都要一一解决,他作为连上接下的交叉点与变压器,只能勉为其难,尽力应对。从修路拆迁到韭菜事件,一件比一件更难,他没有推诿,没有躲避,而是在忍辱负重中尽力寻找解决的办法。但好心自有好报。当村民们误以为县上要撤他的职时,纷纷来找县长求情,并郑重送上"公道人心"的大匾,让这个总受夹板气的乡长顿时高兴起来,一边推辞着不想接匾,一边让老婆给大家发烟。侯方方村长要完成的组建秧歌队的任务,也是各种意想不到的阻碍纷至沓来。他既要去说服那些信耶稣的妇女,又要去争取那些耍赌博的男人,还要和暗中的邪教势力不断较量。而镇上和县上的领导们不顾实情一再施压,无助又无奈、单纯又善良的侯村长,只能把完成任务的希望寄托于自我的想象与徜徉。而陆教授更是由资助办学的一桩好事,引来了无尽的麻烦。办了学校,还要再办猪场,以使乡里更有面子,更显政绩。村里未能给红鞋兑现承诺,又使红鞋迁怒于自己,封了学校的门,又拉走圈里的猪,最后只能"孤零零一个人"铩羽而归。陆教授吃力不讨好的故事,看来损失的是他自己,实际上更大的损伤是"乡情"。因为"乡情"小学的无疾而终,正是乡情溘然泯失的有力例证。

农村裂变的当下现状,乡土异动的种种实情,侯波小说几乎做了顺藤摸瓜式的跟踪与细针密缕式的反映。因为这种跟踪更具文学性,这种反映更带典型性,它给人们的印象更为强烈,冲击更为巨大。从某种意义上说,侯波的小说不妨可看作小说版的当代农村调查报告,其现实意义与社会意义也可能要大于其文学意义与审美意义。

  侯波小说的长处与短处，可能都在于写实强于写虚，温和胜于锐利。他的小说，读来既温柔敦厚，又略显谨小慎微；既密针细缕，又过于紧实绵密。如何达到虚实相间、张弛有致，如何做到绵里藏针、刚柔并济，他仍然有许多文章可做。但我对他抱有很大的信心，怀有很多的期待，因为他在最为关键的问题上，有自己确定的目标，也有高度的自信，那就是"作家凭的是个人的思想深度、生活积累和对生活的感悟能力"，"写小说如同养娃娃，好娃娃需要的是好种子，好土地，漫长的孕育过程"。如此接地气、有底气的认识，使他始终把写作之根深扎在乡土的泥壤中，汲取着最为鲜活的生活的养分。根深必然叶茂，叶茂源于根深。因而，侯波的根植于生活深处的小说写作，总会开出新花，总能结出硕果，是完全可以期待的，也是毋庸置疑的。

（原载《延安日报》2019年6月30日）

山村教师的一曲颂歌

——读刘海泉的长篇小说《旭日》

包括农村教育在内的教育事业,是中国特色社会主义事业的重要构成。这些年来,随着中国特色社会主义建设事业的高歌猛进,教育尤其是农村教育,也得到了蓬勃的发展。习近平总书记在党的十九大报告中总结五年来的工作时就说道:"中西部和农村教育明显加强"。"农村教育明显加强",离不开各级政府和主管部门的高度重视和有力领导,更离不开奋战在教育一线的广大教师的事业坚守和默默奉献。但由于我们的作家在这一方面生活体验严重缺乏,农村教育的现实状况与农村教师的人生奉献在文学作品里的反映基本是薄弱的,甚至是缺失的。

因此,读到刘海泉的长篇小说《旭日》(太白文艺出版社 2016 年版),不啻让人感到一种欣幸与欣慰。这部作品以陕北洛宜县的山村女教师林娜为主角,写她为了山区的孩子都有学上,只身来到偏远的山岔沟村创办小学的经历。故事算不上惊心动魄,人物也说不上英气逼人,但通过扎扎实实的细节描写,作者却由铢积寸累的寻常故事,写出了林娜在艰难办学中的辛苦付出,在辛苦付出中的执着坚韧,及其蕴含在这种追求中的大爱情怀与奉献精神。一个普普通通的山村女教师,便在人们心目中渐渐高大起来,从平凡中显示出不平凡来。

年近半百的林娜在内退之后,又去往山岔沟村自主办学,一方面是听说山里的适龄孩子无学可上,另一方面是想走出与出轨的丈夫离婚之后的烦闷状态。只身来到山岔沟村之后,失学的孩子们在家玩耍、家长切盼孩子上学的现实状态,让她只想好好解决"娃娃上学难"的实际问题,别的事情一概顾及不上了。她事无巨细，亲力亲为，从租农民房屋当教室，动员村民捐桌椅，到自己垫钱买课本，招聘合适的任课教师，始终怀抱着办一个"群众满意的学校，家长喜欢的学校"的素朴又坚定的信念，终于在山岔沟村办起从学前班到六年级有着一百二十多个学生的"旭日小学"，使到处闲逛的适龄孩子有学可上，让满心愁虑的家长们喜笑颜开，纷纷议论"办起学校就是好"。

事实上，林娜的办学经历和旭日小学的发展，并非想象的一帆风顺。相反，由于白手起家，没有经费，各种困难和矛盾接踵而来，她的办学之路布满坎坷，走得十分艰辛。她高度重视教学质量、学校纪律，想让学校一开始就步入正轨，但总有不够认真的同行、调皮捣蛋的学生，使她在课堂教学之外，不得不花费很大精力处理人的工作。学生王倩不好好完成课外作业，老师多给布置了家庭作业，爷爷王虎便闹到学校来，要讨个说法。林娜不仅找学生王倩细致谈心，耐心教育，还给爷爷王虎用"不上化肥苗不长"的比喻，讲明"不抓后进生学不到东西"的道理，使气鼓鼓的王虎心悦诚服。张铁蛋等三个后进生，经常逃学去网吧、抓螃蟹，林娜带着老师找到他们后，并未听取众人开除三位学生的意见，而是与家长、学生一起做工作，既指出学生逃学的主观原因，又反思了学校管理教育的客观责任，结果在处分几个犯错学生时，自己也写了书面检查，做了深刻检讨，使当事的学生和全校师生深受震动。女老师张静在不知情的情况下，与有妇之夫唐小毛发生了恋情，导致唐小毛的妻子找到学校来又打又闹。张静原想自己惹了事又丢了人，校长林娜非开除自己不可。哪想找上门来的林娜虽然对张静"跨越了不可逾越的道德鸿沟"进行了批评教育，但也以宽容的心怀劝慰张静"带好班，教好课"，"放下包袱，轻装上阵"，使迷离又灰心的张静认清了问题，看到了出路，决心以自己的实际行动将功补过。就是凭靠这样一点一滴的努力，一砖一瓦的建设，终于使旭日小学像一轮初升的旭日一样，在山岔沟村冉冉升起，不仅后进学生、问题老师都取得了各自的进步，学校几个年级在镇、县两级期末统考中皆名列前茅，林娜也被评为地区教育行业的劳动模范。

林娜作为一个志在教育、扎根山区的小学教师，其务真求实的作为所包孕的内涵是十分丰富的。古人云："师者，所以传道、授业、解惑也。"

林娜把教书与育人统一起来，也就是把传道、授业、解惑统一起来，她教知识又教做人，抓学业又抓思想，讲课文又讲道德，甚至把传道、授业、解惑推及学生家长、教师家属。她以一个"人类灵魂工程师"的责任与使命来要求自己，去开展工作，为学生教书，为家长解忧，为老师搭台，为山区育人，称得上是名副其实的人民教师。

　　小说作者刘海泉，本身就是一名教师。我在家乡黄陵上中学时，当时教语文的刘海泉老师就给了我很多教诲，使我受益匪浅。他在教师的岗位上勤勤恳恳，兢兢业业，以扎实的工作和突出的成绩先后获得省级劳动模范、全国先进教师等称号和荣誉。他写作小说《旭日》，塑造林娜其人，无疑带入了自己常年从教的感受与体验，寄寓了自己的思考与念想。而因为写的是自己热爱的行当、自己熟悉的人物，种种生活细节信手拈来，生动鲜活，笔下饱带着挚爱教师职业的充沛激情，作品读来引人入胜，又感人至深。这样的作品，虽并不以奇光异彩的艺术技巧取胜，却以其"有筋骨，有道德，有温度"赢人和启人。

　　可以说，刘海泉在教师的岗位上退休之后，并未真正下岗，而又以《旭日》这部作品为教育事业歌吟，为人民教师抒怀，续写人生新篇，这种永不停歇的追求，令人为之纫佩，值得人们敬重。

2016年10月

黄土坡坡种希望

——读吴克敬的长篇小说《乾坤道》

不同的读者阅读长篇小说作品，都会有各自不同的角度与尺度。在我看来，饶有意趣又耐人寻味的作品，多是那种读来格外引人入胜，题材上却又无法判定的作品。吴克敬近期写作的长篇小说《乾坤道》（作家出版社2021年版），就属于这样一部内容浑厚而又特点鲜明的长篇力作。

《乾坤道》从起始的故事来看，主要是写北京知识青年在陕北乾坤湾村插队落户生活的。但作品在展开叙事的过程中，楔入了贫协主席道老汉的人生经历，把背景与场景回溯到延安时期和抗战时期。在故事的后半部分，又以当年的知青罗衣扣回乡投身教育，田子香回乡经营煤矿，知青子弟罗乾生、罗坤生相继回到乾坤湾村以自主创业的方式发展新型产业，推动了乾坤湾村走出传统的农业单一模式，走向多种产业联动发展的道路，奏响了当下乡村振兴的时代壮歌。这样一个混合性的故事，以北京知青插队生活为主线，连缀起知青题材、革命历史题材与乡村振兴题材的多种元素，使得你用任何一个单一题材都无法准确概括它。可以说，《乾坤道》涉及多个题材领域，但又以交织合成的方式，既把它们一一超越了，又把它们熔为了一炉。

但你在阅读中细细品味，却又发现《乾坤道》在题材上的种种超越，都是为了一个总体性的回归，或者一个总主题的揭示，那就是以乾坤湾村为代表的陕北黄土高原的深厚内力与无尽魅力。这正如作品里信天游中的歌词所唱的那样："黄土地上刮春风"，"黄土坡坡种希望"。春风满陕北，黄土种希望，当是《乾坤道》这部作品重点表现的总意蕴和着意揭示的大主题。

一、全新的知青故事叙述

　　起步于新时期之初的知青文学，一直是"文革"之后中国当代文学的一个重要构成部分。总体来看，出自知青作者之手描写知青生活的知青文学，多以人生起步就被无奈改写的苦难性叙事为主，以此来书写青春之迷茫、岁月之蹉跎。比较而言，只有史铁生、梁晓声的早期小说以及少数知青文学作品，或显或隐地写到了知青生活的一些阳光记忆与温馨感受。

　　时隔四十多年之后，非属北京知青的陕西作家吴克敬，在《乾坤道》中再写当年北京知青的生活，因为超越了当事人自视的角度与近观的局限，显然减敛了不少隐在的怨尤与戾气，多出了不少显见的温煦与和气，使得笔下的知青生活呈现出一种别样的景象。

　　坐落于黄河岸边的陕北川河县乾坤湾村，在迎来池东方、柯红旗、劳九岁等一批北京知青之后，又迎来了罗衣扣等新的北京知青。作品由女知青罗衣扣的角度，写她初到乾坤湾的新奇与惊喜，过年时节被请到老乡家里吃饭喝酒的热闹与喜庆。随着时间的推移和环境的适应，知青们很快融入了乾坤湾村的生活节奏与生产秩序，并且各自都找到了角色定位。积极能干也想干出成绩的池东方，在大家的支持与拥护下，接替当地青年拓黑娃，担任生产队长。他先以正月十五闹秧歌，提起了全村人的劲头；继而，乘势提出"挑雪肥地"的主意与"劳三人七"的分配新主张，调动起人们生产劳动的积极性，使乾坤湾村逐渐改变了原有的暮气沉沉的状态，显示出一种蓬蓬勃勃的景象。与此同时，有一定医疗卫生知识和造诣的劳九岁，经过为小孩扎针、为大人治病的实践历练，调到县医院当了正式的医生。而擅长生活记事和文字书写的乔红叶，凭着自己的实际能力和写作成果，调到了县委通讯组。晚来两年的罗衣扣，也如愿当上了"孩子王"，成为乾坤湾村小学的一名老师。后来，池东方被调到省上，柯红旗光荣参军，乾坤湾村的知青们，像长硬了翅膀的雄鹰，飞向了更为广阔的天空。

　　因为北京知青的到来，地处陕北一隅的乾坤湾村，为更多的人所知晓，为更多的人所惦记，也由此打通了与省地的联系、与首都的连接，变得不那么偏僻了，不那么冷清了。因为到过乾坤湾村，北京知青们变得有根基，接地气，更懂人情世故，更加有情有义了。如果说北京知青都属有用之人、可造之才，那么乾坤湾村就是锻造他们的磨刀石，冶炼他们的大熔炉。这种彼此发现和相互成就，是北京知青插队延安的最大意义所在。这也是北京知识青年于"文革"后期到延安插队落户和接受社会教育的实际效用，并至今仍在持续发酵和不断产生影响。正是在生动而深入地揭示这样的重要意义上，《乾坤道》以曲婉的故事叙事、精妙的细节描写，写出了新形态的知青故事，塑造了新形象的知青人物，令人读来荡气回肠，掩卷却难以忘怀。

二、几代知青的陕北情愫

《乾坤道》的主体故事是池东方、罗衣扣等北京知青的插队经历。但作者在主干故事的叙述中，穿插了老一辈人的过往，新一代人的登场，使得作品实际上复式性地描写了几代知识青年在陕北的经历与故事。

作品由道老汉的经历回溯和往事回忆，写了他当年参加八路军时，营长柯守国从关外历经艰险跋涉到延安，先后进入鲁艺和抗大学习，之后投身于军旅，成长为八路军基层干部的经历。又以柯红旗的母亲古月华的口吻，忆述了当年在延安的学习与教育以及从事革命文艺工作对于自己成长与进步的重要意义。古月华老人重访乾坤湾村，面对池东方等人深情地说："要我说，那个时期的我们，是第一批来到延安的知识青年，而你们，应该算是第二批了呢。"事实正是如此。据不完全统计，仅在全面抗战时期，全国就有四万到六万的知识青年从四面八方跋涉到了延安，经过一个时期的学习政治、军事和文化，成为革命队伍中的新型人才，深入各条战线之后，为民族独立、人民解放的伟大事业做出了不可估量的卓越贡献。

因此，古月华老人的说法确乎不虚，而且事情有新的延续。原本已经返回北京城的罗衣扣，重新返回乾坤湾村，由她一手带大的儿子罗乾生、养子罗坤生，先后在美国留学、首都求学之后，一同毅然返回乾坤湾村，投身于当地的果树种植和煤业开发，带领乾坤湾村向着更高的目标进发。罗乾生、罗坤生这些知青二代，实际上是落脚于乾坤湾村的这块红土地的第三代知青了。

三代知识青年前赴后继地奔赴延安，联袂接踵地落脚陕北，各有不同的历史背景，也有着不同的因缘际会。但去了之后，都会生出恋土情结，结下不解之缘，从此或与这块土地相随相伴，或对这块土地魂绕梦牵。这既是人有情意的表现，也是土有魅力的显现。陕北的土地，从地理上看沟壑纵横，崎岖不平，生活上靠天吃饭，经济上发展缓慢，但它却卓具另一种富有，那就是情感的浓烈与绵长、精神的丰沛与治洽。罗衣扣遭受挫折，池东方遇到麻烦，都有来自百姓的及时呵护与挺身维护。知青进村，高挂红灯，热烈欢迎；知青调走，恋恋不舍，深情相送。陕北的信天游成了他们表情达意的最好方式，知青们来了，有"延安窑洞住上了北京娃"，罗衣扣等知青走了，有改自《姐姐走了》的《女先生》。这块土地，特会拴人，特别黏人，这也是道老汉不离乾坤湾、古月华老人惦念乾坤湾和众多知青重返乾坤湾的内在根由所在。

三、道老汉和信天游

《乾坤道》的纷繁故事与众多人物里，有个贯穿性的人物——道老汉，有个不时唱起的民谣——信天游，这不仅使得作品的故事得到了极大的拉伸，而且使作品的意蕴得到了有力的延展，使作品的风土人情、民俗风情色彩得到了特别的彰显。

道老汉本姓祁，因张口闭口都是"道道"，被人们称为"道老汉"。他自小参加革命，在解放战争中因负伤而退役，组织上将他安排在延安的八一敬老院，但他闲不住，来到乾坤湾村落户务农，成为一名普通的社员。他以贫协主席身份料理一些北京知青的事情，如同一位慈祥的父亲对待自己的子女一般。他体恤知青的身体，关心知青的生活，更注重对其进行人生经验的传授，因此，讲说"道道"就成了他的家常便饭。道老汉认为，"世上的事，大事小事，总归是有个道道的"。因此，他的"道道"，包罗万象，无所不管。过年吃饭喝酒，他要罗衣扣在一堆吃食里先吃油糕，理由是"润一润咱的喉咙，甜一甜咱的心"，并说"就是这个道道"。罗衣扣干活不知轻重，道老汉既赞扬了她，又劝她"别伤了身子"，临了还强调说了道道。池东方想借着正月十五闹秧歌，有人赞成，有人不赞成，道老汉认为，这既是池东方上任的一把火，"也是给咱乾坤湾村人点起的一把火"，连说"道道，就是这个道道"。在跟知青回忆往昔时，说到当年陕北闹红，道老汉又给知青讲述了"闹红才能不受穷，不受苦，才能吃饱、穿暖和"的道道。"做人该有道道"，信道道、说道道、守道道的道老汉，以他的方式孜孜不倦地教诲着北京知青，也深孚众望。从某种意义上说，他是老革命与新乡绅两种身份的合而为一。他的道道，既包含了革命理念的元素，也是蕴含了诸多传统美德与人生哲理的民间伦理。

《乾坤道》一作的每一章开首都是一首信天游选段，随着故事的推进，人物情绪的变化，都有信天游的不断引入，使得作品的叙述别具韵味。这些信天游，有的是传统的，有的是新编的，也有作者自撰的。这些以诉心曲、抒真情见长的诗句，如珍珠一般撒在作品的字里行间，使得作品充满了浪漫的情趣、诗意的气韵。

陕北的信天游，精髓是诉说心绪、吟诵爱情。自闹红兴起于陕北大地之后，尤其是中央红军到达延安、建立陕甘宁革命根据地之后，革命与爱情，就成了信天游的主旋律。随口而来、满地飘荡的信天游，出自民众的所感所想，是百姓的自娱自乐。但它其实也内含了自己的"道道"，那就是劳苦大众的生活现状素描，人民群众对于美好事物的想往。从某种意义上说，信天游是一种自编自唱的民歌形式，也是人们与世界对话的一种方式。《乾坤道》以内涵丰富的信天游，既表现了信天游与陕北人民血脉相连、不可离分的密切关系，也揭示了信天游的多重意蕴与重要影响，使作品充满丰沛的生活元气、鲜活的艺术灵气。

无论是写当年的知识青年奔赴陕北、投身革命，还是写后来的知识青年去往延安、插队锻炼，作品的写人述事，实际上都指向陕北的黄土坡、延安的红土地，并在土地的灵性与黏性上做文章，写出了这块土地深厚的文化积淀与精神意蕴。可以说，描写人与土地关联的作品确乎不少，但如此这般地写出一块土地的灵性与诗性，并在情感与精神层面上与人深刻勾连的，实在还不多见。正是在这个意义上，《乾坤道》这部作品有自己的发现、自己的内蕴，因而也卓有自己的新质、自己的价值。

2021 年 9 月

壮怀激烈的军工之歌

——读阿莹的长篇小说《长安》

已走出军工企业多年的阿莹，一直想写作反映军工企业的一部长篇小说。一直想写而又"因繁重的行政工作"无法全力投入写作的状况，使他一直不能释然，长久萦绕萦怀。阿莹在后记里告诉人们，军工企业的过往生活"像画卷一样在我面前徐徐展开，让我沉浸在那激情燃烧的岁月而不能自拔"。事实上，故事在脑海里的一再闪回和不断发酵，早已发育成熟，只待一朝分娩。果然，在卸下繁重的政务工作、有了写作的条件之后，阿莹便一吐为快地写就了《长安》这部长篇小说。而这个孕育了多年的文学胎儿，一呱呱坠地，便血肉饱满，仪表非凡。

《长安》主要描写位于西安附近的某军工企业从"八号工程"发展为长安机械厂，为研制和生产军用炮弹不懈奋斗的艰辛过程与激情岁月。在社会主义革命和建设的大格局和总进程中，描写军工企业的创业之难、发展之艰，并着力于这一战线上各色人物的性格塑造与命运描摹，书写军工企业对于军队和国家的特殊贡献，以及军工人特异的精神风采，这使《长安》这部作品不仅在题材领域具有了弥补弱环的意义，而且在人物塑造方面为当代人物画廊增添了新的光彩形象。

阅读《长安》，不止一遍。每次阅读，都会有新的感受、新的发现，或引人思忖，或令人慨叹。诸多阅读感受之中，印象最为突出的，有两个方面：一是以过渡中的渐次行进，反映军工企业筚路蓝缕的拓进与发展；二是以人物群像烘托主要人物，塑造了军工战线的各类人物英才，尤其是作品的主人公忽大年。

军工企业"八号工程"及后来的长安机械厂，从建厂房招工人，到搞研发造炮弹，其创业与发展的每一步都举步维艰，每一段都步履蹒跚。作品在这些方面的表现上，可说是不吝笔墨，不惜篇幅，写得充分而细切，生动而深刻，读来令人感佩，也引人深思。制造军队急需炮弹的长安机械厂，是保密性的军工企业，这在大讲阶级斗争和政治统帅一切的那个年代，便面临了一系列的悖论与难题。那个时候的长安机械厂，最需要的是有知识、懂技术的各类人才，但最懂技术的连福因为有日伪工厂的工作经历，一直被另眼看待，不但不被重用，反而被严加看管起来。通晓俄语和专门联络苏联专家的忽小月，因为往来信件被过度解读，也被认为有"泄密"嫌疑，在受到种种委屈和冷遇后，无奈地选择了自尽。作品比较详切地描写了反右派、"反右倾"在长安机械厂激起的种种风浪和层层波澜。在这些政治运动中，不仅连福、忽小月等人得到了不应有的对待与处理，厂长兼书记忽大年也一再受到牵连，难以正常主持工作，即使主持工作也处处受到掣肘，难以行使职权。作品里的副市长钱万里、副书记黄老虎，好像是成心与忽大年作对一样，紧跟愈来愈紧的政治情势，执行愈来愈严的整治措施，不是搞甄别，就是搞审查，使得连福、忽小月一直被冷落，忽大年也一直靠边站，直到"文革"来临，长安机械厂在两派争斗中彻底陷入瘫痪。忽大年只是借着运动的间歇、斗争的缝隙，艰难地维持工厂的生产运行，使长安机械厂生产的炮弹先后在福建前线和西藏边境等战事中发挥了重要的作用，为军工人赢得了应有的荣耀。

　　作品写了钱万里驾轻就熟的官僚做派，黄老虎亦步亦趋的极左作为，但并没有把他们简单化、脸谱化，而是写了他们对于政治的教条理解和对于时政的被动顺应，写出了时代大势对所有置身其中的人有形与无形的钳制，以及人们在无奈承受中的尽力适从和渐次调整。在某种意义上，这也从一个重要侧面折射了国家在社会主义革命和建设时期的一个真实状况。《中国共产党中央委员会关于建国以来党的若干历史问题的决议》中谈到这一时期的历史时郑重指出："由于我们党领导社会主义事业的经验不多，党的领导对形势的分析和对国情的认识有主观主义的偏差，'文化大革命'前就有过把阶级斗争扩大化和在经济建设上急躁冒进的错误。后来，又发生了'文化大革命'这样全局性的、长时间的严重错误。这就使得我们没有取得本来应该取得的更大成就。"①《长安》一作中,长安机械厂的由一连串的政治运动造成的种种坎坷,正是这样一个"曲折的发展过程"的小小缩影。正是在这个意义上,小说对这一段历史的真实状描,既写出了军工企业令人唏嘘的艰难进取,又写出了国家发展令人难忘的曲折历程。

因为热爱军工企业,熟悉军工人物,并把充沛的激情、朴茂的感受倾注于笔端,糅进了文字,作品从一开始,就随着故事的发展演进依次推出了一个个人物形象,并由特殊环境中人们的跋前踬后和手足无措,使一个个的人物显示出他们的独特个性来,或令人眼前一亮,或令人过目难忘。如跟随着忽大年由军旅转场到军工企业、从保卫组长升任副书记的直率又莽撞的黄老虎,从东北到西北支援军工生产却又总是不受待见的聪明又敏感的连福,与哥哥忽大年失散多年又在长安机械厂相遇的伶俐聪慧又为人执拗的忽小月。此外,作品里忽大年的现任妻子靳子,与忽大年有过"一夜夫妻"之名的黑妞,性格都分外鲜明,命运也相互勾连,写出了动荡年代和社会嬗替带给她们的人生难题。尤其是黑妞这个人物,从胶东老家千里寻夫找到长安机械厂,不料忽大年已经有了妻儿和家庭,还坐拥了厂长兼书记的高位,她的一举一动都必然会对忽大年造成不可估量的影响,这使她只能面对现实,努力去调整自己。她在长安机械厂,几乎是从头学起,自谋生路,渐渐成长为一名合格的军企工人,并在反右和"文革"的系列运动中,同情忽小月,支持忽大年,成为环绕在忽大年身边的积极力量。而且在她身上,妇女的贤良,农民的质朴,工人的担当,三种元素合而为一,熔为一炉,使她成为长安机械厂急公好义的先进工人自不待说,在她身上也分明可以看到那个时期的时代新人的某些鲜明特质。

《长安》一作里最为突出而鲜明的人物形象,当然还是忽大年。忽大年从部队师政委的岗位上调任"八号工程"总指挥,一开始并非心甘情愿。但在"北京的动员会"上听到领导讲要改变国家"一穷二白"的面貌,"建立起自己的工业体系",他知晓自己将要指挥的工程,"是苏联援建的装备项目",是"为军队准备的"。于是他对着领导"要争气"的嘱咐,"腰板挺得笔直,敬了标准的军礼",并在与首长握手时搞到了"沉重

---

① 《中国共产党两个关于历史问题的决议》,人民出版社2021年版,第88页。

的托付"。从这个时候起，失去了领章帽徽的忽大年，有了铭刻在心的神圣使命。但他要面对的现实，既让他应接不暇，又让他难以应对。频仍而来的运动，使得人才无法被使用，研发受到影响，生产难以正常进行。此外，他面临着靳子、黑妞、忽小月等家人家事的种种羁绊。可以说，他基本上处于一种内外交困的状况。但"疾风知劲草，板荡识诚臣"。正是这些困难、苦难和磨难，使得忽大年越来越坚韧，越来越坚定。他以宽广的胸怀隐忍了种种委屈，以怀柔的方略维护着厂子的稳定，抓住一切可能的时机，推动长安机械厂的炮弹生产，并在两度奔赴前线的炮火支援和实弹演练中，使长安机械厂的军工产品在关键时刻发挥了作用，显现了威力。这样的忍辱负重和奋力前行，充分显示了一个老军人的使命担当和军工人的初心所在。作品的结尾部分，忽大年站在山上指挥火箭弹定型试验，作者动情地形容道："一个老兵在山顶上铁塔般地站着。"这样一个具象的场景描写，实际上也是忽大年这个人物在人们心中的形象定格。共和国的军工人如何志坚行苦，如何无私奉献，如何风骨峭峻，如何大义凛然，都凝聚在这样一个雕像般的形象里，令人可歌可泣，叫人感激感念。

（原载《小说评论》2022年第4期，标题有改动）

慷慨激昂的历史壮歌

——读杨志鹏的长篇新作《汉江绝唱》

从书名来看,作者杨志鹏对于《汉江绝唱》(作家出版社 2023 年版)这部长篇小说的写作,是设定了较高的目标、怀抱了极大的期许的,那就是尽其所能地为泱泱汉江谱写一曲不同凡响的颂歌。从完成情况来看,可以说,作者原有的设想和既定的目标,大部分都达成了,或者说基本上都实现了。

《汉江绝唱》一开篇,就由黄金峡景区两种开发方案的相互争执,去世之后的褚瑞生魂灵离身的现场观察与过往回忆,以两种叙事方式的交叉融合,讲述了卫门村褚家经营船运事业的坎坎坷坷和几代人的命运转承,描写了汉江两岸百年来发生的社会变迁和走过的历史行程。作品以船写人,以人写江,以江写史,以层层递进又相互映衬的复式叙事,为东流不息的汉江吟唱了一曲慷慨激昂的历史壮歌。

在杨志鹏的作品序列中,这部作品可谓调动了他的重要的生活积累和难忘的家乡记忆,甚至可能动用了自己家族历史的独家故事乃至一些秘史。所以,作品写得既枝繁叶茂、衔华佩实,又血肉饱满、激情充盈,读来令人荡气回肠,感奋不已。这部作品可以言说的地方很多,读过之后也感受丰沛,不一而足。从感受最为深刻的角度来看,这部作品在两个大的方面开掘深刻,意蕴独到,表现出了突出的特点与独到的价值。

一方面,由褚家三代船把式的命运沉浮,为汉江船帮和他们的杰出代表描形造影。

《汉江绝唱》一作的中心舞台,是汉江黄金峡的卫门村,卫门村的核心人物,是世代从事船运的褚家家族。褚家从褚瑞生的爷爷褚福顺迁徙卫门村便由船运起家,褚瑞生的父亲褚天柱成年之后接续打拼,使褚家成为"黄金峡最有实力的船帮"。父亲去世之后,褚瑞生遵循父亲的遗愿,承继船运的家业,在动荡不安的年代,审时度势,苦心经营,使褚家船帮不断发展壮大,船队成为汉江流域最有实力的团队,又通过自建自卫队,成为维护地方安宁的重要力量。作品用了很多的篇幅,描写战乱时期褚瑞生执掌船队,历经艰险在汉江运货,与棒客吴宝山明争暗斗,组建维护地方治安的保安大队,开办新式教育的卫门小学,支持和安排保安人员开赴前线,在新中国成立前夕毅然决定起义投诚,新中国成立后出任新生船运公司总经理,公私合营时又把船队无偿上交国家,等等。无论是新中国成立前,还是新中国成立后,褚瑞生在一系列重大事件上的选择与决断,既出自个人的意愿,又适应了现实的需要,紧扣了时代脉动。一个有追求、有理想、有胆识、有担当的船帮太公和社会贤达的形象愈来愈色彩鲜明,光彩照人。从某种意义上看,年轻有为的褚瑞生,已经由褚家船帮的少帮主,在经济打拼与政治博弈的历练与磨砺中,精进不休,竿头日上,成为褚家船帮可以依仗的领头人,成为黄金峡影响最大的社会贤达,以及活动广及汉江流域的民族企业家。经由这个人物,作品既揭示了社会贤达和民族企业家随着时代步伐的成长与进步,又充分表现了他们在社会生活中举足轻重的独特地位与不可或缺的重要作用。

有江河的地方,即有漕运,就有船帮。据有关史料记载,从秦汉到明清,汉江漕运一直长盛不衰,为东西南北的物资流通和人员往来提供了极大的便利,发挥了巨大的作用。而船帮作为船工的自发民间组织,在组织运输、结伙互助、抵御盗匪、维护平安等方面,都起到了至关重要的作用。有关船帮的动人故事和历史作用,在文学作品尤其是长篇小说里是暂付阙如的。《汉江绝唱》一书,通过褚瑞生和褚家船帮的传奇故事,复现了船帮这一民间劳工组织的本有面貌,使得他们的形象和他们的业绩以文学的方式得以呈现,这应该是这部作品的一大贡献。

另一方面,由汉江人的积极奋进和努力作为,折射汉江的流变与时代的新变。

在《汉江绝唱》中,汉江其实也是一个重要的主角,是作者着力描写的一个重点对象。作者一有机会写到汉江，都是不吝笔墨，浓墨重彩。从人们把汉江称为"汉江河"开始，作者写到了汉江物产的丰富、样态的雄浑与灵秀；写到了汉江行至卫门段的由湍急变平缓，形成了黄金峡的秀丽景观；写到了汉江桃花潮时期，两岸桃花盛开，鱼群逆流而上，岸上的花潮与江里的鱼潮相映生辉。尤其是作品写到了汉江适于航行、便于船运的巨大作用，以及由于常年勇立潮头和搏击风浪，给汉江人在性情与精神上带来的历练与磨砺，更是写出了汉江无言的贡献与突出的特性，使人们对汉江增进了认识，添加了敬畏。

汉江向东流，时代在更替。经历了历史风云洗涤的汉江，在新中国成立之后进入了一个此起彼伏的新阶段。作品中"再起风云"一章这样描写新中国成立后的汉江："随后的日子，如同船队无数次通过二十四滩黄金峡一样，不断有滔天巨浪，风起云涌，前行的航道，无论是水上还是水下，无不展现出激流险滩，明礁暗石的激烈图景。"这样的生活激流运行到改革开放时期，黄金峡因为被划为自然生态保护区，禁止滥砍乱伐，不准随意捕捞，卫门村人的处境与生计遇到了新的难关。已经退休的褚瑞生重新出山，出任村委会主任，带领村民开展多种经营，转变农业生产的旧有方式，使卫门村走出了困境，发生了新变。在这之后，卫门村和接任村主任不久的褚向阳遇到了更大的难题，那就是黄金峡风景区的开发规划，是履行整村搬迁的方案，还是执行就地改造的方案，因为背后牵涉政府的规划、开发商的利益和村民的情感，一时间相持不下，难以决断。在这一关键时刻，已经离世的褚瑞生用一封信留下自己的遗言，真切而坦诚地嘱咐村民："给开发商把地腾出来，使景区赶快建起来，这也是我们这些汉江河的子孙，对门前这条养育了我们祖先和世世代代子孙们的大河表达的感激之情，让她在航运衰落后再一次发挥效应，我们以这种隆重的方式向她告别，就为天下做了无量功德，效益一定会惠及我们的小孩，河神和天下的人是会记住我们这份功德的。"遗言中，既有清醒的判断、明确的态度，又有坦诚的忠告、长远的理念，其宽广的胸怀、远大的志向、无私的奉献、殷切的期盼，交织在一起，汇聚于一炉，构成了一份满怀深情的劝慰与充满期待的告白。卫门村的两委会成员都被"震惊了"，村民大会上的乡亲们都被"感动了"。遗言像是无声的号角，吹动了大家的心弦，卫门村人以集体赞同的方式做出了应有的回应。卫门村的搬迁得以顺利进行，黄金峡景区的开发得以继续前行。这里，作品写道："汉江河的水声，在这个时段，似乎也降低了声调，为这片古老的街区所发生的时间让路。"汉江河和汉江人，在又一次面临巨大的难题时，做出了弃旧图新的重大选择，汉江与卫门村由此又掀开了自己历史的崭新一页。

　　至此，我们开始理解书名中"绝唱"的含义所在。"绝唱"不只是作者想把这部作品写成绝美的汉江赞歌，而是汉江人在经历了历史的风风雨雨之后，在汉江面临新的转型、汉江人面临新的取舍之时，以放弃小我、顾全大局、放眼长远的集体选择，给自己深爱的汉江送上了满含大爱的大礼，让汉江重获新的生机，实现新的凤凰涅槃。这种义无反顾、当仁不让的重大抉择，才是汉江人超凡的"绝唱"，汉江惊世的"绝唱"。这撼动人心的最后一笔，使得作品因其绝美的"绝唱"，而令人折服，让人没齿难忘。

2023 年 10 月

真情地 "寻找"
——读杨则纬长篇新作《于是去旅行》

从2006年出版长篇小说《春发生》起，"85后"的才女作家杨则纬在小说创作上已不懈不怠地跋涉了十年，并以《末路荼蘼》《我只有北方和你》《最北》等长篇小说，留下了自己奋勉前行的鲜明足迹。

杨则纬的第一部小说作品，写于她的高中时期。此后的小说作品，都写于她的大学时期。这些不折不扣的业余写作和持之以恒的文学坚持，既向人们表明杨则纬对于文学写作的深沉挚爱与坚定追求，又向人们传递了她在人生和艺术两个方面双向成长的可喜信息。

因为与杨则纬有着同乡、校友和同道的多层关系，我一直关注着这个不断发声、日趋活跃的"85后"文学新秀。断断续续地读了她之前的小说作品，我时而欣忭，时而犹疑，觉得作品里无遮无拦的青春气息确实逼人，又觉得作品里那种四处乱撞的青春力量还缺少自控。我担心两代人事实上存在的文化代沟使我误读她，便采取了一种少说话、多观察的姿态，在一旁静观默察，暗自守望。

2015年秋，杨则纬在《中国作家》第9期发表了长篇小说《于是去旅行》，我读过之后，不免为之意外，甚至为之惊异。这种意外与惊异主要来自两个方面，一是作品所表现的女主人公辛钰的职场与情场相交融的人生纠葛，超越了作者之前的以校园生活为依托、以学生人物为主角的长篇小说书写，在生活层面和人生含量上都有显著的拓展；二是以"旅行"结构故事和展开叙事，并赋予"旅行"以特别的寓意，在某种程度上构成了符号性的意象。由此，我判定，《于是去旅行》应是杨则纬创作历程上的一部标志性作品,它标志着杨则纬在文学跋涉上的一次重要转型,同时预示了她在小说创作上的新的可能。

在长篇小说《春发生》的"引子"里,杨则纬谈到自己常会带着各种各样的梦,"寻找新的地方,新的朋友,新的生活"。我觉得,这可能既是她日常生活状态的一个写照,也是她文学写作情形的一种描述。寻找,是一种探寻,一种踏访,一种拓展,而主导着寻找的,应该是好奇之清心,未泯之童心。而清心与童心的合二为一,便是杨则纬文学写作的初心。带着这样的初心,杨则纬一路向我们走来,向人们真诚地诉说自己的念想,真实地抒发自己的感想,使得真情地寻找成为她小说写作中变亦不变的总主题。

但寻找什么,怎么寻找,似乎也是循序渐进的。《春发生》里16岁的女高中生丫丫,在花季般的年华里,因情窦初开,不可遏制地"渴望爱情",因此,无论是在校读书,还是外出旅游,都会想到初恋男友——超人,由此把对爱情的想象满满地注入自己的青春岁月。相比于《春发生》里懵懵懂懂的爱恋,《末路荼蘼》写到的小女生依一与大男生蓝的爱恋,更为实际,也更为惨淡。虽然依一已经知道了蓝一向以哄骗小女生为乐,但因为从中获得了少有的快乐,怎么也难以自拔,并不惜以用刀子自戕的方式回应男生的决然离去。"寻找"在这里渐显端倪,那就是寻找可以放心依托的真情。到了《最北》,作者换了一个角度,从男生李浩的视角写他留学瑞士与薇拉的爱恋,回国之后与娇南的爱恋,两段爱恋都不咸不淡,而从李浩"生命中似乎再也不能缺少女人,而女人也再不能成为他的全部"的感受看,"寻找"在这里,变成了"诘问",那就是为什么男人不能像女人那样用情专一,那样爱得坚贞?

不能说作者在作品里所描写的,都是自己所经所历的,但却一定跟作者的感受有关,与作者的阅历有关。一个作者,涉世有多深,涉情有多深,在作品里都会有所显现。杨则纬以上作品里的爱情描写,除去由敏动的感觉与灵动的文字传达出来的渴情的想往、痴情的感受、多情的联想,让人领略了一个纯情小女生的情爱之上的不懈追求之外,就作品的主干故事和主要人物而言,总以校园生活为依托,只滞留于青春期的情感萌动与情绪躁动,在如我这样的沧桑成人看来,因无关生活的磕磕绊绊,无关彼此的生死歌哭，与真正的人生现实尚有一定的距离。从某种意义上说，这也是作者人生历程中青春阶段的文学透射，是她尚处于由校园人生向社会人生缓慢过渡的一个表征。

正是在这样的一个节点上，《于是去旅行》的写作，对于杨则纬而言，就有了特别的意义。这个作品虽然也由大学校园开启故事的叙述，但女主人公辛钰进入电视台当了主持人，便踏入了社会生活的旋涡，尤其是先后与沈阳、吴限、师楠和糖糖所发生的情感纠葛，一步步地把她置于了一个既要努力工作、成就事业，又要经营爱情、构建婚姻的复杂氛围与艰难境地，从而也使如何塑造辛钰这个人物，给作者自己出了一个绝大的难题。

在作者的笔下，因为有着出色的才能和靓丽的样貌，辛钰从事业到情感，一开始都扬扬自得，自信满满。但随着工作的进展与关系的铺展，她时而清醒，时而迷茫了。大学时期不期而遇又一见钟情的沈阳另有女友张倩，只能眼睁睁地看着他随女友而去，这成为辛钰挥之不去的顽挚情结。因为沈阳的可望而不可即和事实上的情感空窗期，她在去往西藏的旅行中又邂逅侨居日本的吴限，遂由驴友成为情友，陷入忘我的热恋。但辛钰想要的婚姻吴限并不能兑现，出于稳定现有工作的考虑，她屈从了师楠的追求并答允了他的求婚，嫁给了这个能给她以安全感的男人。但婚后的生活完全超乎她的想象，这个能给他安全感的男人并不能让她安心，他只忙于自己的工作，很少顾及新婚的妻子，甚至连夫妻生活也极力回避，使得如守活寡的辛钰难耐寂寞也难抵诱惑，既跟时常回国的吴限私相姘居，又搭识了上海商人糖糖，沉湎于别有刺激的偷情约会。辛钰在情感上，由真情之追寻陷入乱情之泥淖，似乎是始料未及，身不由己，又似乎是随波逐流，乐此不疲。因而，她时而自得，时而自怨，时而自责，时而自咎，情感生活的种种麻烦使她剪不断，理还乱，"于是去旅行"，就成为一个无可选择的选择，因为，那不仅可以暂时逃离现实的烦扰，在触景生情中沉浸于过去的回忆，而且可以"带给你不一样的命运体验，尽管是有限的"。作品写到又一次外出旅行中的辛钰，带着复杂的心绪，莫名的希冀，边打开窗户，边默说心语："让山里的风吹进来，让春天的风吹进来，让命运的风吹进来。"那分明既内含了无言的倾诉与宣泄，又寄寓了深切的期待与呼唤。

作品的最后，写到又来云南宁蒗旅行的吴限，给也在云南泸沽湖旅行的辛钰发短信，告诉她自己带了女友回国，明天即回日本。而一直惦念着吴限的辛钰接到短信后，立即赶往丽江机场，期望能再次遇到吴限，"亲口告诉他自己错了"。但到达丽江之后，她既没有见到吴限的人，也没有等到他的电话。"于是，她只能继续旅行"。由此，作品又由期待中的旅行、旅行中的期待，使寻找的主题得到了凸显。

初次看过作品，我对"于是去旅行"的书名不甚满意，觉得过于随意，便郑重建议杨则纬出书时更改一个更好的书名。自有主意的杨则纬不卑不亢，用"来不及了"的说辞温和地婉拒了。后来再看作品，才觉得"旅行"在这部作品里有着特定的含义，寄寓了作者深邃的用意。旅行，不只是物理与地理意义的，它还是精神与心理意义的；放大了看，爱情也是一种两情相悦的结伴旅行，人生也是个体生命由始到终的一段旅行。不断旅行，脚步不停，不断行走，视野不定，才能看到更多的风景，开阔自己的眼界，扩充自己的人生，丰富自己的经验，由"山重水复疑无路，柳暗花明又一村"的切身体验，使人生具有更多的可能。而"旅行"在杨则纬这里，还是"寻找"的代名词。通过旅行，寻找人间之美景，人际之真情，骨子里还是不弃希望，不忘初心，对于自己的人生和自己置身的这个世界，寄寓了一种美好的希冀。这正如辛钰最后所醒悟到的那样，"自己需要什么得到什么也同样失去什么"，这样功利性的人生考量已经不那么重要了。重要的是经过旅行的过程，体验发现的乐趣，体会寻找的况味，而青春成长的密码，人生的舍得哲学，人的生命意义，也许就蕴含其中。当作品通过辛钰在寻找中不断思索、在思索中不断释然之后，"寻找"之于人生的意义就明了，作品因此也就具有了超越情感纠葛的人生探究与人生思考的现实意义。

从艺术描写的方面来看，《于是去旅行》也有不少新异的变化与较大的长进。杨则纬过去所擅长的"毛边叙事"——以吐胆倾心的文字表达径情直遂的感觉，不只运用于青春的自恋与自诉，还见诸人性的自审与自省，如对辛钰释发欲情时的快感与罪感相交织的复杂感受的描写，就在淋漓尽致中很见力度。更为重要的是，因为故事更多地围绕辛钰而展开，矛盾也更多地纠结于辛钰一身，辛钰这个人物形象得到了更为集中的描写，性情得到了更为细致的刻画，使得这个人物成为杨则纬笔下为数不多的让人看后忘不了的艺术形象。小说表象上是在写故事，内里其实是在写人。人物形象立不起来，人物性格活不起来，小说就很难说取得了成功。而怎样写好人物，写活人物，并给人以深刻印象，使人难以忘怀，这似乎是包括杨则纬在内的"80后"写作者一个普遍的短板。因之，杨则纬在这个作品里，倾其心力写出辛钰这个堪称典型的人物形象，是尤其值得称道、特别令人欣喜的。写人的能力与技艺的长足增进，是她深富艺术潜力的鲜明佐证，大有文学前途的有力保证。

当然，《于是去旅行》也还带有属于年轻作家也属于杨则纬自己的种种欠缺与不足。我以为，在主要人物相互关系的描写上，作品还时有不够精细的粗疏之处。比如，作品中，辛钰与师楠从结婚到离婚都写得有些浮皮潦草或偷工减料，他们的爱与不爱，都没有揭示出其内在的根由，让人感觉缺少应有的来由；还有，辛钰与几位男士的多头爱恋，情感的层面如火如荼，精神的层面不痛不痒，这在一定程度上限定了不同人物与不同人性的深入掘示。写人的要义，是在一定的人际关系中写好主人公，即写好典型环境中的"这一个"。在这一方面，杨则纬显然还有不少有待提高的空间。因此，我以为，一直在描写真情之"寻找"的杨则纬，还需要在小说艺术的征途上继续探究，努力寻找。写作无止境，贵在永攀登。这也是小说创作这种艺术追求的意义所在。

（原载《中国女性文化》第 21 辑）

小人物的光亮

——评陈彦的长篇小说《装台》

如果说2013年出版的长篇小说《西京故事》，标志着戏剧家陈彦向小说家陈彦成功转型的话，那么，由作家出版社新近推出的《装台》这部长篇新作，就不仅把陈彦提升到了当代实力派小说家的前锋行列，而且突出地显示了他在文学写作中长于为小人物描形造影的独特追求。

《装台》的主角刁顺子，是装置舞台背景与布景的装台人。行当是新兴的，活路是下苦的。"好多装台的，不仅受不了苦，而且也受不了气，干着干着，就去寻了别的活路，唯有顺子坚持下来了，并且有了名声。"刁顺子所以坚持了下来，一是觉着自己的能耐，只能挣这种"下眼食"，二是啥活都带头干，"账也分到明处"。而"啥事自己都带头下苦，就没有装不起来的台"。

但装台人的生计绝非一味下苦那么简单。装台时，顺子他们要面对不同的剧团、剧种与剧目，要装各种各样的舞台，还要面对不同的导演、灯光师和舞台监督，看各种各样的脸。有时还得挨宰受骗，干完活不是拿不到钱，就是找不到人。回家后，像顺子这样拖家带口的，又得面对毫不通情达理的大女儿菊花总是恣意刁难新婚妻子蔡素芬的家庭难题，他想了各种办法，也难以完全破解。刁顺子的心情，很少顺畅，刁顺子的人生，很少顺遂，他的名字与他的遭际真是形成了绝大的反差，或者说他的名字对他的命运构成了巨大的反讽。

但就是这样一个步履维艰、自顾不暇的装台人，却硬是承受着种种苦难，忍受着种种伤痛，以自己的瘦弱之躯和微薄之力，帮衬着一起装台的兄弟们，关照着他所遇到的不幸的女人，渐渐地显示出俗人的脱俗与凡人的不凡来。猴子装台时被轧断了手指，刁顺子跑前跑后找寇铁，挨骂受辱地要来了三万元补偿费；墩子在寺庙装台时惹下大祸开了溜，刁顺子代为受过在菩萨像前顶着香炉跪了一夜；在素芬离家不归、自己也对装台心生倦意决定自我退休后，在弟兄们的一再央求之下，刁顺子再度出山，重新拢起了装台的团队。而刁顺子接连娶过的三房妻子，与其说是爱情在主导，不如说是善心在作祟。娶第一个妻子田苗，他是想为这个劣迹斑斑的女人洗刷过去的污点；娶第二个妻子赵兰香，是看可怜的孤儿寡母需要人照顾；娶第三个妻子蔡素芬，则始于雨中撞人之后的怜香惜玉。但顺子是认真的，一旦娶了，就以诚相待，不离不弃。即便是悄然离家的素芬，也在留言的纸条里言之凿凿地说道："我会永远记住你的，我觉得你是这个世界上最好的好人，你会有好的报应的。我无论走多远，都会为你祈福的。""世上还有你这一份感情，还会温暖我好多年的。"以诚待人，给人温暖，这是这个看似微不足道的装台人，在艰窘的人生中闪放出如萤火虫一样的自带的亮光，这份亮光也许还不够强盛，也不够灼热，但却在自己的默默前行中，映照着别人的行程，也温暖着他人的心怀。

由此，刁顺子这个小人物，便因其自持而不自流，自尊而不自卑，自强而不自馁，明显地区别于"底层写作"中的小人物，而有了自己的内涵与光色。作品中的刁顺子，面对瞿团、靳导、寇铁等人，许多时候是低三下四的，那并非他奴颜媚骨，而是他知道"有这么个固定饭碗不容易"，更是因为他身上"有一种叫责任的东西"。每一次装好台的彩排与演出，顺子都站在大幕之后提心吊胆，直到大幕落下，观众鼓掌，才"心里的石头落了地"。他只求装台成功，不求自己有功。

在那场《人面桃花》的演出中，因扮演狗的演员因故不能演出，顺子去临时顶替，装台的人终于登上了舞台，格外看重这个难得的机遇，于是便抓住机会尽情表现：他忍受着难言的痔疮的疼痛，把活着的狗演得活灵活现，把死去的狗也演得死不瞑目，终于酿成"死狗疯了"的演出事故。这场给顺子带来极大耻辱的演狗事故，看似属于舞台上失却自控、过了火候，又何尝不是他借着别人的酒杯浇自己的块垒，经由演狗来向世人做无言的倾诉。顺子在心里大骂"狗日的狗"，并自知自己的舞台就是装台，

"什么他也改变不了，但他认卯"。这里的"认卯"，既是认命，也是认理。因为认命，他甘于继续自己的装台营生；因为认理，他又接纳了大吊媳妇走进自己的家门。他依然在以自己的方式，践行着自己的为人理念，继续着自己的人生行走，不管别人怎么说，也不管菊花怎么看。他的执拗与硬气，来源于他的柔肠与善心。小角色的大担当，小人物的大情怀，由此可见一斑。

《装台》读来让人目注神随，读后令人心猿不锁，还充分表现出作者在故事编织与文字调遣上的深厚造诣与不凡功力。这里简说细节描写与方言运用两点。为使装台这种枯燥的活计看来生动有趣，作者一方面浓墨重彩地写"给半空灯光槽运灯"，顺子两脚不着地爬高登低；一方面见缝插针地写装台工们的彼此嘲弄和相互打趣，让一次次的装台活计变成一折折生活小戏。而顺子总把蔡素芬带来装台现场，以及他常犯不断的痔疮疼痛，既给艰苦的装台工作添加了枝蔓，又给兄弟们的借机打趣提供了话题。由此，装台的活计可触可感了，装台工人也可亲可爱了。在语言的运用上，陈彦不仅用陕西关中方言来叙事和写人，而且用饱带陕西韵味的流行用语来营造语言上的幽默意趣，使作品辄见包袱，妙趣横生。如"咥""掰掰""啬皮""日塌""乱""万货""挖抓"等陕西关中的特有方言，虽都可在普通话中找到相应的词汇，但都不如陕西方言来得更为贴切和形象。这种方言俚语恰当地运用到对话里，更具有以言会意、以一当十的奇特效果。如大吊的媳妇来看大伙装台，猴子就话里有话地跟大吊媳妇打趣："嫂子好福气呀，把人世间最好的东西都咥了。"又如，顺子被一个叫邓九红的女导演狠狠踢了裤裆一脚，看着他痛苦不堪，靳导半是关切半是揶揄地说道："顺子，检查一下蛋，看散黄了没有。"这些话语，亲切中透着亲昵，随意中满含嘲意，读来也令人忍俊不禁，开怀解颐，使作品平添了一种世俗的愉悦与幽默的意趣。

我还想说的是，自20世纪90年代后期"70后"一代登上文坛，他们的个人化写作也从他们的角度把小人物的边缘化状态写得活灵活现，这在一定程度上弥补了宏大叙事写作在人物塑造上的某些不足。但也毋庸讳言，他们笔下的小人物，人生之无奈，命运之无常，心境之无告，常常令人满眼灰暗，满心怅惘，传导给人们的也多是悲观与失望。而同样是小人物，陈彦笔下的刁顺子，显得就有自己的气度与温度。他以艰难境遇和坎坷命运中的坚韧与担当，既显示出质朴的个性本色，又闪耀出良善的人性亮色，让人们由平凡人物的不凡故事，看到小人物在生活中的艰难成长，在人生中的默默奉献。这种把小人物写成大角色，并让人掩卷难忘的写作，说明小人物完全可以写好写"大"，问题只在于怎么去写。陈彦在写作上既眼睛向下，深接地气，又心怀期望，饱含正气，这使他既写活了小人物，也释放出了正能量。这是陈彦由《装台》这部作品，告诉给我们的他的写作经验，而这样的经验显然是值得更多的作者学习和汲取的。

（原载《文汇报》2016年4月7日，有改动）

多声部的生活现场，多意蕴的人生活剧

——评陈彦的长篇小说《星空与半棵树》

  这些年来，由戏剧剧本创作起家和成名的陈彦，在小说创作方面总能给人们带来意外的惊喜。他由《西京故事》开启的小说创作，主要以长篇小说为主，数量不算多，质量都很高。从 2015 年起，他连续推出"舞台三部曲"：《装台》《主角》《喜剧》。三部作品都与舞台有关，但又打通了戏剧与生活的原有界限，喜里有悲，悲中含喜，在戏剧与人生的自然切换中，营造了戏如人生、人生如戏的独特艺术天地。其中，《装台》被改编成长篇电视连续剧，连播不断，有口皆碑；《主角》更是以无可争议的高度好评获得了长篇小说领域的最高奖项——第十届茅盾文学奖。这种骄人的成绩与显著的效益，在当下文坛不说绝无仅有，也是凤毛麟角。

  在"舞台三部曲"之后，陈彦又以早年的乡村生活经验为素材和依托，写作了长篇新作《星空与半棵树》（人民文学出版社 2023 年版）。创作历时近十年，作品九易其稿。这部作品在交由人民文学出版社出版之后，我就从不同角度听说了。我对此既有些好奇，又充满期待。好奇在于，陈彦在舞台题材之外的写作，会有什么精彩的表现；期待在于，回到乡村现实生活的陈彦，可能会给人们带来他的哪些独到发见。果不其然，待先后阅读了出版社提供的试读本和正式出版的作品后，我确实被作品结实的故事和精到的叙事震惊了，既为之惊喜，又为之惊叹。

  《星空与半棵树》的故事起因，是孙家与温家所共有的一棵树被人夜间偷挖盗走，温如风怀疑是邻里孙铁锤暗中作案，但找谁都解决不了，便只好不断上告。由此，矛盾纠纷愈演愈烈，酿成了北斗村与北斗镇的最大社会问题。在这样一桩有关一棵树的邻里纠纷里，先是牵出了村民与村霸之间的难解积怨，又嵌入了解决矛盾的乡镇干部的辛苦劳作，特别是专门看守温如风的安北斗的种种付出与别样情怀。事情起因极其简单，整个故事也不复杂，但却以风起于青蘋之末、浪成于微澜之间的精妙叙述，讲述了北斗村一场风波的形成始末，全程直击了底层乡民与基层干部的喜怒哀乐，真实揭示了当下乡镇社会的人生百态。

在一次记者访谈中，陈彦在谈到《星空与半棵树》的创作初衷时，这样告诉人们：在"星空"与"半棵树"之间，我希望呈现多声部的生活现场。应该说，陈彦的这一写作目标不仅达到了，而且超越了。作品不仅为人们呈现了多声部的生活现场，而且给人们演绎了多意蕴的人生活剧。

一、"案子"与"镜子"

《星空与半棵树》里一棵树引起的纠纷，以及温如风怀疑邻里孙铁锤暗中作祟，遭到孙铁锤的有意羞辱，暗中又被人打伤，虽然在派出所所长何黑脸那里立不了案，但事实上构成了一个民事纠纷案子。当然，这里边也内含了温如风积聚已久的心结，那就是老一辈的温家与孙家的宿怨未解，自己跟孙铁锤又结新怨，而一直压自己一头的孙铁锤因为是远近闻名的"村盖子"，一贯作威作福，没有谁能管得了。因没有人敢管，孙铁锤就越发嚣张跋扈，温如风实在咽不下这一口恶气。于是，他到县里、省上和北京，不断上访，持续告状，从所长、镇长到县委书记，逐级上告，以期引起相关领导部门的注意，帮他切实解决问题。

温如风所遭遇的，看起来都是一些琐碎小事。如属于自己的半棵树被盗伐，孙铁锤抠出牙缝里的肉丝抹到他嘴上；孙铁锤在村里办了股份公司，派人强行拉他入股；他上访被找寻回家，孙铁锤有意朝着他家放铳子气他；等等。但如许小事一而再再而三地频仍发生，越来越充分也越来越深刻地显示出了许多深层次的问题。在某种意义上说，这样的原告与被告博弈不休的"对手戏"构成了作品的主线，这样没完没了的"案子"也构成了一面鉴影度形的"镜子"。

作为"镜子"，一个方面是照出了孙铁锤其人的飞扬跋扈与蛮横霸道。

他借着村主任的身份与权势,借权谋利,损公肥私,欺男霸女,凌辱弱者;他还借着开办股份公司,大量敛财,暗中行贿。因为依仗着在省政府担任处长的表叔孙仕廉的暗中撑腰,他我行我素,胡作非为,几乎肆无忌惮,无法无天。他甚至利令智昏到按照自己的模样打造石佛雕像,硬要把这个巨型佛像矗立于勺把山上,妄想使自己不朽,让万民敬仰。因为开山破石引起了严重的大爆炸事故,才使他的问题完全败露。一个小小的村主任,横行霸道到如此地步,让普通百姓敢怒不敢言,令几级政府部门束手无策,可以说,这既显现了孙铁锤个人品质的低下与恶劣,也折射出一些地方村镇基层组织的鱼龙混杂。一时间,横行霸道的孙铁锤,不仅温如风告不倒,而且谁人都治不了,这很令人惊异,也颇引人反思。

  作为"镜子"的另外一个方面,是由此照出了温如风的不屈与坚强。温如风一直不屈服,不信邪,总是要找"说理"的地方。他所秉承和坚持的是:"我不信就没王法了!"面对别人说他在闹事的冷言冷语,他的回答是:"我这叫依法维权!"支撑着他的,既有坚定的个人信念,也有现行的制度与体制的有力保障。他坚信孙铁锤可以得逞一时,但不能独霸天下。在一封告状信里,他义正词严地发出了他的"天问":"正义何在?公理何存?枉法胜过儿戏乎?欺瞒最是人民乎?"可以说,坚定的自信(信自己,信社会),给了他不断上访的勇气与力量。此后,先有民办教师草泽民一改旁观者姿态的愤然上访,后有何首魁幡然醒悟地舍身出击。邪恶的势力虽在不断膨胀,正义的力量也在茁壮成长。这种"道高一尺,魔高一丈"的较量与博弈,使得作品充满了故事悬念,也充满了内在张力。

  作为"镜子",温如风状告孙铁锤的"案子"还有一重作用,那就是给人们揭示了当下一些农村的另外一种现实:村霸现象所反映的乡村治理的困难性、艰巨性,以及重要性、紧迫性。北斗村孙铁锤这样一个村霸式的村主任,只求损人利己,只会挑起事端,使得整个村子人心相当涣散,人际关系也无比紧张,有关乡村振兴的要事与大事根本顾及不上。这十分清楚地告诉我们,乡村干部如果德不配位,尸位素餐,甚至村霸当道,擅作威福,就会缺失民主,祸及民生,使政治生态趋于恶化,社会生活呈现病态,还会带来一系列的问题,使乡村建设与乡村振兴受到极大的阻碍。目前,一些先进典型在乡村治理方面总结出来的"自治、德治与法治融合发展"的做法与经验,在北斗村一样都看不到。在村霸当家的境况下,不仅村民温如风等不服气,乡镇干部安北斗等也是瞎忙活。这里,所谓的维稳成了几级政府部门的工作总主题,而且治标不治本,按下葫芦浮起瓢。"维稳"越"维"越不"稳",在揭示这样一个另类现实方面,作者可谓手腕强劲,读来也令人扼腕叹息。

二、"望星空"的象征意义

从一个"案子"的角度来看,《星空与半棵树》一作里的主要人物,应当是原告温如风和被告孙铁锤。但整个作品看下来,会觉着夹在其中的乡镇干部安北斗分量越来越重,作用也越来越突出。安北斗实际上是作品里最为重要的人物,也是当下乡村题材小说作品中一个不多见的典型形象。

安北斗这个人物形象的特别之处,是他既能低下首来脚踏实地,又能抬起头来眼望星空。他的天文学兴趣与观天象爱好,显示了他与众不同的个性,也具有很强的象征意义。这象征着他的爱好与想往,也象征着诗与远方。眼望满天星斗,脚踩一地鸡毛,两者在他这里结合得巧妙而自然。安北斗作为乡镇一级最基层的干部,是有理想、有信念、有操守、有担当,这使他成为看守曾是同学的温如风的最佳人选,成为北斗镇维稳的关键人物。他既没有什么级别,也没有固定专职,但他管的事情实在太多,从计划生育到基本建设,从铁建办、文旅办到维稳办,哪里缺人就补上他,哪里需要去哪里。但自从温如风成为上访专业户之后,镇里交给他的主要工作就是看守在家的温如风、寻找上访的温如风。他在看守温如风时,在不断的交流中,反复做开导,几头做工作,可以说开始感化了温如风,也越来越理解和同情温如风。对于温如风,他在一定程度上起到了特殊的保护作用。对于北斗镇,他也起到了至关重要的维稳作用。基层乡镇干部的工作会有多大的难度,需要什么样的风度,应该具有怎样的思想高度,安北斗都是一个标杆性的榜样。在无比艰难的看守温如风的过程中,他的付出远远超出了一个基层干部的职责。他不仅耽搁了不少望星空的时间,错过了一些观天象的好机会,而且得不到家人的理解与支持,与妻子产生嫌隙导致离婚。他任劳任怨，忍辱负重，顾全大局，无私奉献，舍弃小家，顾全大家。他的身上，既有传统型好干部的优良素养，又有现代型好干部的优异品质，两者在他这里自然而然地融为一体，使他成为乡镇基层干部中极为罕见的"这一个"。

扛上天文望远镜看夜间的星空，尤其是观赏难得一见的流星雨，是安北斗所心心念念的，这被他视为"视角与精神的盛宴"，机不可失，时不再来。但许多人并不理解他，有人说他"不务正业"，"玩物丧志"，温如风说他"闲得蛋痒"，讥讽他道："天上再好看，与你毛相干？"但在安北斗那里，望星空不仅是一个天文学的爱好，而且给他增加了一个观察世界的全新视角，从星空看宇宙，"地球都是浩瀚宇宙的一粒微尘"。安北斗的这样一个个人爱好，使得作品所触摸的现象、所表现的对象，有力地超越了眼前的现实生活，伸延到更为广阔的天际世界。由此，故事不再逼仄，具有了广阔性；意蕴也不再封闭，具有了多重性。

安北斗这样一个形象，在作品中还有一个至关重要的作用，那就是作为积极面与正能量的重要砝码。因为有安北斗，作品虽然时有阴暗，时见灰色，但始终有光点与亮点在。这使得作品在整体上保持了一种应有的平衡，内含了一种必要的乐观，因而也充满了一种难能可贵的希望。

三、现实主义：从手法到精神

从艺术手法上看，《星空与半棵树》比之陈彦之前的小说作品，有了不少新的变化和一些新的拓展，但从主调上来看，依然是以现实主义为基础的兼收并蓄，使得他所秉承的现实主义表现手法更为开放，更显灵动。

现实主义的手法，主要体现于讲究细节的真实，追求真实地再现典型环境中的典型人物。这样两个基本要求，既内含了生活细节的忠于现实，又强调了人物塑造的高于现实。现实主义的这样一些基本要素，陈彦在《星空与半棵树》里，体现得十分充分，表现得淋漓尽致。他切近现实状写生活，笔触深入生活底里，把细节描写落实到人物的一颦一笑、一言一语。尤其是人物心理活动的细波微澜，被呈现得细致入微，丝毫无遗。这些高度注重人物心理活动揭示的叙事手法，使得作品有着向心理现实倾斜

-199

的明显走向。作品里，无论是温如风、安北斗，还是孙铁锤、何首魁，都不顺心，憋着气，而气不顺，则在于心有结。由此，作者在人际关系的矛盾纠葛描写上，以更多的生活细节描写了人物之间的猜心思、使心眼、斗心机，这使作品故事始终切近着人们的精神状态，呈显出人们的心理世界，因而具有心理现实主义的显著特征。

作品里几次现身的猫头鹰，给故事平添了一种别样的视角，使作品具有一种"你站在楼上看风景，看风景的人在楼上看你"的特殊况味。这只猫头鹰出于自己的角度，看到的世界纷纷扰扰，又奇奇怪怪。对于夜间的盗树行为，对于北斗山的点亮行动，它都觉着怪异，很不理解，并为之忧心忡忡。在勺把山大爆炸事件之后，再次现身的猫头鹰，越来越觉得自己"有很多重大问题，想给人类沟通"。于是，它不断发出它所独有的鸣叫之声，那既是一种呼吁，也是一种警告。从这只猫头鹰所在意、所关切的来看，它可看作生态现实主义的一个象征符号。

从《西京故事》到"舞台三部曲"，陈彦在写作上体现出来的诸多特点，比如底层关怀、大众意识、平民美学等，都可以看作现实主义精神的开花结果。现实主义精神的要义，是对现实中的人的深切关注，对人的生存状态、精神状态以及命运状态的高度关怀。因为关注人的现状、人的生存、人的发展、人的理想，所以会对影响人的生存、阻碍人的发展的现象与问题进行揭露和批判。在《星空与半棵树》里，人们由作品的真诚直面现实、大胆揭露问题、勇敢抨击病象，看到了作者由无畏的勇气和自信的胆识所体现出来的充沛而突出的主体精神。这样的主体精神，因为葆有人民情怀，立于人民立场，是为民请命，为民代言，因而充溢着昂扬的正气，弥漫着时代的豪气，也因而，心里无所畏惧，笔下无所顾忌。这样的一个作家的主体精神的存在与释发，内在地决定了《星空与半棵树》这部作品自然有自己的发见，必然有自己的声音。

作者对《星空与半棵树》多年揣摩，九次改写，这既表明作者对于这部作品的格外看重，也告诉人们作者在这部作品的写作中，花了大气力，下了大功夫。功夫不负人，铁杵磨成针。从作品完成情况来看，作者在故事的独特、意蕴的丰繁和叙事的精到等方面，都绝大部分地达成了自己的目标，使得这部作品既超越了他已有的小说作品，而且在当代的乡村题材写作中别树一帜。

但从精益求精的角度来看，这部作品从故事营构到语言表述，从人物塑造到意象营造，在葆有诸多令人称奇的亮点的同时，在一些地方留有令人遗憾的不足。比如，少加筛选地大量运用陕西商洛一带的方言俚语，在增加语言的幽默情味和作品的地域特色的同时，留下了不少佶屈聱牙的表述，令陕西地域以外的读者感到困惑和费解。还有个别人物形象的刻画，如叫驴、何首魁等，因具体描写过程中缺少必要的照应，前后反差巨大的表现令人有摇身一变的感觉和不明就里的诧异。看来，在小说创作中，如何更适当地运用地域方言和更精细地塑造人物形象，作者仍然有失当和疏忽的地方。这也表明，这部作品的写作，可以更加完善；陈彦的小说写作，有可以继续提升的空间。

陈彦的小说写作，虽然取得了骄人的成就，得到了广泛的好评，赢得了较大的影响，但这并不意味着陈彦的小说写作就走到了顶点。在我看来，年富力强又造诣深厚的陈彦，因为在创作中擅于翻陈出新，长于精雕细琢，并舍得投入，尽心竭力，在今后的创作中写出新的和更好的小说力作，并再度超越自己，再次带给我们惊喜，仍然具有很大的潜力与诸多的可能，很值得人们抱以热切期望，予以深切期待。

（原载《小说评论》2023 年第 5 期）

经典与经验

人之楷模　文之典范
——柳青给予我们的启示

自1948年雪苇发表评论《种谷记》的文章，到1978年柳青因病逝世，作为作家的柳青，被人们评说了三十年；自1978年逝世到21世纪的现在，作为故人的柳青，被人们怀念了三十七年。一个人无论是在世还是离世，都被人们不断地评说着，持续地纪念着，这种情形在当代中国文坛并不多见。

习近平总书记于2014年10月15日发表的《在文艺工作座谈会上的讲话》中，谈到人民需要文艺、文艺需要人民时，特别提到了柳青，并对他"深入到农民群众中去，同农民群众打成一片"的生活实践与创作追求给予高度的评价，指出："因为他对陕西关中农民生活有深入了解，所以笔下的人物才那样栩栩如生。柳青熟知乡亲们的喜怒哀乐，中央出台一项涉及农村农民的政策，他脑子里立即就能想象出农民群众是高兴还是不高兴。"[1] 确实，置身于人民群众之中，沉潜于生活深处，想农民之所想，急农民之所急，在柳青而言，已是信仰一般的理念、高度自觉的实践。因而，这使柳青在做人与作文两个方面，都以其合而为一的独步一时，堪为人之楷模，文之典范。

柳青从事文学写作之后，经历了不同阶段的锻磨与历练，其中最为重要的是1938年到延安和1943年从文艺机关下到乡下担任乡文书时期的锻炼与"转变"。这种直接地置身基层，深入地接触实际，让柳青完成了长

---

[1] 习近平：《在文艺工作座谈会上的讲话》，人民出版社2015年版，第17—18页。

篇小说《种谷记》的写作，更让他深刻地认识到："一个修养完备的作家是在实际生活、马列主义和文学修养各方面都很成熟的。这样的作家可以写出光芒四射的作品。"① 由这样的切身体会出发，柳青一直坚持着一个基本的信念，那就是作家要想作好文，先要做好人。他于1978年《生活是创作的基础——在〈延河〉编辑部召开的短篇小说创作座谈会上的发言》（录音）中指出："要想写作，就先生活。要想塑造英雄人物，就先塑造自己。"② 在《回答文艺学习编辑部的问题》时，他又指出："一个对人冷淡无情和对社会事业漠不关心的人，无论他怎么善于观察人，也不可能成为真正的作家。这就是说在生活中或工作中要有热情——热情地喜欢人、帮助人、批评人或反对人……"③ 柳青认为，做人是首要的，作文是做人的自然延伸；生活的态度是首要的，创作的姿态是建立在生活的态度基础之上的。因此，他自1952年5月到长安县皇甫村安家落户，举家深入，义无反顾，一下去就是十四年，一直到"文革"挨整和身体患病。

落户皇甫村的十四年，与其说是柳青作为作家深入生活的十四年，不如说是柳青有意地去"作家化"、自觉自愿地融入农民的十四年。在这十四年中，柳青是真心实意地去做一个基层工作者乃至一个普通农民的。新华社记者徐民和与谢式丘的《在人民中生根——记作家柳青》的报道文章中，十分传神地描述了柳青由外到内的"农民化"："柳青完全农民化了。矮瘦的身材，黧黑的脸膛，和关中农民一样，剃了光头，冬天戴毡帽，夏天戴草帽。他穿的是对襟袄、中式裤、纳底布鞋。站在关中庄稼人堆里，谁能分辨出他竟是个作家呢。"在皇甫村村民的眼光里和心目中，"这个黑瘦的老汉，和他们一样，也是个庄稼人。柳青住的中宫寺是干部们的'会议室'：干部们工作中遇到难处，就聚到这里找柳青给出主意，有时党的支部会也搬到这里来开。柳青住的中宫寺又是群众的'问事处'：那些庄

---

① 柳青：《毛泽东思想教导着我——〈湖南农民运动考察报告〉给我的启示》，载《人民日报》1951年9月10日。
② 文艺理论教研室编：《作家谈创作》（上），北京师范学院中文系，1978年，第118页。
③ 山东大学中文系编：《中国当代文学研究资料·柳青专集》，1979年，第23页。

稼人遇到愁心的事,总爱上这里,蹲在脚地里,跟柳青掏心地谈上一阵,高高兴兴地回去了。甚至家庭纠纷、小孩生病,也来找柳青评公道、寻药方……"[1] 在这里,成为一个地道的农民,当好一个庄稼人,是柳青更为在意的,至为看重的,他也真真确确地做到了,切切实实地实现了。

作家如何做人,柳青给人们上了极为生动的一课,也为同行树立了光辉的典范。其基本的要义就是:不要做社会的旁观者,要做现实的介入者;不要做生活的客居者,而要做生活的主人公,让自己成为所描写的农民群众中的一员,彻底打通写他人与写自己的固有界限,把生活的感受与激情、欣忭与困惑、烦恼与欢乐等,内在地化合为感觉的放达、情感的宣泄,完全摒弃闭门造车、盲目想象的写作。可以毫不夸张地说,柳青扎根乡间十四年的个人实践,为"深入生活、扎根人民"树立了一个作家所能达到的标高的极限,这是今天的文学人所难以企及的,因而也是我们应该奉为楷模而心慕手追的。

十四年不打折扣的农家生活,促成了柳青的成功转型,也造就了经典作品《创业史》。得悉柳青因身患重病而难以完成《创业史》第一部之后的写作,作品人物原型之一的董廷芝老书记深情地说道:"希望他好好养病,能把四部书都写出来。别人写,写不成他那样的。"[2] 质朴的语言与深切的期盼之中,所饱含的对于柳青的首肯是坚定的,认知也是独特的。"别人写"与"他那样的",分别都是什么样的呢?在董廷芝未及详述的语言里我们大致能感觉到,"别人写"的,多半是隔靴搔痒,旁敲侧击,甚至是冷眼旁观,居高临下。而"他那样的",则一定是直言骨鲠,径情直遂,别具生面,钩深致远。一句话,"欢乐着人民的欢乐,忧患着人民的忧患",自然而然地"为人民抒写、为人民抒情、为人民抒怀"。

一部《创业史》,尽管涉及特定时期的合作化运动,尽管历经了五十五年的沧桑演变,但仍然被专家和读者视为当代文学的经典力作而不断被

---

[1] 徐民和、谢式丘:《在人民中生根——记作家柳青》,载《人民日报》1978年7月20日。
[2] 徐民和:《永远和人民在一起》,见本社编:《往事与哀思》,上海文艺出版社1979年版,第242页。

解读，被大众读者视若"不隔"的文学佳作持续热读，盖因作家立足于生活的深处，撷取时代的激情，写出了社会变迁在人们心里激起的层层涟漪、在精神世界引发的深层悸动。柳青一再说他的《创业史》，表面上写的是农村的合作化运动，实际上是写农民走进新时代之后，对于公有制、国家化的认识与接受的过程。换句话说，即从私有到公有，从"小我"到"大我"的心理变迁与精神成长。从梁生宝、郭振山、高增福、改霞等，到梁三老汉、郭世富、姚士杰等，都是这一历史巨变进程中不同阶层人们的典型代表，他们以各自的自然反应和精神变异，既体现着旧时代农人的蜕变与新时代农人的成长，也折射着社会主义新农村艰难前行的某些侧影。社会的重心是人民，人民的内核是心灵。正是着眼于心灵深处和精神层面的博弈与变异，《创业史》具有超越历史限定的深厚内力，而成为人们认知合作社时期社会剧烈变动引发农人心灵变动的一部史诗性作品。

扎根皇甫村的十四年，柳青除了创作《创业史》第一部和第二部之外，还写作了一些关于耕蓄饲养的经验总结与发展农业生产的建议文章，如《耕蓄饲养管理三字经》《建议改变陕北的土地经营方针》等。这些实用性文字向人们表明，柳青始终站在农民的立场上，替他们着想，为他们代言。把这些实用性文章和《创业史》放在一起来阅读和考量，我们更可以见出柳青作为一个现实介入者、生活实践者的殷殷之怀、拳拳之心。

饶有意味的是，柳青写于1972年的充满乡土情怀与新异见解的《建议改变陕北的土地经营方针》的文章，主要的意见是：陕北要改变"以粮为纲"的经营结构与传统模式，要根据具体的土壤、水文、气候等特殊条件，改为"苹果产区"，建成"我国的先进经济区""世界著名的苹果园之一"。这个在当年极具超前性乃至预言性的建议，在经历了四十三年的反复与折腾之后，终于形成了上下的共识，成为生动的现实。现在的陕北，以延川、洛川苹果为代表的陕北苹果已成为基本的经济作物，并作为驰名品牌畅销全国，走向世界。今天的现实，被柳青在四十三年前以吁请的方式而言中，这是柳青深入生活、研究生活的结果，也是柳青心为民所想、情为民所系的一个典型例证。

置身人民，属于人民，为人民造影，为人民代言，真真正正做到"身入""心入""情入"的三位一体,这是柳青在为人和为文的人生历程中一直践行并始终不渝的,也是柳青提供给我们最为重要的经验、最可宝贵的财富。因而,他是当之无愧的人民作家。

(原载《文艺报》2015年5月27日,有改动)

当代作家的光辉典范

——从《柳青传》看柳青的为人与为文

到今年7月6日，柳青诞辰正满一百周年。在纪念柳青诞辰百年之际，刘可风撰著的《柳青传》（人民文学出版社2016年版）适时出版问世，这是作为女儿的刘可风对于父亲柳青的最好纪念，也为人们缅怀人民作家柳青提供了难得的传记与绝佳的话题。

既是传主柳青的女儿，又是非文学工作者的特殊身份，使得作者刘可风《柳青传》的写作，既具有亲历亲见的现场性，又具有纪实感的旁观性，从而以扎实的资讯与充沛的感情、丰富的史实与客观的辨析，在有关柳青的传记书写中，具有不可胜计的集大成性和得未曾有的不可替代性。

读泱泱近四十万言的《柳青传》，收益颇丰，感慨良多。印象最为突出的，是传作在以文学追求为主的人生跋涉的总体叙述中，写出了柳青集个人、家庭为一体，熔文事、国事于一炉，克服种种困难，排除重重干扰，坚守高远的理想，坚持既定的追求，以及蕴含在其中的矢志不渝的人生信念、坚忍不拔的拼搏精神。

柳青的一生，布满了坎坷，充满了奋斗。他从中学时代的求知问学，到成为作家的文学写作，他的顺利完成学业的希冀，他的专心从事创作的念想，说起来无不自然而寻常，但因为身体的羸弱与多病、战乱的频仍与阻挠、工作的重压与挤占、时势的骤变与纷扰，每一步都让他步履维艰，甚至使他不断地与自己的理想擦肩而过。

可以说，真正让柳青从一个学生变身为一个文人，并在写作上树立起生活化兼具人民性的文艺观的，是延安时期毛泽东的《在延安文艺座谈会上的讲话》(以下简称《讲话》)给予的滋养、启迪与影响。《讲话》中对于知识分子要经过长期的甚至是痛苦的磨炼,在思想感情上与工农群众打成一片,文学艺术家必须长期地无条件地全心全意地到群众中去、到火热的斗争中去、到唯一的最广大最丰富的源泉中去的论述,让柳青的一些朦胧的感觉更为清晰,清晰的感觉更为坚定。他结合自己已有的写作实践,越来越有更为深入的领悟和至为切身的体会,而这又随着全国解放和自己进城工作,日渐成为可望而不可即的念想。《柳青传》在第六章中引述了柳青写于1952年1月的一篇文章,其中一段说道:"这几年我时刻警惕自己,每写完一部东西,必须立刻毫不犹豫回到群众中。我清楚地感到许多同志三年五年以至十年八年没有作品,主要并非才能低,而是因为他们没有认真地在群众里生活。他们不是不想写出东西,而是极想写,只是没有解决了生活问题。我写了两本书就自满不再下去的话,我就完了。"① 正是有了这样的混合着责任感与危机感的清醒认知,柳青在参与创办了《中国青年报》,并在上海和西北参加了"五反"和社会调研后,于1952年9月到长安县担任县委副书记,并在1953年4月辞去县委副书记,毅然决然地到皇甫村落户,以"对象化"的方式深入现实生活,以"去作家化"的姿态扎根人民群众。在此基础之上,柳青完成了堪为小说经典的《创业史》,奠定了自己在中国当代小说创作史上的崇高地位。

《柳青传》以大量丰盈而生动的细节告诉人们,落户皇甫村的十四年,柳青不只是为着写作《创业史》,功利性地体验生活和积累素材,他首先把自己当成皇甫村的一个村民,完完全全地融入农民的日常生活,切切实实地关切农民的生存与发展,息息相通地把握农民的意愿与向往。从互助组的组织与维护、合作社的组建与发展,以及人民公社的兴办、"四清"运动的开展,整个农民在十七年时期的经历与感受,他都有具体的介入和深入的体验,并使自己成为当代农村生活剧烈演变的参与者、见证者。在这一过程中,他一方面以自己熟悉的生活原型为基础,以自己的充沛感情和切身感受为动力,经过艺术的提炼与形象的塑造,创作了长篇小说《创业史》第一部;一方面利用自己的文学才能,先后撰写了《耕畜饲养管理

---

① 刘可风:《柳青传》,人民文学出版社2016版,第100—101页。

三字经》《建议改变陕北的土地经营方针》等实用性与建言性文章。这些实用性文字，对于一个作家来说，可写也可不写，但对于柳青来说，因为关乎农村的生产与家乡的发展，他必欲高度重视和认真对待。还令人颇为意外的是，《柳青传》在"父亲的最后建议"一节，披露了柳青留给世人的最后一个建议，竟然是"建议将我国的省份按照经济发展的需要重新划分"，即"以经济区域划分省份，把我国现有的省份划小，每个省可以根据自己的特点研究适合于本地区发展的经济项目，现在的社会结构、经济结构就会变得单纯一些，有利于科学地组织社会生产、合理地设置经济布局，集中专业人才进行科学研究，使科研、生产不断深化，同时，也便于中央和地方政府的宏观调控"。[①] 从编写耕蓄饲养的"三字经"，到提出陕北土地的经营方针，再到重新划分省份的建议与设想，这些由近及远、由小到大的建言与建议，体现了柳青作为一个农民、乡民和公民的高度的使命感与强烈的责任心。这种异乎寻常又心系天下的思考与设想，透射出来的，是柳青无限深厚的家国情怀和无比炽烈的民族精神。

习近平总书记《在文艺工作座谈会上的讲话》中，谈到"文艺需要人民"时特别提到了柳青深入农民生活的可贵经验，他说："柳青熟知乡亲们的喜怒哀乐，中央出台一项涉及农村农民的政策，他脑子里立即就能想象出农民群众是高兴还是不高兴。"[②] 柳青这种敏锐的感觉与准确的判断，不只是出于他对农民群众的了解与熟谙，而且出于他对农民群众的关切与喜欢，能感同身受地把握农民群众的心思与意愿。也就是说，柳青已完全做到了和农民群众心往一处想，劲往一块儿使，在思想感情上已真正打成一片，融为一体。可以说，柳青在皇甫村的十四年，不仅做到了"身入"，而且做到了"心入""情入"，他以自己对于人民的"爱的真挚，爱的彻底，爱的持久"，为中国当代作家在深入生活、扎根人民方面，树立了难以企及的光辉典范。

可以说，正是长期浸沉于生活深处，完全埋身于农民群众之中，柳青才格外了解和熟谙他笔下的各色人物，栩栩如生又具体而微地写出了他们

---

① 刘可风：《柳青传》，人民文学出版社2016年版，第476、478页。
② 习近平：《在文艺工作座谈会上的讲话》，人民出版社2015年版，第17—18页。

的音容笑貌与喜怒哀乐，使《创业史》以生动鲜明的人物群像，成为一个时代农村生活变化与农民心理变动的历史记录。《柳青传》在"柳青和女儿的谈话"部分，有一节谈到周扬在第三次文代会上对《创业史》所作的"是写农村社会主义运动的历史画卷"的评价。周扬这样一个看似很高的评价，柳青本人并不怎么认同。柳青认为："农村社会主义运动是小说的历史背景，给历史背景作结论，不是我们作家的责任。作家的责任是写出这个背景下，人们的思想、感情和心理的变化。"① 由这些看法可以看出，柳青并不在乎人们对《创业史》的评价高不高，而在意的是人们对《创业史》的评价准不准。

在劫后复苏的1973年2月，柳青《在陕西省出版局召开的业余作者创作座谈会上的讲话》中，回顾了自己当初写作《创业史》的经过与情形时，谈到了三方面的要点。其一是"构思过程贯穿整个创作过程"，其二是"以人物为中心"，其三是"写思想感情的变化过程"。由这样的一个自我表述可以看出，《创业史》从构思到写作，都始终以人物形象的塑造为中心，以人物的思想感情和精神世界的揭悉为旨归。可以说，正是抓住了人物形象这个要点，紧扣了人民情感这个重点，使得柳青的《创业史》成为那个时代社会状态与人民精神状态的忠实记录和艺术写照，为人们观照和了解50年代的农村生活图景所不可不读，也不可替代。

相较于一般的传记作品，《柳青传》中收入的"柳青和女儿的谈话"，表象上看似乎有些外在，实际上从自述的角度，如实坦露了柳青的所思所想、所喜所忧，这些保留了现场感的谈话实录，对前边的传记部分构成了重要的、丰富有力的照应。像其中的"谈《在延安文艺座谈会上的讲话》"里，柳青既讲到了《讲话》对他的深远影响，又讲到了在此基础上的自我领悟，说作家深入生活，不能一般号召，做做姿态，而应该"是文艺队伍的基本建设"，要"把生活的学校放在第一位"。② 这些话语掷地有声，发人深省，它既阐释着柳青何以长期落户农村毫不动摇，也给今天的作家以

---

① 刘可风：《柳青传》，人民文学出版社2016年版，第450页。
② 刘可风：《柳青传》，人民文学出版社2016年版，第455页。

深刻的启迪与有力的提醒。这一部分内容因属首次披露，对于了解和研究柳青其人其作，无疑大有裨益。

2016年6月

史铸创业艰

——《创业史》的创作过程与重要经验

题目中的"史铸创业艰",引用的是著名诗人贺敬之谒柳青墓时所作的诗句。① 原诗句为"杜甫诗怀黎元难,柳青史铸创业艰"。"史铸创业艰",内含了柳青为新中国农民的艰难创业铸史立传、以自己的创作为新中国的文学事业继往开来的多重意蕴,以此来形容柳青扎根皇甫村十四年,终于写就《创业史》的壮举,再也合适不过。

经典都是厚积薄发的结晶,也都有一个集腋成裘的过程。为了写作能够反映"新制度的诞生"及其引发的各类农民心理变化过程的力作,柳青义无反顾地下到社会生活的最底层,落户长安县皇甫村十四年,把生活之基牢牢地扎在现实的泥土之中,把创作之根深深植入人民的生活。这使得《创业史》的酝酿与写作、修改与完成,都有一种别的作品所没有的或少有的"在场感"与"现场性"。回顾和梳理柳青创作《创业史》的大致经过与基本经验,对于人们重温和重估《创业史》的价值与意义,深入理解柳青其人其作,乃至探悉文学创作的奥秘,总结经典打造的经验,都是必要的和有益的。

"到我要反映的人民中去生活"

心系文学、专注创作的柳青,一直是把创作作为革命事业的重要构成

---

① 贺敬之:《史铸创业艰》(诗二首),见《人文杂志丛刊》第 1 辑《柳青纪念文集》,1983 年,第 4 页。

来看待的。因此，创作之于他，不只是个人的一种爱好，而是事业的一种追求。从延安时期开始写作以来，他始终把革命工作与文学写作合而为一，在工作中积累和丰富文学创作的素材，以创作的方式反映革命斗争和人民生活。他在20世纪40年代写作的《牺牲者》《地雷》《喜事》《在故乡》《土地的儿子》等短篇小说，都是这种由革命工作中积累文学素材、由文学写作反映人民的革命向往与新的生活的系列成果。

抗战胜利后，柳青从延安被派往东北。其间，他在大连的短暂停留中完成《种谷记》的修改。1949年到北京后，他于1951年写就长篇小说《铜墙铁壁》。这两部作品相继问世之后，赢得了许多肯定的看法，也引来了不少批评的意见。尤其是上海文艺界关于《种谷记》的讨论中的一些意见，使他受到了很大刺激，也使他认识到自己的诸多不足。他从"人物不突出，故事也不曲折"的批评中看到了自己的短处，又从"不模仿任何人""这个作家最有希望"的肯定中，看到了自己所具有的潜力。于是，他在明确了差距和弄清了问题之后，坚定了在深入生活上下大功夫、花大气力的信念。这时的柳青，受命以文艺部主任的身份参与《中国青年报》的创办，其间，还参加了中国青年作家代表团访问苏联。但他心心念念的，是自己深藏于心的文学目标和创作计划。他在与作家朋友马加的谈话中说道："到我要反映的人民中去生活！"这样的意念越来越清晰，越来越执着，越来越迫切。他便从中央宣传部找到中央组织部，坚决要求回到陕西农村安家落户，终于得到了组织上的批准后，在1952年5月离开北京，回到陕西西安。

回到陕西的柳青，一直在寻找最为合适的落脚之处。他先后走访了西安附近的泾阳、三原、高陵等地，尚在琢磨不定之时，当时的西北局书记习仲勋、宣传部部长张稼夫建议他到又是农村又离西安不远的长安县落户。柳青自己前去考察之后，最终选定了长安县。1952年9月，柳青与新婚不久的妻子马葳，先到长安县，后到皇甫村，由此实现了他长久以来"到我要反映的人民中去生活"的意愿。

在与群众的密切结合中"逐渐地改造自己"

下到皇甫村,住到中宫寺,柳青就把自己完全置身于普通的农民群众之中,成为他们中的一员。柳青落户皇甫村,当然是为着文学创作的目的而来,但他首先想到的和要做的,是完完全全地转变自己的思想感情,在深入生活和融入农民的过程中,使自己成为皇甫村的"自己人"。

在参加全国第一次文代会时,柳青在一篇题为《转弯路上》的发言中说道:要通过工作和群众结合,"这种结合就是感情上的结合,就可以逐渐地改造自己"①。到皇甫村落户,并参与了互助组和合作社的创办之后,柳青切切实实地践行着在"结合"中"改造自己"的任务,并把这种结合的成效与结果认定为:"首先要看群众以为痛苦的,我是不是以为痛苦,群众觉得愉快的,我是不是觉得愉快。……这中间丝毫没有勉强和做假的余地。"② 正是这种真心实意地深入生活和扎根人民,柳青做到了别的作家很难做到的生活农民化、立场群众化。正如习近平总书记《在文艺工作座谈会上的讲话》中谈到柳青时所说的那样:"因为他对陕西关中农民生活有深入了解,所以笔下的人物才那样栩栩如生。柳青熟知乡亲们的喜怒哀乐,中央出台一项涉及农村农民的政策,他脑子里立即就能想象出农民群众是高兴还是不高兴。"③

新近编辑出版的《柳青在皇甫》④一书里,许多人的回忆文章都以纪实速写的方式记述了柳青在皇甫村落户后的外在样态和工作状态。邓攀、冯鹏程的《县委门卫挡错人》这样描述柳青在乡下的样子:"身穿对襟布衫,脚蹬布鞋,老戴一顶西瓜皮帽,外出有事,常骑着他那掉了漆皮的自行车,搭眼一看,地道的农民。"晓阳的《人群当中找原型》这样描述柳青接触群众和观察生活:"看到人家修自行车,用打豆机爆米花,安装电

---

① 山东大学中文系编:《中国当代文学研究资料·柳青专集》,1979年,第8页。
② 山东大学中文系编:《中国当代文学研究资料·柳青专集》,1979年,第16页。
③ 习近平:《在文艺工作座谈会上的讲话》,人民出版社2015年版,第17—18页。
④ 郭文麟主编:《柳青在皇甫》,人民出版社2018年版。

水车，他都要自始至终地看着。遇到有人下棋，他就搬来半截砖头，坐下来和人家对弈。"郭盼生的文章写到，因为柳青"从发动农民卖余粮，到组织互助组，建立合作社，他熟悉了皇甫村的每一户人，皇甫村发生的大小事情，他都要弄明白，都要帮助解决好"。村里的干部感慨地说："这里的合作化运动，柳书记是圈囤身子钻在里边，泡在里边的。"一个"钻"，一个"泡"，生动又形象地勾勒出柳青"深扎"的深切与忘我。在这一过程中，他获得了几乎是脱胎换骨般的精神新变。

四易其稿的创作过程

在反映新的农村生活方面，柳青起初有一个描写农民出身的老干部在新形势下面临着新问题与新挑战的写作设想，在下到长安县担任县委副书记时，就忙里偷闲写出了近十万字的稿子。但自己看来看去，都很不满意，在夜深人静之时，索性一根火柴把稿子化成了灰烬。他决心要从接近于"闭门造车"的状态走出来，在充分深入现实生活的基础上，写出新的小说作品，攀登新的文学高度。经过与皇甫村农民群众的朝夕相处，通过在火热的劳动生活中的摸爬滚打，柳青的新的小说的写作计划渐渐清晰，围绕着互助组的建立和发展的矛盾斗争，其间各色人物的独有个性和心理特征等，也都烂熟于心，呼之欲出。于是，1954年，柳青开始写作并写出了《创业史》第一稿。1956年，又在初稿的基础上写出了第二稿。随着深入生活的渐入佳境和文学造诣的不断提升，他对第二稿很不满意，一个时期陷入了苦闷。直到1958年，经过长久的思考、阅读与研究，他终于有了新的感觉和新的自信，一鼓作气地投入写作，终于在1959年4月完成小说的第一部，起初以《稻地风波》的题名在《延河》连载，8月号连载时定名为《创业史》。1960年，《创业史》第一部由中国青年出版社正式出版。

《创业史》以梁生宝互助组的发展历史为线索，通过对蛤蟆滩各阶级和各阶层人物之间尖锐、复杂的斗争的描写，深刻地表现了我国农业社会主义改造运动中农村阶级关系及各阶层人与人之间关系的新变化和新调整，深刻揭示了我国农业合作化时期农村的生活风貌和农民群众精神世界的巨变，特别是他们面对新的所有制替代旧的私有制时立场转化和感情转变的艰难过程。也可以说，作品看似是写农业合作社的发展史，实际上表现的是社会主义新农村的建设者与创业者的心灵史。由于作者长期浸泡于农民群众的日常生活，参与他们的生产与劳作，作品故事生动感人，人物形象栩栩如生，卓具时代气韵与生活气息交相贯注的独特的艺术魅力。

得悉柳青因身患重病而难以完成《创业史》第一部之后的写作，曾经是作品人物原型之一的董廷芝老书记深情地说道："希望他好好养病，能把四部书都写出来。别人写，写不成他那样的。"① 质朴的语言与深切的期盼之中，所包含的对于柳青的首肯是坚定的，认知也是独特的。"别人写的"与"他那样的"，分别都是什么样的呢？在董廷芝未及详述的语言里我们大致能感觉到，"别人写的"，多半是隔靴搔痒，旁敲侧击，甚至是冷眼旁观，居高临下。而"他那样的"，则一定是直言骨鲠，径情直遂，别具生面，钩深致远。一句话，"欢乐着人民的欢乐，忧患着人民的忧患"。

《创业史》的发表与出版，在文学界引起的关注与反响，也出乎人们预料。作品出版不久，茅盾就在中国文学艺术工作者第三次代表大会的《反映社会主义跃进的时代，推动社会主义时代的跃进！》报告中，把《创业史》作为"通过艺术形式反映出来的真实的生活"的典型。许多评论家都用"我国当代反映农村生活最优秀的长篇小说之一""现实生活的历史容量具有了史诗性的规模"等说法对作品给予极高的评价。在文学评论界，由《创业史》的评论，也生发出了"如何描写社会生活的矛盾冲突""塑造新人形象"，以及怎样看待作者的"主观抒情与议论"等问题。朱寨、韩经长、李希凡、冯健男、严家炎、张钟、阎纲、蔡葵、林非等著文参与了讨论。

充沛的现实主义精神与深远的文学影响

现实主义文学在其演变过程中，不断拓新和发展，产生了不同的风格和流派，但彼此贯通和不断传承的，是现实主义的精神，那就是热切关注

---

① 徐民和：《永远和人民在一起》，见本社编：《往事与哀思》，上海文艺出版社1979年版，第242页。

现实，强力介入现实，高度重视人的生存状态、精神状态和命运形态，真切地书写所经所见，坦诚地表达所思所感。正是由于秉持了严谨的现实主义手法又贯注了充沛的现实主义精神，柳青有力地超越了当时文学创作一般难以超越的局限，越过了人们习见的政治运动与社会事件，潜入时代变迁中人们的命运转机及其经历着巨大变动的心理世界，写出了新的社会主义革命中"社会的、思想的和心理的变化过程"的史诗性作品《创业史》。

柳青坚定而充沛的现实主义精神，与他对于文学与生活的深刻而清醒的认识有关。他的"三个学校"说（生活的学校、政治的学校、艺术的学校）、"六十年一个单元"说，都以简明扼要的语言，强调了社会生活于文学创作的重要、创作时专心致志的重要。这种对于文学的认知，实际上就奠定了他必然操持现实主义的重要基石。而对于现实主义，他的认识一直是清醒而坚定的："人类进步文学的现实主义道路是不会断的。""在这条道路上既有继承，又有不断的革新。"

柳青的这种卓具现实主义精神的创作追求，对于当代作家尤其是陕西作家的影响，是十分巨大和难以估量的。在回顾《白鹿原》的创作过程时，陈忠实就明确告诉人们："我从对《创业史》的喜欢到对柳青的真诚崇拜，除了《创业史》的无与伦比的魅力，还有柳青独具个性的人格魅力之外，我后来意识到这本书和这个作家对我的生活判断都发生过最生动的影响，甚至毫不夸张地说是至关重要的影响。"[①] 另一位陕西作家路遥，更是视柳青为自己的"文学教父"，他把柳青的现实主义文学写作提升到了一个新的时代高度。写作《平凡的世界》时，路遥阅读了大量的中外文学名著，其中《创业史》他读了七遍，柳青创作中特有的浓烈的人民性情怀，深湛的现实主义造诣，使他获得了极大的启迪与激励。他认为："许多用所谓现实主义方法创作的作品，实际上和文学要求的现实主义精神大相径庭。"他坚信："现实主义仍然会有蓬勃的生命力。"[②] 基于这样的文

[①] 陈忠实：《寻找属于自己的句子——〈白鹿原〉创作手记》，上海文艺出版社2009年版，第92页。

[②] 路遥：《早晨从中午开始——〈平凡的世界〉创作随笔》，见《路遥文集》（第2卷），陕西人民出版社1993年版，第14页。

学认知和文化自信，路遥在文学界以追逐新潮为时尚的20世纪80年代中期，依然秉持现实主义写法，坚守现实主义精神，锲而不舍地完成了三卷本《平凡的世界》的写作。《平凡的世界》获得茅盾文学奖之后，路遥专程去往皇甫村，祭拜柳青墓。他是在向自己的"文学教父"拜谢，也是在向现实主义文学大师致敬。

榜样的力量是巨大的，经典的魅力是永恒的。柳青的文学追求和他的《创业史》，以刀削斧砍般的现实主义精神气度和艺术风格，表现了一个时代的文学风范，折射了一个时代的历史风云，柳青和他的《创业史》还会以作家学习、论者研究和读者阅读等方式，在当下的文学生活中持续发生影响，继续发挥作用，感召和激励当代文学人在新的时代攀登新的文学高度，构筑新的文艺高峰。

(原载《光明日报》2019年7月15日，有改动)

人民情怀: 柳青为文为人的内核[①]

自习近平总书记在2014年10月15日发表的《在文艺工作座谈会上的讲话》中特别谈到柳青之后,柳青越来越得到文坛内外的广泛关注。我在参与策划中国社会科学院和《人民日报》合办的《文艺观象》专栏时,做过几辑有关现实主义的讨论,都涉及柳青,还专门做过一期《柳青专辑》。这些年在回顾总结改革开放文学四十年尤其是新中国成立以来七十年文学的历程时,无论是说到经典,还是论及经验,都会谈到柳青与现实主义、柳青的经验、柳青的影响。我还给《光明日报》写过《经典是怎样"炼"成的——当代文学发展中的陕西经验》和《杜甫诗怀黎元难,柳青史铸创业艰》等文章。在做这些工作和写这些文章的过程中,我有一个很深的体会,那就是当代的陕西文学是高峰耸立的,从古到今的陕西文学资源也是丰厚无比和得天独厚的。还有一个值得骄傲的,是我们拥有柳青这样的独一无二的创作的典范、作家的样板。我们读他的作品,研究他的创作,包括实地参观他的墓地,参观他的文学馆,感受会更为强烈,体会也会特别深刻。可以说,他在某些方面已经做到极致了,尤其是他落户皇甫村的十四年,把一个作家在"深入生活、扎根人民"方面能做到的,都已经做到极致了。拥有柳青这样的乡党前辈和文学典型,我觉得对于陕西的文学人而言,真是很幸福、很幸运,所以我们就更有理由写出更多更好的作品,使陕西的文学再续辉煌。我们的前辈做得这么好,我们为什么做不到?我

---

① 此文系2018年5月18日在陕西西安召开的"弘扬柳青精神"座谈会上的发言。

们需要认真寻索和深入思考，好好从中找找差距，更要从中汲取动力。柳青的文学作品和文学实践给我们树立了一个标高，这对我们既是一个高水准的目标，更是一种感召性的引导。对我们从事文学研究和文学评论的人来说，也提出了一个无比光荣的任务，那就是面对这样出自陕西又独步一时的经典与经验，我们如何阐释好，如何解读好，我觉得这是我们义不容辞的使命，是我们必须承担的责任。所以我觉得从这个意义上讲，我们需要做的事情太多了，而且我们好像已经做了不少，但其实是很不够的。这是我一点儿总的感想。

关于今天主要讨论的柳青精神的话题，我想概要性地谈谈三点意思。

第一，柳青从他的创作到他的人生，整个来看，确实是贯注了一种精神，这种精神可以从多个角度和层面去分析和理解，但主要的和核心的，是柳青的现实主义精神。柳青是当代作家中，最严谨又最典型地运用现实主义手法来写作的。《创业史》里的主干故事与骨干情节，都是"细节化"程度上的真实表现与生动描写，作品中的梁生宝、梁三老汉等各色人物形象，神情毕肖，栩栩如生，都堪称典型环境中的典型人物。尤其是作品里深深蕴含着的为农民书写、为农民造形、为农民请命的农民情结和人民情怀，更是充分体现出柳青对人的处境与命运忧深思远的现实主义精神。所以，柳青的现实主义，是建立在写作方法上的文学精神，是方法和精神内在融合的产物，这种文学精神对后辈的影响非常大，比如路遥、陈忠实、贾平凹，包括在座的和不在座的陕西其他的作家，都不同程度地受到他的影响，有些人受到影响可能并不直接，但是他的创作所富有的接地性与亲民性，作品所迸发出来的那种精神，一定会在无形中产生一定影响，这是毫无疑问的。

在我看来，观察柳青的现实主义，一定要和他充沛而深厚的人民情怀联系起来，人民情怀是柳青现实主义的内核。他为了人民写作，写作为了人民，就是这样一个东西贯穿于他创作与人生的始终。《创业史》的责任编辑王维玲在一篇回忆文章中说，他知道《创业史》已经完成，但柳青却不断修改，就是不交稿，他就一催再催，柳青的回答是："人民的作家，不能把自己的草稿交给人民的出版社。"这句话随口而出，但却体现了柳青对于自己清醒而自觉的认知，那就是"人民的作家"。一切为了人民，一切系于人民,这在柳青那里,是何其必然,何其当然,何其自然。在我看来,这就是对"以人民为中心"理念的最为到位的诠释。在这一点上,他是启引作家和引领我们的当之无愧的典范。

第二,柳青落户皇甫村十四年,使他写出了长篇小说《创业史》,但他不仅仅是为了写作和文学。柳青下到皇甫村之后,一方面接触群众,深入生活,与人民打成一片;一方面帮助群众,推动生活,与人民一道前进。在这样的过程中,他使自己成了农民中的一员,成为皇甫村生产与建设的参与者、前进与发展的推动者。从创办合作社开始,柳青就投身其中,做了很多思想方面的开导与引导工作,帮助解决种种疑难问题;在生产劳动方面,他从自己的角度去观察现象、发现问题、解决问题。所以,不能把柳青落户皇甫村十四年,仅仅看成作家为了创作的"深入生活",为了写出《创业史》的"扎根人民",如果那样看待,我觉得不符合柳青落户皇甫村十四年的实情,而且感觉上比较功利。柳青的下乡落户,完全是自觉自愿的,是绝对非功利的,是真正以人民为中心、为旨归的,写作为人民,生活为人民。他在皇甫村十四年,除了写作《创业史》,还写了一些非文学的作品,如《关于王曲人民公社的田间生产点》《怎样沤青肥》《耕畜饲养管理三字经》等。这些都可以看出,柳青心里所想的,实际在做的,是怎样改变这个地方的面貌,既让这块土地改颜换貌,也让人民群众改变精神面貌。从某种程度上讲,他在写作《创业史》的同时所做的这样一些事情,越出了创作,超出了文学,但都归结到了"人民"。包括当年将《创业史》稿费一万六千多元全部捐给皇甫乡,正是在他看来,《创业史》的成书源自人民,《创业史》的收入当然要回归人民。这大大小小的事情,都是柳青"身入、情入、心入"生动而鲜活的例证。因为"打成一片"和"融为一体",所以他才能在看报纸和听广播时,准确判断出上边的政策与做法,农民是喜欢还是不喜欢、高兴还是不高兴,因为他已经完全是农民的立场、农民的情感了。所以,扎根皇甫十四年,柳青找到了自己的立足点,建立了自己的根据地,这个地方名字叫皇甫,实际上是"人民"。

第三,需要更为内在地理解和深入地把握《创业史》的精髓。《创业史》在今天的文学研究领域,仍然被一些人不看重,或者还有一些质疑,其中的重要原因是作品写了合作化运动，而随着合作化运动的过时，这个作品似乎也已过时。我觉得事情不能这么看。柳青写《创业史》的初衷，是见证"中国农村为什么会发生社会主义革命和这次革命是怎样进行的"，通过一个村庄的各阶层人物，来察观各色人等"在合作化运动中的行动、思想和心理变化的过程"。因此，这部作品有一个鲜明的特点，是写出了新中国成立之后一个新的社会降临、一个新的制度来了以后，千年以来的自然状态的农民碰到一个新鲜的事物、面临一个巨大的转变，他们心理的反应与接受的过程。以集体化为特征的社会主义新农村的设想与建立，对于广大农民来说，是前所未有的革命性变动，是史无前例的巨大挑战。这当然有一个接受的过程，这个过程也许是长期的，甚至是艰难的，尤其是对于那些传统观念深厚的农民来说。《创业史》正是深入农民的心理世界，写了不同层次的农民的心理反应与接受过程，如先进人物是怎么反应的，中间状态的人们是如何表现的，落后状态的人们是怎样感受的，还有一些顽固分子是怎么应对的，他写活了也写透了不同阶层的人的心理反应状态与接受过程。因为格外了解农民，所以他形象地写出了民愿、民意与民情，探赜索隐，直抵人心，使这部作品成为那个时期农民与农村发展变化历史进程非常重要的心史实录与精神留存，这也使它超越了具体的时代，而具有更普遍的意义、更经典的价值，今天仍然值得我们去敬重，去解读。我觉得柳青能做到对那个时代局限的坚定超越，扎根人民、依靠农民这一点是非常重要的。柳青得病以后一直好不起来，皇甫村的老支书董廷芝深情地说，希望他的身体很快好起来，继续他的小说写作，因为他写的跟别人写的不一样，"别人写，写不成他那样的"。这个话看起来是一个农民读者的看法，但却很有代表性，因为他代表的是作品主人公的评价，高度肯定了柳青创作的历史真实性与艺术独特性。这个非属文学评论专家的看法，反倒值得我们充分予以敬重，值得我们文学评论好好学习和领悟。

柳青其人其文值得我们评说的，值得我们学习的，实在是太多太多了。而且，像柳青那样把一家人带到农村落户十四年的情形，我们今天已经很难做到了。但"虽不能至，心向往之"，他的"深入生活、扎根人民"的精神，他的"以人民为中心"的精神，绝对值得我们认真学习，值得我们努力效仿，那就是把文学之根扎在生活之中，把创作之根植在人民之中，把人民生活当作创作的活水源泉，把推动人民前进当成自己的人生追求。在这样一个根本问题上，我们当代的作家要不断地去学习和奋斗，我们的文学研究者也要不断地学习和研读。而我们今天所以看重柳青和柳青精神，意义也正在于这里。对于柳青的精神我们要进一步去研究和解读，对柳青的作品也要进行更为深入的研究和更为内在的解读，在柳青研究上，要见人见作品，对他《创业史》等作品要有新的诠释，使他的呕心沥血之作为今天的人们所认识、所喜欢，并且能够发挥其应有的作用。

2018 年 5 月

力度与深度

——评路遥《平凡的世界》

当许多年轻的和已不年轻的作家,一时间竞相求异翻新的时候,陕西作家路遥不声不响地拿出了《平凡的世界》第一部、第二部和第三部,依然是《惊心动魄的一幕》那种路数,依然是《人生》那副笔墨。当时,许多人的眼光都为那些新奇诡怪的东西所吸引,对路遥的《平凡的世界》这样依然故我的长篇小说三部曲真不知该说些什么。

《平凡的世界》未能得到应有的、充分的评价,可能反映了多方面的问题。就作者方面来说,可能由于第一部过于平铺直叙、全书比较拖沓、浩繁而使性急的人失去阅读的耐心;就评论一方面来说,可能因对写实性的长篇小说创作尤其是现实主义倾向缺乏深刻认识,而不管青红皂白对这一倾向的作家作品普遍失却热情。而摆在我们面前的事实是,现实主义创作因直面现实凛利、囊括生活广博,兼之有揭示人的命运和洞悉人的心灵的多种功能,迄今仍是反映我们这块多难的热土和表现热土上的子民的最有效的艺术武器。而对于有的作家来说,生活的经历和艺术的造诣又使他成为这一"武器"最适合的操持者,而他在这种别无选择的追求中也能以别开生面的建树在文坛上别树一帜。以上两点,路遥的《平凡的世界》都可以给我们做出很好的说明。

丰厚的《平凡的世界》能给人以多向信息、多种意蕴和多重启迪,但读后使人萦绕于怀的,无疑是普通人在时代变迁和苦难历程中昂扬不屈的生命力,以及由此隐含的对于民族近传统的反思与批判,这是《平凡的世界》超越路遥以往创作并跻身于当代优秀长篇小说行列的一个重要成因。而在实现这一艺术目标的过程中，路遥把他那种冷静而严谨、客观而深沉的现实主义风格也发挥到了极致。他正视严酷现实眼不眨，直书惨淡人生手不软，从而使作品以一种强劲、雄悍的大的力度达到了沉郁、幽邃的大的深度。

作品所精心塑造的两个典型人物——孙少安和孙少平，其不同的人生追求中无不充满挫折和苦难。少安与女同学田润叶情投意合，倾心相爱，但因两家门不当、户不对，不得不忍痛割爱娶了山西姑娘贺秀莲；他的更大的不幸，还是事业上的处处碰壁。他不甘心混吃大锅饭，而找到了脱贫致富的路子——搞分组包产，又被看作资本主义动向而彻底堵塞；当政策放宽、能够大干的时候，他办的砖厂又因一位"二把刀"师傅烧坏了窑，赔了大把的钱。他几乎是被置之死地而后生的。少平与哥哥少安不同，他性格倔强、脑子灵活，不愿滞留于家乡贫瘠的黄土地，而要凭着自己的力量去闯世界，然而他的生活同样极不顺遂。无论是在黄原打零工，还是到铜城当矿工，他始终都是在生活的最底层挣扎，糊口和养家老是困扰着他的一道生活难题，而每每给他以温暖和力量的恋人田晓霞，又在他们的热恋高潮之时不幸殉身。这个本来就少有欢乐的青年不得不背负着沉重的孤独感在人生之旅上艰难跋涉。说起来《平凡的世界》里的年轻一代，谁也没有轻松的人生，田润叶在少安与贺秀莲结婚后，为了帮二爸田福军调理与李登云的关系，嫁给了自己原来不爱的李登云的儿子李向前，在婚姻的幌子下过着单身的生活。金波则因在部队上爱上了一位不留姓名的藏族少女而被复员回家，从此陷入柏拉图式的恋爱里不能自拔。还有无端致残的李向前，年轻守寡的郝红梅，有爱难婚的田润生，卖身糊口的小翠……人人都有一本难念的经，人人都有一条难走的路。对于那些盼恋人最终团圆、好人一路平安的好心读者来说，路遥好像是成心与他们作对似的：恋人总是天各一方，好人偏要遭尽磨难。其实，这绝非作家本人过于心硬手狠，而是生活和人生本身就是严酷无情的。由人与自然、人与社会和人与人本身所构成的多向交叉式的社会环境和生活氛围，总是给人设置了无尽的难题，布下了无尽的坎坷，造就了无尽的风浪，活着就意味着抗争，进取更意味着挑战，苦难注定是探求者最忠实的人生伴侣。《平凡的世界》里那些难遂人愿的生活图景，委实是作者不加掩饰、不打折扣地反映人生的本来面目而已。

当然，任何艺术描写都必然浸润着作家自己的人生看法和审美选择，路遥抑制着常人易有的模糊的善意和廉价的同情，用直率的态度和强劲的腕力直面现实之酷烈，其用意不只是表现酷烈现实之本身，他还把大量的笔墨用于描写孙少安、孙少平等人在致命的挫折和严酷的现实面前的一次次思索、反抗与崛起，这实际上就在面对非凡苦难的非凡抗争的过程中，张扬了非凡的精神和坚韧的个性，从而使人物形象在"道高一尺，魔高一丈"的对峙中超越苦难、高扬主体。孙少安、孙少平等每经受一次命运的打击，对现实的认识也就更深刻一步，对自己的调整也就更切实一步，从而在人生的搏击中走向成熟。他们在生活这部高深莫测而又渊博无比的大书中，阅读和了解社会，认识和观照自己，学习和把握人生。他们虽然依旧是普通的农人，依旧是普通的矿工，却渐渐注入了时代新人的血液，长出了社会强人的筋骨，成长为影响着一方天地、支撑着一方世界的中流砥柱。命运的苦难折磨人，命运的苦难也成就人，人生不能没有苦难，人生更不能没有成就，重要的是需要有扼住命运咽喉的勇气和战胜命运乖蹇的魄力，成为自己命运的主人。这很难做到，但也能够做到。路遥通过孙少安、孙少平的形象告诉人们的这些人生哲理，对一切置身于现实、奋斗于人生的青年都不无深刻的启迪意义。

人们还不能不看到，在孙少安以及他们的父辈的人生坎坷之中，一个总也甩不掉的包袱是经济上的贫穷，一个总也摆不脱的阴影是政治上的"左"倾，二者相互影响、互相作用，使几代农人从生活上到心理上备受煎熬。陕北老区从近代以来就有着光辉的革命传统，特别是党中央和毛泽东在陕北的十三年，更使人们对革命事业有着崇高的热情，对党和政府有着深挚的感情。然而，在极左思潮盛行的年代，人们的这种神圣情感被不同程度地扭曲了或愚弄了。从村干部田福堂、孙玉亭，乡干部徐治功，到县委领导冯世宽，地委领导苗凯，职务各有不同，作风何其相似。他们对农民的愿望和苦难很少理会，只管上传下达、邀功争官，什么移山造平原，什么假造冒尖户，什么样的事情到了他们的手里，都堂而皇之地具有了政治性和革命性，以至于小小的双水村，都有了几个职业"革命家"。

这是何等发达的"政治"，又是何等畸形的"政治"。而广大的普通农民，出于朴素的阶级感情和革命热情，又不得不听从这种"政治"和这种"革命家"的摆布。他们只是百思不得其解：为什么越革命越贫穷？这种

"左"倾政治的长期运行，不仅使得老区农民生活艰难、思想迷乱，而且使得各级干部才疏学浅、头脑僵化，从而在改革热流方兴未艾之时，往往自觉不自觉地扮演着反对派的角色，而在改革大潮势不可挡之时，又成为冷眼旁观的局外人。改革的步伐在双水村、在石圪节是那样的滞重，改革的事业在原西县、在黄原地区是那样的艰难，"左"倾政治总是阴魂不散，而且常以新的面目再现，是一个最主要的原因。其至少安与润叶的婚爱悲剧、润叶与向前的婚姻纠葛，也多多少少是"左"倾政治变相作祟的结果。传统的东西滋养人，传统的东西也束裹人；我们在对民族几千年来远传统进行反思的同时，要对民族半个多世纪以来的近传统进行检省；改革的要害不仅在于改变贫穷的生活和落后的面貌，还在于校正人们的心理和激活人们的心性。这是路遥的《平凡的世界》在着力揭示当代普通人平凡而多难的命运中隐含的一个深刻意蕴。这一厚重而鲜明的底色，使作品既平添了批判的力量，又增强了史识的韵味。

　　从《平凡的世界》的艺术描写上看，路遥自《惊心动魄的一幕》到《人生》所表现出来的贴近时代为凡人造影、深入生活为大众代言的现实主义追求，不仅没有任何改变，反而有了显著深化。这不仅表现在他力求把重大社会政治事件的简要勾勒与日常现实的细腻描绘交织起来，充分揭示生活的大波微澜，还表现在他在作品的叙述过程中，对"我们"这一特殊人称的刻意强调和独特运用。读《平凡的世界》，"我们"会不断地跳入眼帘。写景时有"我们"："在我们亲爱的大地上，有多少朴素的花朵默默地开放在荒山野地里"。叙事时有"我们"："一刹那间，我们的润叶也像换了另外一个人"；"直到现在，我们还不知道这位师傅叫什么名字"。议论时有"我们"："在我们短促而又漫长的一生中，我们在苦苦地寻找人生的幸福。可幸福往往又与我们失之交臂。"这里，"我们"不仅使作品的叙述方式在第三人称中融进了第一人称的意味，使作者自然而然地成为作品人物群中的一员，而且在不知不觉中把读者由局外引入当局，使你时时明白："我"（作者）、"你们"（读者）和"他们"（作品人物）都处于身历生活和思考人生的同一过程。法国文学史家朗松，把现实主义诗人作品中的"自我"称为"一群人的'自我'"，路遥则干脆把"自我"变成"一群人"的"我们"，个中把他用大众的眼光看取生活、以大众的情趣抒写人生的现实主义态度表露无遗。从"我们"的叙述人称中，人们还分明能感觉到路遥对故土的热恋和对乡民的亲情。对于艺术的追求,使路遥不得不离乡习文,从事创作,但他又在艺术世界的营造中回归故里、亲吻乡土。这也使得路遥式的土著作家的现实主义与朱晓平式的知青作家的现实主义表现出明显的不同。这两位都以描写陕西农村生活见长,都是以操持严谨现实主义手法著称的作家,作品虽都对现实生活有精到的描绘,但路遥注重生活的纵向流动,力求全景鸟瞰其客观进程;而朱晓平则更注重对生活现象的横向解剖,喜欢对现实进行"管中窥豹"的审视。他们的作品都不乏对凡人凡事的敏锐发见,但路遥多在艰窘世态中揭现人的美好情操,字里行间都渗溢着一种脉脉温情;而朱晓平多在朴拙画面中洞悉人的浑浊的生存本相,着笔冷静而冷隽,甚至让人感到几分冷酷。他们的作品同样都具有现实的批判意味,但路遥的锋芒所向主要是传统文化和社会氛围中的非人因素,重在呼吁社会减轻对普通人的抑压和普通人自己的奋起;而朱晓平的锋芒所向则是愚陋文化与愚拙人性的混合体,旨在呼唤由外到内实现人的氛围与素质的更变。两种现实主义之不同,究其底里是作家经历所造成的立足点和着眼点的不同。(这种土著作家与知青作家在写法上的差异比较及其原委探悉是一个很值得研究的专门课题。)在这种简单比较中可以看出,路遥的现实主义创作,显然更带历史性、自传性和参与性。他是诚心把作品当成"历史的摘要"(泰纳语)来经营的。应当说,一部作品能够成为"历史的摘要",以对时代的生活和情绪的艺术概括,而具有深刻的认识价值,也是一种不易达到的境界与荣耀。法国著名作家罗曼·罗兰说:"伟大的艺术家是时代的眼睛,通过这眼睛,时代看见一切,看见自己。"[①] 我以为,《平凡的世界》就具有"时代的眼睛"这样的作用,这便是它不该被人们忽视也无法被人们忽视的价值所在。

1991年3月于北京朝内

(原载《文艺争鸣》1991年第4期)

[①] 伍蠡甫主编:《西方古今文论选》,复旦大学出版社1984年版,第494页。

一部读者 "读" 出来的经典

——从《平凡的世界》的热读热销说起

一

关于优秀的文学和文学经典，有各种各样的说法和定义。雪莱说："一首伟大的诗篇像一座喷泉一样，总是喷出智慧和欢愉的水花。"卡尔维诺说："经典作品是一些产生某种特殊影响的书，它们要么本身以难忘的方式给我们的想象力打下印记，要么乔装成个人或集体的无意识隐藏在深层记忆中。"鲁迅的"文艺是国民精神所发的火光"，茅盾的"文艺作品不仅要反映生活，而且要创造生活"等，经典作家关于文学的至理名言，都是我们理解优秀文学和经典作品的重要参照。

对以上种种说法取其精髓，综合要素，我们可以对经典作品大致做这样的概括：第一，思想性与艺术性相得益彰，负载了民族的尤其是人类共通的思想价值与艺术价值；第二，艺术地概括了历史面貌与时代精神，具有时代与社会的深刻印记和某些超越时空的特质；第三，以独创的艺术形式涵养丰富的精神营养，具有耐久的可读性与丰盈的可阐释性。三者皆备，才算得上经典作品。用这样的标尺来衡量古代和近代的文学作品，经过长久的时间淘选与阅读检验，什么人是经典作家，哪些书是经典作品，既不难判断，也容易形成共识。但如果以此来判断现代与当代的作家作品，看法就会不一，争议就会很大。这不仅因为现代和当代距离我们太近，认识需要一个过程，还因为人们在评判作家作品时，往往距离越近，越是严苛，所以才有当代文坛缺少文学大师、当代文学没有经典作品、当代文学不及现代文学等种种言论。

习近平总书记在2014年的《在文艺工作座谈会上的讲话》中，要求作家艺术家努力创作出"无愧于时代、无愧于人民、无愧于民族的优秀作品"。谈到优秀作品的衡量标准时，他有一个"三性论"的说法，有助于我们理解什么样的作品是当代文学的经典作品。说到什么是优秀作品时，他特别指出"思想性、艺术性、观赏性有机统一"，也就是说"三性"合一，是谓优秀。过去我们一般只讲"两性"，即思想性与艺术性，他特别提到了文艺的观赏性，这是特别有读者意识与观众视点的重要补充。一般来说，在思想性与艺术性之外，同时兼具观赏性与可读性，比较有难度，也特别需要加以强调。他在另一处还特别讲到优秀作品"要有正能量、有感染力，能够温润心灵、启迪心智，传得开、留得下，为人民群众所喜爱"。把这些论述综合起来看，读者即人民群众喜欢不喜欢，是不是为人民所喜闻乐见，是衡量一部作品是否优秀的重要标尺。从这个角度来看，有些在文学研究领域评价不是很高，而在人民群众的阅读中口碑甚好的作品，理应纳入当代文学的经典作品序列。

在这样一些作品之中，最为典型的代表，无疑是路遥的长篇小说《平凡的世界》。

二

《平凡的世界》从出版到传播，经历了一个曲折而坎坷的过程。而在这一过程中，出自不同看法的做法和不同取向的态度，既形成了无形的阻力，又构成了巨大的反差，这样一些现象也很值得人们去仔细回味和深入思索。

1986年夏，路遥改定《平凡的世界》第一部后，开始寻求合适的出版社和杂志社。正好这个时候，人民文学出版社《当代》杂志的编辑周昌义来陕西组稿，路遥托省作协的一位副主席把书稿交给周昌义，他很期待这部倾注了自己全部心血的长篇小说，能够在发表过自己的中篇小说成名作《惊心动魄的一幕》的《当代》杂志发表。但周昌义在读了一部分稿子后，便感觉"读不下去",找了一个"《当代》积稿太多"的理由婉拒了路遥。随后,作家出版社一位编辑接踵而来,拿到书稿看了三分之一不到便直接退稿,说"不适应时代潮流"。直到中国文联出版公司编辑李金玉的到来,才使事情有了转机。李金玉找贾平凹组稿晚了一步,贾平凹刚完成的《浮躁》被作家出版社编辑拿走了,便又转而来找路遥。她听说路遥有长篇新作,便诚恳约稿,并在看过第一部书稿后表示力求出版。路遥在确认了出版社方面的诚意之后,于1986年8月与中国文联出版公司签订了出版合同。是年12月,《平凡的世界》第一部由中国文联出版公司正式推出,由此结束了近一年的无着无落的书稿"漂泊"。

《平凡的世界》寻求在文学杂志上发表过程也很不顺遂。《当代》《收获》都不愿接受发表。经过时任《花城》杂志副主编辑谢望新、花城出版社总编辑李士非的多方努力,《平凡的世界》第一部在1986年第6期《花城》刊出,但第二部却因"意见出现分歧,发排受阻",未能继续刊出。无奈的路遥只好找到当时刚办不久、影响也不大的山西的《黄河》杂志,才使《平凡的世界》第二部、第三部得以陆续在杂志发出。

《平凡的世界》的出版与发表的遭际,不说"走投无路",也是"到处碰壁"。而与此形成鲜明对比的,是中央人民广播电台的《长篇连播》栏目播出《平凡的世界》的空前盛况与巨大影响。

1987年春天,路遥出访西德前逗留北京,在街头巧遇中央人民广播电台《长篇连播》栏目的编辑叶咏梅,顺手送给了她一本《平凡的世界》第一部。曾在延安插队多年、有着陕北情结的叶咏梅读过作品之后,感动不已,爱不释手,决意把这部作品录制成广播节目,让它走向更多的读者受众。经过一段时间的精心准备,1988年3月27日,中央人民广播电台的《长篇连播》开始播出《平凡的世界》,此后连续播出了一百二十六天。已经出书的第一部播完,接着播还是校样的第二部,再接着播还是手稿的第三部。后有陕西、新疆、内蒙古、云南等省、自治区电台重播。据不完全统计,通过电波收听《平凡的世界》连播节目的听众达到了三亿之多,其影响远远超出了纸质作品的传播与影响。据叶咏梅回忆,《平凡的世界》开播之后,就不断收到全国各地的听众来信,仅1988年就收到读者来信两千多封,创下了该年一部作品听众来信的最高纪录。这些听众来信,以不同的阅读感受和文字表述，共同表达了《平凡的世界》带给他们的感动与激励。这种越来越大的社会反响，极大地带动了纸质作品的销售。中国文联出版公司出版《平凡的世界》第一部时，根据新华书店提供的征订数，只印了三千册，基本无人问津。但在《长篇连播》的持续促动下，读者争相求购《平凡的世界》第一部，出版社只好不断加印，以满足读者的阅读需求。

1991年，在第三届茅盾文学奖的评选中，路遥的《平凡的世界》被推荐参评并最终获奖。为国内长篇小说最高奖项所认可，既是一种崇高的荣誉，更是一种极高的评价。它以专家评判、同行首肯的方式，对《平凡的世界》做出了与广大读者相向而行的肯定。

但更热烈的反应，更持久的欢迎，仍然来自广大的读者——不同阶层、不同代际的普通受众。《平凡的世界》自1986年12月首次出版以来，每年都在重印，而且数量逐年增多。据出版社方面提供的统计数字，近几年来，《平凡的世界》三卷本每年的印量都稳定在一百万套以上，迄今累计印数一千七百万套。这样持续热读、不断热销的情形，在当代长篇小说作品中实属凤毛麟角。而且，在纸质作品之外，《平凡的世界》以别的方式影响着读者。1988年，中央人民广播电台播出了《平凡的世界》广播剧；1990年，小说被改编成电视剧；2015年，作品再次被改编成电视剧；2017年，改编作品被搬上话剧舞台；等等。这些广播剧、电视剧、话剧，都是同类体裁作品里最受欢迎的作品。这些都充分表明，《平凡的世界》委实是一部独具自己的文学魅力、备受广大读者青睐的长销不衰的长篇佳作。

三

通过对《平凡的世界》出版难与阅读热等现象的简要梳理和扼要勾勒，可以看出这一作品在一个特定时期的特殊境遇，并从中看到一些隐含的问题，得到一些有益的启示。择其要而言之，有三个方面的问题，很值得引起我们的注意与深思。

其一，作为经典性的作品，《平凡的世界》是读者"读"出来的。

《平凡的世界》虽然在 1991 年荣获第三届茅盾文学奖，在一定程度上体现了主流文学领域对于这部作品的肯定与褒扬，但在整个文学评论界和文学研究界，这部作品都没有得到高度的重视和相应的评价。有人回忆 1987 年 1 月 7 日于北京召开的《平凡的世界》第一部研讨会，与会的三十多位专家学者，发言者多是直言不讳的批评，只有两位发言者表示了肯定的意见。（我是与会者之一，因为读了第一部印象平平，会上一言未发。）这场研讨会，也反映了当时的文学评论界对于《平凡的世界》第一部的大致看法。有人对 20 世纪 90 年代之后影响较大的几部中国当代文学史论著做了调研式的阅读，发现这些文学史论著多在群体性文学现象概述中提及路遥，都没有对路遥的小说创作进行概述性评介，更没有提及路遥的代表作《平凡的世界》。这就是说，在中国当代文学史的叙述脉络之中，路遥的《平凡的世界》不在视野之内，是完全缺席的。这种情形，实际上也是学界审美与大众审美严重分离的一个典型体现。

因此，读者大众经由《长篇连播》的听读和纸质作品的阅读，不断显示他们对于《平凡的世界》的喜欢与热爱，并以持续的热读促动作品的畅销，既使《平凡的世界》的长销不衰构成一种特异的文学现象，实际上也由这种方式提醒我们：《平凡的世界》不容忽略，不能轻视，它的背后有着忠实的受众和大量的拥趸。

文学生产和文学生活是包含了读者反应环节在内的一个系统性活动。只从评论和研究的角度去看待文学作品，显然是不完整和非全面的。把读者反应的因素纳入，才是更为周全的整体性考量。用这样的宏观视野来衡估当代文学作品，《平凡的世界》当然属于文学经典之列，而这正是广大读者的看法与意愿。这种来自读者的明晰的意见和坚定的态度，是值得我们认真对待和深入反思的。

其二，读者经由对《平凡的世界》的喜爱，表达他们对于优秀作品的看法，对于经典作品的期待。

我们的一些作家，由于自己的作品印数不多，发表后社会影响不大，常常会发出"读者在哪里"的疑问，甚至怀疑严肃文学还有没有读者，是不是遭遇到了"阅读危机"。但《平凡的世界》的热读与热销的事实，明白无误地告诉我们：读者没有远离，读者还在那里，他们在期盼懂得他们的作者，他们在等待他们喜闻乐见的作品。

可以说，广大读者实际上是以喜爱《平凡的世界》的方式，表达着他们的审美意趣和阅读需求，那就是经由普通百姓的人生故事，真实地传达"时代的情绪"，真切地传扬"人民的心声"，从而与普通的读者大众产生更多更深的"共鸣"。

人们都注意到路遥写作《平凡的世界》所操持的现实主义手法，这一手法在很大程度上造成了作品在出版时的种种困难，但这一手法也在很大程度上带来了作品阅读时的"不隔"与"近距离"。现实主义在路遥那里，是把手法与精神融为一体，并化为自己的独特风格，更为凸显的是时代与人的密切勾连，是普通人的人生处境，奋进者的人生打拼，失意者的重新奋起，而这一切无不和广大读者所关切的息息相关。可以说，路遥所书写的，正是读者所遭遇的，或想了解的。文学的"供"与"需"两方，从一开始就达到了高度的契合。因此，与众多读者不断产生种种"共鸣"，就自在情理之中。

说到这里，我想起法国文学史家朗松的一句名言。谈到一些作品广为流传的原因时，他这样说："也许更多地是由于表达了人人共有的情感，而不是由于艺术的形式的别出心裁。"[1] 用这句话来解读《平凡的世界》的热读与热销再也恰切不过，而且这就向人们表明：读者更看重的是"人人共有的情感"，而非"艺术的形式的别出心裁"，或者说，更看重的是以别出心裁的艺术形式，很好地表达了"人人共有的情感"。

其三，在读者的不懈热读中，《平凡的世界》不断显示出自己独特而深厚的艺术魅力。

从1992年路遥逝世到现在，已经过去了二十七年。这二十七年，人们以持续热读的方式，欣赏着《平凡的世界》，怀念着它的作者路遥。因而，路遥又以一种独特的方式，活在他的作品里。这样一种异乎寻常的现象，也引动着人们去思索隐含其中的意味与意义，去探究路遥与他的《平凡的世界》所深蕴的独特而持久的魅力。

我曾在一篇文章中谈到《平凡的世界》长销不衰的原因，概括起来

---

[1] 朗松：《朗松文论选》，徐继曾译，百花文艺出版社2009年版，第49页。

讲，就是：第一，在把握时运、掌控命运的主题书写中，为历史留影，为时代放歌；第二，以小人物在困境中迎难而上的奋斗故事，为普通人造影，为奋进者呐喊；第三，以对不完美的爱情也是爱情、不如意的人生也是人生的如实状写，为爱情把脉，为人生抒怀。这不仅使得作品内容丰富、题旨丰厚，而且因为着意描画普通人的精神风骨，纵情书写平凡生活的内在神髓，作品会让不同的读者从中找到与自己相关的意味与情味，那些在逆境中向上攀爬的人，从乡村走向都市的人，生活在城乡交叉地带的人，人生中频频遭遇挫折的人，看到这部作品都会得到鼓舞，受到启发。《平凡的世界》可以概括为一句话：为普通人立传，为奋进者扬帆。这是这部作品不断受到读者推崇的原因，也是我们应该对这部作品保持敬意的理由。

在1988年中央人民广播电台《长篇连播》节目播送《平凡的世界》的开首，录有作者路遥的一段旁白，这段话道出了路遥写作《平凡的世界》的初衷，也有助于我们理解《平凡的世界》广受读者欢迎的原因。路遥这样说道：

> 听众朋友，无论我们在生活中有多少困难、痛苦甚至不幸，但是我们仍然有理由为我们所生活过的土地和岁月而感到自豪！……我个人认为，这个世界是一个普通人的世界，普通人的世界当然是一个平凡的世界，但也是一个永远伟大的世界。我呢，作为这个世界里的一名普通劳动者，将永远把普通人的生活、普通人的世界当作我创作的一个神圣的上帝。

眼里有读者，脚下有大地，肩头有责任，笔下有乾坤，胸中有大义，心中有人民，这是路遥的《平凡的世界》常读不懈和长销不衰的根本缘由之所在。

（原载《长篇小说选刊》2019年第6期）

活在作品中

——从路遥作品的常读常新说起

从1992年到现在，作家路遥逝世已经二十三年。二十三年来，路遥的作品长销不衰，无论是年度畅销书排行榜，还是相关的文学阅读调查，《平凡的世界》都名列前茅。2015年刚刚拉开帷幕，先是由路遥原作改编的电视剧《平凡的世界》热播于荧屏，继之是厚夫撰著的《路遥传》由人民文学出版社隆重推出，使路遥又成为文坛内外的一大热门话题。说句大实话，这种从热读、热播到热议的热烈情形，不仅路遥在世之时未曾得遇，就是活跃于当下的许多作家也望尘莫及。

一个作家去世多年，仍被人们以持续阅读的方式念叨着、惦记着、怀恋着，这样一种异乎寻常的情形，当然是路遥个人在文学写作上倾力投入的最好回报，但个中隐含的某些意味与意义，对于我们理解和深思文学的要义、作家的志趣、创作的成色、作品的生命等现实话题，也都极富启迪。

作为路遥的陕北同乡和文学挚友，我对路遥的认知也有一个过程。20世纪80年代初，我由西安调至北京工作，阅读陕西作家的作品自然成为寄寓乡情的最好方式。那一时期，正是包括路遥在内的几位陕西作家长足崛起的时候。路遥早期的《惊心动魄的一幕》《在困难的日子里》相继推出，作品在寻常题材里显示出对人之命运的强烈关注，读来令人有五味杂陈的痛楚感，我觉得一个文学上的"狠角色"正在向我们走来。1982年发表《人生》之后，我为之惊喜，这部作品不仅把路遥擅长表现城乡交叉地带生活的写作推向了一个新的高度，而且以高加林的性格矛盾和两难选择，使作品充满了引人深思的开放性与复杂性。1985年前后,路遥开始《平凡的世界》的创作,这时的文学界尤其是理论批评界,掀起了更新文学观念和引进新的方法的热潮,置身其中的我,也开始由注重内容诠释的批评观向注重文体实验的批评观过渡。因而,当1986年读到《平凡的世界》第一部时,我不禁大为失望,为叙事的平淡无奇、平铺直叙失望,为没有在《人生》的基点上继续攀升失望。于是,在《平凡的世界》第一部研讨会上,我一言未发,因为我不想给兴致勃勃的路遥当场泼冷水。但我觉得一定要把意见告诉他,于是就用写信的方式列举了《平凡的世界》的诸多不足。很有涵养的路遥回信只说"欢迎批评",并嘱咐我一定要好好再看此后的两部。后来,第二部、第三部相继推出,我认真看过之后,感觉很是意外。按常理,长篇小说系列写作很难做到后来居上,步步登高,但路遥做到了,第二部比第一部要好,第三部比第二部更好。于是,我接连写作了两篇文章,既评说了《平凡的世界》"贴近时代为凡人造像,深入生活为大众代言"的现实主义追求,又解说了《平凡的世界》未能得到充分评价的原因与问题所在,算是做了自我反省。

路遥逝世之后,其作品继续热销,这应视为广大读者以不约而同的阅读取向,向文学创作和文学批评表达他们群体性的审美意向。这就表明,深刻反映"时代要求"的创作,必为历史所铭记,热情传扬"人民心声"的作品,必为人民所惦记。作品的影响力,作家的生命力,都取决于这种基于双向需求的文学与时代的关联,作品与人民的关系。

《平凡的世界》和其他路遥作品的长销不衰、常读常新,也为我们的文学创作提供了一个现实主义的艺术标本,尤其是对文学家如何面对眼下的现实,处理当下的生活,并把这一切化为魅人又感人的艺术形象,做出了成功的尝试,提供了有益的借鉴。

文学如何直面当下现实,表现时代生活,一直都是当代文学创作中的一个大难题。这个极具挑战性的难题,也导致了改革开放三十多年以来反映这一伟大历史进程的作品为数不多,质量也不高。路遥和他的写作,尤其是《人生》和《平凡的世界》,无一不是直面时代现实,书写当下生活,但他更为在意的,是变革现实中的人的命运的转折,他至为重视的,是缭乱生活中的人的精神的异动。在直面现实中直指人物,在直击生活时直奔人心，使得路遥越过了事象的表面，抓住了事物的根本。说实话，任何时代都是人的时代，任何现实都是人的现实，当你抓住了人这个内核，对其仰观俯察、穷形尽相，有关现实与生活的一切，都尽在其中了。《人生》让人过目难忘的，正是高加林在其"之"字形道路中凸显出来的面临诱惑与挑战的好胜又虚荣的复杂性情、自馁又自强的精神气质。而《平凡的世界》使人怦然心动的，也正是少安与少平在致命的挫折与严酷的现实面前的一次次思索、抗争与奋起，以及由此显示出来的坚韧的个性、非凡的精神。这些年轻的农人与凡人身上，分明流淌着新人的血液，生长着强人的筋骨。人物连缀着时代，性格系连着乡土，现实与人就如此地水乳交融，生活与人就这般地桴鼓相应。因此，路遥的《人生》和《平凡的世界》，在给人们带来高加林、孙少安、孙少平等堪称典型环境里的典型人物的同时，作品因"沉浸于生活的激流之中"，艺术地概括了那段时代的生活和情绪，而成为改革开放初期社会生活的"历史的摘要"（泰纳语）。

路遥在小说写作上还有一个显著的特点，那就是作家主体的介入性、创作姿态的融入性。他不仅是生活的观察者，而且是生活的体验者。写别人与写自己，对他而言是难以分割、浑然一体的。因此，他从写作姿态到语言风格，都带有极为强烈的参与性，乃至鲜明的半自传性。给我印象深刻的是，他的作品时常会跳将出来"我们"的称谓。"我们"不仅使作品的叙事方式在第三人称里融进了第一人称的意味，使作者自然而然地成为作品人物中的一员，而且在不知不觉中把读者引入当局，使你清楚地意识到："我"（作者）、"你们"（读者）和"他们"（作品人物），都处于身历生活和思考人生的同一过程，是一个彼此勾连又相互影响的命运共同体。这里，既把路遥为百姓代言、为生民请命的文学追求显露得彰明昭著，也把路遥用大众的眼光看待生活、以大众的情趣抒写人生的现实主义追求表露得淋漓尽致。

当下的文学写作，各种姿态应有尽有，各式写法不一而足，这些共同构成了当下文学创作繁盛的生态与多样的情景，但从作品的实际影响看，从读者的阅读取向看，路遥这种拥抱时代、切近现实、心系人民的写作，显然更为广大读者所欢迎和喜爱，也显然更有广泛的影响力与长久的生命力。

路遥在茅盾文学奖颁奖仪式上的一席话,今天听来仍令人惊之醒之,那是以个人的深切体味宣示的文学的至理名言:"人民是我们的母亲,生活是艺术的源泉。人民生活的大树万古常青,我们栖息于它的枝头就会情不自禁地为此而歌唱。"[①]

(原载《人民日报》2015年3月20日)

[①] 路遥:《在茅盾文学奖颁奖仪式的致词》,见《路遥文集》(第2卷),陕西人民出版社1993年版,第374页。

就路遥与《平凡的世界》答腾讯网问

腾讯网记者：路遥获奖的电报是您在得知结果后，第一时间传给他的，这也是一段美谈了。但关于路遥为何能获第三届茅盾文学奖，除了作品本身的现实性和艺术性，还有一些说法，一说是《平凡的世界》在被中央人民广播电台播送之后在全国产生了巨大的影响力，一说是在20世纪90年代初的特殊的背景下，《平凡的世界》获奖，是一个比较安全的选择。相关问题整理如下，请您予以回答。

1. **主流评论界对这部小说并不看好，为何它最后能获茅盾文学奖？**

答：据我了解，《平凡的世界》刚推出之时，评论界确有不同的看法。我自己当时看了第一部，就不是很喜欢。当时感觉作品的主要问题，是叙事过于平铺直叙，意蕴显得平淡无奇。看了第二部、第三部之后，因为人物形象渐趋鲜明，命运展示辄见挫折，作品越来越吸引人、感染人了。让我惊异的是，三部曲能做到步步登高、后来居上，这并不多见。之后，我先后写了两篇评论文章，讲述了自己的阅读感受。

评论界当时对《平凡的世界》评价不高，我的感受有一定的代表性。当时正值20世纪80年代中后期，文学界尤其是理论批评界，掀起了更新文学观念和引进新的方法的热潮，置身其中的评论家们，也开始由注重内容诠释的批评观向注重文体实验的批评观过渡。因此，大家更为关注的，是那些在现实主义写法上有所突破的作品，一些更年轻的评论家则更多地追踪具有先锋性的作品。路遥的《平凡的世界》是不跟从当时的文学潮流的，与人们所殷切期待的，有一定的距离。这是那个文学时代的原因。

2. 《平凡的世界》获奖是否跟当时的社会文化环境有关？在您看来，是什么原因促使它获奖？

答：在我看来，《平凡的世界》最终在第三届茅盾文学奖评奖中胜出，有必然性因素，也有偶然性因素。必然性因素是作品直面改革开放的社会现实，写出了置身其中的年轻一代农人的觉醒与追求、奋斗与坎坷，作品有坚实又充沛的生活与生命的内力。偶然性因素是当时的评委有所谓的"左""右"之分，评委们各有自己看重的一些作品，但相互之间又没有共识，相持不下，只好再从别的作品里进行选择。《平凡的世界》因非属任何派系，又因是现实题材，获得了大多数评委的认同，就最终获了奖。

3. 作品在电台播出产生的巨大影响力是否也促成了它的获奖？

答：《平凡的世界》在中央人民广播电台播出是在1988年3月，获奖是在1991年3月。从先后次序上看，似乎是有着相应的作用。但我认为，小说连播所面对的听众，主要是普通读者，所起的作用，也是扩大受众面。我觉得对于评委们的投票，没有直接的影响，对于它最终获取茅盾文学奖，没有发生太大的作用。有时候事情恰恰相反，在读者中影响甚大的，往往很难最终获奖，因为专家的评判与读者的感觉，并不完全一样。有许多优秀长篇小说都未能获得茅盾文学奖，这使茅盾文学奖也充满了遗珠之憾。

4. 您如何看待大众审美与学界审美之间的鸿沟，比如刚去世的汪国真，虽然受到大众的追捧，但始终无法得到主流诗歌界的承认。路遥的《平凡的世界》也一样，出版社不愿出版，认为读不下去，但播出之后引发全国范围的热潮。

答：学界审美与大众审美之间的分离，是一个事实，也有其内在缘由。只能是尽量靠近，很难完全弥合。学界的审美标准，带有趋雅的稳定性，大众的审美带有趋俗的流行性。这种张力的存在，也是相互取长补短的参照，或借以反思的根据。

汪国真诗作所以走俏于青年读者，也是作品适应了当时青年读者的阅读需求。20世纪90年代时期，虽然当时的诗坛热热闹闹，但更多的情形是，不少有才华的诗坛新秀在朦胧诗和新生代诗的影响之下，纷纷探求新异的表现方式，竞相显现个人的审美历险，其中不乏成功的诗人与诗作，但许多人在这种追新求异的潮动之中,远离了现实的生活和普通的人民,作品很难走出旨趣同一的小圈子。而一些年富力强的中年诗人,又因观念上少有革新和手法上鲜有创意,费劲巴拉写出的作品又缺乏时代的气息和引人的魅力。这两种不尽相同的倾向在疏离生活与人民上的殊途同归,共同造成了诗神的地位在诗歌读者中的失落。流行于诗坛的诗作,并不符合读者的口味;符合读者口味的诗作,在诗坛上又很难寻觅。这种诗歌供求上的错位,使得当时的读者不得不把目光投向清丽而纯情的席慕蓉作品,甚至投向富有哲理而缺少诗意的罗兰妙语。正是在青年读者对情真意切的人生抒情诗和哲理诗的渴求之中,汪国真带着轻巧引人又隽永启人的诗作向他们走来。

在谈到一些作家作品广为流传的原因时,法国文学史家朗松说:"也许更多地是由于表达了人人共有的情感,而不是由于艺术的形式的别出心裁。"[1] 这段话也向人们表明,读者看重的往往是前者,而专家看重的常常是后者。放开视野来看,评论家也是读者,是小圈子里的读者,而普通读者是大圈子里的读者。

2004年5月

---

[1] 朗松:《朗松文论选》,徐继曾译,百花文艺出版社2009年版,第49页。

《白鹿原》《尘埃落定》及其他
——当前小说创作答问录

2000年5月,我应中央民族大学学生会、团委之邀,到学校就当前的长篇小说创作做了一次讲座。讲座的具体议题为:我认为的优秀长篇小说应具有的艺术水准;当前长篇小说的四个现象——现实题材、史传题材、个人体验和家族写作;世纪末的两部杰作——《白鹿原》与《尘埃落定》。讲完预定的内容之后,留下一个多小时同与会者即席对话,与会的本科生、研究生提出了我讲座中涉及的和他们所关心的数十个问题,我尽力一一作答。从最终的效果看,这个坦诚相见的文学对话,似乎彼此的感觉更好。我认为,这个对话不仅反映了我自己对于当前一些文学现象的看法,同时折射了当代大学生对于一些文学问题的关注与思考。现将当时的对话稍加整理,简述如下。

一、关于《白鹿原》

《白鹿原》所写的是我们极为熟悉的题材,但读起来却有一种新鲜感和陌生感,请问这是不是与白嘉轩这一特殊人物的塑造有关?

白嘉轩有仁义的一面,又有吃人的一面,从他身上我们可以看到封建文化的精华与糟粕,请问如何评价这一复杂形象?

黑娃从反抗儒教到皈依儒教,这意味着什么?《白鹿原》是否有对儒家思想过于推崇的问题?

答:《白鹿原》所以让人有既熟悉又新鲜的感觉,我以为主要是选取了家族文化这样一个独特的叙述视角造成的。从许多方面来说，我们都是置身于家族文化的氛围与影响之中，但却很少从文学作品里得到如此集中、鲜明而又深切的观照；另外，因为作者立足于家族文化、民族秘史这样一个叙事立场，他便超越了以往的小说作者只以政治为本位的局限，与我们所习惯了的叙事模式拉开了距离。从这个意义上来说，《白鹿原》的新颖、深刻与独到，与作品主人公白嘉轩的确关系极大，甚至可以说，有了白嘉轩的形象，家族文化的题旨便得到了充分的阐释，而家族文化意蕴的凸显，又使《白鹿原》在长篇小说创作中独树一帜。

白嘉轩作为农耕文明的代表、家族文化的典型，这一形象确实具有两面性，比如他既不放过鹿子霖这样奸诈狡猾的大恶人，又容不得小娥这样与世无争的小女人；但从总体上来看，他是一个正面意义大于负面意义的人物典型。他一辈子都是恪守着传统道德为人处世的，无论是在治家还是在治族，都信奉仁义精神，追求田园理想。他立乡规，修祠堂，建学堂，表达的是以乡土为本的自给自足的愿望，但近有鹿子霖这样的恶人缠搅，远有国共两党纷争的阻遏，这一切对他来说，都构成了一种干扰，使他在自己理想的追求上不断打着折扣，以至最终不了了之。我觉得作品写到白嘉轩最后把儿子孝文当了县长作为白鹿显灵的结果，是不能忽略的重要一笔，因为恰恰是这个白孝文，为了往上爬，把一同起义的鹿兆谦（黑娃）无情地送上了断头台，是个伪装成善人的恶人。这一笔不仅写出了政治斗争的复杂性与残酷性，而且写出了白嘉轩仁义追求的最终破产，这使我们看到，用"仁义"的眼光有时很难真正看出是非。这里，实际上披露了作者对传统文化精神毁誉参半的历史主义态度。所以，通过白嘉轩这个人物，作者既实现了他对传统文明的歌赞，也体现出他对传统文化的批判。

黑娃从一个无遮无拦的草莽英雄走向一个知书达礼的儒化人物，一方面说明了儒家文化在乡村这块土地上强大的化合能力，它比之别的意识形态，对农人更有亲和力、更具感召力；而黑娃最终又被白孝文陷害致死而浑然不觉，显然也有受儒家文化影响太深的原因。我认为，陈忠实在《白鹿原》里对儒家文化在乡村根深蒂固的影响，主要做了一种如实的描述，主观上不存在过分推崇的问题。要全面考察作者的态度，那也是"半是颂歌，半是挽歌"。这种态度具体到《白鹿原》这部作品来看，应该是比较适当的。因为它不是那么斩钉截铁，不是那么泾渭分明，反倒可以引起人们的种种思考与联想，从而延伸和扩大作品原有的意蕴。我们应当注意，作者是在写小说，不是在写论文，我们作为读者，最好也把小说当小说来读。

二、关于《尘埃落定》

《尘埃落定》读起来让人耳目一新，尤其是书中的傻子令人着迷，傻子是否真傻，是傻子何以做出聪明事来？

《尘埃落定》里所写到的几次地震意味着什么？

阿来的行文风格明显不同于陈忠实的行文风格，请您评说一下各自的特点。

答：《尘埃落定》是从一个傻子的角度反观人生、探索人性的作品，它的独特之处就在于由傻子的眼光来看取世界，与我们所习见的常人角度大异其趣。书中的二少爷是麦其土司酒后的产儿，确有不如哥哥伶俐的方面，但"傻子"的称谓显然言过其实。他为人处世的基本方式是凭本能，靠直觉，直奔主题。不搞繁文缛节，所以常常比正常人、聪明人更能剥离表象上的迷雾，接近事物的本质。他为麦其土司几次大的决策所出的主意，都比聪明的哥哥、老谋的父亲要高出一筹；他没费什么事便得到了当地最美丽的姑娘塔娜，没费多大力便使麦其家成为康巴最强大的土司。他常常在每天醒来之后，反问自己："我在哪里？""我是谁？"这在有些人看来是犯傻的诘问，恰恰是哲人才经常思索的问题。而那些聪明人不仅不想这些问题，而且为钩心斗角殚精竭虑，常常为了手段而忘了目的，聪明反被聪明误。从整个作品来看，你可以说被称为"傻子"的二少爷并不真傻，也可以说其他的聪明人并不真聪明。这两层意思我看都不违背作者和作品的本意。正是这种交错对比，让人在感受上翻了一个个儿，不得不去想到底谁活得正常，谁活得异常，从而回到原初点去思索人性与人生的诸多问题。一个傻子能像一面明镜一样让我们反观自身，这是《尘埃落定》的最大价值所在。

《尘埃落定》里的几次地震意味着什么，我没有认真寻思过。我印象较深的是，在"我不说话"一节，少土司正与弟媳苟合、老土司正与三太太做爱之时，随着他们身子的摇晃，官寨也在剧烈地摇摆，结果他们都光着身子暴露在光天化日之下。我觉得，作者这里并不是在自然灾害的意义上写地震，而是以这样一个突发事件，暗示病态情欲勃发的恶果，隐喻官寨必由人为和天然的种种动荡走向衰亡这样一个历史趋向。

在语言文字的造诣与运用上，阿来与陈忠实都很精彩独到，可以说是两类文字风格的典型代表。陈忠实的语言，以陕西官语为基础，汲取了外国现实主义文学的丰富营养，语言讲究厚度、力度与节奏，读来铿锵作响，浑厚晓畅；而阿来多以阿坝藏语为底蕴，作者曾告诉我，《尘埃落定》的叙述语言主要是汉语方式，而人物对话多为藏语直译。

三、关于文学中的性描写

这些年的大部分优秀或重要的长篇小说，似乎都离不开性，您对这种现象怎么看？

据说评选茅盾文学奖时，有人提出《白鹿原》删去性描写才能获奖，这合理吗？

您对王小波主要写性的《黄金时代》怎么看？

答：的确，性描写已成为当今小说创作中的普遍现象，其中尤以长篇小说创作为最。我们以上谈到的《白鹿原》《尘埃落定》以及《废都》，都有不少性描写的内容。就我接触到的情况看，应当说绝大多数作品的性描写是比较适度的，这当然要除去那些不上档次的书摊作品。对于文学中的性描写，人们通常有两个基本的判断标准，一个是有无必要，一个是写得怎样。也就是说，首先，你是为写性而写性，还是从揭示主题、塑造人物的需要出发而写性；其次，你是以渲染、媚俗的态度去写性，还是以慎重、审美的态度去写性。我们阅读文学作品，也可以用这样的标尺去衡量其中的性描写。应当看到，性作为人的生存与发展不可或缺的随行物，本身即人学的重要构成。作为人学的文学如果离开了性，势必使文学中的人失却全面性、丰富性、复杂性乃至生气与元气。从这个意义上也可以说，性在文学中必写无疑，不存在可写不可写、能写不能写的问题，问题只在于怎样去写。另外,作家如何写性以及文学中的性描写,不纯属作者个人的行为,从根本上说,是受一定时代的文化和风尚制约的。具体来说,一定社会里的人们在性问题上的认识及其行为方式,是置身于其中的作家写性时有形或无形的内在依据。因此,除去个别例外现象,一般来说,作家所处的时代与生活在性的方面的开放程度,与当时的文学作品对性的反映程度,大约是成正比的。我们可由不同时期的文学作品写性的情形,充分验证这样一点。说到这里,综合我的意见,那就是不必对文学中的性描写大惊小怪,我们需要关注的,只是作者如何去写和写得怎样。

据我所知,评选茅盾文学奖时,是有人提出《白鹿原》的性描写过度的问题,但影响《白鹿原》评奖的根本问题,还在于有人提出的所谓对国共双方等量齐观、政治态度模糊的问题。另有一些评委不这样看,认为《白鹿原》以家庭文化立足,包含了政治又超越了政治,不能只见政治不见其他。两种意见相持不下时,老评论家陈涌发表了他的看法,认为《白鹿原》的性描写虽然不少,但基本上是适度的;《白鹿原》虽用文化来包容政治,但写出了历史的走向,政治倾向基本上是正确的。应当说,陈涌的意见深思熟虑,加上他的权威性和影响力,促使了评奖的天平向肯定的一方倾斜。由于有关性描写过度和政治倾向不明的看法,所以形成了一个评修订本的折中意见。陈忠实后来确实在这两个方面都做了修改,但改动幅度不大,并未伤筋动骨。

王小波因英年早逝,作品并不太多,但都有丰厚的内涵,我个人比较喜欢他的《黄金时代》。性可以说是这部作品的主要内容,但作者通过性,即两个不幸的人在不幸的年代里寻欢作乐,在极左思潮下的"革命"时代、"再教育"时代,王二、陈清扬们(男女主人公)偏要苦中作乐,甚至以"做爱"取代"革命",而且恋恋不舍地美其名曰"黄金时代",来表达举重若轻的反讽。所以,《黄金时代》里的性描写不同一般。而且,王小波写性,率直又含蓄,坦荡又腼腆,幽默意味溢渗于字里行间,真可以说不落窠臼,别具手眼。我还想多说几句。除了读王小波的作品,我还和他有过几次接触,感觉他是个以文学方式存在的思想者,他的所写所思,都在看似形而下之直指形而上,在不合规范之中充满了独到的识见。我建议大家除了看《黄金时代》,也一定好好读读他别的作品,也肯定会多有所获。

四、关于王朔、徐坤与韩少功

文学界对王朔的作品似乎贬大于褒，然而他的作品在社会上相当有市场，不知您对这一现象持何看法？

有评论家说现在的徐坤是又一个王朔，又一个女顽主，徐坤的作品到底该如何看？

韩少功的《马桥词典》，评论界有两种截然不同的看法，北大一教师认为它是一部"因袭""模仿"之作，而著名作家王蒙等却认为它在形式上有自己的独创，请您谈谈自己的看法。

答：文学界对王朔的作品贬多于褒，是不争的事实。王朔的小说最热的时候，批评他的言论就不绝于耳。后来他的小说被改为电影、电视剧，批评他的专著先后有好几部出版。前一个时期开展的"人文精神"讨论，因为王蒙肯定了王朔几句，连同王蒙一起被批判，甚至形成了"二王"事件。一个作家的作品一方面在读者中不胫而走，一方面却在不断地引起争论与非议，这种现象在当代文坛并不多见。我个人认为，王朔作品有一些比较可贵的东西被他的调侃掩盖住了，批评他的人抓住了他的一些毛病，但也有一些问题属于看走了眼。他们没有看到，王朔作品中的调侃、嘲讽，矛头所向主要是现实社会中的假道学和假正经，而且王朔的后期作品显然已从"谐趣"小说走向了"问题"小说，如中篇小说《动物凶猛》《过把瘾》，长篇小说《我是你爸爸》，等等。综合起来，王朔可以说是当下都市生活中一个忠实而独特的代言人，他以他的作品传达着社会中的新事物、新动向，也以他的作品报道着生活中的新人物、新语言，其作品丰盈又自成一格，是当代文坛最有寓教于乐意识和注重愉悦读者的一家。他的作品有着比较广泛的读者，这是他下笔写作时的心里装有读者的必然反馈。我在20世纪80年代中期写过一篇评论王朔的文章，题目就叫《王朔"火"了，"火"得必然》，讲的就是这些意思。当然，王朔作品的毛病是显而易见的，他自己也并不讳言，比如有时调侃过度、失之油滑，有时间或带有自然主义倾向，等等。但评价一个作家，要全面观照，一分为二，不要抓其一点，不及其他。那些批评、否定王朔的意见，常常让人觉着不无道理又不无偏颇，原因正在于观念比较滞后，又犯有后一种的毛病。

女作家徐坤在崭露头角的时候，有评论家说过"王朔再现"，甚至索性就说她是"女王朔"之类的话，用这样的评语说那时的徐坤，有一定的道理。但我看，这样说还有突出其特点，以使更多的人注意徐坤的广告意味。的确，徐坤早期的《吃语》《白话》《先锋》等作品，从题旨到语言，都充满着亦庄亦谐的意味，其中确能找到王朔的某些影子。但徐坤就是徐坤，她并非无所不嘲、一嘲到底，语言也更见文雅，她重在写文人如何在对理想的追求中一步步走向反理想，属于反讽意蕴浓重的文人小说。这些年来，徐坤的小说创作又有新的发展，有纪实意味较深的，也有荒诞意味较强的，表现出驾驭多种题材和题旨的不凡实力。应当说，在20世纪60年代出生的作家中，徐坤是颇具代表性的一位。她的较高的知识素养（原为印度学研究生，后为当代文学研究者）、细腻的艺术感觉和辛辣的叙事风格，使她在年轻一代的作家中越来越显示出自己的独特性与重要性。

韩少功的《马桥词典》，是一部不同寻常的作品，但意义不大的争论和旷日持久的官司，影响了人们对这部作品的认真解读和深入分析。我个人认为，这部以词条形式、词典结构出现的作品，在形式和结构上对国外的同类作品如《扎哈尔词典》有所借鉴，但也仅此而已，它在内涵、语言、风格诸多方面，都基于自己的思考，出于个人的独创，是一部具有文化史意蕴、风俗史品格的重要作品。近三十万言的对"方言""俚语"的文化学考据和文学性诠释，是无法"抄袭"、无从"照搬"的。因此，"照搬""抄袭"说言过其实，是一种不确切的情绪化表述。同样，这一本该通过文学讨论解决的争端或误会，最终闹到对簿公堂的地步，是包括我在内的文学界内行所不理解、不欣赏的。

（原载《钟山》1999年第1期）

史志意蕴·史诗风格

——读陈忠实的长篇小说《白鹿原》

《白鹿原》是真正的厚积薄发之作。

陈忠实从 1965 年发表短篇处女作到 1992 年发表长篇小说《白鹿原》，其间整整相隔了二十七年。不能说这二十七年他都在有意为长篇小说创作做准备，但二十七年间他在社会生活中的磨炼和在文学创作上的探求，无疑都给他的长篇小说创作在内蕴上和艺术上不断地打着铺垫。否则，我们就很难理解他的长篇小说《白鹿原》何以如此姗姗来迟，而这个晚生的产儿又为何一呱呱坠地便那么不同凡响。

作为一个创作严谨的作家，陈忠实向来是以作品的质朴和厚实取胜的。他的每一篇作品，都卓有足实的生活内蕴和清丽的生活感觉，而且给人一种越来越凝重的感觉。人们毫不怀疑他拿出长篇力作的实力。即使如此，《白鹿原》的问世，还是让人们吃了一惊，它在许多方面所达到的艺术水准，使人们不能不对它刮目相看。

它以白鹿原的白、鹿两家三代人的人生历程为主线，既透视了凝结在关中农人身上的民族的生存追求和文化精神，又勾勒了演进于白鹿原的人们生活形态和心态的近代、现代的历史发展轨迹，及其发生的大大小小的回响。在一部作品中复式地寄寓了家族和民族的诸多历史内蕴，颇具丰赡而厚重的史诗品位，在当代长篇小说创作中当属少有。

还有，《白鹿原》在以时间为经、事件为纬的结构框架中，始终以人物为叙述中心，事件讲求情节化，人物讲求性格化，叙述讲求故事化，而这一切都服从和服务于可读性，有关的历史感、文化味、哲理性，都含而不露地化合在引人入胜的艺术魅力之中，比较好地打通了雅与俗的已有界限。一部作品内蕴厚重、深邃而又如此好读和耐读，这在当代长篇小说中亦不多见。

这些突破，使得《白鹿原》把陈忠实的个人创作提高到了一个新的艺术层次，也把当代长篇小说的现实主义创作推进到了一个新的时代高度，从而具有了某种标志性的意义。

《白鹿原》具有的多重内蕴和多种魅力，既给解析作品提供了多样的可能，也给把握作品造成了不少的难度。但作品在开首所引述的"小说被认为是一个民族的秘史"的巴尔扎克名言，无疑给人们理解作品留下了一把钥匙。可以说，陈忠实还是把白鹿原作为近现代历史替嬗演变的一个舞台，以白、鹿两家人各自的命运发展和相互的人生纠葛，有声有色又有血有肉地揭示了蕴藏在"秘史"之中的悲怆国史、隐秘心史和畸态性史，从而使作品独具丰厚的史志意蕴和鲜明的史诗风格。

一

在《白鹿原》诸多的史志意蕴中，由许多大大小小的事件纠结勾连起来的政治斗争的风云变幻，在作品中最具分量也最为显见。那实际上是作者由白鹿原的角度，对近现代以来的国史在社会层面上的一个浓墨重彩的勾勒。

白鹿原的斗争从清朝改民国、民国到新中国成立的近四十年的时间里，一刻也没有消停。先是督府的课税引起了"交农"事件，其后是奉系镇嵩军与国民革命军的你争我斗。当事态演化到国共双方的分裂与对抗之后，白鹿原就更成了谁都不能安生、谁也无法避绕的动荡的旋涡：农协在戏楼上镇压了财东恶绅，批斗了田福贤等乡约；乡约和民团反攻回来，在戏楼上吊打农运分子，整死了倔强不屈的贺老大；而后，加入了土匪的黑娃带人抢劫了白、鹿两家。乃至革命进一步深入家族和家庭，白家的孝文进了保安团，白灵参加了共产党；鹿家的兆鹏成为红军的要员，兆海加入了国民常，黑娃则摇身成了保安团的红人，这些大开大阖、真枪实弹的阶级抗争，连同白嘉轩和鹿子霖那种钩心斗角的家族较量，使得白鹿原成为历史过客逞性耍强而又来去匆匆的舞台，而白鹿原的芸芸众生被裹来挟去，似懂非懂地当了看客，不明不白地做了陪衬。在复式叙述这些上上下下和明明暗暗的复杂斗争时，作者一方面立足于历史的现实，写了纷乱争斗之中的是是非非、善善恶恶以及革命力量在艰难困苦中的进取和社会演进的客观趋向；另一方面，超越现实的历史，以更为冷静、更见宏观的眼光，审视发生在白鹿原的一切，大胆而真切地揭示了革命和非革命的、正义和非正义的斗争演化成为白鹿原式的"耍猴"闹剧后，给普通百姓的命运和心性带来的种种影响。

作品第十四章写到国共分裂、田福贤等人重新整治了对立一方后给白嘉轩还戏楼钥匙时，白嘉轩用超然物外的口吻说："我的戏楼真成了鏊子了。"田福贤后来从朱先生口中听到了类似的话："白鹿原成了鏊子。"洁身自好、与世无争的白嘉轩和朱先生，作为事态的旁观者确比别人看得更为清楚。"鏊子是烙锅盔烙葱花大饼烙饦饦馍的，这边烙焦了再把那边翻过来"。因为黑娃等在戏楼上整了田福贤等人，田福贤等重新得势后一定要再在戏楼上回整黑娃的同党，你对我残酷斗争，我对你也无情打击，在这种翻过来又翻过去的互整中，白鹿原成了谁都没有放过的"鏊子"，白鹿原的乡民成了吃苦受暴的不变对象。乡民既是当时历史所不能缺少的陪客，也是过后的历史随即忘却的陪客。这种付出了不该付出的又得不到本该得到的无谓结局，是比那些有头有脸的人物相互戕害的悲剧更为深沉也更为普遍的悲剧。

"鏊子"说一出，把白鹿原上错综纷繁的争斗史，简洁而形象地概括了、提炼了。它既生动地描画了白鹿原式的斗争因"翻"而构成的烈度和频度，又深刻地喻示了这种"翻"来"翻"去的闹法给置身其中的乡民造成的困苦。就黑娃和田福贤在戏楼上你来我往的较量来说，那就是谁也没有占到上风的平手戏；而先后被整死的老和尚和贺老大，却切切实实地做了替罪羊。从这个意义上看，"白鹿原成了鏊子"，实质上是在正剧幌子掩盖下的闹剧，以闹剧形式演出的悲剧。

白鹿原是个你争我夺的"鏊子"，也是个巨细无遗的"镜子"。在那种紊乱无序的风云变幻中，一些人如何被扭曲本性，一次次地陷入人生之误区，而另一些人又如何被畸态的历史愚弄，懵懵懂懂地付出了生命的代

-255-

价，在这面镜子中都被映照得格外清楚。勤劳善良的黑娃由"风搅雪"涉足政治之后，强劲的社会风浪把他冲来荡去，他不断变换着身份，却始终没有找到自己的位置；天真、纯朴的白灵参加革命后，出生入死，诚心诚意，却被误作潜伏特务而遭"活埋"；身为国民革命军营长的鹿兆海在进犯边区时身亡，却被当成了抗日"烈士"厚礼安葬；在解放战争中立有策划起义之大功的黑娃官居副县长之后，被白孝文暗中诬陷惨遭镇压；而混入革命三心二意又狡诈阴险的白孝文却如鱼得水，悠然自得。这里，因种种因素所构成的阴差阳错，使得不同人的命运走向了与其本义和本性相偏离、相悖谬的方向。个中，个人的和社会的历史经验和教训，既丰富又沉痛，很值得人们深加玩味和认真记取。

我们如若不是从教科书上去了解历史的话，那么很多历史差不多都是一团乱麻。但如果把历史的一团乱麻还原成文学上的一团乱麻，那充其量是做了历史书记官的工作。文学家的作为，是从已有历史的审美观照和文学表述中，表现作者主体的眼光，表达自己独特的发现。《白鹿原》的历史故事，就既是客体的，又是主体的，既是普遍的，又是独特的，尤其是它贯穿了"鳌子"这样一个形象而隽永的象征意蕴之后。

二

在白鹿原绵延不断的争斗与纠葛中，除去蒙受冤屈的人、死于非命的人，最为不幸的当数白嘉轩了。他作为一个居仁由义、心怀大志的族长，被社会的浪潮挤到舞台的一角，家业难兴，族事难理，与老对手鹿子霖的较量始终难分胜负。可以说，他的一生是时乖命蹇的一生。然而，他的心有余而力不足的种种行状和心态，却构成了秘史中的另外一个重要部分，那就是隐含在一个传统农人身上的独特的文化精神和民族心史。

作为一个敬恭桑梓、服田力穑的农人，白嘉轩身上有着民族的许多优良秉性和品质。他靠自力更生建立起了家业，又靠博施众济树立起人望；无论是治家还是治族，他都守正不阿，树德务滋。尤其是对文化人朱先生、冷先生的敬之、效之，对老长工鹿三的重之、携之，更以对小生产意识的明显超越，表现了他在一代农人之中的卓尔不群。白嘉轩始终怀有一个不大不小的热望：按照自立的意愿治好家业，按照治家的办法理好族事，使白鹿原的人们家家温饱，各个仁义，从而使自己的声名随之不朽。但当这些想法在现实中刚刚开了一个头，他便遇到了种种意料不到的难题和挑战。起先是没有了皇帝，他六神无主；接着是民国建立政权，鹿子霖以乡约的身份与他平分了秋色；随后便是各家的混战蜂起，家事和族事都乱了套，他使出浑身解数也无济于事，只有儿子孝文在最后做稳了县长，他才稍稍有所慰藉。从未放弃过个人的私欲和名誉，却也不错过任何可以急公好义的机会，把自己的价值实现寓于家族和乡里的事业发展，这是白嘉轩这个形象的独特所在。

作为独特的白鹿原的独特产儿，白嘉轩离不开白鹿原这个舞台，白鹿原也离不开白嘉轩这个主角。他首立了乡规、乡约，确立了他的族长地位，又使乡民有规可依；他修祠堂、建学堂，树立了自己的威望，也使孩子们上学读书有了保障；他与鹿子霖明争暗斗，守住了族长职位，也阻遏了恶人的势力膨胀。他处处救助受难者，使自己的人缘、人望大增，也使频仍的混战对人的伤害得到了不小的减缓。他的仁义为怀、自立为本的人格精神，最典型不过地表现了中国传统农人基于小农经济和田园诗生活的文化意识和人生追求。

不难看出，对于《白鹿原》中的白嘉轩的塑造，作者既把他当作较为理想的农人典型，也把他当作一面可以澄影鉴形的镜子。用他，照出了鹿子霖的卑猥与丑恶；用他，照出了朱先生的睿智与清明；用他，还照出了乱世沧桑的悲凉与悲壮。一个时世，如若仁人君子都惶惶不安、悻悻不乐乃至备受折磨和煎熬，那这个时世还不可叹可悲么？反过来看，也可以说，作者经由白嘉轩写了传统的仁义精神在历史发展中的有用性与无用性，尤其是白嘉轩不无欣幸地把儿子孝文当了县长认作白鹿"显灵"的结果，更是以一种悖论性的内涵，暗示了白嘉轩仁义追求走向意愿反面的最终破灭。这里，作者在白嘉轩人格精神的悲剧结局里，不仅映现了社会生活在急剧变动之时难分青红皂白的某种冷淡性、无情性，而且表达了他对传统的文化精神肯定与否定参半、赏赞与批判相间的历史主义态度，尽管那更像是一曲略带忧伤色彩的挽歌。

三

《白鹿原》里少有缠绵悱恻、催人泪下的情与爱，有的多是缺情乏爱的性发泄。白嘉轩先后娶了七房女人，同哪一个都没有太深的感情纠葛；白孝文娶妻之后，先耽于床笫之事，后移心别离；只有黑娃和小娥的相恋带有真情，却又被棒打鸳鸯散，各奔了东西。是作者没有兴致、没有才力去抒写人间情爱么？当然不是。我以为，这只能理解为关于白鹿原上的性事与性俗，作者别有自己的看法。尤其是通过白嘉轩的冷待女人和小娥的放纵沉沦，作者实际上向人们揭示了白鹿原上的人游离了性爱本义的畸态性史。

白嘉轩所娶的七个妻子中，有六个都没有给他留下什么，他也只有同她们初次交欢时的印象。他娶了第七个妻子仙草后，相处日渐融洽，其因在于她既连生三子，发挥了传宗接代的功用，又带来罂粟种子，起到了振兴家业的效能。然而，白嘉轩并没有想到他人财两旺的光景同仙草有什么切实的关系，他把自己的发家致富主要归结为迁坟后的白鹿显灵。没有给他带来什么东西的女人在他心目中没有任何地位，给他带来了人和财的女人，在他的心目中仍然没有什么地位。女人作为人在白嘉轩的世界里被遗忘了，她们或者只是他泄欲时的对象，或者只是他干事时的帮手。男女之间应有的情性相悦，到白嘉轩这里一概被淡化、被消解了。正是出于这种传统的婚姻观，他对六个死去的妻子只有在初婚之夜如何征服她们的感受，而且常常"引以为豪壮"。他看不惯儿子和儿媳的过分缠绵，教唆儿子孝文使出"炕上的那一点豪狠"，不要"贪色"。他认为小娥是"不会居家过日子"还要"招祸"的"灾星"，拒阻黑娃和小娥到祠堂成亲。作为正统社会的一个正统男人，白嘉轩只把婚姻看成传宗接代和建家立业的一个环节，可能纷扰最终目的的卿卿我我、情情爱爱之类的东西宁可少要或不要。这样不讲对等意义上的互爱和超越功利意义的情欢，把婚姻简单地等同于生孩子、过日子，正是长期以来民族婚俗中少有更变的传统观念。它是正宗的，却也是畸态的。

而小娥有关婚爱的想法和做法，与白嘉轩恰成鲜明的对比。她不计名利、不守礼俗，只是两心相知、两情相悦，就交心付身、没遮没拦，而且不顾一切、不管后果。她一旦爱上黑娃，便死心塌地、一心一意，哪怕他位卑人微也在所不惜，把一个重情女子的柔肠侠骨表现得淋漓尽致。小娥的情爱观里，显然不无贪情纵欲的成分，然而正是在这一点上，她有力地超越了传统的功利主义婚恋樊篱，带有一种还原性爱的娱情悦性本色的意味。然而，这必然与以白嘉轩为代表的正统道德发生抵牾，从而为白鹿原的习俗所不容。因而，当她失去了黑娃的佑护之后，便像绵羊掉进了狼窝，在政治上、人格上、肉体上备受惩罚和蹂躏，从而变成了白鹿原皮肉场上的一只"鳌子"。鹿子霖乘其之危占有了她，并以此作为对黑娃的某种报复；她又听从鹿子霖的调唆以美色诱引孝文走向堕落；白嘉轩打上门来找小娥被气晕在门外；鹿子霖"气出了仇报了"，又来寻小娥"受活受活"。这里，正颜厉色的白嘉轩把她当成伤风败俗的"灾星"，不顾伦常的鹿子霖把她当成搞垮对头的"打手"，而对她似乎不无情意的白孝文，也实际上把她当成除治阳痿、激性纵欲的"工具"。在她那里，也是你上来我下去，翻着另一种形式的"烧饼"，场面虽如火如荼，却谁也没有付出真情实意和爱心。她一如白鹿原的"戏楼"，是男人们相互角力和私下放纵的"演练场"。他们既没有轻易放过她，也没有把她真正当成人。

　　小娥由追求真情真性的爱恋而走向人尽可夫的堕落，当然有自己破罐子破摔的主观原因，但在很大程度上也是白鹿原的男人们逼就的。她爱黑娃不能，洁身自好也不能。为人直正又守成的白嘉轩压制她，为人伪善又歹毒的鹿子霖威诱她，她在场面上要忍负正人君子的唾骂，在背地里又要承受偷香窃玉的人的蹂躏，还要兼及拉人下水、诱人起性，试问面对这一切，她作为一个孤立无援的弱女子又能怎么办呢？她别无选择，只能按照白鹿原的道德与需要，在随波逐流中走向自戕又戕人的悲剧结局。这难道仅仅是小娥个人的命运悲剧么？

　　有意味的是，小娥死后闹起了鬼，白鹿原的人又在白嘉轩的主持下建造了砖塔以对付小娥的鬼魂，从而使小娥以物体的形式重又站立在白鹿原上，说那是镇妖塔，又何尝不是纪念碑。人们看到砖塔不能不想起小娥，而小娥则以她不屈的身影，诉说着自己的坎坷与不幸，指控着白鹿原性文化的虚伪与戕人，从而把隐匿在她的遭际中的个人的和民族的畸态性史昭

—259—

示给人们，引动人们去思索，反刍其中所包含的诸多意味。

如果说白嘉轩的性行为、性观念是以对封建主义的认同与皈依的形式走向僵滞的话，那么，小娥的性追求和性心理，则是在同封建理性的盲目对抗和无奈顺从中走向了非人。使不同的人殊途同归，封建的道德文化显示出了它巨大的力量。人们在面临社会生活无情颠簸的同时，被置于婚姻生活的诸种误区，还能到哪里去寻求正常的人生和健康的心性呢？这里，作者通过白鹿原上两类形式的畸态性史，更进一步地从人性、人本的角度，把作品的意蕴大大深化了。

四

《白鹿原》作为一部有积累、有准备的长篇杰构，不仅表现在内蕴一方面，还表现在形式一方面。可以说，与它的丰厚隽永的史志意蕴相得益彰的，是它在艺术形式上气宇轩昂，具有鲜明的史诗风格。它以一个村镇、两个家庭为载体，把近半个世纪的历史做了缩微式的反映；在这一反映过程中，它又以显层次的运动与斗争的勾勒和隐层次的人心与人性的揭示，立体交叉式地揭示了社会生活和社会心理的历史变动。作品既立足于历史，又超越了历史。读着这样的小说，我想借用狄德罗赞扬理查生的话对作者说："往往历史是一部坏的小说；而小说，象你写的那样，是一篇好的历史。"①

作者在获取史诗风格的写法上追求颇多，我以为比较重要的主要有两点。

其一，又"入"又"出"，宏微相间。

《白鹿原》中，主要人物有白嘉轩、鹿子霖、朱先生、冷先生、田福贤、鹿三、黑娃、小娥、白孝文、鹿兆鹏、白灵等十数人。除却个别人，其他人或分属于白、鹿两大家族，或分属于国、共两大力量；人人各具共性，在个性之中又不可避免地带有家族和政治的意识倾向。对于作品中的

---

① 狄德罗：《理查生赞》，见古典文艺理论译丛编辑委员会编：《古典文艺理论译丛》（第5册），人民文学出版社1963年版，第135页。

260

人物和他们的行状，作者采取一种十分客观的态度，既入乎其内，从对象主体的角度探幽烛微，设身处地地写他们行为处世的内在缘由；又超然物外，从外在旁观的角度高瞻远瞩，不动声色地写他们身在其中的迷离与偏失。触及个人是这样，涉笔族事、政事也是这样。这就使作品既以一种又"入"又"出"的双重视角，具有现实感与历史观相结合的真实性；又使作品以一种有"细"有"粗"的两种笔墨，具有微观透视与宏观鸟瞰相融合的深刻性。这样的写法，造成作品中的人物和事件在内涵上的某种不确定性，带来感觉上的多义性，使得作品具有可从多种角度和多个侧面去读解和评析的可能。

其二，有"清"有"浑"，虚实相致。

历史常常如一位英国作家约翰逊在《小说——形式与手段》中所描述的那样，"是混乱的、易变的、任意的，它遗留下成千上万的解开来的头绪，参差不齐"①。因之，作家以历史生活为题材和素材进行创作时，势必要进行梳理。但这种梳理，应该达到一种更集中、更形象的历史真实，而不是相反。因此，梳理当有一个合理的度。《白鹿原》反映历史生活之所以相当成功，是因为作者对历史素材的爬梳剔抉合理而适度。

关于白鹿原的历史，作者写清楚了它的家庭争斗的根根蔓蔓，以及后来的政治斗争的恩恩怨怨；但还有一些人物、一些事件，仍让人觉得不那么清晰，不那么明朗。如朱先生何以如孔明一般神机妙算，白嘉轩到底在坡地发现了什么以为是白鹿显灵，小娥死后怎能魂附鹿三之体闹起了鬼。还有，白鹿原本身的历史的种种似是而非的传说，作者并未就其深浅、虚实与正误去一一追根究底，使得它们以一种隐晦不明的状态一同汇入了白鹿原的文化和白鹿原的历史。而这反倒既达到了一种真实，又构成了一种丰繁，使人们看到了一个独特的白鹿原世界和氤氲的白鹿原文化。作品因写得既"清"又"浑"，亦实亦虚，格外地丰厚和凝重了，也耐得起人们的咀嚼和回味了。

---

① B. S. 约翰逊：《小说——形式与手段》，见崔道怡、朱伟、王青风等：《"冰山"理论：对话与潜对话——外国名作家论现代小说艺术》，工人出版社1987年版，第670页。

其他还如，在历史性的事件结构中以人物命运为单元的故事性情节推进，由关中方言和书面语言相杂糅而形成的有滋有味而又铿锵作响的语言表达，都在完成着史诗风格的营造的同时，使作品充溢着一种历史与文学相融合的艺术魅力。这都使得阅读作品本身成为一种艺术的享受和情感的愉悦，徜徉其中甚至让人难以觉察到作品后三分之一笔墨的松疏以及个别人物的描写失却分寸等某些疵点。

　　一部好的作品总是引动人们超越作品本身去寻思些什么，读陈忠实的《白鹿原》，就很容易让人联想到法国哲人爱尔维修在回答"人应当怎么办"的提问时说的一句话："人应当躲避痛苦，寻求快乐。"这大概既是人最基本、最生生不息的追求，又是人最难得、最可望不可即的追求。我以为，陈忠实创作《白鹿原》，大半是带着这样一种信念，而他想通过作品传达给人们的，也大抵是这样一个信念。

　　《白鹿原》的作者和读者朋友们，以为然否？

1993年5月19—20日于北京朝内
（原载《当代作家评论》1993年第4期）

他与《白鹿原》一起活着

——悼念亦师亦友的陈忠实

尽管已从西安的友人处得知陈忠实在住院两天后于 28 日早上吐血不止，在西京医院被全力抢救，我还是希望能人力回天，或老天保佑，让他挺过这一关。29 日早上，传来他最终不治而仙逝的噩耗，我真是不敢相信这竟是真的。一天时间，人就走了，何以如此匆忙，怎能如此短促?！

2015 年 11 月去西安出差，我特意去看望了病中的忠实。他刚动了二次手术，是胸间发现一活动小瘤。交谈中，他时而要拿毛巾擦拭口水，但精神状态还好。他说自己可能没有精力和气力再写作品，身体好一点就练练字。我说，写字好，既可以练习笔力，又可以锻炼体力，先把身体养好再说。当时，《白鹿原》线装版刚刚出书，他签了名送了我一部。交谈时，忠实的夫人和两个女儿都在，我对她们说：我们都不在忠实身边，照顾忠实的事，就全靠你们、依仗你们了，这不仅是为忠实，也是为你们，还是为我们大家。谁知那次匆促的探望，竟成诀别。

回想起与陈忠实数十年来的交往，种种往事像过电影一般，交替闪回，历历在目。

20 世纪 70 年代中期，我在陕西师范大学中文系上学读书的时候，陈忠实被学校请来做过一次关于小说创作的报告。他那次的报告，结合自己的写作，讲得生动而鲜活，使我们这些初涉文学的学子，懂得创作如何要从生活立足，创作又如何要在艺术上练意。后来熟悉了，我说，你给我讲过课，应该是我的老师。他说，这种讲座性的不能算。但在我心里，真是把他当作文学启蒙时的老师的。

也是从那个时候起,我就一直关注他,解读他,而他以变又不变的两种形象,又让我时而熟悉,时而陌生。

陈忠实总是不变的,是他的沧桑又厚道的老农形象,他的坦直又实诚的质朴为人;而不断变化的,是他的文学追求,他的小说写作。"文革"前就步入小说写作的陈忠实,到了粉碎"四人帮"之后的新时期,有过一段时间的小说写作的井喷式爆发,他的《信任》《徐家园三老汉》等作品在鲜活的故事、生动的形象中暗含"伤痕""改革"等多重意蕴,在农村题材小说创作中别树一帜,引人注目。我在1982年的《文学评论丛刊》第12辑中以《清新醇厚 简朴自然——评陈忠实的短篇小说》为题,对他这一时期的短篇小说作品作评。20世纪80年代中期,他在《四妹子》《康家小院》《梆子老太》《蓝袍先生》等作品中,却让人看到了一个由普通农人的命运反观乡土现实、反思社会历史的陈忠实。这样与时俱进的写作,真让人为之欣喜,为此我又写了《人生的压抑与人性的解放——读陈忠实的〈蓝袍先生〉》的评论文章,为他小说写作的有力突破与长足进取摇旗呐喊。

1988年夏,我因事去西安出差,忠实知道后,从郊区的家里赶到我下榻的旅馆,我们几乎长聊了一个通宵,主要是他在讲构思和写作中的《白鹿原》。我很为他的创作激情所陶醉,为他的创作追求所感奋,但怎么也想象不出完成后的《白鹿原》会是什么样子。作品完成之后,忠实来信说:"我有一种预感,我正在吭哧的长篇可能会使您有话说的,……自以为比《蓝袍先生》要深刻,也要冷峻一步……"后来,看完书稿的评论家朋友李星也告诉我,《白鹿原》绝对不同凡响。听到这些,我仍然一半是兴奋,一半是疑惑。待到1992年底《当代》选发了部分内容、1993年4月人民文学出版社出书之后,我完全被它所饱含的史志意蕴和史诗风格震撼了。因而,以按捺不住的激情撰写了题目就叫《史志意蕴·史诗风格——读陈忠实的长篇小说〈白鹿原〉》的评论文章,为《白鹿原》拍手叫好。在当年7月于北京召开的《白鹿原》研讨会上,当有人提出评论《白鹿原》要避免使用已近乎泛滥的"史诗"的提法时,我很不以为然地比喻道:原来老说"狼"来了,结果到跟前仔细一看,不过是一只"狗";现在"狼"真的来了,不说"狼"来了怎么行?我真是觉得,不用"史诗"的提法,确实难以准确地评价《白鹿原》。

关于《白鹿原》，可说的话很多。作品以白鹿原上白、鹿两家三代人的人生历程为主线，既透视了凝结在关中农人身上的民族的生存追求和文学精神，又勾勒了演进于白鹿原上的人们的生活形态和心态的近代、现代的历史发展轨迹，以及其发生的大大小小的回响。在一部作品中复式地寄寓了家族和民族的诸多历史内蕴，具有丰赡的史诗品位，在当代长篇小说创作中当属少有。还有，《白鹿原》在以时间为经、事件为纬的结构框架中，始终以人物为叙述中心，事件讲究情节化，人物讲究性格化，叙述讲究故事化，而这一切都服从和服务于可读性，有关的历史感、文化味、哲理性，都含而不露地化合在引人入胜的艺术魅力之中，比较好地打通了雅与俗的界限。一部作品内蕴厚重、深邃而又如此好读和耐读，这在当代长篇小说中亦不多见。这些突破，使得《白鹿原》把陈忠实的个人创作提高到了一个新的艺术境界，也把当代长篇小说的现实主义创作推进到了一个新的时代高度，从而具有了某种标志性的意义。我在刊发于《博览群书》2015年第9期的《九部作品看"茅奖"》一文中，对《白鹿原》获得第四届茅盾文学奖做了这样的评说："第四届茅盾文学奖选择了《白鹿原》，在慧眼识珠地彰奖作者陈忠实的同时，也使茅盾文学奖自身的权威性，得到有力的增强，拥有了切实的佐证。"

还有一些与《白鹿原》有关的事，想起来也颇为有趣。忠实为文之认真执着，为人之质朴诚恳，都于此可见一斑。

一次是我陪同陈忠实去领稿费。那是1993年四五月的某天，忠实到京后来电话说，人民文学出版社发了《白鹿原》的第一笔稿费，是一张支票，有八万元之多，要去朝内大街的农业银行领取。他说他没有一次拿过这么多钱，地方也不熟，心里很不踏实，让我陪他走一趟。我们相约在人民文学出版社门口见面后，一同去往朝阳门附近的农业银行，那时还没有百元大钞，取出的钱都是十元一捆，一个军挎几乎要装满了。我一路小心地陪他到位于沙滩的宾馆，才最终离开。

《白鹿原》发表之后，因为作品内含了多种突破，一时间很有争议。而这个时候，正赶上第四届茅盾文学奖的评选。《白鹿原》是这一时期绕不过去的作品，但评委们因意见不一，在评委会上一直争议不休，相持不下。时任评委会主任的陈涌，偏偏喜欢《白鹿原》，认为这部厚重的作品正是人们所一直期盼的，文坛求之不得的，于是抱病上会力陈己见，终于说服大部分评委，并做出修订后获奖的重要决定。忠实来京领奖之后，叫上我一起去看望陈涌先生。陈涌先生很是兴奋，一见面就对忠实说，你的《白鹿原》真是了不起，堪称中国的《静静的顿河》。此后，忠实每次到京出差或办事，我们都会相约着去看望陈涌先生。去年，陈涌先生因病去世，我电话上告诉忠实后，他半天沉默不语，感慨地说，老先生对我的首肯与支持，对我的创作所起的作用，无与伦比。你一定代为转致哀思，向家属转致问候。在陈涌先生的追思会上，我替忠实转达了他的哀思之情与惋惜之意。

这些年在小说写作上，陈忠实以短篇小说为主，没有再写长篇小说。我跟他开玩笑说过的再弄一个《白鹿原》似的"枕头"的话，他一直也没有兑现。但在心里，我却是由衷地钦佩他的，他没有借名获利，更不急功近利，他按照自己的节奏在行走，也是按照艺术的规律在行进。但他和他的《白鹿原》，却构成了一个戥子和一面镜子。这个戥子可以度量何为小说中的精品力作，这面镜子可以观照何为文学中的人文精神。

忠实的有生之年，在74岁上戛然而止，这实在算不上高寿。但在这七十四年里，从1965年3月发表散文处女作《夜过流沙沟》起，他把五十多年的时间用于文学理想的追逐、文学创作的追求，而且在不同的时期，都留下了有力攀登和奋勇向前的鲜明印迹，直至完成经典性小说作品《白鹿原》，为当代长篇小说创作矗立了一座时代的高峰。可以说，他把自己的一切，都毫无保留地投入给了文学，奉献给了社会，交付给了人民。他以"寻找属于自己的句子"的方式，看似是在为自己立言，实际上是以他的方式为人民代言。他是我们这个时代最具生活元气和时代豪气的伟大作家，真正做到了"无愧于时代、无愧于人民、无愧于民族"。

因为写作出了"传得开、留得下，为人民群众所喜爱"的《白鹿原》，陈忠实也借以留下了自己的思考、自己的情感和自己的精神。从这个意义上说，《白鹿原》始终镌刻着陈忠实的英名，他与《白鹿原》一起活着，他与我们同在！

（原载《文艺报》2016年5月4日）

不懈的 "寻找" 不朽的丰碑

——陈忠实写作《白鹿原》的前前后后

陈忠实因病溘然长逝，实在来得突然，令人猝不及防。因为事出意外，令人格外惋惜，也使人倍加怀念。

忠实走后，人们在以各种方式悼念和追怀他时，都会想到和提到他的《白鹿原》。在西安殡仪馆参加他的遗体告别仪式时，看到他果然在头下枕着一本初版本的《白鹿原》，样态格外满足而安详。当年写作《白鹿原》时，忠实抱定要写作一部死后能"垫棺作枕"的作品，他可谓如愿以偿了。生前为写《白鹿原》殚精竭虑，死后枕着《白鹿原》安详长眠，他与《白鹿原》真是难解难分。

忠实曾借用海明威的"寻找属于自己的句子"的名言，来为自己的"《白鹿原》创作手记"命名，并在后记里说："作家倾其一生的创作探索，其实说白了，就是海明威这句话所作的准确而又形象化的概括——'寻找属于自己的句子'。"[①] 忠实从一开始从事写作，到不同时期的文学跋涉，都是在努力寻找属于自己的句子。他就是在这样一种不懈寻找的过程中，一点一点地发现着自己，一步一步地接近着目标，最终到达文学的高地——白鹿原，铸就了他自己的"垫棺作枕"之作，打造了中国当代文学的不朽丰碑。

回想起陈忠实写作《白鹿原》的前前后后，我觉得那蓄势待发的经过与全力爆发的结果，都是在向人们诉说着一个作家倾心倾力地打造一部文

---

① 陈忠实：《寻找属于自己的句子——〈白鹿原〉创作手记》，上海文艺出版社2009年版，第177页。

学精品的精彩故事。

陈忠实的创作初期，主要以短篇小说创作为主。20世纪80年代起开始写作中篇小说，从《初夏》《康家小院》《梆子老太》，到《十八岁的哥哥》《四妹子》《夭折》《最后一次收获》，在一次次的收获中，实现着一次次的突破。这样的积累与铺垫，终于迎来一个重要的年份，那就是1985年。陈忠实在《寻找属于自己的句子——〈白鹿原〉创作手记》中写道：

  1985年，在我以写作为兴趣以文学为神圣的生命历程中，是一个难以忘记的标志性年份。我的写作的重要转折，自然也是我人生的重要转折，在我今天回望的感受里，是在这年发生的。

  这年的11月，我写成了8万字的中篇小说《蓝袍先生》。这部中篇小说与此前的中、短篇小说的区别，我一直紧紧盯着乡村现实生活变化的眼睛转移到1949年以前的原上乡村，神经也由紧绷绷的状态松弛下来；由对新的农业政策和乡村体制在农民世界引发的变化，开始转移到对人的心理和人的命运的思考，自以为是一次思想的突破和创作的进步。还有一点始料不及的事，由《蓝袍先生》的写作勾引出长篇小说《白鹿原》的创作欲望。

  ……………

  我更迫切也更注重从思想上打开自己，当然还有思路和眼界。……1986年的清明过后，我去蓝田县查阅县志和党史文史资料，开始把眼光关注于我脚下这块土地的昨天。[①]

1988年清明节前后，陈忠实离开居住在城里的妻儿，独自回到了乡下的老屋，关在屋子里开始了《白鹿原》的创作。4月1日，农历二月十五，陈忠实在草稿本上写下了《白鹿原》的第一行字："白嘉轩后来引以为豪壮的是一生里娶过七房女人。"接下来的四年里，陈忠实足不出户，几乎保持着与世隔绝的状态。每隔一段时间，妻子都会带着食物来看望他，顺便带走他的换洗衣服。妻子看到他日渐消瘦，非常担心。直到有一天，陈忠实对来看他的妻子说："你不用再送了，这些面条和馍吃完，就写完了。"

[①] 陈忠实：《寻找属于自己的句子——〈白鹿原〉创作手记》，上海文艺出版社2009年版，第33、35页。

1992年1月29日，正是农历腊月二十五，陈忠实写完《白鹿原》书稿的最后一行文字并画上最后一个标点符号。事后，陈忠实回忆了当时的心情："那是一个难忘到有点刻骨铭心意味的冬天的下午。在我划完最后一个标点符号——省略号的六个圆点的时候，两只眼睛突然发生一片黑暗，脑子里一片空白，陷入一种无知觉状态。"①

然而，《白鹿原》写出来后，能不能顺利出版，也令人为之担忧，陈忠实对此忐忑不安。

《白鹿原》的稿子交予人民文学出版社并确定出版之后，忠实一直想知道出版社的具体安排。我因住在人民文学出版社对面的社科院宿舍，便替他去社里打听了情况。1992年5月11日，我在了解了人民文学出版社拟在年底分两期在《当代》连载，而后随即出书的大致安排后（最终的情况是《当代》于1992年第6期、1993年第1期连载，1993年6月出书），给忠实去信说了情况。忠实于6月6日回信，既稍感安慰，又不无忐忑：

> 您信告的人文社大致的安排意见，即《当代》四、五期连载，社里同时出书，正月发行。这当然令人振奋了，肯定是最理想的安排了。不过，这个安排意见，他们至今没有告诉我。但愿您打听到的这个安排意见不要节外生枝。
>
> 我有一个预感，您会喜欢这部书的，似乎这话我在某一次信件中给您说过。原因是您喜欢《蓝袍先生》。这部书稿仍是循着《蓝》的思路下延的，不过社会背景和人物都拓宽了，放开手写了。另外，您是陕西人，我是下劲力图写出这块地域的人的各个风貌的，您肯定不会陌生，当会有同感。当然，除却友情，让您以评论家眼光审视时，那就是另外一回事了，我准备接受您的审视。
>
> 无论如何，您的热心热情已经使我感动了。我知道您多年来都在关注我的行程，从最初的评论短篇的文章，到不久前作序，我也知道您更关注的是手中的这个"货"，究竟是个啥货。您像我的几个为数不多的好朋友一样，为我鼓着暗劲，我期盼不要使

---

① 陈忠实：《寻找属于自己的句子——〈白鹿原〉创作手记》，上海文艺出版社2009年版，第142页。

好朋友太失望。

《白鹿原》交稿之后，出书很快确定了下来，但在《当代》杂志怎样连载，连载前要不要修改，等等，一时定不下来，忠实又托我便中了解一下情况。经了解，知道是在《当代》1992年第6期和1993年第1期连载，主要是酌删有关性描写的文字。在我给忠实去信的同时，人民文学出版社给陈忠实电告了如上的安排，忠实来信说：

> 我与您同感。这样做已经很够朋友了。因为主要是删节，可以决定我不去北京，由他们捉刀下手，肯定比我更利索些。出书也有定着，高贤均已着责编开始发稿前的技术处理工作，计划到八月中旬发稿，明年三四月出书，一本不分上下，这样大约就有600页……
>
> 原以为我还得再修饰一次，一直有这个精神准备，不料已不需要了，反倒觉得自己太轻松了。我想在家重顺一遍，防止可能的重要疏漏，然后信告他们。我免了旅途之苦，两全其美。情况大致如此。

后来，人民文学出版社当代一室的主任高贤均给我讲了他们去西安向陈忠实组稿的经过，那委实也是个颇有意味的精彩故事。1992年3月底，他们到西安后听说陈忠实刚完成了一部长篇小说，便登门组稿，陈忠实不无忐忑地把刚完成的《白鹿原》全稿交给了他们，同时给每人送了一本他的中短篇小说集。他们在离开西安去往成都的火车上翻阅了陈忠实的集子，也许是两位高手编辑期待过高的原因，他们感到陈忠实已发表的中短篇小说在看取生活和表现手法上，都还比较一般，缺少那种豁人耳目的特色，因此，对刚刚拿到手的《白鹿原》在心里颇犯嘀咕。到了成都之后，有了一些空闲，说索性看看《白鹿原》吧，结果一开读便割舍不下，两人把出差要办的事一再紧缩，轮换着在住处研读起了《白鹿原》。回到北京之后，高贤均立即给陈忠实去信，激情难抑地谈了自己的阅读感受：

> 我们在成都待了十来天，昨天晚上刚回到北京。在成都开始拜读大作，只是由于活动太多，直到昨天在火车上才读完。感觉非常好，这是我几年来读过的最好的一部长篇。犹如《太阳照在桑干河上》一样，它完全是从生活出发，但比《桑干河》更丰富、更博大、更生动，其总体思想艺术价值不弱于《古船》，某

些方面甚至比《古船》更高。《白鹿原》将给那些相信只要有思想和想象力便能创作的作家们上一堂很好的写作课,衷心祝贺您成功!

1993年初,终于在《当代》上一睹《白鹿原》的庐山真面目。说实话,尽管已经有了那么多的心理铺垫,我还是为《白鹿原》的博大精深所震惊。一是它以家族为切入点对民族近代以来的演进历程做了既有广度又有深度的多重透视,史志意蕴之丰湛、之厚重令人惊异;二是它在历时性的事件结构中,以人物的性格化与叙述的故事化形成雅俗并具的艺术个性,史诗风格之浓郁、之独到令人惊异。我感到,《白鹿原》不仅把陈忠实的个人创作提到了一个面目全新的艺术高度,而且把现实主义的小说创作本身推进到了一个时代的新高度。基于这样的感受,我撰写了《史志意蕴·史诗风格——评陈忠实的长篇小说〈白鹿原〉》的论文。

在《白鹿原》正式出书之后的盛夏7月,陕西省作家协会和人民文学出版社共同在文采阁举行了《白鹿原》讨论会。与会的六十多位老、中、青评论家,热烈讨论,盛赞《白鹿原》在内蕴与人物、结构与语言等方面的特点和成就,发言争先恐后,其情其景都十分感人。原定开半天的讨论会,一直开到下午5点仍散不了场。大家显然不仅为陈忠实获得如此重大的收获而高兴,也为文坛涌现出无愧于时代的重要作品而高兴。也是在那个会上,有人提出,"史诗"的提法已接近于泛滥,评《白鹿原》不必再用。我不同意这一说法,便比喻说:原来老说"狼"来了,"狼"来了,结果到跟前仔细一看,不过是一只"狗";现在"狼"真的来了,不说"狼"来了怎么行?

读者是最公正的检验,时间是权威的裁判。《白鹿原》自发表和出版之后,一直长销不衰,而且被改编为多种形式广泛流传。1994年12月,《白鹿原》获人民文学出版社第二届"人民文学奖"(1986—1994)。1997年12月,《白鹿原》荣获第四届茅盾文学奖。2009年4月,为庆祝中华人民共和国成立六十周年,作家出版社启动"共和国作家文库"大型文学工程;是年7月,人民文学出版社隆重推出"人民文学出版社·新中国60年长篇小说典藏"。《白鹿原》先后入选"共和国作家文库"和"人民文学出版社·新中国60年长篇小说典藏"。2009年6月,《白鹿原》被全文收入上海文艺出版社出版的《中国新文学大系》第5辑(1976—2000)。据悉，仅人民文学出版社出版的七个版本的《白鹿原》，累计印数已逾一百五十万册。而在小说之外，《白鹿原》先后被改编为连环画、秦腔、话剧、舞剧和电影等形式。

还有一些与《白鹿原》有关的往事，想起来也颇为有趣。由这些事既可见出忠实为文之认真执着，为人之质朴诚恳，也可看到有关《白鹿原》引起的反响与释放的余韵。

小说《白鹿原》发表之后，先后被改编为各种形式的作品。其中的一次约是2007年，受陈忠实之邀，我与李建军一起在京观看了舞剧《白鹿原》。小说《白鹿原》原有的丰厚意蕴，在舞剧中被提炼为一个女人——小娥和三个男人的情感故事，由小娥的独舞和草帽舞等群舞构成的舞蹈场景，使剧作充满了观赏性，但总觉得那已和小说《白鹿原》没有太大的关系，已被演绎成了另外的一个故事。在观剧之后的简单座谈中，有人问我有何观感，我说作品从观赏的角度来看，确实撩人眼目，煞是好看，但基本的内容已与《白鹿原》关系不大。而宽厚的陈忠实则补充道：舞剧《白鹿原》毕竟是根据小说《白鹿原》改出来的，还是有所关联。

还有，在电影《白鹿原》上映之前的2011年，陈忠实说电影已做好合成样片，要我找几位在北京的陕西籍文艺界人士抽空先去看看。我约了何西来、周明、李炳银等在京陕西文人去了导演王全安的工作室，从晚间8点一直看到半夜12点。影片中，迎风翻滚的麦浪，粗犷苍凉的老腔，使浓郁的陕西乡土气息扑面而来，张丰毅饰演的白嘉轩也称得上筋骨丰满。但在围绕着小娥的特写式叙述和以此为主干的故事走向中，电影在改编中有意无意地突出了小娥的形象，强化了小娥的分量，把小娥变成了事实上的主角，并对白嘉轩、鹿子霖等真正的主角构成了一定的遮蔽。观影之后，与陈忠实通话谈起电影，他问我看后的印象，我说电影改编超出了我的想象，总体上看是在向着小说原作逼近，但不知出于什么原因，使小娥的形象过于突出了，因而把情色的成分过分地放大了。陈忠实听后稍稍沉思了一阵，随即表示说，你说的确有道理，我也有着同样的感觉。

在文学评论界，人们很难对一部作品有共识性的肯定，但《白鹿原》却是一个例外，大多数人都给予较高的估价与高度的评价。我记得在2010年岁末，我替换超龄的张炯先生当了中国当代文学研究会会长不久，研究会举办了一次新老同志的新年聚会，与会的资深评论家陈骏涛询问我道，你现在是会长了，让你在当代长篇小说中挑一部作品，你挑哪部？我稍加思索后回答：我选《白鹿原》，这部作品在当代小说中的丰盈性、厚重性，乃至原创性、突破性，都无与伦比。我说完后，先是评论家何西来说：我同意。接着，其他老评论家纷纷表示赞同。这就表明，对于《白鹿原》的评估，评论家们是有着相当的共识的。

引人思忖的，还有陈忠实逝世引发的广泛的社会反响。从陈忠实逝世的4月29日到遗体告别的5月3日的一周间，笔者留意了悼念活动的相关资讯，赴西安参加了遗体告别活动，看到的、听到的和想到的，既是人们对一位杰出作家的感念与追怀，也是社会对文学的仰望与敬重。许多文学人怀念陈忠实，都谈到陈忠实的创作和作品对于他们的影响与启迪，而许多读者怀念陈忠实，在于陈忠实的小说作品，尤其是《白鹿原》给予他们的感召与感动。在告别仪式现场，自发地赶来祭奠陈忠实的，既有由儿女搀扶着的老人，也有由大人带着的孩子，还有一些坐着轮椅、拄着拐杖的残疾人士，以及来自大学、中学和小学的学生。他们绝大多数人都不认识陈忠实，从未谋面，但都从陈忠实的作品中获取教益，得到美育，他们要用再看最后一眼的方式，来向这位创作了有益于世道人心的好作家告别，借以表达他们的敬重之意、惋惜之情。

因为陈忠实的鼎力推荐和精心编词而参与了话剧和电影《白鹿原》的演出，陕西华阴老腔由濒临消亡的境况起死回生，老腔艺人们特别感念陈忠实的关照与提携，在得知陈忠实逝世之后，带着深深的悲悼与恋恋的不舍来到陕西省作协大院，以高亢、悲凉的华阴老腔来祭奠陈忠实。年过半百的老艺人含泪吟唱，边唱边喊："先生，我们再给您唱一遍您最爱的老腔，您听到了吗？"其情其景，令前来悼念陈忠实先生的市民热泪盈眶。

据陕西省作家协会一个负责接待工作的同志介绍，在作协院内设置的吊唁处，七天来吊唁的群众络绎不绝，据不完全统计，有数千人从全省和全国各地赶来吊唁。这个数字再加上去往陈忠实家中吊唁的，参加遗体告别的，计有上万人参与了有关陈忠实的悼念活动。

一位网友在《陈忠实逝世，严肃阅读不会消逝》一文中这样说道："陈忠实走了，我们为什么致以哀悼，不仅仅是《白鹿原》的成就，更在于他让我们知道，在这样浮躁的时代，严肃文学依然可以打动人心，经久不衰。只要有人在，世间就依然留存着真善美，对严肃文学的阅读就永不会消逝。"诚哉斯言，它所道出的是许多读者的共同心声。

陈忠实的因病去世，当然是文坛的一桩悲事，但在这桩悲事之中和之后，却让人看到许多积极因素的蕴藏和温暖元素的释放，这应该看作陈忠实以他的特别方式，再次给文坛提供的有益借鉴。而发现这些、珍重这些，则是对于本真为人、本色为文的陈忠实的最好祭奠。

由此我也想，历史是公正的，因为历史不会亏待不负于历史的作家，不会埋没不负于时代的作品。而陈忠实因为把一切都投进了《白鹿原》，系于了《白鹿原》，他其实是以艺术的方式、精神的形式，实现了不朽，与我们同在。

（原载《当代》2016年第4期，有改动）

向着"高峰"不懈探寻

——陈忠实创作《白鹿原》给予我们的启示

2012年5月17日,我与人民文学出版社原副总编何启治,江西省作协时任主席陈世旭,辽宁省作协时任主席刘兆林,相约来到白鹿原,先与西安思源学院的师生就《白鹿原》的创作与意义进行了座谈,随后参观了陈忠实文学馆与白鹿书院。在题字留念的环节,我稍作思量,随手写了一幅字。这幅字写的是"关中白鹿原,文学制高点"。大家都说字且不论,意思甚好。现在回想起来,仍然觉着当时题写这样的句子,看似偶然,实则必然。

自从习近平总书记在2014年文艺工作座谈会上指出当代文学创作存在"有数量缺质量、有'高原'缺'高峰'"的问题之后,大家觉得确实切中了文学创作中的关键问题,探究"两有""两缺"的原因所在,探讨构筑文学高峰的路径所在,成为一个时期文学领域的热点话题。我觉得,现在回过头再看,当代文学的创作发展到今天,实际上也有了一些高峰的模样。也可以毫不夸张地说,高原处处有,高峰在陕西。这是由陈忠实的《白鹿原》、路遥的《平凡的世界》、贾平凹的《秦腔》等长篇力作,共同构成的中国当代长篇小说的喜马拉雅山。我们要看到这样一个可喜的文学事实,更要研究和解读这样一些精品力作的创作给我们带来的启示与意义。从经典中获得宝贵经验,以精品筑就文学高峰。

陈忠实在《白鹿原》出版十多年之后,用了两年多的时间写作了《寻找属于自己的句子——〈白鹿原〉创作手记》(上海文艺出版社2009年版)。这部创作谈,详细记述了《白鹿原》从充分收集和深入研读生活素材,到广泛阅读文学名著、多方吸收各类文学素养,从最初的构想到故事的深化，再到完成创作和不断修改的全过程。在主要讲述《白鹿原》创作经过的同时，陈忠实还就作家如何对待和处理生活，如何贮备文学素养和艺术能量，以及在此基础上如何设定文学目标、打造小说精品，等等，梳理和总结了宝贵的经验。这使得这部小册子，成为陈忠实的另一部重要作品，值得文学研究者细细品味和解读，更值得写作者认真参考和借鉴。

就阅读感受而言，我以为，陈忠实在这个小册子里讲到的一些做法与经验，有以下几点，值得我们在解读文学经典和打造文学精品时，认真地领会和切实地汲取，让它在我们再造文学高峰的征程中发挥应有的助力。

一是，设定一个高远的文学目标，并为之不懈努力。

陈忠实写作《白鹿原》，是想完成自己长期以来的一个心结："为自己造一本死时可以垫棺作枕的书"。这样一个心结的中心意思，是"写出真正让自己满意的作品"，"让这双从十四五岁就凝眸着文学的眼睛闭得踏实"。[①] 为了这个心结，陈忠实由踏访家乡周边的大户人家，查阅县志和党史、文史资料开始，悉心研读家族史、村庄史、地域史，并着力挖掘"不同地域人的文化心理结构"，不断深化"已经意识到的历史内涵与现实内涵"。在经过了1986年、1987年两年的准备与酝酿之后，陈忠实于1988年清明期间动笔写作《白鹿原》，一直到1989年春节期间完成初稿，1992年春节又写完最后两章，从构思到完成，用了整整六年时间。陈忠实曾说，他的一些中篇小说，如《四妹子》《蓝袍先生》等，都是在构思《白鹿原》的过程中完成的。因此，也可以说，陈忠实的中篇小说创作，既是他写作短篇小说的延伸与拓展，也是他写作《白鹿原》的铺垫与预演。

二是，在艰苦的文学演练中不断"蜕变"，缩短与目标之间的距离。

粉碎"四人帮"之后的新时期，对于许多作家都具有至关重要的意义。对于陈忠实而言，也是意义非凡。这一时期，他接续中断了的文学创作，也走出了长期束裹自己的写作桎梏，还实现了从观念到写法的逐步蜕变，最终摸索到了新的创作路向，写出了堪称经典之作的《白鹿原》，走向了他小说创作的制高点。这样的过程如何漫长，这样的蜕变如何艰难，陈忠实在《寻找属于自己的句子——〈白鹿原〉创作手记》里，都有精要

---

① 陈忠实：《寻找属于自己的句子——〈白鹿原〉创作手记》，上海文艺出版社2009年版，第22、23页。

的叙说与细致的自述。可以说，那是思潮的激荡带来了观念的冲撞，观念的冲撞带来了精神的"涅槃"，精神的"涅槃"带来了写作的新变。

从一个时期活跃不羁又茫无头绪的状况，到不懈不怠地"寻找属于自己的句子"，最终进入长篇小说《白鹿原》的写作，蕴含了多个方面的因素，也涉及了从写作到阅读、从吸收到借鉴、从思索到反省的诸多环节。但最为重要的也较为直接的，是在中篇小说写作中的寻索与实践，经由中篇小说的写作磨炼，陈忠实不仅在艺术上演练了一些写法，积累了一些经验，而且是在"写什么"与"怎么写"的内在结合上，把握更长的历史阶段，负载更大的生活容量，凝结更深的人生思考，都有坚实的进取与明显的长进，使他在文学目标上距离《白鹿原》更近了，写作实力上也大为增强了。这就为《白鹿原》的写作打下了坚实的基础，提供了坚定的自信。

三是，现实主义的坚守与发展。

现实主义是在中国影响最为广大、流传最为深远的优秀文学传统，这一传统在陕西，历史更为悠久，文脉更为深厚。在当代作家中，柳青深得现实主义的文学精髓，而柳青又对陕西作家造成了难以估量的影响。在回顾《白鹿原》的创作过程时，陈忠实就明确告诉人们："我从对《创业史》的喜欢到对柳青的真诚崇拜，除了《创业史》的无与伦比的艺术魅力，还有柳青独具个性的人格魅力之外，我后来意识到这本书和这个作家对我的生活判断都发生过最生动的影响，甚至毫不夸张地说是至关重要的影响。"[①] 这种影响，主要集中于两个方面。一方面是"对中国农村和农民的认识"，另一方面是"创作有柳青味儿"，即现实主义底蕴。而陈忠实又在这样两个基点上均有所超越，实现了凸显自己艺术个性的艺术"剥离"。对于中国的农村与农民，他由社会形态的转型和生活方式的变动，进入农民群体的"文化心理结构"探寻，从多个角度揭示了人物丰富而真实的心理历程。对于"柳青味儿"，他则在现实主义的底色上，糅进了新的叙事形式和语言范式，以兼收并蓄的姿态尽力展示"意识到的历史内涵和现实内涵"。正是在这个意义上，他又告诉人们：《白鹿原》"仍然属于现实主义范畴。现实主义也应该放开艺术视野，博采各种流派之长，创造出色彩

[①] 陈忠实：《寻找属于自己的句子——〈白鹿原〉创作手记》，上海文艺出版社2009年版，第92页。

斑斓的现实主义"①。

从新时期前后的《接班以后》到进入中篇小说的写作，从写作《蓝袍先生》到创作《白鹿原》，通过持续的探索与不断的寻找，陈忠实找到了"属于自己的句子"，写出了堪为"民族的秘史"的杰作。这给了人们不少有益的启示，其中最为重要的一点是，小说写作要扎根于现实社会的泥壤，植根于民族文化的沃土。小说创作是虚构的艺术，此言不虚。但这种虚构既非闭门造车式的凭空臆想，也非天马行空般的胡思乱想。这种虚构与想象，它应该有所依托，有所附着，这就是与作家相随相伴的现实社会与历史时代。而小说创作，一定是作家对自己置身的社会有话要说，对自己所属的时代有感而发，从而使自己看取的生活和构筑的故事，既成为一个有意义的个人艺术探求的文本，也成为一份有价值的"历史的摘要"（泰纳语）。正是在这个意义上，别林斯基告诉人们："任何伟大的诗人之所以伟大，是因为他的痛苦和幸福深深植根于社会和历史的土壤里，他从而成为社会、时代以及人类的代表和喉舌。"② 陈忠实在小说写作上，就是奔着这样的目标一直向前，循着这样的路数去努力探求。这是陈忠实写作《白鹿原》的诀窍所在，也是他留给当代文坛的重要经验。

2015年6月

---

① 陈忠实：《寻找属于自己的句子——〈白鹿原〉创作手记》，上海文艺出版社2009年版，第196页。

② 别林斯基：《别林斯基论文学》，梁真译，新文艺出版社1958年版，第26页。

一个具有多重意义的小说文本
——读柳青长篇小说佚作《在旷野里》

在《柳青传》一书里，作者刘可风（柳青的女儿）在第九章"书稿余烬"中讲到，柳青在1953年写作了一部"反映农民出身的老干部在新形势下面临的新问题、新心理和新表现"的长篇小说。有关部门领导知道了消息之后，"劝他尽快将小说发表"。柳青"没有犹豫，坚决地摇了摇头"。"他不满意这部新作"，在某天人去屋静的时候，"划着一根火柴，伴着落英，点燃了它的一角。这也是自己劳动的成果呀，他又不舍地掐灭了刚刚燃起的火苗"。[①]《柳青传》中的这段文字描述给人们提供了有关柳青小说创作鲜为人知的重要资讯，而且有两个要点：一是，柳青写作了一部有关老干部题材的长篇小说；二是，他并不满意自己的这部长篇新作，本想一烧了之，结果又没舍得烧掉。

约在2018年，柳青女儿刘可风找到了这部长篇小说留存下来的手稿，经过悉心整理，并经邢小利、李建军的校改，取名《在旷野里》，在《人民文学》2024年第1期发表。这个存放了整整七十年的长篇小说佚作的首次刊发，既了却了柳青本人及柳青家人埋藏许久的心愿，也使文学爱好者得到了再度走近柳青的机会，还给文学研究和文学批评提供了重要的研究文本。意外之喜与诸种因素，都使这部看似平常的小说颇有些不同寻常。

认真阅读了《在旷野里》，我觉得，无论是从写作的背景与动机上看，还是从故事营构和艺术表现上来看，作品在多个方面都带有柳青小说写作显见的个性痕迹与文风特点，可以确定是出自柳青之手的佚作。今天阅读

[①] 刘可风：《柳青传》，人民文学出版社2016年版，第155、157页。

这部佚作，并对其当时的写作初衷、作品的意蕴营造和写法特点等试做初步解读，对于我们了解柳青小说创作的历时性发展，柳青走向《创业史》的蓄势与经过，以及作家在现实题材创作上的不断进取与锐意创新，等等，无疑都颇具一定的裨益。

一

柳青离开北京回到陕西西安，又由西安到长安挂职，再由长安到皇甫村落户，虽然时间不长，却呈现出不断下沉、逐步落实的过程，也就是说，他是有计划、有步骤地在进行的。

1952年5月，柳青由北京返回陕西西安。是年9月，到长安县任县委副书记。1953年3月，辞去县委副书记，正式落户于王曲镇皇甫村。在这半年多的时间里，县委副书记的职责身份，整党、建社的繁重工作任务，使柳青的时间与精力都不得不用于参加各种各级会议。据曾任长安县委办公室主任的安于密回忆："当时，柳青虽然没有分管具体工作，但参与县委的实际领导工作。县委常委会议、区委书记会议，他都参加。"安于密还特别谈到柳青认识王家斌以及选择落户皇甫村的经过："这年冬季，县上除训练互助组长以外，就是搞整党和查田定产。我当时任王曲区工作团长，向县委汇报王曲工作时，讲到皇甫乡的王家斌如何认真能干、主持公道的事迹。柳青听后很感兴趣，向我打听王家斌的情况，问他的籍贯、年龄、家庭情况等，问的（得）很详细。他认为这人还不错，像一个无产阶级先锋战士的样子，能领导农民搞社会主义，加上王家斌领导的互助组也是当时比较好的一个常年互助组。于是，他就把自己的点选到了皇甫村。"[①]

关于柳青在这一时期的活动轨迹与写作情形，蒙万夫、王晓鹏、段夏安、邵持文整理的《柳青生平述略——长安十四年》中有这样一段记述："还在1953年年底，柳青就把自己那个关于老干部思想问题的长篇写到20多万字。这时，新的生活极大地吸引了他，他决定放弃这个长篇，重新调

---

① 政协西安市长安区委员会编：《柳青在长安》，2016年，第1、3页。

整自己的创作计划,以全副精力来描写中国农村的合作化运动。"① 如果要更为准确地表述,应该是柳青在初到长安县担任县委副书记时期,诸多生活中的深切感受与工作中的现实思考,使他想写一部"关于老干部思想问题的长篇"。但在辞去县委副书记下沉到皇甫村,尤其是结识了王家斌等各色人物、参与农业合作化建设的工作之后,柳青又有了新的感受与新的思考,遂转入了"描写中国农村的合作化运动"的《创业史》的写作。

由以上回忆和记述来看,柳青到长安县担任县委副书记,虽然时间并不很长,但工作中的所经所见,生活中的所思所感,使他感受深切,萦绕于怀,由此萌发了写作《在旷野里》这样一部小说的强烈意愿,他的初衷是"反映农民出身的老干部在新形势下面临的新问题、新心理和新表现"。这样一个主题选择与故事设定,对当时身任县委副书记的柳青来说,既是合情合理的,也是势所必然的。由此可以认定,柳青的长篇佚作《在旷野里》是他"关于老干部思想问题的长篇"的一部分,也是他在担任县委副书记前后写就的长篇小说作品。

二

在《在旷野里》中,作者以多重矛盾冲突来塑造人物、揭示主题,主要人物是县委书记朱明山,作品由其上岗赴任的视角来展开小说故事。

在城里的地委开完会并与地委书记冯德麟交谈之后,肩负重任的朱明山便急匆匆地乘坐火车赶往了位于城市南郊的县城。火车车厢里,乘客们兴致勃勃又七嘴八舌,"谈论着土地改革以后的新气象;谈论着镇压反革命给人们的痛快;谈论着爱国公约像春天的风一样传遍了每一个城市和乡村;谈论着抗美援朝武器捐献的踊跃;谈论着缴纳公粮的迅速和整齐……"聆听着、感受着这一切的朱明山,"已经预感到他将要开始一种多么有意义的生活",甚至觉得"好像世事照这样安排是最好了,好像平原、河流和山脉都归他所有了,好像扩音机在为他播送歌曲……"②

---

① 蒙万夫、王晓鹏、段夏安等:《柳青生平述略——长安十四年》,见董颖夫、邢小利、仵埂编:《柳青纪念文集》,西安出版社2016年版,第168页。
② 柳青:《在旷野里》,载《人民文学》2024年第1期。

但当朱明山傍晚时分到达岗位之后，烦事、难事便接踵而来，使得这个刚刚上任的县委书记不得不使出浑身解数来全力应对。才刚见面的县委副书记赵振国，言谈中便表露出想要调离去学习的意愿。县监委副主任白生玉也因工作不顺、关系不睦，向赵副书记提出调动申请。而更为严重的，是一场棉花蚜虫泛起的灾难不期而至，需要尽快扑灭蚜虫以挽救巨大损失，且刻不容缓。为此，县委书记朱明山与县长梁斌紧急商议之后，便分别带领区县干部赶往灾情严重的渭河南北两岸的产棉区，发动群众开展扑灭蚜虫的抗灾斗争。当时的农村，基层组织主要是互助组的初级形式，广大农民还处于由单干向集体的过渡之中。怎样发动群众和组织群众，如何做到群策群力，实现科学防治，收到切实成效，对于干部和群众都是一个新的课题、大的难题。朱明山心里清楚："这是个新的工作，大家都是摸索。"他由说服干部、动员群众入手，"摸索群众最容易接受的方法"，通过一段一段的整治工作，以事实教育群众，逐步取得了显著的成效。

通过灭治蚜虫的抗灾斗争，朱明山显现出了擅于处置突发事件的领导才能，也经由这样一个严峻斗争，在实际工作中引导和教育了那些存有各种思想问题的基层干部。不安心现职工作的副书记赵振国、监委副主任白生玉，在朱明山身上看到了一个党的干部满怀信心的坚毅的革命精神，更学到了他善于联系群众、团结同志的优良作风，进而全身心投入灭治蚜虫的中心工作。有心调往工业战线的区委书记崔浩田，在朱明山循循善诱的劝导下，对现在的工作更安心也更上心了。一直存在轻视农民群众意识的组织部部长冯光祥，在与朱明山的倾心交谈中，不仅认识到了自己的问题所在，而且明白了"现在要改造农民出身的老干部的思想"。因为朱明山郑重地告诉他："现在要建新社会，没有工人阶级思想就不行了……"对那些来自老区的干部来说，"解决他们的思想问题，不比改造知识分子新干部的思想更迫切吗？他们散到全国，大大小小都是领导者哩"。[1]

---

[1] 柳青：《在旷野里》，载《人民文学》2024年第1期。

三

《在旷野里》通过朱明山上任之后遇到的问题和工作的经历，真实地反映了新中国成立初期百业待举的社会发展形势与干部思想状态相对落伍的不相适应情形，生动表现了各级干部在时代的转型阶段和社会过渡时期克服个人和家庭的种种困难，在实际工作中不断调整观念和改变作风的切实努力。尤其是朱明山自己，虽然妻子高生兰无形中扯后腿，县委领导班子的搭档不够给力，但他仍然满怀信心地负重前行，勉力奋进。他以自己的言行告诉人们一个战胜困难重要法宝，那就是"学习"。

作品在一开始，就写到朱明山向上级部门申请"要求学习"，但得到的回答是"在工作中学习"。于是，他就愉快地听从组织上的安排，高高兴兴地"在工作中学习"，并带上自己"两年来陆续积累起来的他心爱的书"。随后，作品写到朱明山看到与他一同乘车的女青年李瑛专心致志地阅读加里宁的《论共产主义教育》，回想起妻子高生兰，特别想到他们一起阅读苏联小说《被开垦的处女地》《日日夜夜》《恐惧与无畏》的情形。作品里还有几处提到朱明山对于毛泽东的《论人民民主专政》、胡乔木的《中国共产党的三十年》的学习与研读，及其给予自己的种种教益。在头绪繁多的故事和情状紧急的叙事里，提到如此多的小说作品、理论读物和经典著述，是令人惊异的。这种爱好读书、重视学习的情景，既是新中国成立初期广大干部"在工作中学习"的真实反映，也是作者给新老干部提高理论水平、解决思想问题开出的一剂良方。

柳青在创作之外较少发表谈论文学问题的文章，但在为数不多的文章里，都会提到"学习"的问题。在他那里，"学习"是重要的，也是广义的。他在《三愿》一文中告诉人们，他的三愿中的一愿是"有计划有重点地认真阅读马克思、恩格斯、列宁、斯大林和毛泽东同志的著作"[1]。他在

---

[1] 柳青：《三愿》，见《中国当代文学研究资料》编辑委员会编：《中国当代文学研究资料　柳青专集》，福建人民出版社1982年版，第30页。

《生活是创作的基础——在〈延河〉编辑部召开的短篇小说创作座谈会上的发言》(录音)里告诉人们:"深入生活,改造思想,向社会学习。这是文学工作的基础。如果拿经济事业来和文学事业比的话,那么,这个就是基本建设。"① 显而易见,柳青把自己在学习方面的实际经验和深切感受,凝结于朱明山这个人物形象,倾注于《在旷野里》这部作品。朱明山时时阅读毛泽东的《论人民民主专政》,学习毛泽东思想。他随身携带刚刚出版问世的《中国共产党的三十年》,向党的历史经验学习。永不满足的学习精神,使他在理论思想上有确定的方向,在实际工作中有坚定的信念。这种精神滋养使他充满了战胜一切困难的无穷力量。由朱明山这个县委书记形象的特殊风采,作品实际上格外凸显了"学习"对于工作的作用,对于干部的意义,使得"学习"成为这部作品另一个潜在的重要题旨,这也用现实又生动的事例诠释了毛泽东《在延安在职干部教育动员大会上的讲话》中"我们要建设大党,我们的干部非学习不可"的重要指示精神与深远意义。

四

柳青在新中国成立后首次写作长篇小说时,毅然选择了以新中国建设为背景,以新的社会生活为场景的现实题材,并秉持"写自己最熟悉的"创作原则,以担任县委副书记时的所感所思,以自己的亲身体验为生活素材,写作了这样一部以反映干部思想问题为主要内容的小说。作品在着力塑造县委书记朱明山的光辉形象的同时,精心描绘了县委副书记赵振国、县长梁斌、区委书记张志谦、团县工委女干部李瑛等基层干部形象,初步展现了朱明山与妻子高生兰的家庭矛盾,与县长梁斌在工作作风上的矛盾,李瑛与张志谦的恋爱纠葛,以及赵振国、白生玉等人的思想问题。由

---

① 柳青:《生活是创作的基础——在〈延河〉编辑部召开的短篇小说创作座谈会上的发言》(录音),见文艺理论教研室编:《作家谈创作》(上),北京师范学院中文系,1978年,第118页。

这样一些已经显露端倪的矛盾悬而未决的情形来看，这部作品另外半部分的内容，大致是在展开和解决这些矛盾与问题的过程中，深入揭示思想与作风问题对于干部成长与工作开展的重要影响。

虽然《在旷野里》并未完成和尚未定稿，因而在故事、叙事与语言上都存有明显可见的粗粝与不足，但柳青式的直面现实和饱含激情，却使得这部作品显示出劲健的内骨、遒劲的文笔，读来引人，读后启人。阅读《在旷野里》，字里行间充溢着的国家蓬勃发展的世情世相和人们意气风发的精神风貌，都如和煦而强劲的春风，扑面而来。作者偏重于各色人物心理描写的细腻文笔，也让他们的形象更加立体而鲜明，包括朱明山在内的各级领导干部，从解放区的不同战线聚拢而来，每个人都带有不同的家庭负累，具有不同的思想情绪，但都服从组织安排、听从革命需要，在工作中不断调适、努力学习、自我提高。这一切都以典型环境里的典型人物，展现了现实主义手法直面现实的内在张力和表现生活的艺术魅力。

对于这部作品，柳青自己"不满意"，不仅不同意尽快发表，而且曾想点火烧掉。现在想来，也是有缘由的。首先，这部作品从写作到完成，时间比较匆促，准备还不是特别充分，故事的营构与叙述的展开，在细致与从容等方面都有所欠缺，带有一定的"急就章"性。其次，柳青随后很快就进驻皇甫村，介入王家斌互助组的建设，从工作到生活都转入了另一个新的阶段，修改和打磨这部作品，既没有了应有的时间和精力，也缺失了应有的兴趣与动力。因此，这部作品就被"放弃"或搁置起来。但即便是转入了《创业史》的写作，进入新的创作境界，柳青也没有舍得把它烧掉，而是有意无意地留存了下来，这又表露出他对花费了自己心血的创作成果的怜惜与在意。因此，保留下来的这部小说佚作，作为柳青在新中国成立初期的一个小说创作成果，既寄寓了他的思虑与情绪，也内含了他的反思与犹疑，反而具有了更为特别的意义。

《在旷野里》这部作品告诉我们，柳青于1952年下沉到长安县，再落户于皇甫村，不断向着最底层的农村生活靠近，尽量融入最广大的农民群众。他在这样一个"深入生活、扎根人民"的过程中，一方面充分接触人民群众，深入了解现实生活与人们心理的种种变化，一方面基于自己的生活感受与艺术思考，进行着写作上的积累与蓄势、演练与探索。

长篇小说《在旷野里》，中篇小说《狠透铁》，是柳青在新中国建设时期小说写作上的重要收获，也是他在小说创作上走向经典作品《创业史》的重要过渡。有了《在旷野里》这部长篇小说，柳青在新中国成立之后的创作路径更为清晰，探索过程更为完整，一个干部如何切近着现实生活奋力前行的人生追求，一个作家如何顺应着时代脉搏不断调姿定位的艺术攀登，也由此显示得更为淋漓尽致，更加令人钦佩。

（原载《文艺报》2024年1月26日）

摭谈与序跋

对陕西小说创作的一点瞻念

××同志：

近好！大札敬悉。所谈及的有关我省创作的情况，对我很有用处。

我虽然身处首都，远离故乡，但对养育了自己的秦渭之地，总怀着一种殷切逾常的感念；对陕西作家的作品，也无不感到一种息息相通的亲切。我常常为乡作所陶醉和激动。因为，这里有我所钦敬而眷念的父老兄弟，有我所醉心而熟谙的风土人情。真是俗话说的"乡音难改、乡情难却"啊。

你要我以故乡人的身份、外地人的角度，对我省小说创作发表一点看法，这实在是一件困难的事情。好在既有自己人的方便，又有在外地的借口，我就不揣谫陋，姑妄言之。

我省的小说创作，给外地人的印象总的来说是好的。这不仅在于文学新人茁壮成长，新老作家济济一堂，有着一支为数不小的创作队伍，而且在于这个队伍的中坚力量——"文化大革命"后新起的作者，以他们厚实的生活功底、严谨的创作态度，先后写出了不少有影响的好作品，显示出了巨大的创作活力和潜力。

在一些文艺座谈会上，在一些同道们的相互交谈中，大家对陕西小说创作的情况都是满意的。当然，在肯定成绩的同时指出某些不足，是常有的。有一次，一位评论界的同志恳切地对我说："陕西的小说近几年更见扎实和朴素，有些甚至比'山药蛋'的泥土味还浓，但总觉得还缺少一种足实的内劲和韵律。"此种看法在评论界有一定的代表性，值得我们思考。

我省青年作家的作品，大都很注意人物、环境的真实可信和故事、情节的具体可感，写法上稳健、持重，以质朴、明丽见长。这都是省内外读者有口皆碑的。然而，美中不足的是，一些作品力求反映客观真实而与生活中的人和事贴得过于紧密，逼真中似乎含有过多的拘谨，缺乏复线发展（政治的、经济的、文化的、历史的、民族的、地方的）的广博精深；不少作者在艺术上追求不雕琢生活的素雅诚朴，而变化显少，持重中时而显露出刻板，缺乏表现形式和手法上的纵横恣肆。如果这些直觉性的印象不无道理，并可看作普遍性质的问题的话，那么，摆在我省青年作者面前的课题，就是怎样结合新的形势和自己的创作实践，更进一步地解放思想，更大胆地放开手脚。

首先，要在深入、观察和分析生活的问题上，进一步解放思想。我省的作家，都有自己的主要的生活基地。始终不渝地保持与"生活基地"的密切联系，由表及里地熟悉这里的人物和生活，十分重要，也完全必要。这正是他们的长处。但不能把自己的视野局限在某些生活点上，更不能使身心固守一隅。社会生活是整体的、联系着的，任何一个具体的地方——工厂、农村、学校，都同整个社会紧密联系着。只着眼于自己周围的具体环境，而不从社会的整体和全局来分析、研究生活，就不可能在多方面社会知识的基础上，真正了解自己身边的人和事。社会生活是历史的、发展着的，任何一个具体的社会单位，都是它本身的历史和整个社会的历史的演进、发展的结果。不研究自己所处的一角和与此相联系的整个社会过去的历史、目前的状况、将来的发展，就不可能在意识到的历史内容的意义上，全面认识自己身边的人和事。只有既倾心于自己所熟悉的生活而又不拘泥于自己所熟悉的生活，并把它作为自己了解和掌握整个社会生活的基点和向导，把具体丰富的生活经验同胸怀时代的宏大胸襟、高瞻远瞩的历史视野结合起来，才能使我们的作品富有鲜明的时代精神和雄浑的历史意蕴，从而获得广阔的内容和丰富的色彩。

其次，要在艺术实践上广开门路，进一步解放思想。在创作上，埋头苦干、锲而不舍的刻苦精神永远是需要的，却也要把面壁苦吟的探索与兼收并蓄的借鉴结合起来，特别要注重对中外文学遗产中有益东西的开发和利用。我国数千年深厚的民族文学传统，世界各国著名作家的优秀作品，都给我们提供了取人之长、补己之短的有益借鉴。譬如，我国古代文学中结构的谨严、叙事的凝练、语言的精粹，外国文学中章法结构的自由、抒发情感的炽烈、内心表白的赤诚，都是可资借鉴的。你可以不喜欢某一种形式或某一种手法，但不可以不接近它、不了解它。因为，各个民族都有着他们在思维方法、表现方式上的所长，而能够流传于世而又为群众所喜爱的东西，又总有它赖以生存的内在因素。只有广泛地涉猎古今，全面地了解中外，并在领会其精髓的基础上，"古为今用""洋为中用"，才能打开眼界、启发思路、丰富素养、提高技巧，做到用多种形式和几副笔墨，准确地、鲜明地、生动地反映我们五彩缤纷的现实生活，并使自己在多种艺术实践中，找出最适合发展的路子，逐步形成健康、清新的创作风格。

同发展着的我省小说创作形势相比，任何主观的评判也许都是灰色的。兴许就在我们高谈阔论之后的不久，或者在关中平原，或者在宝塔山下，或者是汉江之滨，将会升起我们的文学新星，甚至出现一个交相辉映的星群。曾经产生过司马迁、白居易等举世瞩目的文学家的陕西，是能够在新的历史条件下产生无愧于时代的文学家的。从我省许多青年作家已经显示出的深厚力量来看，我们对这样的前景是乐观的。

拉拉杂杂地谈了许多，限于条件和学识，失察失言之处在所难免，乞能见谅并予指教。

白　烨
1981 年 3 月 20 日

论创作个性化

——在陕西青年文学创作会议上的发言

听说参加这次会议的都是陕西各地35岁以下初露头角的文学作者，我也属于这个年龄层次，也是陕西人，今天作为大家中的一员一起谈谈关于创作的看法。我比大家多了一重外地人的身份，所以论及陕西的创作，有些话可能比平凹、路遥他们讲起来方便一些。

陕西的青年创作群，包括在座的一些同志在内，应该说是全国青年创作队伍中一个很重要的集团军。这不光是我们已经形成了一股为数不小的队伍，还在于这个队伍有一定的素质、有一定的潜力。总的来看，陕西的小说创作多以写农村生活见长，作品普遍具有一种质朴、真切的品格。这里，实际上也表现出了创作主体在生活积累、艺术修养方面以脚下的黄土地为出发点和落脚点的坚实追求。最近看到陈忠实、邹志安的部分新作和一些青年作者的作品，我从中感到了一种艺术视力的变化，即超出过去那种对生活事象的描述，而趋于对变革时期人们心理变异的追踪。这些又告诉人们，陕西作家保持着扎实而又增添着敏锐，是在自己的基点上不断进取的。

前几年，也是陕西人的著名评论家阎纲在《宝鸡文学》上发过一篇文章，题目叫《走出潼关去》，大意是讲，陕西小说创作仍在一个低于全国水平的层次上徘徊，应该找出问题、采取措施，振兴陕西的创作，使之"走出潼关"、走向全国。我很赞同阎纲的意见。这当然是在整体和宏观的意义上讲的，就具体作家来说，我们不乏已经走出"潼关"的人，甚至有的还走出了中国，比如平凹、路遥就是，他们以自己各有特点的建树已经在当代文学中获得了不可抹杀的地位。前一向,我在北京参加了中国影协举办的西影影片《野山》的座谈会,大家谈到了这个电影的小说原作《鸡窝洼的人家》,也谈到了平凹的《腊月·正月》《小月前本》,认为这几部作品把改革题材文学提高到了一个新的层次,即透过生产方式这些显见的变革揭现人们的生活方式和精神内在的悄然变动。在这个座谈会上,作家刘绍棠在发言中特别提到了路遥的《人生》,认为这部作品对新时期的城乡生活的反映所达到的广度和深度,它所富有的厚重和隽永,都可作为当代小说中的经典性作品来看待。我以为,这些称誉都是当之无愧的,这不仅是平凹和路遥个人的光荣,也是陕西文学界的光荣。

但从严格的意义上讲,平凹和路遥只能代表他们自己,而且他们已有的创作成就只能标志他们的过去。撇开他们俩来看陕西青年创作群,我感到事情就不那么妙,显而易见的是陕西的小说创作分量顿减、色彩大减。余下的创作群并不那么惹人眼目,问题在于没有突出而独有的特点。这要与别的省的创作群,比如与湖南、山西的青年创作群比起来,就看得更为明显了。在我们这个由许多不同的人组成的群体中,有个性的并不多见,相互之间的区别也不大,还不能说是一个彼此不可重复的创作个性的组合。因此,我认为,陕西青年创作群,还主要是一个年龄层次的概念,还不是一个文学倾向或艺术派别的概念。

我在1981年写了一篇文章,谈陕西小说创作的形势,谈到不足的方面时有个看法是,内蕴上过于紧贴生活,逼真中含有过多的拘谨,艺术上变化嫌少,持重中时而显露出刻板。我感到这些问题并没有完全解决。但是,我打算换一个角度,来谈谈这个意思,即怎样实现创作个性化的问题。

对于创作,我们过去因受"左"倾文学观和别的错误文艺思想的影响,有一些很不全面、很不准确的理解,如有的说是现实生活的再现,有的说是作家自我的表现,我比较同意"文学是充满矛盾的人生开放出来的心灵之花"的提法。这个提法包括了再现和表现的双层意思,"心灵之花",形象地表述了通过作家心灵的感光镜折射人的精神世界的意思,这比较符合文学创作的客观规律。

有人把作品内涵的思想深度及其价值分成五个层次,即单纯的、赤裸裸的政治说教，单纯娱乐、消遣的思想，接触到人的人生观、世界观问题，接触范围更广泛的民族心理和国民性问题，接触到人性和人的心理的基本特质。

用这样的标尺来衡量当前的创作，可以说处于第三个层次的作品居多，还停留在前两个层次的作品不多，真正接触到后两个层次的也是少数。比起以前的创作来，这当然是一个进步，但又是一个很初步的进步。最近，读到平凹的一些近作，我感到他已经完全进入了第四个层次，他在给我的一封来信中说要"表现人的本质"的问题，我由此更断定：他是通过自己的思考与探索，自觉地走到这一步的。这是一个高境界的追求，真正实现它很不容易。

有人会问，大家都来写"人的本质"，会不会彼此重复、失去个性呢？我以为不会。人同自己所处的这个世界一样丰富、复杂，甚至世界有多复杂，人就有多复杂，或者说世界的复杂源自人本身的复杂。人类有史已逾万年，但人至今并没有把自身的所有秘密解开，解开旧的谜，又会发现新的谜，这个过程可能要持续到人类的消亡。人的世界是这么广阔、这么深邃、这么博厚、这么幽眇，是永远看不透、写不完、述不尽的。重要的是，对于文学创作者来说，要有自己的领地、自己的视角、自己的感受、自己的表现。把这些归结到一点，那就是创作者要有自己的"心灵"。因为无论写什么，都要通过"心灵"的认知、感应、浸润、选择、陶冶和生发，这个感应器的功能如何，实际上决定着创作的高下。列夫·托尔斯泰曾经讲了这么一番话："无论艺术家描写的是什么人：圣人、强盗、皇帝、仆人，我们寻找的、看见的只是艺术家本人的灵魂。"此言极是。所以，必须重视作家自己的"心灵"建设。我觉得，在寻求和铸造自己的"心灵"时，有两个重要的方面：一个方面是，要强化自己的人生观、道德力量。因为从严格的意义上讲，每个人的"心灵"都有自己与众不同的地方，只不过不那么显见就是了。作为文学创作者，把自己个性的东西突出地显示出来很重要，这实际上是说要充分地"肯定自我"。另一个方面是，要对文艺创作真正献身、倾心，如醉如痴，要有自己高度的忠诚，忠诚于人类文明事业，忠诚于历史，忠诚于真理，忠诚于自己，不断冲破一切可能干扰创作的羁绊，诸如创作中的生存需求、安全需求、归宿需求甚至于尊重需求，真正进入"自我实现"的境界。做到这样两点，创作者就有可能进入一种"心灵"和"心境"的自由发挥、自由驰骋的状态。这种物态化了的心灵世界和精神力量，才可能具有高度的概括力和深刻的启示力，使自己的作品获得永久的或者比较长久一点的生命力。作家是与作品同在的，作品的生命力实际上就是作家的生命力。因此，我们都应当为延长自己的"寿命"而竭尽全力。

在我们现在的时代，像过去那样某一种思潮、某一种流派、某一个人，引领一代文坛风骚的情形，恐怕很难再出现了。时代的精神已分散在不同的流派、众多的思潮之中，由大家共同分享了。就某一个学派、某一个流派来说，也只能独步一时，或者说各领风骚三五年，甚至时间更短。因此，思想文化领域尤其是文学艺术领域的多样化，已是一种时代特征，一种历史趋势，这就促动着个性的产生与发展。从我们目前文学创作的某些动向来看，追求创作的个性化，已经为越来越多的青年作家所认识、所重视。比如"寻根文学"从人们文化心理的内在源流和深层结构着眼，对于国民性格的深入开掘，刘索拉、徐星等以活泼不羁的现代手法对现代青年独特而复杂的心理世界和生活追求的揭示，还有莫言的凸显现代人的感觉的写史，何立伟的打破时空界限的写意，朱晓平强化主观而又隐匿了主观的写实，都表现出了一种以自己的个性化的"心灵"，摄取和折射生活中个性化的性格、个性化的意蕴、个性化的事象的追求。可以说，在群雄竞争的创作群中，有个性，才有位置，有个性，才有影响。现在商业界有一句口号叫作："以质量求生存，以品种求发展。"把这句话套过来用在创作上，可以说是"以个性求生存，以变革求发展"。没有个性，就可能要被别人比下来、挤下来。另外，可以告诉大家一个情况，许多理论批评工作者也开始注意"个性"、寻求"个性"。许多同志在交谈中都表示了这么一个意思，就是评论不一定写得那么多、那么乱，要找最值得评的、有个性的，说自己最想说的话，不然评论文章也很难留得下来。过去，理论批评家中不少人，是以及时品评和鼓吹新人新作为己任的，如今的一些年轻批评家，对此已不以为然了，不愿意把自己拴在作家的身上，对作家的创作进行机械地跟踪、被动地解说，他们要走自己的路。这里就透露出今后理论批评的一个信息，就是作品的评论，将是有选择、有取舍、有侧重的。如不具有一定的艺术个性，很可能遭到无声无息的冷遇，被排斥在批评的视线之外。

前一向，一所著名大学的中国当代文学专业研究生们对新时期以来富有个性的作家开列了一个名单，很苛刻，全国两千多位作家中，他们只提出了十个人，60岁以上的一个，40岁以上的五个，30岁左右的四个。我只能告诉大家，陕西入选的仅平凹一个。我看到这个名单，感到不无偏颇，又不无道理。这本身就是一种评论。这说明，评论界今后将要改变那种对单个作家单个作品的具体而又盲目的追踪的情况，而从宏观比较中寻求更有特色的作家和作品，从而使自己的理论批评文字获得更高一些的价值。

陕西有着深厚而优秀的文学文化传统，出过许多著名的文学家，如司马迁、班固、班超、白居易、王昌龄、韦应物、杜牧等。我们这个文化传统的特点是什么，我没有做过认真的研究，但可以看出的一点是，无论是文，还是诗，都比较注重写实，现实主义的色彩相当浓厚。陕西人大都具有实诚耿直、质朴豪放的优点，也有不喜变易、容易满足的弱点。我希望在座的各位青年作家，也包括我自己在内，在继承陕西人的好传统的同时，注意克服陕西人的劣根性，使自己的步子迈得更大一些，路子走得更宽一些。80年代的陕西文人，应当适应时代把我们的传统加以丰富和发展，使它进入一个更高的层次。总之，我相信今后在陕西的大地上，一定会不断升起耀眼的文学新星，希望就在于在座的各位。

1985年9月

从"高原"到"高峰"

——"陕军东征"三十年感言

习近平总书记《在文艺工作座谈会上的讲话》中,谈到文艺现状时有个"有'高原'缺'高峰'"说法,既指出了问题,又提出了希望。我觉得,由"平原"向"高原"跋涉,再由"高原"向"高峰"攀登,可能是当代文学从新时期到新世纪再到新时代以来的一个基本状态。其中,有很多重要的活动与事件,都具有文学发展的风向标意义,值得我们不断回望和深入探究。"陕军东征",就是这样一个富含多重意义的文学现象。

发生于1993年的"陕军东征",到今年已经过去了整整三十年。经过岁月的沉淀,表象的热闹逐渐退去,内部隐含的一些问题逐渐凸显出来,开始引起人们的关注与探究。在我看来,有三个方面的问题比较直接也比较重要,由此也充分体现了"陕军东征"的独特意义。

一、陕西作家蓄势多年的群体"爆发"

20世纪80年代的陕西文学,遭遇到一个特殊的情形,这就是想要起势和崛起,却又缺少动能与内力。尤其令人为之焦虑的,是所有的作家一时间就是写不出长篇小说来。为此,陕西省作家协会召开会议,举办研讨班,请人传经送宝,加强学习探讨,彼此交流体会,寻求创作突破。到了20世纪80年代末期,贾平凹推出长篇小说《浮躁》,率先打破僵局;接着是路遥完成《平凡的世界》,给人以更大的惊喜。随后,便是路遥、邹志安先后去世引起的一段时间的沉寂。1992年,在人们漫长的等待中,陕西文学再现了希望的曙光,陈忠实完成了《白鹿原》,贾平凹完成了《废都》,高建群完成了《最后一个匈奴》,程海完成了《热爱命运》,京夫完成了《八里情仇》。这五部作品虽各有千秋,并不在同一水平线上,但有《白鹿原》这样一部力作,就十分重要。记得当时在北京召开的研讨会上,大家在发言中对作品的评价不断抬升,有人说这是近十年来最好的长篇小说,有人说,我看不止是近十年,是新时期以来最好的长篇小说。紧接着有人说,我看应该是新中国成立以来最好的长篇小说。总之,一部难得一遇和求之不得的好长篇小说,是人们对于《白鹿原》的共识性好评。

《白鹿原》等五部作品的联袂出现,反映了陕西作家的凝神聚力,蓄势待发,也激励和影响了其他作家奋袂而起,奋发而为。可以说,由此,陕西作家焕发出了充足的文化自信与文学自觉,获得了走向自立自强的内在动力。

二、长篇小说长足崛起的鲜明标记

"陕军东征"的五部作品,能够在文坛内外赢得人们的广泛关注,除了作品都可读可看,给人们以很大的期待外,还有一个很大的原因是"陕军东征"这样一个总体性命名和整体性包装,这样一个分散现象经过整体命名能在一段时间内广为流行,本质上是媒体运作与商业炒作两个方面不谋而合的结合。这样一个混合了新闻性、广告性的概念,反而以其模糊性和新奇性,给人们以巨大的吸引与诱惑。

"陕军东征"是最早出现在当今文坛的长篇小说的成功营销现象,由此,媒体运作与商业炒作的频频联手就越来越多,几近于常态。也就是从1993年开始,全国的长篇小说创作,开始不断增量。1993年之前,每年的小说年产量大概就二百部,从1993年开始,三百部、四百部、五百部,一直往上攀升,直到20世纪90年代末达到一千部。所以,1993年就是一个非常重要的转折,转折的标志就是"陕军东征"。它不仅是陕西文学界的喜事,更是整个长篇小说发展的大事。

三、新的文学时代登场的确切信号

进入20世纪90年代,随着文学的和文学之外的各种力量不断介入,文学现场越来越纷繁嘈杂,这里既有观念的不断分化,更有商业大潮的强力来袭,人们在一段时间里比较茫然,很多东西难以把握,很多现象难以看清。从写作上看,个人化写作从初露端倪到成为潮流,成为定势,使得从事文学评论的人,不得不面对自己并不喜欢的作者与作品。所以,那个时期,"无法命名"几乎是评论者对于新的文学时代的共识性看法。

其实就从"陕军东征"几部作品的作者来看,陈忠实、贾平凹、高建群在他们的作品里,高高扬起作家个人的精神主体性。在立足于充分的文学自信的基础上,他们在自己的创作中,无论是作品题材与旨趣,还是人物的性情与欲情,都充分表现出勇于尝试、大胆超越、敢破敢立、无所顾忌的勇气与努力。在90年代的文学创作中,这种充分彰显作家主体性的艺术追求,越来越多地体现在更为大量的年轻作家的个人化写作倾向中,并成为当时的文学亮点。

90年代复杂的文化环境、文学关系、文学创作,其实也由"陕军东征"显露了不少端倪,因此可以说,"陕军东征"带有20世纪90年代文学的鲜明标记,是一个新的文学时代开始登场的确切信号。

2023年10月

在保护中发掘和利用

——关于陕西文化资源的感想

陕西作为历史文化积淀丰厚、革命文化蕴藏深厚的所在,其文化资源具有得天独厚的代表性和无可替代的重要性,是毋庸置疑的。文化资源上这种鲜有匹敌的优势,是我们陕西的光荣,也是中华民族的骄傲。把这份宝贵的文化资源保护好,套用一句俗语,是"功在当代,利在千秋"的宏伟壮举,也是陕西人义不容辞的重要使命。

参加了2004年5月下旬由西北大学组织的为期十天的陕西文化资源保护与利用研讨会,感慨良多,教益颇深,许多理性的思索有了感性的印证,许多感性的认识又有了理性的升华,可以说在理论与实际相结合的层面上,提高了对陕西文化资源保护与利用意义的理解与认识。

我想结合这次调研,就自己感受最深、思考较多的两个问题,发表一些粗浅的看法和意见。

一、有形的文化资源需要加大保护力度

陕西的文化资源,数量丰盈,品种众多,仅有形的文化资源方面,就可大致分为先民遗址(如半坡遗址、蓝田猿人),帝王陵墓(如秦始皇陵兵马俑、乾陵、茂陵、昭陵、阳陵等),名胜古迹(如法门寺、大雁塔、华清池、碑林、钟鼓楼、明城墙等),种种,另外一个大类,就是散见于地方、存活于民间的民俗文化(如民间工艺、民间艺术和地方民歌等)。比较而言,先民遗址、帝王陵墓、名胜古迹等几类,因为有着重要而显见

的历史价值和文物意义，并有一定的专业人员进行发掘和保护，而且纳入了政府的文物、文化工作体系，虽然有大量的工作要做，但因少有抢救性和紧迫性的工作，没有太多让人担忧的地方。倒是民间、民俗文化这一块，因为既不属于令人瞩目的文物，又局限于不同的地域范围，常常容易在忽略与轻视中衰落乃至灭亡，因而特别需要进行抢救性的保护和保护性的开发。

令人稍感欣慰的是，2004年3月2日，陕西省人民政府办公厅颁发了关于加强优秀民间传统文化保护工作的通知，就充分认识优秀民间传统文化保护工作的意义，增强责任感和紧迫性，加强优秀民间传统文化保护工作的总体要求、方针和重点，确定优秀民间传统文化的保护范围，建立科学的保护制度，等等，都提出了原则性的指导意见，这对于加强民间传统文化的保护工作，无疑是适逢其时的。

事实上，陕西民间传统文化的现状，是十分令人担忧的。就我们在5月下旬参加研讨会期间走马观花式地了解来看，一些民间传统文化或者在生存中深陷困境，或者在困境中濒于失传，无论是对其的认识、保护还是宣传，都很不令人乐观。比如，凤翔的泥塑，虽有胡深等民间大师苦苦支撑，近几年也先后有泥塑马、泥塑羊入选生肖邮票，但总的感觉是欠缺艺术上的创新，品种无多，式样单调，而且家庭作坊式的制作使工艺、工序都颇显落后。凤翔泥塑仅靠这样的自制自作、自产自销，显然远远不够，还应该有民间泥塑家的切磋、交流与竞艺，以及高水平的雕塑家的艺术指导，使之在更新与提高中得到更大更好的发展。相比较之下，凤翔泥塑的现状还算比较不错的，有些地方的民俗文化的现状连凤翔泥塑的风光也没有。像合阳的提线木偶，其地位与福建的"南派木偶"并驾齐驱，被称为"北派木偶"，但现在的演出只限于在一些旅游点作为观光的一个点缀节目，好像是把它当成一种"玩意儿"，而未真正当成一种艺术。据说，提线木偶的从艺者也在逐年减少，现在会现场演唱的艺人不多，会提线表演的艺人更少，其前景着实令人担忧。

研讨会期间，主办者特别为与会者放映了西安电视台摄制的《濒危的民间艺术》电视专题片，专题片中提到了许多种后继无人和行将灭绝的陕西民间传统艺术，如华县的皮影戏、西路道情、长安古乐等，这些艺术形式在中国传统文化之中都以其拔新领异而卓具代表性，如真的失传和灭绝，便很难再度重生和复兴，实在是到了必须立即抢救、刻不容缓的程度了。

这些民间传统艺术的不断萎缩和濒临灭绝，有文化大环境追求时尚、追逐实利的客观原因，也有有关文化领导部门特别是地方领导抓经济的一手硬、抓文化的一手软、认识上不到位、保护上不得力的主观原因。没有思想上的高度重视，就不会有保护上的有力措施。这个问题如不及时解决，我们就要犯绝大的错误，甚至成为历史的罪人。

二、无形的文化资源还需进一步深入发掘

有形的文化资源，因为看得见、摸得着和用得上，可能还容易被发现、被重视；而无形的文化资源，因为并不显见，隐性存在于某些领域，就更难得到应有的关注与重视。

这些无形的文化资源，在我看来，有陕西的历史传统、地域特色，尤其是蕴含着陕西人的文化性格、人格精神等。常说"一方水土养一方人"，其实，"一脉历史也养一脉人"。陕西独特的地理位置、自然条件、地域文化和历史传承，事实上也养育并培植了陕西人总体性的文化性格与人格精神。这种文化性格与人格精神是什么，不同的人和不同的角度当会有不同的理解与诠释。在我看来，历史上的陕西人，主要以胸怀远大的进取精神、坚忍不拔的执着意志见长和赢人。这种精神与意志从黄帝、炎帝开创华夏文明始，到后来主导了周秦雄风和汉唐气象，不仅把博大的"秦人精神""唐人精神"变成了独步一时的辉煌的"物质"，而且成为中华文明和民族精神的重要渊源和主要构成。

我觉得，我们在陕西人的文化性格和人格精神方面，有两个明显的欠缺。一个是欠缺深入的研究和探讨，至今看不到有关这一方面的研究探索成果；另一个是欠缺在研究基础上对陕西人文化性格的自我反省。这样的结果，可能既使人们对陕西人的文化性格缺乏真正的认知和理性的把握，又使实际上在生活中发生作用的文化性格随波逐流，甚至使负面因素与正面因素一起在现实中发挥着作用。比如，现在就常常很难让人明显感觉到

陕西人的那种让人敬畏的进取精神、创新意识，相反，那些怀旧与守成的"皇民"精神、"废都"意识却时时处处可见。陕西在当代以来的许多时期，包括改革开放以来，经济发展上一直处于全国的下游，甚至落后于许多边疆省区，这种低下的经济地位与其具有的历史地位和自然条件都极不相称，而人们对这种后进状态在一个时期还浑然不觉，或者无动于衷，这不能不说是与陕西人文化性格中的负面因子在其中作祟有极大的关系。

历史上的陕西人在陕西这块土地上创造过许多重要的文明和光辉的业绩，而这些壮举都是以某种精神为先导，又对既有的精神给予了拓展和创新。历史上的秦朝就是这样，因为在文化上融周秦文化、西域戎狄诸种文化为一体，注重实用，强调功利，形成了不拘一格的用人制度和赏罚分明的官吏制度，在承继法家思想的同时光大了法家思想，从而成就了"车同轨，行同伦"的统一大业，并以雄强大气的秦文化铸就了中国统一之后文明史上最光辉的一页。像此后汉代的"文景之治"、唐代的"贞观之治"，这些在陕西大地上上演的历史壮剧，都有相当丰厚的内涵可供研究和解读。

我特别想提到的，是当今人们不太提起的"关中实学"。这个以张载为代表的学派，是在中国历史的重心由西向东迁移之后，陕西不再处于中国文化中心位置的北宋时期出现的。我感到，人们几乎也把张载和"关中实学"当成了一种边缘文化来对待，这里边包含了某种误解，也包含了某种不公。张载的"实学"思想，看起来是以"易学"为骨干建构起来的，但在表象飘忽之中，却充满一种经世致用的务实精神。他在"学贵于有用"的观念指导下，对于天文、兵法、医学和礼制等，都有独到而系统的研究；其不同于他人的主要特点，在于他由心性的立场、内省的角度，强调主体人格精神的修炼与建构，以"为天地立心"探究自然和人生的和谐统一。这种"天人合一"的主张和司马迁的"究天人之际"是一脉相承的，都旨在经由主客观的统一关系更好地把握现实人生。现在看来，这种在"天人合一"的理念中求真务实的精神与追求，正是我们今天应该切实承继、提倡和发扬的。张载的"实学"影响了"洛学"的发展，但在他的家乡陕西"实学"并未结出太多的硕果来。如今，再不对这份珍贵的思想文化遗产加以研究、整理和弘扬，那就是一种莫大的悲哀，这是张载的悲哀，更是陕西和陕西文化的悲哀。

陕西无形的文化资源，表面上看似乎不多，细究起来，是相当的丰盈，从司马迁的《史记》名篇中可以找到某种精神上的链条，那就是"民本"与"求真"的气韵。这些都值得下功夫和花气力去探究、整理，而深蕴其中的精神因子，正是我们长期淡忘而今天仍然需要汲取的，这种文化资源无疑更值得我们珍惜和重视。以"古"济"今"，化"死"为"活"，这在今天是我们在文化资源的保护、开放与利用上，更为重要也更为艰难的历史使命。

2004年5月

本色陈忠实

一

如同恋人接触多了反倒看不出来长相如何一样，朋友间交往深了也常常谈不出更为特别的印象。我与作家朋友陈忠实的关系，大致就属于这种情形。

初识陈忠实，约在1973年。那时，陈忠实刚刚发表了小说《接班以后》，作品以清新而质朴的生活气息与当时流行的"三突出"作品形成鲜明对照，在陕西文坛引起较为强烈的反响。我所就学的陕西师范大学中文系邀他来校讲学，他以自己丰富而切实的创作体会，生动而形象地讲述了由生活到创作的诸多奥秘，使我们这些听腻了枯燥课文的学子大饱耳福。看着他那朴素的装束，听着他那朴实的话语，我开始喜欢上这个人，同时对他有了第一个印象：本色的人。

20世纪70年代末，我调到北京工作之后，思乡恋土的强烈念想一时难以释然，陈忠实的小说便成为寄托乡思、宣泄乡情的重要对象。它使我身在繁华而嘈杂的京城却得以神游熟悉而温馨的故里，这种阅读显然已超出了文学欣赏的范围。1982年，《文学评论》编辑部要我为《文学评论丛刊·当代作家评论专号》写一篇作家论，我思来想去还是选择了陈忠实。因为我差不多读了他的所有作品，心里感到有话要说也有话可说。在写那篇文章的过程中，我与陈忠实通了好几次信，算是正式开始了我们之间的交往。

由那时到现在，已有十数年。十数年来，与忠实的交往愈多也愈深，但所有的接触无不在印证着我对他的原初印象：本色。我想象不出除了"本色"一词，还有什么说法能更为准确地概括他和描绘他。

二

与陈忠实稍有接触的人，都会有人如其名的感觉。的确，为人忠厚，待人实在，在陈忠实完全是一种天性的自然流露，这使人和他打起交道来，很感自在、轻松和"不隔"。

同忠实在北京和西安相聚过多少次，已经记得不确切了，但1984年夏季在北京街头一家饭馆的相会却至今难忘。那次忠实来京到《北京文学》编辑部办事，交完稿后打电话约我去见他，我赶到《北京文学》编辑部的门口后，我们就近在西长安街路南的一家山西削面馆要了削面和啤酒。那天饭馆的人很多，已没有位子可坐，我们便蹲在饭馆外边的马路牙子上，边吃边喝边聊，看着来来往往的行人和车辆，聊着热热闹闹的文坛和创作，不拘形式也不拘言笑，实在惬意极了。

由此就好像形成了习惯，每次忠实来京，我们都去街头找家饭馆，在一种家常式的气氛中谈天说地。他先后来京参加党的十三大和十四大，所下榻的京西宾馆附近没有小饭馆，我们就步行很远到小胡同里去找小饭馆，连喝带聊度过两三个小时。对于不讲排场、不吃好的而又注重友情、注重精神的我们来说，这是再好不过的交往方式了。把这种平民化的交友方式与忠实常常要离城回乡的生活方式联系起来看，我以为，这除去表现了他的为人实诚之外，还是他人生的一种需要。他需要和普通的人、普通的生活保持最经常的接触，需要和自己熟稔的阶层、喜爱的土地保持密切的联系。正因如此，他才既有出自生活的清新的审美感受，又有高于生活的深邃的艺术思考。

陈忠实对帮助过他的人，宁可感念于内心而不形诸口头，也很典型地表现了他的为人之忠厚。他的短篇小说《信任》于1979年在《陕西日报》上发表后，由于当时任中国作协副主席、《人民文学》主编张光年的发现与支持，得以在《人民文学》转载并在该年度全国优秀短篇小说评选中获奖。他十分感激这个关怀和鼓励他创作的文学前辈，但却没有像有些人那样或致信感谢，或登门认师，只是默默地铭记于心。嗣后，参加十三大期间中国作协的一个聚会时，适逢张光年同志在场，忠实听说这一天是光年同志的生日，便相邀了作家金河等人一起向张光年同志敬了一杯酒。张光年同志问了他的名字，才知敬酒的人中有一个是陈忠实。

陈忠实以他的方式待人处世，这种方式质朴无华，不带任何繁缛，不含任何俗气，一切都是自我本色的自然呈现。

三

陈忠实从事专业创作不久，即在换届中担任了陕西省作协副主席的职务。1992年再次换届时，又出任了陕西省作协主席；同时，他较早就是党的十三大、十四大代表，中共陕西省委候补委员。在作家里头，党内外都有如此之高职务的人并不多，而这对于陈忠实来说，什么都没有改变，他依然和往常一样，不显山，不露水，把自己看作一个普通农家出身的普通作家。

正因把全部心思和精力用于创作，陈忠实在省作协副主席的职位上，先后写出了《十八岁的哥哥》《梆子老太》《初夏》《蓝袍先生》《四妹子》《地窖》《夭折》《最后一次收获》等中篇力作和一批短篇小说，并在1992年完成了一鸣惊人的长篇处女作《白鹿原》。无论是创作的数量，还是创作的质量，他都以无可争议的实绩在陕西乃至全国的专业作家中名列前茅。

1992年，陕西省文联换届，省上原拟调在作家中党内地位较高的陈忠实出任省文联党组书记。陈忠实考虑再三婉拒了组织上的好意，理由只有一个：要把主要精力投入创作，在有生之年写出更多更好的作品。后来，省上在省作协换届时根据大家的意愿决定由他担任省作协主席，陈忠实难以再次坚辞，上任后便以秘书长制的方式分流行政工作，自己仍腾出较大的精力来从事创作。在这之后，几次见到他，发现他在琢磨自己的创作突破的同时，显然对全省的创作和文学工作比过去考虑得更多、更深了。他由路遥、邹志安等作家的中年早逝看到了改善作家生活和工作条件的重要性，想方设法帮助中青年作家解决种种困难，并在出差北京时找有关出版单位为作家京夫（《八里情仇》作者）、程海（《热爱命运》作者）争取稿费；他由1992年舆论界普遍叫好的"陕军东征"现象中，看到了陕西小说创作的长处和短处，告诫自己的同行要保持清醒的头脑；他还感到了，与文学创作相比，陕西的文学评论相对薄弱，提出在培养青年作家的同时要着力培养青年评论家。既谋其文，又谋其政，一切都统一于对文学事业的默默奉献，这就是陈忠实的为官之道。

去年夏季，我出差西安再去熟悉的省作协大院，发现破败了多年的大院果然气象一新，作协下属的几个刊物调整了班子，焕发出了新的活力。大家在言谈中都称赞陈忠实上任之后说实话、办实事，使机关的面貌切切实实地换了新颜。这种使一个单位发生显著变化的事情，无疑是需要投入像写作《白鹿原》一样的大气力和大功夫的。这在不图虚名的陈忠实，也是自然而然的事情。

四

用"文如其人"来形容陈忠实，也是再恰切不过的了。忠实的作品，如他的人一样，质朴中内含明慧，厚实中透着灵气，而且在忠厚、实在的基点上不断超越过去的自己，现在可说已近乎一种大巧若拙、大智若愚的境地。

陈忠实在小说创作上有一个原初的基本点，这便是由种种来自生活的真情实感，倾听民间的心声，传达时代的律动，其特点我曾在一篇文章中概括为八个字："清新醇厚，简朴自然。"应当说，在他此后的创作中，这个总的基调并没有改变，但在此之外，他显然有诸多的拓展与丰富，从而在整体上又构成了一种渐变。

如果把陈忠实的创作分为《信任》时期、《初夏》时期和《蓝袍先生》时期三个阶段来看，显然第一阶段在注重生活实践中关注的是生活事实的演进，第二阶段在深入挖掘生活中更注重社会心理的嬗变，而第三个阶段则在生活的深入思考中趋于对民族命运的探求与思考。这一次次的递进，都由生活出发而又不断走向艺术把握生活的强化与深化。有了这样的坚实铺垫，忠实拿出集自己文学探索之大成的《白鹿原》，并以它的博大精深令文坛惊异，就毫不足怪了。

《白鹿原》确非一蹴而就的产物，自1986年发表《蓝袍先生》触发创作冲动之后，陈忠实实际上就把一切精力投入了《白鹿原》的创作。1988年夏，我去西安出差，忠实从郊区的家里赶到我下榻的旅馆，我们几乎长聊了一个通宵，主要都是他在讲创作中的《白鹿原》，我很为他的创作激情所陶醉，为他的创作追求所感奋，但怎么也想象不出写出来的《白鹿原》会是什么样子。作品大致完成之后，忠实来信说："我有一种预感，我正在吭哧的长篇可能会使您有话说的，……自以为比《蓝袍先生》要深刻，也要冷峻一步……"后来，看过完成稿的评论家朋友李星也告诉我，《白鹿原》绝对不同凡响。我仍然一半是兴奋，一半是疑惑。待到1993年初正式看到成书《白鹿原》后，我完全为它所饱含的史志意蕴和史诗风格所震惊。深感对这样的作家、这样的作品要刮目相看，因而，以按捺不住的激情撰写了题目就叫《史志意蕴·史诗风格——评陈忠实的长篇小说〈白鹿原〉》的评论文章。

有评论者把注重生活积累的作家和玩弄表述技巧的作家分别称为"卖血的"和"卖水的"。这种说法虽过于绝对了一些，但也说出了这些年创作中的某种事实。陈忠实显然属于"卖血的"一类作家。他的作品从最初的《信任》到最近的《白鹿原》，篇篇部部都若同在生活的沃野里掏捧出来的沾泥带露的土块，内蕴厚墩墩，分量沉甸甸，很富打动人的气韵和感染人的魅力。这样的本色化的创作成果，无愧于时代生活，无愧于广大读者，也无愧于作者自己。

本色为人，本色为官，本色为文，在生活和创作中都毫不讳言地坦露自我，脚踏实地地奉献自我，尽心竭力地实现自我，这就是我所了解的陈忠实。我为有这样的朋友而自豪，骄傲。

1994年9月

多色贾平凹

因有陕西同乡、同届学友和文学同行的三重关系，在作家朋友中，贾平凹是我交往最多、相知也较深的一个。

我之所以不敢用"最深"一词来形容我对他的了解，实在是因为这个家伙太难以把握了，而且你接触越多，他身上显示出来的互为矛盾的东西就越多。好像他的存在，就是为了证明那句"人是矛盾的集合体"的名言似的。

然而，正因为贾平凹把诸多不尽相同甚至迥然不同的东西集于一身，其人其作才不那么简单，才不那么平庸，而让你难以一眼洞穿，难以一言蔽之，有了让人咀嚼不尽的意味。

从这个意义上说，矛盾的贾平凹就是多色的贾平凹，多色的贾平凹就是独特的贾平凹。

弱与强

平凹身坯单薄而又生性懦弱，从外形上看，绝对是一副弱者的形象。他对自己的描画就颇为传神："孱弱得可怜，面无剽悍之雄气，手无缚鸡之强力。"

他给人的印象也确乎如此。陕西的朋友常说，成了名的平凹仍然极不开通，他不愿意抛头露面又不得不抛头露面，因而，常常处于被动应付的状态，无论参加什么活动，总是缩在衣领里，躲在僻静处，别人不点名，他绝对不说话。我与他一同参加过几次会，也觉得他确实有些缩头缩脚，不够洒脱。1987年冬，作家出版社在京召开他的长篇新作《浮躁》研讨会，评论家朋友们竞相发言，慷慨激昂，轮到平凹时，他以羞怯的语气简述了自己的创作体会后，更多地谈了创作中的种种缺憾和不足。一副自谦、自责的神情，好像他写了一部《浮躁》，很对不起大家似的。

但在非公众场合，尤其是熟人和朋友之间，平凹又常常表现出让人惊异的另一面来。朋友间谈论什么或讨论什么，他总有一种不肯服输的劲头，从容不迫而又想方设法地旁征博引，直到占了上风为止。一次创作会议的晚间，几十个人聚在一个屋子里谈天论地，不知怎么就把话题转到了"荤笑话"上，一人讲一个，看谁讲得妙。轮到平凹时，他用不紧不慢的陕西方言讲了一个小偷捉弄县太爷的故事，那用语雅极了，寓意又"荤"极了，压倒了所有人的笑话，在座的无不为之折服。还是在那次会上，文学基金会印了一张有百十名著名作家签名的礼品画片，平凹认真看过之后对我说："这所有的签名里头，最好的还是我的字。"一副当仁不让、洋洋自得的神气。

平凹自己说得好："懦弱阻碍了我，懦弱又帮助了我。"他从中修炼出来的那种"静静地想事，默默地苦干"的内向性格和务实精神，使他在凭借个体智慧和文思舞文弄墨的创作领域大显身手、迭领风骚，以十分强劲的势头把他在别的地方丢留的懦弱一扫而光。

恐怕这么几个数字就很能说明问题：截至1991年，他已出版各种类别的文学作品四十七部，在国内当代青年作家中名列前茅，虽说还够不上"著作等身"，却也可以说是"著作等腰"了；他是当代作家中少数几个既在小说领域独树一帜，又在散文领域自成一家的作家之一；他先后获得过三十多种文学奖，1988年又作为第一位中国获奖者领取了国际性的美孚飞马文学奖。其实，在这些数字背后，还有一些更为重要的事实，那就是作为新时期文学为数不多的贯穿性作家之一，贾平凹在以自己的创作实践推进整个文学的发展方面，起到了不少独特而重要的作用。他发表于1978年的短篇小说《满月儿》，预示了当时的小说创作由揭露"伤痕"向正面写实的过渡；他发表于1984年的《腊月·正月》《小月前本》《鸡窝洼的人家》和后来的《浮躁》，有力地促进了"改革文学"向现实生活深处的掘

—311—

进和发展；他发表于1982年的《卧虎说》最早发出了文学"寻根"的审美信息，此后，他以"商州"系列作品成为"寻根文学"的一员主将。他还是较早尝试"新笔记小说"创作的探索者，后来有关小说文体问题的提出与讨论，他是倡导者之一。总之，在新时期文学创新求变的道路上，每一时期的每一阶段都留有他鲜明而有力的足迹。

由此可见，在生活中不无懦弱的贾平凹，一旦进入创作领域，是何等的雄强，何等的英武。

"鱼翔浅底，鹰击长空。"贾平凹的天地在于创作，他是为文学而生就的。

呆与灵

关于贾平凹的呆，也有不少故事。事实上，在他所不擅长的一些方面，显呆露拙是常有的事情。不久前，有朋自西安来，说是去冬西安市文联换届后举办茶话会，平凹以文联主席的身份主陪省市领导。他除了别人问一句答一句外，就默坐不语了。有几位不甘寂寞的副主席和委员则如鱼得水，左右逢迎，夹吃端喝好不热闹，平凹反被大家遗忘了似的晾在了一边。事后从平凹那里知道，朋友们勾勒的那一幅图画是真实的。事情同我想象的一样，不爱表现自己又不善于交际的平凹遇到这种场合不仅不会感到尴尬，反而会感到欣幸。因为陪领导这种苦差事有更合适的人取而代之和乐于酬应，于大家都是幸事。

我也遇到过平凹在不该呆的时候犯呆的事。去年6月间，西安市文联和市作协联合举行贾平凹近作研讨会，尚在住院的平凹抽出三天时间与会，他既是会议的研讨对象，又是协会的主席，本应只是会会友、听听会，谁知遇上了一帮玩心大于责任心的办会者，正事上常常抓不着人。平凹索性带上夫人和一位副主席，从接送与会者到安排住处，招呼吃饭，几乎包揽了会务。他一会儿是接待员，一会儿又是办事员，三天没有睡过一个囫囵觉。他没有想到自己还有指使别人的权利，也拿不出名家的架子和领导的威严来。朋友们在怜惜和感动之余，都觉得他那不大不小的官实在当得有些窝囊。

然而，只要涉及与创作、与审美有关的事情，这个官场上的呆子便摇身变成了一个艺术的精怪，比谁都聪敏、灵醒。近年来，他在诗、书、画等艺术门类上全面出击暂且不论，就拿他当成宝贝收藏了满屋子的石头和树根来说，那也只有想象力同他一样奇崛而超群的人才可能领略其中的奥妙与意趣。一块石头，他这样一摆，说是像狮子，又那样一摆，说是像老道；这个树根他说像女人在舞蹈，那个树根他说像白鹤在长鸣……反正似像非像，全凭想象。你若是照着他的描述去理解和想象，便越看越像，绝妙异常。朋友们去他家，主要的节目就是欣赏他的这些木、石收藏品，听他绘声绘色又眉飞色舞地解说与炫示，好像他得到这些东西绝妙得天下无双。我常常想，平凹真有一种从人们习焉不察的事物中发现美和表现美的灵性、悟性和天性，这恐怕就是他总能在文学创作中别具慧眼和独领风骚的奥秘吧。

平凹的悟性和灵性，还表现在他的掐八字、看手相上。他常常把一些找他测性格、算命运的男男女女说得晕头转向又心服口服，因而有了一个"贾半仙"的雅号。我向来不信算命一类的勾当，但自目睹了平凹的一次算命后，便不敢贸然否定了。一次会议的间歇，我熟识的一位女编辑托我找平凹给她算命。他们互相并不认识，我把他们领到了一起后，便坐在一旁观看起来。平凹问了她的生辰八字，又看了看她的右手，然后煞有介事地说了起来，什么你刚从一个很远的地方回来，什么你的婚姻生活不甚和谐，等等，使这个刚从西藏讲师团归来又正准备离婚的女人惊叹不已。事后，我问平凹：这"八字"和手相果能看出人的种种境况么？平凹这才说，他问"八字"和看手相，纯粹是为了打掩护，真正的奥秘在于凭他长期观察各色人等的经验和细切感知对方情性与心性的悟性。由此我也知道，他把算命也当成了探悉人性、窥解人生、积累素材和锻炼悟性的手段。而他作为一个富于创作性的作家，也确实借此显示出了自己过人的锐敏、聪慧和睿智。

丑 与 美

从长相上说，平凹说不上相貌堂堂、人才出众，却也是平头正脸、人模人样。但他总是对自己估计过低、缺乏自信，往往以"丑陋"自贬和自嘲。而他那些刊发在一些报刊上的照片，因既不上相又未精心择选，也给人一种其貌不扬的印象。其实，这里头既有他真诚自谦的成分，也有他故意渲染的伎俩。他把自己说得面目"狰狞"一些，便大大降低了读者的期望值，而一见真人，却未必如此，反倒生出好感来。事实上，平凹在许多场合，都以他的瘦骨清风和秀外慧中赢得了许多人的喜爱，其中当然包括不少女士。

但平凹不大修边幅却是事实。他除了按照他的"女人美在头，男人美在脚"的美学观点时时注意鞋的整洁外，其余就都随随便便了。只是去冬要去美国访问，他才破天荒地"武装"了自己。我打趣他："噢，换了个人样了。""有什么办法，丢自己的人事小，丢国家的人事大。"他也打趣地回答。我想，平凹不事修饰并非愿意邋遢，这除了生活习惯上的原因外，显然还有他不愿惹人眼目，只想朴俭为人的心理。

让人感到有趣的是，平凹一个劲地把自己往丑人的行列里划，却毫不掩饰他追求美的事物的炽心。像他当年痴追美人韩俊芳的经过，就已成为众人皆知的猎艳逸闻。他有一次乘公共汽车时，发现中途上车的一个姑娘漂亮得惊人，眼睛再也离不开她。后来，姑娘下了车，他心里生起莫名的失落与怅惘。此后什么事情也干不下去，便索性三次冒着酷热，不辞劳苦地到姑娘上车的市南郊某车站可怜巴巴地"守株待兔"。功夫不负有心人，贾平凹终于想方设法地把她追到了手，这便是他的夫人韩俊芳。后来，人们向他们夫妇求证此事，俊芳说完全属实，平凹则笑着不置可否。我的朋友也是平凹的朋友孙见喜，在《贾平凹之谜》（四川文艺出版社1991年版）一书中专有一章讲述贾、韩的恋爱经过，读了那一章的人都会看到，在诸如找心上人这种关键时刻，贾平凹一点都不懦弱，不呆拙，更不言什么丑了，简直勇敢、自信到无所顾忌的地步。可见，一个人的爱美之心高度炽热了之后，也是什么苦都能吃，什么事都敢干的。这大概也是人们常说的"色胆包天"吧。

平凹在一份《性格心理调查表》上"你一生性格变化中的重大因素"一栏里写道："事业和爱情是我的两大支柱，缺了哪一样，或许我就自杀了。"一语道破了天机：文才+情种=贾平凹。它还表明：无论是文学中的写美还是生活中的爱美，在他那里，作为浑然一体的审美追求，同他的生命、生活方式紧紧联系在一起。平凹曾这样谈他的爱人韩俊芳："从她的身上，我获得了写女人的神和韵。她永远是我文学中的模特儿。"由个体女性的美领略到整体女性的美，由现实女性的美生发出理想女性的美，因而才有他笔下众多美妙而可爱的女性形象——如此来看，我们不仅应当感谢作为作家的贾平凹，也应当感谢作为模特儿的韩俊芳。谁能想得到，十数年前公共汽车上的那次邂逅，对于投身于文学的贾平凹和贾平凹所投身的文学来说，竟然会有那么重大而深远的意义呢！

1992 年 10 月

"路遥知马力"

——路遥和他的《平凡的世界》

有人借用鲁迅先生"从血管里流出来的都是血,从水管里流出来的都是水"的说法,把当今文坛的作家分为"卖血的"和"卖水的"两种类型。这种彼此独立乃至对立的区分是否科学另当别论,文坛上存在着这样的不同的创作追求却是大致不差的。我以为,不管从哪个角度来看,路遥都属于"卖血的"这一类作家,或者还是其中最为典型的一位。

路遥的作品即使以获奖者为例,也可见出那种恓惶无华的品性和呕心沥血的意味。获1980年全国优秀中篇小说奖的《惊心动魄的一幕》,以县委书记马延雄在两派群众组织的相互揪斗中受尽煎熬仍惦念着群众疾苦,最后为平息群众的大规模武斗而献身的悲壮行为,揭示了"文化大革命"以"革命"的名义祸害革命群众、迫害革命干部的实质。作品由一个独特线索串结起了一个个紧张而又感人的情节,那真挚的情感和扎实的文笔,几乎构成了对一个非常年代历史的神形毕肖的缩写。获1982年全国优秀中篇小说奖的《人生》,更以独到的人生体验和曲婉的生活故事,表现了回乡青年高加林在人生道路和情爱选择上难遂人愿的起落浮沉。那种主客观世界交互影响所构成的斑驳的世态和游移的心态,只有对城乡生活烂熟于心而又饱含深情,对回乡青年爱之甚切而又知之甚深,才能如此逼真而生动地描绘出来。这些作品无疑是坚实的人生积累和深刻的人生思索的艺术产物,它们不似当今文坛一些作品那样是"试管"里培植出来的"婴儿",那完完全全是作者用自己的生命和心血养育出来的足月"产儿",一呱呱坠地,便充满了独有的生气。

1982年后,路遥开始了长篇小说《平凡的世界》的创作准备。据他在一些文章里记述,在近三年的时间里,他在生活体验和资料收集两个方面都花了大功夫,下了大气力。在生活体验方面,为了弥补自己的实际生活的不足,他去往陕西铜川矿务局的一个小煤矿,亲身下井挖煤三月之久,切身感受到了矿工生活的困苦与高危。这些亲身经历,为他描写孙少平的矿工经历,提供了最真实也最生动的实际素材。为了了解和把握改革开放初期的历史风貌与社会生活,他逐年翻阅十数年来的报纸杂志,详细摘录时代与社会的重大事件和重要变迁。此外,他重温了托尔斯泰的《战争与和平》等诸多中外文学经典,从中汲取有益的文学营养。

经过这一系列的生活体验与文学储备,他带着不可遏制的创作冲动,打点行装躲进渭北高原一个偏僻的小山沟,在一间小茅屋开始了《平凡的世界》的营造。路遥习惯于夜深人静的晚上写作,困了累了就靠香烟和咖啡提神,一直伏案写作至天明,别人起床,他才入睡。中午醒来,吃点馒头、米汤、咸菜,又开始阅读和写作,多数日子一天只吃中午一餐,有时晚上吃点面条。繁重的写作和简陋的生活大大影响了他的健康,致使创作多次难以为继。第一部写完,身体透支;第二部写完,大病一场;第三部写完,人就上了病床。用"呕心沥血""生命书写"来评价路遥创作《平凡的世界》的过程毫不为过。路遥称自己对写作"充满宗教般的热情",我认为完全可以用"以身殉道"来形容他的创作历程。

严肃的作品需要严肃的读者。《平凡的世界》以平凡的艺术手法勾勒的平凡的人生画卷,有心的读者都不难从中读到深刻的人生况味,品出不凡的史诗内蕴。它不仅是我国文坛目前部头最大的反映当代现实生活的长篇小说,而且以纷繁、厚实的生活容量和循序渐进的艺术后劲,在当代长篇小说之林中别树一帜。由宏观的视角着眼,也能见出作者在《平凡的世界》里苦心孤诣的追求给作品带来的诸多显著特点。

这里略谈三点。

其一,在时代艰难蜕变的大背景中,多视点地观照社会生活,使《平凡的世界》以跨度较大的历时性和幅度广阔的空间性具有一种丰厚的"意识到的历史内容"。

《平凡的世界》以1975年至1985年间的社会生活为背景,十年的时间在历史的长河里不过是一瞬,但作者选取的这十年却在中国当代社会变迁史上具有十分重大的意义。它囊括了"文革"后期、毛泽东和周恩来等革命领袖的逝世、天安门事件、粉碎"四人帮"、十一届三中全会、十一届六中全会、十二大、六届人大等一系列重大社会政治事件,包孕了由政治禁锢到思想解放、由以阶级斗争为中心到以经济建设为中心、由农业的初步变革到经济的全面起飞等多方面的社会生活的剧烈过渡和演变。而这种巨大的时代转化,在《平凡的世界》里绝不只是一种虚隐的背景,它不仅通过少安、少平以及他们周围的人痛惜毛泽东等革命领袖的逝世、辗转传抄《天安门诗抄》、欢呼"四人帮"被粉碎等,如实描写了一次次历史风云在黄土高原造成的深沉回响,而且以普通人物少安、少平的自立自强、"职业革命家"田福堂、孙玉亭等人的失势失意等不同社会力量和地位的调整与转换,反映了改革的大潮生长壮大乃至激浊扬清的客观流动趋向。可以说,作者力求通过多种生活场景的交织描绘,恢宏而又细致地表现这一历史性变迁。在作品里得到充分描写的至少有三大块生活场景,或者说作者有力地运用了看取生活的三个基本视点:一是由迷恋黄土地的孙少安的人生追求串结起来的农村生活场景,二是由不甘于务农的孙少平的打工生活所缀连起来的工矿生活场景,三是由改革型干部田福军的从政生涯所铺陈开来的政界生活场景。三个生活场景构成的博大的生活画卷不仅大大突破了作者以往的创作,即以乡村为主、城乡交叉的生活氛围,而且连缀内在、文笔娴熟而地道。三个生活场景的交叉演进用兄弟、乡亲的彼此交往来自然调遣、切换,其主要人物的进退与荣辱,则又系于时代的大气候,统于改革的大趋势。"四人帮"之流尚在肆虐之时,少安、少平被穷和"左"压得喘不过气来,身为县革委会副主任的田福军也倍感压抑;社会改革逐步展开之后,少安率先打破"大锅饭",以办砖厂谋求致富,少平按着自己的意愿在外出打工中自我闯荡,田福军更是如鱼得水,由县革委会副主任升任地区专员而后升任省委副书记。应当说,他们在各自的生活领域进取得相当艰难,但毕竟可以放开心性、放开手脚地同阻碍他们前进的力量相抗衡、相拼搏,自己把握自己的生活,自己争取自己的前程。社会改革如何适应并释发人的心性,而逐步活跃的人的心性又如何推动改革的深化与发展,这些在《平凡的世界》里可以说都得到了生动而又鲜明的反映。

其二，在多重对比、多层开掘之中塑造人物群像，在生活磨难之中刻画典型性格，《平凡的世界》在众多人物性格的多样化的展示中有对主要人物内心世界深邃性的揭悉。

《平凡的世界》中，有名有姓的人物有一百多个，展示了一定的性格又给人以一定的印象的人物，有少安、少平以及他们的同代人润叶、晓霞、兰花、王满银、贺秀莲、金波、田润生、郝红梅、侯玉英、李向前、兰香、金秀、小翠等，有孙玉厚以及他的同代人孙玉亭、贺凤英、田福堂、田福高、田万有、田二、金俊文、金俊山、金俊武、金光亮等，有田福军以及由公社到县、地、省的干部徐治功、张有智、李登云、马国雄、冯世宽、呼正文、苗凯、石钟、乔伯年等。如何使这些比肩接踵的人物各显个性，作者确实是用了心思的。他或写同一事情上的不同态度，或写不同处境中的不同心性；或以万变中的不变显现其沉稳保守、谨慎或怯懦，或以不变中的多变揭示其灵活或迷惘、聪颖或狡黠；或以其生活中的行状折射其情趣，或以其心灵上的曝光透视其精神。这种多重对比、多层开掘的手法交替并用，便使人物在相互碰撞之中各显其性，又各个不同。在这些栩栩如生的人物形象中，堪称典型的有少安、少平、润叶、晓霞、金波、孙玉厚、田福军、田福堂、孙玉亭等十数个，其中尤以少安、少平最为光彩。这两个人物是作者倾注了所有积蓄和全部心血刻画出来的两种不同类型的典型。作者把他们放在生活的漩涡中恣意捶打，总是命运刚见好转，打击就劈头而来，他们几乎是少有喘息机会地寻找着摆脱困境的契机，一次次地去奋力把握自己无定的命运。正是在这种令人难以应付的重重磨难中，他们分别在各自的领域战胜了厄运，更新了自我。痴情于黄土地的确立了自强，崇尚新生活的走向了自立，并以他们精神世界的丰富、提高和强化，向人们预示了他们将在改革的历史进程中以时代的"脊梁骨"角色搏击风浪并不断前进的可喜信息。

其三，大胆揭示影响人的命运的生活风浪背后的种种历史性诱因，使《平凡的世界》具有相当的社会批判深度。

《平凡的世界》在一开始，通过困顿的生计使少安、少平一家备受煎熬的细致描写，把农村生活的贫穷本相明晰地揭示给人们。的确，一个

"穷"字,使少安、少平无法安心上学,而且时时背着沉重的屈辱感。孙玉厚为少安结婚鼓起勇气向人借钱结果碰了一鼻子灰的场面,王满银为了几个糊口钱贩卖假老鼠药被当成坏分子惩治的结局,无不让人感到一种贫穷对人的尊严的伤损、对人的心性的扭曲。与这种贫困的生存境况交相映衬的,是那种十分"发达"的农村政治。田福堂、孙玉亭及那些大大小小的"父母官"们,除去机械性地上传下达,便是忙于各种各样的政治批斗,搞各种各样的政治联盟,普遍变成了"职业革命家"。他们对农民的生计问题是何等的漠不关心,而对那些"运动"群众的事情又是何等的不遗余力。什么移山造平原,什么假造万元户,其实质都在于以政治上的胜绩为个人邀功请赏。从少安、少平人生追求的种种坎坷中,从润叶婚爱生活的巨大挫折中,从兰花、王满银一家的生活畸变中,从孙玉厚老人愁眉难展的生计煎熬中,我们都不难感受到穷和"左"结盟联姻之后,对普通人生活命运的无情播弄。正因极左思潮开始逐渐减退,才有了改革事业的逐步进取,才有了人的生力与活力的日渐发挥;也正因极左的余毒阴魂未散,才又有改革进程的步履维艰,才又有人的命运追求的乖戾多蹇。在陕北这块有着深厚革命传统的黄土地上,清除极左的思想余风,把人们从"越穷越革命、越革命越穷"的错误循环中解脱出来,使他们真正走上与他们的付出相适应的富强之路,仍然是尚未完结的课题。这里,作品通过对特定生活氛围的特定社会现象的透视,郑重地提出了对于民族的近传统的反省与反思的问题,引导人们面对现实去寻思如何使几代人摆脱某些传统的东西和外在的因素对普通人心性的压抑和命运的限定。

《平凡的世界》的内蕴和它的部头一样,分量都是沉甸甸的。只要是认真读完全书的读者,都会有这样的感受。但说实话,读这部长篇巨著,确实也需要耐心,需要毅力。这不仅因为它卷帙较大,篇幅较长,还因为作者采取了一种平铺直叙的叙述方式,以一种松疏的情节和散淡的故事体现生活本身自然而质朴的内在意蕴。这尤以第一部为甚。从第二部开始,作者适当地收缩了笔墨,集中了笔力,作品遂以紧密的节奏和曲折的情节较为抓人,以至你读完第三部,还意犹未尽,感到就此煞尾是不是过于急促了一些。

"路遥知马力"。人们由《平凡的世界》的长读中了解了路遥,也深深地感到了他身上潜藏的丰厚的生活功底和不凡的艺术功力。

"《平凡的世界》对我来说已经成为过去。""生活的大树万古常青。"读者由路遥的这两句话里，看到了他告慰过去的勇气，也看到了他放眼未来的雄心。看来，这位陕北汉子是认定了要在小说创作中"卖血"的。对此，我们只能满怀敬意又满怀怜惜地说一句：

"路遥，你多保重！"

1991年4月于朝内

"一鸣惊人"前后的故事

——陈忠实和他的《白鹿原》

当代的中青年作家大概有两类：从学校里走出来，或从生活里滚出来。陈忠实之为作家，属于后者。

陈忠实 1962 年中学毕业后，由民办教师做到乡干部、区干部，到 1982 年转为专业作家，在社会的最底层差不多生活了二十年。他在 1965 年到 70 年代的创作初期，可以说是满肚子的生活感受郁积累存，文学创作便成为最有效、最畅快的抒发手段和倾泄渠道。他那个时期的小说如《接班以后》等，追求的都是用文学的技艺和载体，更好地传达生活事象本身，因而，其作品总是充溢着活跃的时代气息和浓郁的泥土芳香，很富于打动人和感染人的气韵与魅力。

我正是在这个时候开始关注陈忠实的。1982 年，《文学评论丛刊》要组约《当代作家评论专号》的稿子，主持其事的陈骏涛要我选一个作家，我不由分说地选择了陈忠实。因为我差不多读了他的所有作品，心里感到有话要说也有话可说。为此，与陈忠实几次通信，交往渐多渐深。嗣后，或他来京办事，或我出差西安，都要找到一起畅叙一番，从生活到创作，无所不谈。他那出于生活的质朴的言谈和高于生活的敏锐的感受，常常让人觉得既亲切又新鲜。

忠实始终是运用文学创作来研探社会生活的，因而，他既关注创作本身的发展变化，注意吸收中外有益的文学素养，更关注时代的生活与情绪的嬗嬗演变，努力捕捉深蕴其中的内在韵律。这种双重的追求，使他创作上的每一个进步，都在内容与形式上达到了较好的和谐与统一。比如，

1984年，他尝试用人物性格结构作品，写出了中篇小说《梆子老太》，而这篇作品同时在他的创作上实现了深层次地探测民族心理结构的追求。由此，他进而把人物命运作为结构作品的主线，在1986年发表了中篇力作《蓝袍先生》，作品揭示了病态的社会生活对正常人心性的肆意扭曲，即使社会生活恢复了常态之后，人的心性仍难以走出萎缩的病态。读了这篇作品，我被主人公徐慎行活了六十年只幸福了二十天的巨大人生反差震撼了，撰写了《人生的压抑与人性的解放——读陈忠实的〈蓝袍先生〉》一文予以评论。我认为，这篇作品在陈忠实的小说创作中具有重要的意义，它标志着在艺术的洞察力和文化的批判力上，作家都在向更加深化和强化的层次过渡。1988年，我因去西安出差，忠实从郊区的家里赶到我下榻的旅馆，我们几乎长聊了一个通宵。那一个晚上，都是他在说，说他正在写作中的长篇小说《白鹿原》。我很为他抑制不住的创作热情所感染、所激奋，但却对作品能达到怎样的水准心存疑惑，因为这毕竟是他的第一部长篇小说。

1991年，陈忠实要在陕西人民出版社出一本中篇小说集，要我为他作序。我在题为《新层次上的新收获》的序文里，论及了《地窖》等新作的新进取，提及了《蓝袍先生》的转折性意义，并对忠实正在写作中的《白鹿原》表达了热切的期望。忠实给我回信说：

> 依您对《蓝袍先生》以及《地窖》的评说，我有一种预感，我正在吭哧的长篇可能会使您有话说的，因为在我看来，正在吭哧的长篇对生活的揭示、对人的关注以及对生活历史的体察，远非《蓝袍先生》等作品所能比拟；可以说是我对历史、现实、人的一个总的理解。自以为比《蓝袍先生》要深刻，也要冷峻一步……

我相信忠实的自我感觉，但还是想象不来《白鹿原》会是一个什么样子。1992年初，陕西的评论家李星看了《白鹿原》的完成稿，告诉我《白鹿原》绝对不同凡响；后来参与编发《白鹿原》的人民文学出版社的高贤均又说，《白鹿原》真是难得的杰作。这些说法，既使人兴奋，又使人迷惑，难道陈忠实真的会一鸣惊人么？

《白鹿原》交稿之后，出书很快确定了下来，但在《当代》杂志怎样连载，连载前要不要修改，等等，一时定不下来，忠实托我便中了解一下情况。经了解，知道是在《当代》1992年第6期和1993年第1期连载，主要是酌删有关性描写的文字。在我给忠实去信的同时，人民文学出版社也给陈忠实电告了如上的安排。忠实来信说：

> 我与您同感。这样做已经很够朋友了。因为主要是删节，可以决定我不去北京，由他们捉刀下手，肯定比我更利索些。出书也有定着，高贤均已着责编开始发稿前的技术处理工作，计划到八月中旬发稿，明年三四月出书，一本不分上下，这样大约就有600页……
>
> 原以为我还得再修饰一次，一直有这个精神准备，不料已不需要了，反倒觉得自己太轻松了。我想在家重顺一遍，防止可能的重要疏漏，然后信告他们。我免了旅途之苦，两全其美。情况大致如此。

后来，人民文学出版社当代一室的主任高贤均给我讲了他与《当代》的洪清波去西安向陈忠实组稿的经过，那委实也是一个有意味的故事。1992年3月底，他们到西安后听说陈忠实刚完成了一部长篇小说，便登门组稿。陈忠实不无忐忑地把《白鹿原》的全稿交给了他们，同时给每人送了一本他的中短篇小说集。他们在离开西安去往成都的火车上翻阅了陈忠实的集子，也许是两位高手编辑期待过高，他们感到陈忠实已发表的中短篇小说在看取生活和表现手法上，都还比较一般，缺少那种豁人耳目的特色，因此，对刚刚拿到手的《白鹿原》在心里颇犯嘀咕。到了成都之后，有了一些空闲，说索性看看《白鹿原》吧，结果一开读便割舍不下，两人把出差要办的事一再紧缩，轮换着在住处研读起了《白鹿原》。回到北京之后，高贤均立即给陈忠实去信，激情难抑地谈了自己的感受：

> 我们在成都待了十来天，昨天晚上刚回到北京。在成都开始拜读大作，只是由于活动太多，直到昨天在火车上才读完。感觉非常好，这是我几年来读过的最好的一部长篇。犹如《太阳照在桑干河上》一样，它完全是从生活出发，但比《桑干河》更丰富、更博大、更生动，其总体思想艺术价值不弱于《古船》，某些方面甚至比《古船》更高。《白鹿原》将给那些相信只要有思

想和想象力便能创作的作家们上了一堂很好的写作课,衷心祝贺您成功!

1993年初,终于在《当代》第1、2期上一睹《白鹿原》的庐山真面目。说实话,尽管已经有了那么多的心理铺垫,我还是为《白鹿原》的博大精深所震惊。一是它以家族为切入点对民族近代以来的演进历程做了既有广度又有深度的多重透视,史志意蕴之丰湛、之厚重令人惊异;二是它在历时性的事件结构中,以人物的性格化与叙述的故事化形成雅俗并具的艺术个性,史诗风格之浓郁、之独到令人惊异。我感到,《白鹿原》不仅把陈忠实的个人创作提到了一个面目全新的艺术高度,而且把现实主义的小说创作本身推进到了一个时代的新高度。基于这样的感受,我撰写了《史志意蕴·史诗风格——评陈忠实的长篇小说〈白鹿原〉》的论文。

盛夏7月,陕西省作家协会和人民文学出版社共同在文采阁举行了《白鹿原》讨论会。与会的六十多位老中青评论家,竞相发言,盛赞《白鹿原》,其情其景都十分感人。原定开半天的讨论会,一直开到下午5点仍散不了场。大家显然不仅为陈忠实获取如此重大的收获而高兴,也为文坛涌现出无愧于时代的重要作品而高兴。也是在那个会上,有人提出,"史诗"的提法已接近于泛滥,评《白鹿原》不必再用。我不同意这一说法,便比喻说:原来老说"狼"来了,"狼"来了,结果到跟前仔细一看,不过是一只"狗";现在"狼"真的来了,不说"狼"来了怎么行?

此后,关于《白鹿原》的评论逐渐多了起来,这些评论大都持肯定的态度,但也有一些评论着意于挑毛病。对出于文学角度的善意的批评,人们都不难接受,唯有那些并非出于文学也并非怀有善意的批评,颇令人疑惑和惊悸。比如,有人没有根据地胡说什么,《白鹿原》在人民大会堂举行了新闻发布会,而后由新华社向全世界宣布:中国文学由此走向了世界。编造了这样一个弥天大谎之后,便来批判《白鹿原》既如何为主流意识形态所欣赏、所推崇,又如何以严肃文学的身份向商品文化"妥协",向大众情趣"献媚"。另有一种怪论,则从另一角度做政治文章,说什么《白鹿原》有意模糊政治斗争应有的界限,美化了地主阶级,丑化了共产党人。真是左右开弓,怎么说都有理。但只要认真读过《白鹿原》并全面地理解作品,这些意见都是不值一驳的。对于这些看法,作为作者的陈忠实能说些什么呢？今年10月，他出访意大利两度路过北京，听到这些风言风语，先是皱着眉头惊愕："怎么现在还有这样看作品的？"继之坦然一笑，说："还是让历史去说话吧！"

是的，历史比人更公正，评价一部作品，也有赖于公正的历史，因为，历史绝不会亏待不负于历史的人们。

1993年12月

走红的受难者

——贾平凹和他的《废都》

我曾以《多色贾平凹》一文,写贾平凹由多方面的矛盾集合所构成的特殊性格和才情。其实从他总体的人生际遇来看,似乎整个就是由两条走向和运势迥不相同的线索平行构成的一个大大的悖论,那便是在创作上不断走俏、走红,而在生活上却时时陷入窘境、困境。

这一状况发展到《废都》时期尤为甚。

创作《废都》时,他背负着身体有病和家庭破裂的两大难题,背城离家,辗转流浪。

发表《废都》并引起轰动后,他在情绪上、身体上和生活上都辄遇烦恼,不能自拔。

他是一个走红的受难者。

作为与贾平凹交往甚密、相知甚深的朋友,我想就我所知的有关贾平凹与《废都》的是是非非,用琐记的方式披露一二。这在我,自然有一吐骨鲠的意思;对于读者来说,也或许能为了解贾平凹和解读《废都》提供一点参照。

《废都》交稿始末

关于《废都》的创作经过,平凹在《废都·后记》里已有详尽的交代。那是在耀县(今陕西省铜川市耀州区)的桃曲坡水库写出初稿,后来在户县和大荔的朋友家改定。写西京的书并非写作于西京,而是在三处辗转流浪的过程中完成,这或许是细心的读者研读《废都》不应忽略的一个问题。

这三处地方我只去过户县,并从那里受托把《废都》书稿带回了北京。

那是1993年3月初,我因事去西安,抽了两天时间与朋友孙见喜一同去户县看望平凹。我们坐了两个多小时的汽车,又坐了两块钱的三轮车,到了平凹在户县县城寄宿的地方。那是一座三层小楼,为户县计划生育委员会的办公处。平凹的乡党兼朋友李连成在县计生委任办公室主任。一间十多平方米的房子,只有一张桌子两张床,简陋得只能用来写作和睡觉。有朋自远方来,平凹自然十分高兴。那天晚上,我们几乎聊了通宵,说《废都》,说女人,说他流浪的种种孤独与艰辛。他身体依然不好,怀疑是肝病重犯,时常起来喝药。那是请一个老中医配治的一种偏方汤药,喝下去满嘴黑,看来十分痛苦。我不能替他做什么,只能拿话做些无力的劝慰。

桌上搁着一摞半尺高的稿子,整整齐齐地用一个纸盒子捆扎着,那就是刚完成的《废都》书稿。平凹说,初稿写来很顺,修改时却费劲不小。后来,我看了稿子,发现已誊抄完毕的稿子,每页又有不少增改。而这些增改,或者渲染了气氛,或者点染了事象,很有画龙点睛的味道。

当时,关于《废都》的出书,有许多出版社都在竞争,与我同去的孙见喜君也肩负着为陕西人民出版社拉稿的使命。但此前平凹已与北京出版社的田珍颖基本谈妥,他正愁着稿子如何能顺利、快捷地送到北京。因此,我一来,他便高兴地打趣道:你来,怕是上帝的安排。第二天,平凹要了一辆车,带我们到附近看了一道一佛两个寺院,我便在下午带着《废都》手稿回了西安。

在西安趁工作之余,我匆匆翻阅了一遍《废都》。当时,我既为作品塑造的庄之蝶这个独特人物的独特命运所引动,也为作品有关性的描写的大胆直率所惊悸。对这样一部可谓惊世骇俗的奇书,我多少是心存疑惑的。一是怀疑出版社方面看了全书后会不会接受出版,二是担心此书出版之后会不会被人们正确认识和理解。因之,当时有人知道我读过《废都》,问我有什么感受,我的回答明显持一种谨慎、低调的态度。后来,又看了校样三次，看了成书，我对《废都》的认识不断深化，此是后话不提。

两天后，我回到北京，把书稿交到了北京出版社。田珍颖大姐正担心书稿被别的出版社抢走，见我拿来了《废都》，兴奋之情溢于言表，一个劲地表示感谢。我当时并不能确信在出书形象上颇为保守的北京出版社能真的接受书稿，因此当我跨进出版社的大楼，也做好了再来这里背走书稿的心理准备。谁知北京出版社此次的表现十分出人意料，此也是后话。

西安之行横生的一段插曲

在西安临回北京时，无意中发生的一件事，给平凹和我都带来了极大的烦恼。此事至今仍余波未息。

那是一天晚上，我在8点多回到所住的秦大饭店后，有一女的找来，说是湖北电视台电视杂志的记者。我一看并不认识，问有什么事，她说到西安要找人了解贾平凹的婚变始末，写一篇有关这一方面的报道；并说，她找到了贾平凹，贾平凹要她来找我，言下之意是贾平凹要我给她谈他的婚变。因我前一天去户县刚看过平凹，不大相信她的话，她便拿出一个写有我姓名、住处的字条，我一看果然是平凹的字迹。原来，平凹有事突然回了西安，刚进家门，此女就找上门去，平凹无心应付便把人支给了我。

我劝湖北电视台的女记者不要在名人的隐私上做文章，尤其是平凹的婚变，有比较蹊跷的原因，而且双方的情缘并未完全了断，写文章披露这一切只能制造麻烦。但该记者压根听不进去，说什么名人的一切大家都应当知道，还说她在西安已听到不少传闻，仅此就可以做很好的文章。我说这样就更不好，至少是极不负责任的。她又改而问我对平凹的离婚和复婚怎么看。我觉得这属于我可以谈的问题，便谈了谈自己的看法。临了，我还是劝她无论从职业的立场上还是从道德的立场上，都不要在平凹的个人隐私上做文章，她痛快地答应了。

但是回到北京不久，湖北电视台的女记者便在杭州的《西湖周末》上发表了一篇题为《贾平凹又回静虚村》的文章，文中说她见了贾平凹，贾平凹又让她见我，然后把她在西安的种种道听途说都以我的口吻披露出来，给人真实可信的假象。随后，同样的文章换了题目又发表在南京、武汉、重庆、广州、上海的几十家报纸上。这些文章给平凹和与他的婚变相关的人都带来了极大的麻烦，使身体不好的平凹又平添了精神上的痛苦，他觉得自己的婚变已经连累别人，而这一篇篇文章更像一把把利刃，伤人更见无形和无情。平凹看到这些文章后连来两封信，诉说自己的不安："此人文章一出，伤害面极大，后果不堪设想。""我现在日子很难堪。"他并要我写信给湖北电视台的女记者，叫她不要"拿别人的苦痛作欢乐，作发财，作出名"。我给此人和她单位的领导先后去了信，都没有反应，文章依然变着花样源源不断地衍生出来。看来，此人是"咬"定贾平凹不放松，非要"吃"个名利双收不可。对此，我只有对天悲叹，悲叹个别记者为人为文的水准都太过低下，悲叹某些小报的档次也过于低俗，也悲叹我们的名人实在活得可怜。

这难道不是《废都》里的某些情节在现实生活中的生动演现吗？

生活与创作的双向焦虑

三四月间，平凹来京参加政协会，我先后数次到他下榻的京丰宾馆去看他。那时，《废都》已在出版社通过了三审，正式确定出版。得知这一消息，平凹和我都很高兴。平凹尤为感念《废都》的责任编辑田珍颖。他向我简要叙述了田大姐在审读报告中对《废都》的评价，那精到的论析、精警的语言，也令我这个搞评论的自愧弗如。我对平凹说，《废都》交给了田大姐，确是遇到了知音。但平凹仍然重负难释，他不知道其他的人会怎么看《废都》，更担心《废都》出书后面临众多读者的境遇。

其间，多次谈到他的生活现状。当时他离家半年有余，从外地回到西安，只能在朋友处打游击。这对于需要调养身体和进行写作的他来说，真是痛苦之极。他当时抱有的一线希望是，西北大学决定聘请他为兼职教授，并同意为他解决一处住房。

今年6月，我又因事去西安，径直到西北大学找平凹，果然在学校的一幢新宿舍楼里找到了他的住处。两室一厅的房子虽然面积不大，但足以存身和写作，他已十分满意。厅里空荡荡的，只是门口处摆了几双拖鞋；南边的一间搁了一张床，北边的一间放着一张桌子，一块破木板搭在一只破铁桶上，算是一张茶几。屋里只有一个旧沙发，一把椅子，再多来一个人就只好移一摞书来坐。看到这一切，我不免有些心酸，问他怎么不买个书柜，不多置几把椅子，不买个电视。他说心绪不好又忙忙乱乱，凑合着过吧。吃饭，他或是去附近的费秉勋家，或是上街上的小吃摊，果然都是在凑合。

但当谈到《废都》，他就有说不完的话。那次我带了一本新出的高罗佩的书给他，翻到书的序言中"苦难生活，引起了一种喜好轻浮娱乐的风气"的一段话，他马上告诉我，《废都》所写也大致是这样一个情形，苦到极处便作乐，作乐之后更痛苦；人物的行状与心理在无名的压抑下都不无变态。其间，还说到他的名字常常被人们用来用去，字画、名章甚至被人用来拉关系、做生意，而自己到头来则一无所有，实实在在地徒具了一个虚名。我虽用这是"舍己为人"之类的话来打趣，但心里也有着一种说不出的滋味。

我联想到《废都》里的某些情节和场景，更知作品里的种种描写确有其扎实而可靠的生活依据。不过，作者贾平凹似乎很难走出这"废都"的氛围，他在作品里发抒了观感，宣泄了情绪，似乎在精神上超越了现实，但说到底，那也是面对苦闷现状的一种审美补偿，是寻求个人生活的整体平衡的文学努力。

签名售书的前前后后

平凹带女儿浅浅到北戴河休养了数天之后，于7月20日到了北京。当时《废都》在《十月》刚刚发表，书还在赶印中。听说到北京出版社拉书的外地卡车已在一周前排起了长队，订货已达近五十万册，我们都颇感意外。

按常理，《废都》不大可能成为印量如此巨大的畅销书。但此前一篇关于稿费的报道把十万元误写成了一百万元，引起了人们的好奇；后来，有"现代《金瓶梅》"之说的谣传不胫而走，使敏锐的书商感觉到了其中的商业价值。于是订数、印数便直线上升，创下了近十年来长篇小说销量的最高纪录。但这对于平凹来说，更多的是忧而不是喜。因他明白，《废都》需要有一定文学修养的读者，而读者群的数量愈大，这种高层次的读者按照概率就可能愈少。因而，他在许多场合，都煞费苦心地告诉人们：读《废都》一定不要着急，要慢慢地去读。

7月24日下午，在王府井书店举行《废都》的签名售书。霎时间，购书的人就排成了长蛇阵，书店的一楼被围得水泄不通。据书店经理讲，这种盛况是近些年的签名售书所没有过的。平凹从2点签到快4点，因有病的身体实在难以支撑下去，书店的同志便劝阻读者不要再排队。据说，仅此两个小时，就签售了近千册《废都》。几乎是《废都》刚进书店，小书摊上也呼啦啦全摆上了《废都》。最近，笔者逛书摊时，发现有的书摊卖完了《废都》，摊主直后悔进货太保守；而有的书摊虽然有《废都》销售，定价早已超出了原价卖到了二十元之多。

7月25日，平凹返回西安。此前，西安有关部门和个人，已从北京用数辆卡车日夜兼程运回八万册《废都》。因之，平凹一下火车，又被人架到书店签名售书。据知，八万册《废都》一星期之内又在西安基本售罄了。饶有意味的是，近日，平凹自己急需两本书，想尽办法从西安附近的咸阳用二十元一册的高价购得两本，自己也吃了自己的著作火爆之后的亏。

走红者的受难

《废都》在京城、西安乃至全国热销到火爆的程度，在别人看来，不知作者会是怎样的欣幸。其实，事情并非如此。贾平凹开始还是亦喜亦忧，后来就忧多喜少，近来几乎是只忧不喜了。

这首先是《废都》销售得越多，读到的人越多，加之于作者的心理负担就越重。《废都》并非一本通俗小说、消遣读物。它在文人日常生活状态和心态的白描之中所包孕的哲理思考与文化批判，深而不浮，隐而不露，是需要细读和多读才能体味出来的。有的人只听信某些传言去翻读作品中的性描写文字，从而把作品看得俗不可耐。有的人用"纪传说"的眼光把作品里的描写同生活中的人和事相对应，从而大大抹杀了作品的文学意义。还有一些人则在作品之外打听上边有什么看法和说法，四处传布流言。凡此种种，都使平凹苦恼不堪、有苦难言。他摆脱不了被人指骂、被人议论的境遇，作为与《废都》福祸与共的作者，压根没领略到内中的福分。

8月9日，平凹来信说："西安的《废都》热实在空前。但对号入座严重。仁者见仁，智者见智，说好的特好，说不好的骂流氓。"他寄希望于严肃的文学评论能对广大读者阅读《废都》有所引导，但大报大刊又不发有关《废都》的文章；他希望能开一次《废都》的讨论会，听一听各种意见，但主管单位没钱，会又开不起来。他唯一能做到的，就是不断地调适自己，如他所说："我就是这等不合时宜的命。我将修炼，修炼成佛。苦难于我没尽头。"

除《废都》之外，身体不适和生活不顺的苦痛也始终跟随着他。在北京签名售书时，他就时常肚子疼，厉害时只能趴在床上。朋友们劝他到医院看看，他说他知道自己的身体，一进医院就难得出来，而他现在要办的事情实在太多，哪有可能住院。他这样硬撑着回了西安，依然带着有病的身躯和泼烦的心态应理各种事情。他在8月9日的来信中谈到自己的境况时说："我身体极不好，心情极不好。家事、国事、文事、身事，百事交加，心力憔悴。"8月20日，他托来京办事的一位朋友带来一信，信的末了几乎是无奈又无援的自我悲叹："等我给你写了这一封信，我实在该休息了。我太累了，心身皆累，一切一切，包括家庭、身体、创作，都是最危难之时，我无法应酬，也应酬不了。"

看了这封信，我长久无法使自己平静下来。走红不走运，磨难受不完，这不是贾平凹所应有和必有的境遇，但他事实上就是这样一步又一步地在苦难的泥潭里跋涉着。我总觉得，这一定是哪儿出了什么毛病。

谁人能知道，一个把身心全交给了文学、几乎发表了等身的著作又在读者中享有盛名的贾平凹，生活是如此的窘迫，心情是如此的忧郁，命运又是如此的乖蹇呢？

各人的路还得各人自己走，谁也无法替代谁。贾平凹要走好他那坎坷而漫长的路，也许需要他调整自己的心态和步态，但对这样一个以燃烧着的自我愉悦着读者、走红总不走运又难得洒脱的受难者来说，多一分理解，少一分非难，多一些关切，少一些纷扰，岂不更好吗？

读者诸君，以为然否？

1993年8月29—30日

京都文坛陕西人

陕西籍文人聚堆成群的，第一当为古城西安，第二就要数首都北京了。

京都的文坛同京都的政坛等五行八作一样，什么地域的人都有，是真正的"五湖四海"，但近年来人们渐渐发现，口操秦地口音普通话的陕西人越来越多，在文艺界的大小活动中随处可见，有时三五个，有时七八个，在一些小型研讨会上甚至几近与会者的一小半，于是有人惊讶：陕西人成了帮！有人戏言：陕西帮不得了。经旁人一再提醒，陕西人自己一看也纳起了闷：怎么这么多乡党就凑到了一起！

其实，京都文坛的"陕军"，是数十年间不知不觉汇聚起来的。从20世纪50年代到80年代，陆续离乡进京不等，唯一相似或相近的是，都在与文学有关的部门工作，而且都以踏实为人、刻苦为文，混得日渐有头有脸。

我总觉得，把京都文坛的陕西人称作"帮"，实在有些冤枉。这一则在于没有什么组织，二则在于少有什么活动。只是在前年3月平凹来京参加政协会与乡党们在西单"饺子宴"聚会，一帮老陕在酒足饭饱之后打趣时，有人提议要成立同乡会，大家附和并公推"二白"为会长。这"二白"，一个是本人，一个便是白描。我当时还认真了好一阵子，心想应好好做些事情。但过后大家都把此事忘在了脑后，再也没人提起，我遂知那不过是乡党间的玩闹而已。

要说活动，也很一般。除去在一些作品研讨会上碰碰面外，再就是陈忠实、贾平凹等陕西作家来京时随便聚一聚,那也多是叙友情、话家常,再就是开玩笑。记得是忠实与陕西省作家协会的同志来京参加《白鹿原》研讨会那次,大家在会上正襟危坐地谈了一通文学,会后便聚在忠实一行下榻的饭店海阔天空地穷聊,不知是谁说忠实:阎纲在研讨会上说你自创作出《白鹿原》就不仅是小说家,而且是史学家,照我看还少说了一家。忠实很认真地问:"啥家?"答:"性学家。"忠实接过话头:"不能么,这是人家平凹的头衔,咱咋能胡戴。"有人接茬说:"谦虚啥,你们俩都够。"一说一笑,大家也哈哈一乐。

陕西文人不仅好文学、好玩闹,两方面都有极高的兴致,而且从不以单一身份混迹文坛,都有着多把刷子。他们或编辑家兼作家,或出版家兼评论家,或评论家兼散文家,均以各具千秋的能耐占据着自己的一方天地。因此可以说,京都文坛的"陕军",是由各个不同的个体所集合成的一个共同体。

论年岁,论声望,京都"陕军"的头面人物当首推阎纲。而阎纲自20世纪50年代中期由兰州大学分配到京后,一直未和编辑工作脱开关系。他辗转供职于《文艺报》《人民文学》《小说选刊》《中国文化报》,还主编过《评论选刊》和《中国热点文学》。无论是编发理论文稿,还是选发创作作品,他都以别具手眼的劳作使刊物增辉添彩。据说,在文坛已成名的作家和评论家中,有不少是阎纲发掘或提携起来的。创作界的情形不大清楚,在评论界,我至少听雷达、宋遂良二位亲口说过在他们出道之初阎纲所给予的重要帮助。我自己也是经常得到阎纲的悉心点拨,受益匪浅,像我这样的受惠者可能还有不少。然而,阎纲给人们印象更深的,还是他那出自机杼又卓厉风发的评论。他洞察问题能抓取要害,阐述见解又淋漓痛快,尤其是以散文化的构思和杂文化的表述对评论文体的改造,使他成为新时期最具个性又最有建树的重要评论家。他现在虽已退休,但仍是不识闲儿地著文作评,而且在摆脱了工作、人际上的一些负累后,文章反倒更显洒脱,更见锋芒了。近期他先后发表的《我吃下一只苍蝇——京都受骗记》和《评坛一绝》,说的都是大家有目共睹的人和事,但义无反顾的揭露和疾恶如仇的批判,却让圈内人无不肃然起敬。这些作为的意义,不仅在于它表明阎纲依然是一如既往的阎纲,还在于它告诉人们,当今之文坛，仍未泯灭正气之呼喊和正义之眼光。

如果说阎纲是京都"陕军"的一号人物，那么，二号人物便非周明莫属。周明自20世纪50年代中期进京以来，长期在《人民文学》任职，从普通编辑一直做到常务副主编，前些年调到中国作协创联部任主要负责人。周明编刊物如何游刃有余，圈内人都有口皆碑。他既能做别人做不到的事情，又能做别人不愿做的事情，可以说事无巨细，都愉快胜任。我在他与刘心武搭档任《人民文学》常务副主编时有事找他，他说白天太忙也许晚上好一些，约我一天晚上到编辑部去。我在22点左右到了编辑部，只见他忙成一团，一会儿与编辑部的同志审定、编排稿子，一会儿又与搞发行的同志商量发行宣传问题，好像世界上除了《人民文学》别的一切都不存在似的。我当时就很感慨，怪不得《人民文学》一直保持着高水准，有周明这样的干将、这样的干法，刊物能办不好么？因长期从事档次高又接触广的编辑工作，加之事业心强，为人热情诚恳，京都文艺界乃至政界的大小人物，许多都与周明不无交谊。以前《人民文学》有什么重大活动，需要请政界和文艺界的重要人物，基本上是周明独家承揽的任务；外地来人进京办事遇到困难或是解决不了吃住，也是只要找到周明便一切迎刃而解。久而久之，大家便形成了一个习惯：有难事，找周明。周明也因而平添了另一重要身份：文艺活动家。其实，这些远不是周明其人的全部，他自己更看重的还是散文家的身份。他因交谊层次高，范围广，所写的东西在选题上往往就高人一筹，如写邓榕、冰心等；而他那种重情尚义又敏感细腻的感觉与表述，常使他的作品以小映大、平中见奇。在京都"陕军"中，周明以年岁大又热心肠，被大家尊为"老大哥"，但"老大哥"又有着比谁都活泛的心性，近来又因情爱上的收获而倍显年轻。看着他那笑口常开、总不见老的面影，感染得大家对人生、对自己也增了自信，添了青春。

京都"陕军"里，最具秦人气度的，无疑还是何西来。文学界朋友在阎纲的面前说起未去临潼秦陵看过兵马俑的遗憾，爱开玩笑的阎纲很认真地告诉人家：不必非去实地看兵马俑不可，在北京你就看何西来，到西安你就看李星，这是两个走动着的兵马俑。此话传开，人们再见何西来，觉得真是咋看咋像。何西来生得高大魁梧，方脸阔额，端的一副武夫气魄。

他舞文弄墨也大刀阔斧，时若英雄吐气，时若豪杰壮谈，很有一种气势。他在新时期文学的黄金时期出任中国社会科学院文学研究所副所长，并与刘再复共同担任《文学评论》主编，把一份理论刊物办得引领了好一阵子文学新潮流。他理论功底深厚，艺术感觉敏锐，表达见解痛快，其评论在鞭辟入里的同时，有如悬河泻水、阪上走丸，很能征服人、感染人。他现在既搞评论，又写杂感，两种文体运作得都很得心应手。我还特别欣赏他在作品研讨会上的即席发言。他把独到的见解寓于擘肌分理的侃侃而谈，那熔理性、感性、记性于一炉的尽情挥洒，常常把研讨会的气氛推向高潮，以他的充沛激情调动起大家的情绪来。

接下来，无论如何要说到京都"陕军"的两位女将了。这两位，一个是刘茵，一个是田珍颖。刘茵自新时期以来一直在人民文学出版社工作，先在《当代》当编委兼管报告文学，后在《中华文学选刊》当副主编，主持日常编务。无论是对作者来说，还是对出版社来说，刘茵可能都是最为难得的编辑人才。对于新作者，她能不惜气力地去扶持；对于老作者，她能不遗余力地去配合。不知她给多少作者管过饭，也不知她为多少作品红过脸，反正人民文学出版社的一位负责同志曾感慨地说：刘茵认准的事情，谁想阻拦也阻拦不了。正是这种锲而不舍的敬业精神，她不断向文坛推出新人新作，也赢来了文学同行的真心敬重。她在从事文学编辑的同时，间或撰写报告文学，一些作品如《播鲁迅精神之火》等，还在全国优秀报告文学评奖中获奖，这使她作为报告文学作家当之无愧。与刘茵的经历相似，田珍颖也是新时期以来长期供职于北京出版社，并出任颇负盛名的《十月》杂志的常务副主编。《十月》编辑部既编刊，又编书，因此，田珍颖除去主持每期四十余万字的编刊业务，还责编了不少图书，如曾引起全国瞩目的贾平凹的《废都》、近来颇获好评的徐小斌的《敦煌遗梦》和张晓武、李忠效的报告文学《我在美国当律师》等。在出版《废都》前后，田珍颖以书信和文章的形式发表了她的一些读后感，那种对重点作品的驾驭力和对复杂作品的评判力，都把她编辑之外的才情显露无遗。看她的文章，听她的发言，你能从中感受到细密的论证与细切的感觉相融合所构成的特有魅力。可以说，京都文坛的"陕军"有此两位女将，构成更为丰富，势力也更显强壮。

与上述几位比较要相对年轻一些的雷抒雁、李炳银、白描和我,属于京都"陕军"中的少壮派。抒雁要比我们几位年长一些,但他从心性到行状都颇为活跃不羁,倒显得比我们还年轻气盛。他到北京大概是"文革"后期,先在解放军文艺出版社,后转业到工人出版社,现在《诗刊》杂志就任副主编。他从来没有离开过编辑的岗位,但给人的印象却像是从事诗歌创作的专业诗人。他由1979年发表的《小草在歌唱》一举成名,从此便没有停歇过自己的歌唱;但他的诗风却在不断地变异,近期的诗作就以哲理性的内涵更显隽永。李炳银现在的工作部门是中国作协创作研究部,相比较之下属于专业性的评论家。他也经历了为期不短的编辑工作的过渡,先是《出版工作》,后来是《文艺报》。炳银的文学评论,以追踪报告文学的创作见长。他勤勉刻苦又较为专注,因而随着报告文学的崛起而崛起。近几年,他坚守着自己已有的阵地又漫足于小说批评,在评坛的两翼都有着引人注目的成就。白描进京的时间并不很长,但因任《延河》主编期间交友甚广又常往来于京陕,到北京一如回西安一样如鱼得水。他具有相当丰富的文学才力,因而有着多向发展的可能性,但《国际人才交流》杂志副总编的繁重编务,却使他更多地施展了组织才能,较少地发挥其创作的才情。他要组稿、编稿,又要策划种种活动,即使如此,还先后创作了报告文学《一颗遗落在荒原的种子》和电影剧本《苍凉青春》,前者已在全国报告文学评奖中获奖,后者摄制成电影即将正式发行。据我所知,他在评论方面也颇具潜力,但现在只能在一些座谈会上发发高见,他不是述而不作,而是述而难作。

说到京都文坛的"陕军",有一个与陕西关系密切又非属陕籍的特殊人物不能不提,那就是雷达。雷达原籍天水,虽然这是真正的秦人发祥地,但在省份上归属于甘肃,当然不能算作陕西人。但雷达自兰州大学进京后,最直系的亲人母亲和姐姐都安家于陕西武功,回陕西就比回甘肃更频繁也更重要了。由于这一层关系,他把陕西不当外乡,陕西人也把他看作乡党,加之他与陕西文坛和京都陕籍文人,都过从甚密,大家便视他为"陕军"的当然成员。雷达也是由编辑起家的,先在《人民摄影》当记者,后来到《文艺报》当编辑,前几年还出任《中国作家》的常务副主编。但雷达用心更专、投入更多的,还是文学评论。他可能是当今文坛发表文章频率最高、评论作家作品最多、因而影响也最大的少数几个评论家之一。再公正一点说，他的评论在数量多的同时，质量比较高，尤其是针对20世纪80年代中期以来的重要的作家作品和重大的文学现象，他都有卓富识见的艺术评析与钩玄提要的理论概括，而且每每以其中肯且深刻而启人思索。但外人很少知道，雷达很能写评论，也很能玩。他酷爱游泳和冬泳，喜好打乒乓球，痴迷足球，热衷下象棋，贪玩游戏机。常常兴致一来，玩得黑天昏地，全然不顾其他。新近添置了一台电脑，也是尚未学会打字，先学会了打游戏。他常常自我抱怨爱玩影响了正事，但正事也不只是写评论。他有一副好体魄，在以笔著文和以言代文的两种方式的评论中连续作业而底气十足，谁知那不是得益于那些童心未泯的忘我游戏？

京都文坛的"陕军"，随着人们的不断"挖掘"和新人的间或加入，呈不断壮大之势。就出版一界来说，工人出版社的南云瑞、华夏出版社的王智钧、人民文学出版社的郑言顺、新闻出版署的阎晓宏，都是坐镇一方的重要诸侯；而在政界，则有中央宣传部的刘斌、中央书记处研究室的郑欣淼、全国政协秘书局的忽培元等亦政亦文，分别在评论和创作等方面实现着自己。而再年轻一些的文学新人，不仅数量见长，而且起点较高，不少已在京都文坛崭露头角，如专事长篇小说创作的自由撰稿人老村，专以散文类图书的编选与评点见长的老愚，边做编辑边写小说的亦夫，既搞出版又搞创作的吴晔，既编报纸又写评论的吴涛，擅编副刊又长于特写的孙小宁，等等。

如此梳理一番，京都文坛的"陕军"确乎为数不少，势力也不小。但知情人都明了，陕西人的家乡观念重，陕西人的兼容意识和合作精神也强，尤其是在神圣的文学事业上。在地域意识的有与没有和结伙倾向的是与不是上保持一个适当的度，从而有情感之依托又有精神之超越，有相互之联系又有个性之自由，大概正是京都陕西人各自"浮出海面"而又整体形成一定气候的原因所在。

从这个意义上也可以说，京都文坛没有什么"陕军"，有的只是陕籍文人。

1995年10月

时代的脉动

——《中国国外获奖作家作品集·贾平凹卷》[①] 序

在贾平凹的长篇小说当中,《浮躁》(作家出版社 1987 年版)是较为重要又较有代表性的一种。这不仅因为《浮躁》是贾平凹的第一部长篇小说,是第一次获国际文学奖的长篇小说(1988 年获美孚飞马文学奖),还因为它是贾平凹"商州"系列的集大成之作,而且经由这部充分传达时代脉动的力作,表现出他立足乡土又超越乡土的诸多追求。可以说,在贾平凹的长篇小说创作历程中,《浮躁》的继往开来性质与标志性的意义,都相当明显。

一

《浮躁》所描写的仙游川、白石寨乃至州河地区,有两个东西远近闻名,一是因常闹天旱而造成普遍的穷困,二是因田、巩两户大姓出了不少干部而被认为"风水好"。这一"穷"一"好",就这样矛盾地并存着、扭结着。作品里有一句本地人对仙游川穷因的说法:"全由于这些大门大户的昭著人物吸收了精光元气所致。"话里话外隐隐约约地道出了二者之间的某些勾连。

随着金狗、大宝他们的遭际一步步展开,人们逐渐探知了其中的奥秘,那就是权在乡、县的田家,利用职权,掌握河运队,招工讲关系,甚

[①] 贾平凹:《中国国外获奖作家作品集·贾平凹卷》,云南人民出版社 2001 年版。

至肆无忌惮地欺压百姓，强占民女。而势在州城的巩家，则以办经贸和开公司为掩护，干着走私、敛财等谋求家族私利的勾当。他们身为贫苦乡民的父母官，压根儿不为百姓着想，只求自己富贵，他们吸取的何止是商州地面的"精光元气"？

作者在作品的开头部分，用了不少的笔墨，写田、巩两家在新中国成立前如何闹革命、打恶霸。这种英勇无畏的行为当然值得敬重，但在新中国成立后的几十年里，他们两家都以此为本钱，既捞政治资本，又捞经济资本，这就不免使先前的革命有了某种交换的意味。作品里有一句描写当时人们闹革命时的顺口溜："杀进商州城，一人领一个女学生。"而田家、巩家虎踞龙盘几十年，领获的何止"一个女学生"？作者在这里，由田、巩两家的为己不为民，渐渐揭示出了在某些地方尚存在的地县官员地方化、地方官员家族化、家族势力封建化的严重现实，而且对这种现象的合法化提出了严正的质疑。

事实上，仙游川的人也在为改变自己的命运奋斗着，而改革开放又切实提供了这样的契机，但无论是他们组织河运队，还是开办公司，每一件事都办得异常艰难，问题就在于，他们不仅要与天斗，还要与人斗。而那些坐镇乡、县、州的各级官员，本该做为民造福的促进派，反而去苛待乡民并成了乡民的对立面。如此尖锐的矛盾，如此严重的问题，难道不值得我们警觉、反省和深思么？什么叫腐败，贪财敛钱是腐败，仗势欺人是腐败，脑子里只有交换意识而不顾百姓死活，也是腐败。贾平凹在这里，几乎是义愤填膺地为我们较早发出了如今已广受注目的要惩治官场腐败的呼喊，而《浮躁》仅因这样有胆有识的内涵，就使它葆有了自己的价值。

二

在深刻揭示某些地方政要的封建性与腐败性的同时，《浮躁》以金狗、小水、大宝、福运等年轻农人的自醒、自立与坚决斗争，塑造了在苦焦的州河土地上成长起来的新生力量，使人们在失望中又看到了新的希望。

金狗无疑是这一新生力量的杰出代表。他有参军入伍的经历，又有较高的文化素养；他关心国家的时政发展，更系念乡里的生存境况；加之善于动脑和敢于出头，于是成为仙游川进步和新生力量的领头羊。尤其是他借用媒体的力量和田、巩两家的矛盾，使乡委书记田中正被降职、县委书记田有善被免职、地区专员巩宝山被撤职，可以说大智大勇、石破天惊，硬把一般人都难以想象的事情变成了现实。两败俱伤的田家、巩家，骂金狗"是一个乱世奸雄"，而州河的百姓却把金狗誉为"官僚主义的克星"。两种说法憎爱分明，截然不同，但都从各自的角度对金狗做出了最衷心的评价。

当人们传颂金狗的事迹，赞扬金狗的精神，并要推举金狗参选县长时，金狗却急流勇退，回到仙游川组织起自己的河运队，并与心爱的小水正式结为连理。他还要去买机动船以壮大自己的河运队，进而发挥自己在"智斗官僚"以外的才力。看到这里，人们既为金狗与小水这一对有情人终成眷属而感到欣慰，又不免替金狗从州城的大舞台退居州河的小世界而感到惋惜。但这急流勇退，既为情势所迫，也属金狗所愿，正好使普通回归普通，平凡还其平凡。而从金狗全力置办机械船和小水望眼欲穿的企盼上，谁又能说这不是又一个辉煌的起始呢？这种进则大进、退则勇退，而且大开大阖、措置裕如的作为，正表现了金狗作为一代新人的自强、自立与自信。作为普通农人的一员，金狗的形象是光彩照人的。

三

贾平凹在《浮躁》"序言之二"里说："这一部作品将是我三十四岁之前的最大一部也是最后一部作品了，我再也不可能还要以这种框架来构写我的作品了。""这种框架"即写实的框架。《浮躁》的确是比较写实的，故事朴实，人物平实，情节扎实，整部作品就像是从州河大地上切挖出来的沾尘带露的泥土，毛茸茸，又活鲜鲜，人物的一举一动、一笑一颦，故事的一曲一折、一波一澜，都如同发生在我们眼前的生活现实。应当说，像《浮躁》这样有着充分现实主义因素的作品，在平凹此后的长篇小说创作中委实不多见。

《浮躁》之写实、奇特之处还在于作者对故事主干以外的犄角旮旯的观照。比如，金狗与小水有爱难婚反被英英纠缠又一度拜倒在石华的石榴裙之下，韩文举有船渡人无船聊天的各种闲话、怪话，时不时出现的不静寺和尚的参禅打卦，州河考察者的高谈阔论，等等。在作品主干部分之外的细枝末节处，这样去下大气力、花细功夫的，在贾平凹之外并不多见。而正是这样认真对待闲情、闲趣，使得《浮躁》内蕴格外饱满而描写分外细切。

在语言文字上，《浮躁》使贾平凹的叙事风格得到进一步确立。那种文白杂糅的文笔，纤细清瘦的风度，多愁善感的意味，使得他那一支笔更适于写家长里短，更宜于写儿女情长。因而，在"风云气"与"儿女情"两题旨并重的《浮躁》里，人们感受最深的，仍是那种娓娓道来的亲情与爱情，以及由此所托出来的有声有色的人情与友情。

2000年10月

有心的人与别致的书

——《收藏贾平凹》① 序

在中国当代作家中，贾平凹是不是最有成就的一位，还有待历史做出结论，但有一点可以肯定，那就是他是当代作家中最为勤奋的一位。

不是么？他从1975年开始写作，二十多年来出版了一百多种著作，平均每年五本多，如此的生产量在当代文坛不是绝无仅有，也是凤毛麟角。问题是，他的这些作品，一作有一作的探求，一时有一时的风貌，量既大，质又高，高密度的创作中包含了高强度的投入。时常有朋友说，平凹除平时闭门写作外，开会在膝盖上写，住院在病床上写。几天不写就吃不下饭，睡不着觉。这我都信。平凹为谁活着，在我看来，不是为女人，也不是为他自己，而是为了文学。对他来说，活着就是写着，写着也就是活着。

对于平凹这样不停地写作、不断地出书的作家，读者当然欢迎，而研究者颇为苦恼，因为你也要跟着他的创作步履一起奔跑。也因为这个原因，我敬重平凹，也敬重那些专以平凹为对象的研究者，如费秉勋、孙见喜等，他们的工作确实辛苦，着实不易。如今，这个队伍里又添了一位新人，这就是朱文鑫。朱文鑫是由喜爱平凹作品而走上研究贾平凹的道路的。他潜心多年撰就的《收藏贾平凹》一书，读过之后，让人感到别具一格，获益良多。这里，我愿把它推荐给贾平凹的同好们。

首先，这是研读贾平凹应必读的一本书。贾平凹写过多少书，出过多

---

① 朱之鑫编著：《收藏贾平凹——贾平凹著作版本集录》，三秦出版社2002年版。

少书，写过什么书，出过什么书，这本书里应有尽有，这是迄今为止贾平凹的作品大全。重要的是，在这些以时间为序的作品排列中，读者既可获知贾平凹作品的出版情形，更可窥见贾平凹创作的基本历程。贾平凹如何从少儿题材起步，经过改革文学的过渡，进入寻根文学，而后逐步形成自己的创作特色，编者以第一手材料做了最为明晰的说明。现在的贾平凹是过去的贾平凹"成长"发展而来的，不了解其过去，就很难确知其现在与未来。

其次，这是研究贾平凹著作中最为好读的一本书。《收藏贾平凹》一书有平凹著作的所有封面与版权页。不同的封面装帧，实际上也体现了出版者与设计者对平凹作品的理解，这也是别种方式的阐释。而更重要的是，作者朱文鑫的解说文字，轻松活泼，娓娓道来；散文化的笔法中融入了自己对平凹创作与作品的体会与感受，而且要言不烦，情文并茂，读来引人又启人。

我从书中读到的，还有朱文鑫追踪贾平凹的热心、耐心与收藏贾平凹的细心、恒心。朱文鑫还在编辑一份企业报纸，他把工作之余的全部精力都用在关注贾平凹的创作动向、收藏贾平凹的创作信息上，而且十几年如一日，没有对贾平凹创作和对文学事业的一份诚心，这几乎是做不到的。作为作家的贾平凹和作为读者的我们，能遇上朱文鑫这样的有心人和他精心编撰的《收藏贾平凹》，真可以说是一种幸运。

是为序。

2000年4月20日

是纪念，也是回报
——《路遥纪念集》① 序

从 1992 年到 2007 年，路遥离开我们已整整十五个年头了。

十五年，我的感觉是：路遥远离了我们，路遥还在我们身边。我们已见不到那个朴实又健硕的汉子，看不到那张黝黑又亲切的脸庞；但有关路遥的作品、路遥的影响、路遥的精神的相关话题，又经常不断地在我们耳边回响。他是以文学的方式，存在于我们之中；他是以精神的姿态，存活于我们的心间。

是的，文学的和精神的遗存，是路遥留给我们的最好的财富。而这既表现在他那为数不多却常读常新的系列作品之中，还表现在他在创作这些作品时所秉持的理念、所坚守的精神之中。有关他的这样两句话，我记忆深刻，并深为首肯。一句是"生活的大树万古常青"，一句是"像牛一样劳动，像土地一样奉献"。这两句话，可以看作路遥精神的绝好写照，而这显然既是文学层面上的，又是人生意义上的。

一个作家离世十五年，还能让人们念念不忘，甚至在读者中热度不减，这与当下文坛一些作家很难为人喜欢和被人记住，构成了何等巨大的反差。路遥在世时的写作和离世后的作品，都不曾被人们冷落，毫无"边缘化"之虞，这是值得我们认真加以省思的。至少有一点可以看得很清楚，那就是作为作家的路遥，从不游离于生活，从不疏远于时代，从不自外于平民，他自然而然地置身其中，理直气壮地为他们代言。因为生活之

---

① 马一夫、厚夫、宋学成主编：《路遥纪念集》，人民文学出版社 2007 年版。

树常青，所以路遥作品常新。这是路遥至今为人们所不忘、所喜爱的根本因由，也是他的文学追求留给当下文坛的一个有益启示。

当然，我们今天怀念路遥、追思路遥，也要记取路遥的教训，更要反省我们作为朋友的问题，那就是这个在文学创作上过于忘我、过度投入的朋友，在后期的创作尤其是《平凡的世界》的写作中，几乎豁出去了，玩了命了。对于他的这种近乎自戕的行为，我们之前所知不多，之后也少有劝诫。他的英年早逝，当然主要由于他自己的过劳与过累，但作为他多年的朋友，我总觉得关切不多和尽力不够，似也存有着一定的责任。

我知道自写完中篇小说《人生》之后的 20 世纪 80 年代初期、中期，路遥便开始了长篇小说《平凡的世界》的创作准备。路遥重返陕北故里，深入农村体验农民的生活，走访城乡了解乡镇经济的发展，这种生活的积累和情感的积蓄到 1985 年变成一种不可遏止的创作冲动后，他便打点行装，躲进渭北高原一个偏僻的小山沟，在一间小茅屋里开始了《平凡的世界》三部曲的艰苦营造。此间，有人从陕西来，说起烟瘾极大的路遥，写《平凡的世界》时买了许多烟，全都撕开烟盒，把烟散放在屋子里任何能随手拈来的地方，以便不因烟的问题而使写作有所中断。还说，路遥写到一些重要的部分时，废寝忘食，笔走龙蛇，稿页从桌上纷纷散落到地上，而当他停笔之后去收拾这些散稿时，竟爬到地上无力站起身来。这些事情，朋友是当趣闻讲的，我听了以后，心里却有一种深深的感动与悸动。正是在这样忘我的拼搏之下，1986 年夏，《平凡的世界》第一部完稿；1987 年夏，《平凡的世界》第二部完稿；1988 年夏，《平凡的世界》第三部完稿。洋洋一百万言的《平凡的世界》在不到三年的时间里接踵到了读者手中，这要是没有一种对当代生活的赤诚挚爱，没有对小说艺术的痴心迷恋，真是难以想象的。

写完《平凡的世界》，路遥如同终于扑倒在马拉松终点线上的长跑者，几乎到了身心交瘁的地步。他在 1989 年、1990 年两年间吃了数千块钱的药自不待说，心力与精神的疲惫不堪更是难以恢复过来。他无心也无力干什么，即便是到省作协大院的门房看报或与朋友聊天，也常常不能自持地犯困、打盹，甚至坐到哪里就眯到哪里，以至在一个时期被誉为作协大院一大景观。路遥在《平凡的世界》这部巨著里付出的，实在太多了。同这种巨大的代价相比较，他荣获第三届茅盾文学奖委实是一个小小的补偿。但这种荣誉对路遥依然很重要，它毕竟表明：严肃的文学创作必将得到文坛和社会的首肯，生活最终不会亏待那些为生活呕心沥血的人们。

那一届茅盾文学奖的评选，因为文学的和非文学的种种原因，竞争十分激烈。《平凡的世界》能不能最终获奖，朋友们都在心里捏了一把汗。我记得在评委们刚投完票、有了结果之后，先是蔡葵从评奖会场出来给我打了一个电话，轻声告我，刚刚投完票，《平凡的世界》评上了。稍后，朱寨又出来给我打电话，说《平凡的世界》得票第二高，获奖没问题了。我说，不会有什么变化吧。他说，还要报中宣部审批，一般不会有问题。我说，那我就告诉路遥了。他说，当然可以，并代我们致贺。于是，我即刻从单位骑车赶到附近的地安门邮局，兴冲冲地给路遥打电报。记得电文是这样写的："大作获奖，已成定局，朱蔡雷白同贺。"这里的"朱"是朱寨，"蔡"是蔡葵，"雷"是雷达，"白"是本人。这个电报当年下午就到了陕西省作家协会。据路遥事后说，那天下午，他在家里坐卧不宁，总觉得有什么事，便到作协院子溜达，走到门房，看见门口的信插里有一封电报，觉得可能跟自己有关，拿到手上一看，正是我打给他的报喜电报。他兴奋得要跳了起来，想找人分享这份喜悦，可那时的作协大院一片寂静，连个过路的都没有。他只好把这份喜悦收在心底，独自品味。后来，他来北京领奖，到北京的傍晚就给我打来电话。我约了雷达赶到他下榻的华都饭店，三人不坐沙发，不坐床榻，就在地毯上席地而坐，促膝畅谈，那种率性、土气又亲切的场景，至今记忆犹新。那个时候的茅盾文学奖，奖金只有五千元。领完奖，路遥约了在北京文学界的陕西乡党在前门一家饭店聚餐庆贺，因不断有人加入，一桌变成两桌，两桌又变成三桌，结果一顿饭把五千元奖金全吃完了。

《平凡的世界》荣获第三届茅盾文学奖，当然是对路遥辛勤劳作的一种回报，但最好的回报，应该还是来自读者经久不衰的欢迎，来自底层热度不减的喜爱，这种持续又热烈的阅读回馈，最为难得，也最为可贵。

正因为路遥的这种历久弥新性，从多方面感知路遥其人其文，既为当下文坛所需要，更为广大读者所需要。所以这本《路遥纪念集》的编辑与出版，正逢其时，恰为其用。我大致浏览了文集中几个栏目的篇什，感到这些来自路遥朋友与亲友的记事记感文字，给我们多角度和多方面地再现了一个繁复又浑厚、真实又鲜活的路遥；这些有备而来和有感而发的文字，对于走近路遥其人，理解路遥其文，都有着不少的裨益。而把这些文字连缀起来，则可以影射出三重路遥的形象：文学的路遥，人生的路遥，精神的路遥。而这与其说是对路遥的纪念，也不如把他看作对路遥的回报。

我还比较满意的一点，是这本书的编者的姿态。我们经常看到一些现象，就是一些文坛名人去世之后被一些人以各种方式不断地进行炒作，让人不难看出背后的别有用意，那就是在把当事人"时尚化""商品化"的过程中，加大某些人借以扬名和获利的筹码。而这本《路遥纪念集》的编者与此做法完全不同，他们真诚地还原路遥，虔诚地怀念路遥，可以说是照着路遥的气格来弘扬和传承路遥的精神。这是我最为欣赏的，也是路遥的在天之灵足可欣慰的。

是为序。

2007 年 7 月 15 日于北京朝内

新层次上的新收获

——陈忠实小说集《夭折》[①] 序

人常说："文如其人。"陈忠实和他的小说简直就是这一说法的活的注脚。其人，纯朴、厚道中不失明慧；其文，质朴、厚实中透着灵气。那人，那文，都活生生地脱于生活的泥壤，喘着时代的豪气。忠实的人和文，我都喜欢。与他的人总觉得"不隔"，读他的文也觉着过瘾。1982年，我为《文学评论丛刊》撰写陈忠实小说论，拟题目时思来想去，还是用了"清新醇厚，简朴自然"八个字。那其实也道出了我喜欢他作品的原因。

别林斯基有一句名言："从生活的散文中汲取生活的诗。"陈忠实就是遵循着这样的精神去从事小说创作的。他沉潜于生活的深处开掘不已，用自己敏锐的神经去感应生活的种种微妙变化，细心地去提取生活中的种种诗意。而在把生活感受和人生体验形象化的过程中，他又注重主体客观化的艺术还原，逼近生活的原有形态，这使他的作品在审美真实中蕴含着丰厚的生活容量，篇篇都若同从生活的大地里掬捧起来的沾泥带露的土块，散发着原野的清香，跳动着时代的脉搏。

陈忠实注重生活感应的创作追求，约在1985年表现出了很有意味的变化。短篇小说《毛茸茸的酸杏儿》和中篇小说《蓝袍先生》给人们较为明显地带来了这一新变信息。《毛茸茸的酸杏儿》写已为人妻的莉莉在电视上看见初恋男友引起的回忆：她倾心于活泼不羁的"他"，却被父母指责为"不成熟"，遂在父母的指导下，嫁给了一个老成持重的医生，在一种

[①] 陈忠实：《夭折》，陕西人民出版社1992年版。

"平静"而"乏味"的家庭生活中,渐渐变得"成熟"起来——"既不会任性,也不会撒娇了,甚至说话也细声慢气的了。然而,她总是不能忘记那"不成熟"的初恋生活,总是怀恋同"他"一起打闹嬉耍,一起吃那未成熟的毛茸茸的酸杏儿使嘴角泌出酸水来的滋味。作品没有什么曲婉引人的故事,但那甜甜的忆念、淡淡的幽怨,总引发起人们对不经意中走入的人生误区的种种思索。《蓝袍先生》则以本分、拘谨的乡村教师徐慎行在新中国成立前饱受封建家教的束裹、新中国成立后历遭政治运动伤害的不如意的一生,揭示了人性解放的现实意义。我被作品中一个悬殊的数字对比震撼了:活了六十岁的徐慎行,只在新中国成立后上师范学校参加文艺演出的二十天中才活得像一个人。苦难了六十年,愉快了二十天,这不成比例的对比隐含着的一个个问号,不能不迫使人们在惊愕中去深深地追索人在社会中的地位、价值等问题。显然,陈忠实的这些作品,以对现实的人如何合目的地健康发展的强烈关注和深入求索,把他的直面乡土写现实的创作推进到了一个新的层次。

摆在读者面前的这个集子里的三部中篇小说,属于陈忠实创作新变进程中的一个小系列。它们所观照的,仍是人在现实生活中的地位与命运;所揭示的,仍是人在现实社会中的迷失与怅惘。

《夭折》在题旨和写法上,都与《蓝袍先生》颇为接近:积极上进而又痴迷文学的回乡青年惠畅,在艰苦、贫穷的农村生活中刻苦学习创作,刚刚发表了一篇作品之后,便被随之而来的"四清"运动伤害,从此一蹶不振,他所挚爱的文学成了可望不可即的梦。作者当然不是在哀叹文学队伍少了一个很有前途的人才,显然是从一个文学青年无端夭折的角度,揭示小人物在大社会中的乖蹇命运:他有可能克服经济上的困难以追求个人理想,却决无神力抗衡政治上的打击以主宰自己的前途。一个毫不设防的青年,他的命运更多地系于社会生活的健康运行。而我们一个时期的社会生活,又恰恰白云苍狗,因而,小人物遇到大挫折就毫不足怪了。问题是,一个人在社会生活复归正常之后,备遭伤害的身心也能完全复归正常吗?《夭折》告诉我们:很难。新生活虽然使沉沦的惠畅鼓起了勇气,但那只不过使惠家庄多了一位万元户而已。"蓝袍先生"一直没有得到舒展心性的机会,而惠畅得到了这个机会却难以恢复元气。作品的这个结尾,显然比《蓝袍先生》更有意味。

注重感觉描写和细节刻画的《最后一次收获》，写工程师赵鹏回乡下农家帮妻子夏收的种种观感，很像是一篇反映当前社会中的工农差别的小说；但你细细咀嚼起来，仍能品味到作者暗含在其中的对人难以自主命运的感叹。而今已脸黑手粗的淑琴当年也是细皮嫩肉的技校学生，因国家困难学校停办不得不回乡务农，本该是工厂技术员的她成了地地道道的农妇。如今她习惯了农村的劳动、农家的生活，却又要弃土离乡，随夫进城了。她感到了新的失落和怅惘，因而对离家进城之事并不那么快意。她那为自己的劳动果实而忙碌、而陶醉的神情，很感染人，也使人感到这个贤良、坚韧的女性应当按照她的意愿去生活，再不要无端地去打扰她，揉捏她了。作品的内蕴不够丰厚，像是一个拉长了的短篇小说，但叙述中所蕴含的对人的细微理解与细切关注，却令人在苦涩的世情中感到一种温暖和慰藉。

比较起来，这三篇作品中，《地窖》的分量更足一些。关志雄社长在逃避批斗时误入造反司令唐生法家，被贤惠的唐妻藏在地窖，好生服侍，而后又与她发生了关系。这样的事情也许读者并不陌生，但陈忠实把这个故事渐渐地叙述出了超越桃色事件的更深的意味：在唐家的艳遇此后成了关志雄处理唐生法时一种无形的心理障碍，而他每每手下留情，使唐生法误以为他豁达大度，遂真诚交心，告诉他自己之所以扯旗造反，是因为对关志雄"四清"运动中错误地整治父亲进行报复。关志雄一直要唐生法"说清楚"，而当唐生法"说清楚"后，关志雄又陷入了很难"说清楚"的境地。那是一个连环套式的说不清：他邂逅唐妻是为了躲避唐生法的批斗，唐生法批斗他是以"造反"的名义公报私仇，他与唐生法结怨又因为他在领导"四清"运动时无辜整治了唐生法的父亲。在这一悲剧循环中，他们似乎除了是受害者，还是灾难的制造者，但若要进一步追根究底的话，就会发现真正的悲剧制造者是那一个时期愈演愈烈的极左思潮以及在此指导下的"四清"运动和"文化大革命"。关志雄也罢，唐生法也罢，都是摆在那个"大棋盘"中任人驱遣的"小棋子"，他们只要听从那种"革命"的鼓动，就只能有意或无意地去伤人和整人。与其说他们受到了对方的无端伤害，不如说他们共同受到了非正常历史的无情愚弄。此时，作品已不只揭露了极左思潮下政治运动的非人实质，而且在人与政治、人与社会、人与历史的多重关系上揭示了造成人性迷失的内在因素。

忠实的小说在对人的关注上，愈来愈见深切和微妙，这是一个很值得称道的倾向。不管创作上的观念怎样演变，花样怎样翻新，人无疑永远都是文学创作中的真正主角和主题，这正像马克思说的：人是"他们本身历史的剧中人物和剧作者"①。文学对人的日益深化和泛化的观照与探索，正是人在不断走向自觉和自立、以自己的主动精神和创造活力去感应和把握历史的典型体现。从这个意义上说，陈忠实高度关注普通人在"必然"与"自由"中面临的种种困惑的创作，正是以人道主义精神和当代意识的融合走向深层次的嬗变。

我们这个社会像是几个时代在交织演进，似乎什么都有，又似乎什么都缺；人在这个繁复多变的氛围中感到了前所未有的困惑。与之相适应，在文学创作中，有写酒足饭饱之后无所事事的烦恼的，也有写生活困顿而苦苦挣扎的艰难的；有写追求个人价值进而探究"我是谁"的哲学玄思的，也有写命运乖蹇而企求得到人的正常待遇的。比较而言，我看重那些更具普遍意义的立于平民意识的对人的问题的文学探索。陈忠实正属于这一类作家。他从创作伊始所认定的为凡人代言、为乡民造影的目标，从来没有偏离。他由开初的在复杂的生活现实中发现人的美好情操到后来的在畸态的社会氛围中揭示人的乖蹇命运，始终都满怀着希冀普通农人生活得更美好、更顺遂的热望，流贯着对弱小者、不幸者倾诉心曲的人道主义精神。

我们的社会不能没有人道主义的文明，也不能没有富于人道主义精神的作家。陈忠实的创作活动正是加强文学中和社会中这一健康趋向的必要力量。因此，人们有理由要求他写得更多一些、更好一些，而陈忠实也有理由不负众望，继续开掘。借用这个集子中的两个篇名来说，我希望忠实再多挖几个"地窖"，不要把已有的创作（包括他手头上的一部长篇小说）当成"最后一次收获"。

1991年9月5—7日于北京朝内

---

① 中共中央马克思恩格斯列宁斯大林著作编译局编：《马克思恩格斯选集》（第1卷），人民出版社1972年版，第113页。

乡土记忆的丰厚意蕴

——《陈忠实散文》① 导读

谈到自己的文学写作,陈忠实在《寻找属于自己的句子——〈白鹿原〉创作手记》里告诉人们:"我在'文革'前一年刚刚发表散文处女作"②。那篇散文处女作,便是1965年3月8日发表于《西安日报》的《夜过流沙沟》。这说明,作为陈忠实最先掌握的文学文体,散文在他的文学写作进程中,具有十分重要的意义。

陈忠实从1965年开始写作,到2015年因病搁笔,创作持续了整整五十个年头。但他追求高远,态度严谨,勤于思忖,慎于动笔,所创作的作品,无论是散文,还是小说,数量都并不很多,甚至屈指可数。一部长篇小说,九个中篇小说,三十多个短篇小说,六十多篇散文随笔,几乎就是他的全部文学家当。可以说,在当代作家中,他应该算是低产又高质的作家的一个典型。

在散文方面,陈忠实陆续出版过一些集子,如《原下的日子》《陈忠实解读陕西人》等。而人民文学出版社的这本散文集,收录最为全面,编排也颇为用心,称得上他散文写作的集大成之作。散文集分五辑,收入了他不同时期撰写的谈家乡故土、花鸟树木、远足行旅、亲情友情、人生感言五个方面的散文作品。这些作品中的一些篇什,在发表的时候或结集出

---

① 陈忠实:《陈忠实散文》,人民文学出版社2022年版。
② 陈忠实:《寻找属于自己的句子——〈白鹿原〉创作手记》,上海文艺出版社2009年版,第37页。

书之后，我都陆陆续续读过一些，大都有一定的印象。这次又重温重读，不仅感受依然熟稔和亲切，而且有不少新的感触与新的启悟。

陈忠实的散文写作，涉及的题材相当广泛，时间的跨度也比较漫长。但他的散文作品，有一个清晰可见的脉络，那就是围绕着家乡的各种记述，有关儿时的往事回顾，以及与此相关的说长道短。因此，他的散文写作，从整体来看，乡土记忆是主线索，乡土情思是主旋律。

陈忠实是从位于西安郊区的西蒋村走出来的，西蒋村离西安市区五十多里，背后有黄土高原，门前有潺潺灞河，属于半丘陵地带的乡间农村。生于斯长于斯的陈忠实，本质是一个农家子弟。因此，他的许多散文篇什，诉说儿时的生活也罢，忆述青春的苦涩也罢，都带着浓郁的泥土的味道。如，小时候，从"能吃一个馍"开始，学做各种农活，既要"割草"，又要"搂麦子"（《割草·搂麦》）；为了换取上学所需的学杂费，挑上五十斤重的自家种的蔬菜上原去卖（《卖菜》）；等等。当然，还有骑在父亲的肩头，到原上原下去看秦腔小戏（《我的秦腔记忆》）；开始上学之后，父亲冒着大雪跋涉五十多里路把馍馍送到学校（《家之脉》）。在这些往事记述中，不仅陈忠实儿时的生活和家乡的一切，栩栩如生、活灵活现地呈现在人们面前，而且内中溢渗着的深挚的亲情、浓郁的乡情，令人可触可摸，可亲可感。如，12岁时，母亲用自纺的棉线经过浆洗、煮染等工序给陈忠实织就的"一条红腰带"，"勒着这条保命带走出了家乡小学所在的小镇，到三十里外的历史名镇灞桥去投考中学"（《汽笛·布鞋·红腰带》）。如，作为地道的农民的父亲，"注重孩子念书学文化，他卖粮卖树卖柴，供给我和哥哥读中学"。陈忠实颇有意味地说这个可以看作"没有文化的父亲"的"文化意识"，"他的文化意识才是我们家里最可称道的东西"（《家之脉》）。还如，父母每次送自己出门的眼神："从我第一次走出这个村子到城里念书的时候，父亲和母亲每每送我出家门时的眼神，都给我一个永远不变的警示：怎么出去还怎么回来，不要把龌龊带回村子带回屋院。在我变换种种社会角色的几十年里，每逢周日回家，父亲迎接我的眼睛里仍然是那种神色，根本不在乎我干成了什么事干错了什么事，升了或降了，根本不在乎我比他实际上丰富得多的社会阅历和完全超出他的文化水平。那是作为一个父亲的独具禀赋的眼神，这个古老屋院的主宰者的不可侵扰的眼神,依然朝我警示着,别把龌龊带回这个屋院来。"(《三九的雨》)真实的往事陈述与意味深长的话语中,内含着一种深切的怀念,真心的钦佩,无言的感恩。

由西蒋村到灞桥区的二十年,陈忠实从中小学生到民办教师,从公社干部到文化馆员,身份几次转换,但家乡作为"心灵中最为重要的一隅",始终是他乡情的寄托,心灵的归依,乡愁的港湾。在20世纪80年代之后,全家搬到了市区居住,但他还要经常回到西蒋村的"老窝"——祖居老屋,或拔草,或折枣,"在树荫里在屋檐下喝一瓶啤酒,与乡党说说家长里短","心里顿然就静谧下来了"(《回家折枣》)。沉静,是陈忠实谈到回家时使用频率最高的词汇:"粘连在这条路上倚靠着原坡的我,获得的是沉静"(《三九的雨》)。"回归家园所发生的沉静心态,是在家园之外的别处不曾有过的"。"这种感受只有在这一方小小的地域才会发生,回家走走就成为永难遏止、永无满足的欲念潜存心底。"(《回家,回家》)追求沉静,享受沉静,是身心放松的需要,是甘于寂寞的需要,更是接通地气、系连乡情的需要,乃至是情感回家、精神回归的需要。

这些文字记述,你慢慢咂摸,会从中领悟到更为深层的意蕴。那就是在诉说乡情、寄托乡愁的叙述中,还在讲述着家乡对于自己成长的哺育,乡土对于个人性情的陶冶,生活对于文学追求的成全。这种哺育,无所不在;这种陶冶,无时不有,细雨无声。他既体现于麦收时节"灌进庄稼院的围墙和窗户"里的"来自土地最诱人的香味",以及乍暖还寒时,斑鸠以"咕咕咕"的叫声,"催发生命运动的春的旋律",还体现于困难时期"母亲的苜蓿麦饭槐花麦饭","父亲卖椽卖檩供两个儿子念书"。当然,也包括了上初中时,因供不起学费,无奈"休学一年";上高中时,想去当兵,却因种种原因"与军徽擦肩而过"。对于生活中的这些酸甜苦辣,陈忠实渐渐把它们看作"只有自己可以理解的生命体验"。从这个时候起,一面承受着生活的困窘与困惑,一面把目光投向文学,由"一只用墨水瓶改装的煤油灯",开启了"自修文学写作"之路,去追求"一种义无反顾的存储心底的人生理想"。这些来自家庭与家乡的点点滴滴,来自少年与青年时代的磕磕绊绊,深刻地影响着陈忠实的人生成长,锻造着他的性格与性情秉性,使他成为大千世界芸芸众生里的"这一个"。西蒋村与陈忠实，陈忠实与写作者，就这样密切地相互系连，就这样浑然地密不可分。

陈忠实的老家，有一条砂石路。陈忠实说："我的一生其实都粘连在这条已经宽敞起来的砂石路上。我在专业创作之前的二十年基层农村工作里，没有离开这条路；我在取得专业创作条件之后的第一个决断，索性重新回到这条路起头的村子——我的老家。我窝在这里的本能的心理需求，就是想认真实现自己少年时代就发生的作家之梦。从一九八二年冬天得到专业写作的最佳生存状态到一九九三年春天写完《白》书，我在祖居的原下的老屋里写作和读书，整整十年。这应该是我最沉静最自在的十年。"（《三九的雨》）行走于砂石路上，写作于原下老屋，由此去感知生活和侍弄文学，这在一定程度上也向人们诠释着一个作家的行进旅程乃至成功秘诀，那就是不弃乡土，不离家园，以乡土的舞台、乡民的立场、平民的美学，在文学写作中"寻找属于自己的句子"。

在陈忠实的散文作品里，人们读到了乡土对于作家无形的培植，生活对于文学无声的滋养，也能从他的另外一些作品里，读到写作对于现实的自然反馈，文学对于生活的应有反哺。如《我看老腔》一文，讲到了把感动了自己的华阴老腔引入《白鹿原》的话剧与同名电影并为之改编唱词的经过，这样一个小小的插曲，却使得少为人知的华阴老腔"空前活跃起来"，被人们誉为令人震撼的"乡间摇滚"。一个不经意间的小举措，却产生了出人意料的大成效，华阴老腔由此得以复兴，获得新生。文学作品的能动性与影响力，也于此得到充分显现。更令人称奇的是，在《愿白鹿长住此原》一文里，扼要讲述了原本只有灞陵原和狄寨原，但在小说《白鹿原》出版并发生巨大影响之后，狄寨原改叫白鹿原。名字的更变使得死气沉沉的狄寨原变成了"活水绿山"，不仅各种文化教育机构纷纷在此建立和发展起来，而且因为引种了高品质的樱桃与葡萄，春夏之交时分，满原花开，满原果香，"一派让上原和下原的人心旷神怡的绿色"。作者就此说道："汉文帝葬在白鹿原西北的原坡上，原坡根下流淌着灞水，文史典籍称为灞陵，这道原也被改名为灞陵原，民间却少有人说。自北宋大将军狄青在原上屯兵驯马，这道原又被改换为狄寨原，一直沿用至今，白鹿原的名字早已湮灭以至消亡了。近年间，因为拙作《白鹿原》的发行，这个富于诗意也象征着吉祥安泰的白鹿原的名字又复活了。白鹿原名称的重新复归,恰当其时,多少代人期盼向往的富裕和平的日子已经实现,却是改革开放的科学而又务实的富民国策实施的结果。"这一表述实在过于低调和自谦,实际上现实的狄寨原改称白鹿原之后得以不断兴盛的首功,当属小说《白鹿原》及其影视改编作品发生影响的催生与促动。这也是作家陈忠实从自己的角度,以文学的方式,对养育了自己的家乡故土的自觉反馈与主动回赠,并以这种方式彰显文学的力量所在。同时,他由此续写了自己的文学追求,延续了自己的文学生命。这些,看似有些偶然,实则内含必然。

陈忠实的散文,大多属于叙事性散文。他无论描写什么,叙说什么,都有自己的大致路数,这就是不事雕饰,直抒胸臆,本色为文,披心相付。因此,质朴与清相兼备,澄明与醇厚相融汇,就构成他散文写作从叙事到语言的鲜明特色。这看起来寻常又平易,但却别有文章,自具内力。清代著名文史学者章学诚在《文史通义》里关于写作有一段名言,极力赞誉作文的清奇与清真。他说:"仆持文律,不外清真二字。清则气不杂也,真则理无支也,此二语知之甚易,能之甚难。"章学诚的这段有关文章的名言与评语,有助于我们理解陈忠实的文风与文气。可以说,陈忠实在他的散文写作中,以坦露本真的心境和持守本色的追求,营造出了自己的一方天地。

从以上的阅读感受和诸多意涵来看,陈忠实的这部散文集,无论是对于人们了解陈忠实其人其文,还是知晓生活与作家的关系、乡土与文学的奥秘等,都自有所获,大有裨益。

2022 年 2 月

走向《白鹿原》的重要过渡

——陈忠实《蓝袍先生》[①] 编者感言

从 1965 年陈忠实自认为发表散文处女作《夜过流沙沟》（有研究专家认为，陈忠实的处女作应是发表于 1958 年的诗歌《钢、粮颂》）起，到 1993 年完成长篇小说《白鹿原》，这中间间隔了整整二十七年。这二十七年，从社会生活看，他走过了十七年时期、"文革"时期和新时期，经历了当代中国社会前所少有的剧烈变动与巨大转型；从文学创作看，无论是早期的诗歌、散文写作，还是之后的中短篇小说创作，在顺应时势变异的追求中着力显现个人的切实感受，尽力跟上生活的脚步与时代的潮流，大概是陈忠实这一时期生活与创作的基本路数。

粉碎"四人帮"之后的新时期，对于许多作家都具有至关重要的意义。对于陈忠实而言，也是意义非凡。他在这一时期接续上被中断了的文学创作，也走出了长期束裹自己的写作桎梏，还实现了从观念到写法的逐步蜕变，最终摸索到新的创作路向，写出了堪称经典之作的《白鹿原》，走向了小说创作的制高点。这样的过程是如何漫长，这样的蜕变是如何艰难，陈忠实在《寻找属于自己的句子——〈白鹿原〉创作手记》里，都有精要的叙说与细致的自述。可以说，那是思潮的激荡带来观念的冲撞，观念的冲撞带来精神的涅槃，精神的涅槃带来写作的新变。

从一个时期活跃不羁又茫无头绪的状况，到不懈不怠地"寻找属于自己的句子"，最终进入长篇小说《白鹿原》的写作，蕴含了多个方面的因

---

① 陈忠实：《蓝袍先生》，河南文艺出版社 2019 年版。

—359

素，也涉及了从写作到阅读、从吸收到借鉴、从思索到反省的诸多环节，但最为重要也较为直接的，是在中篇小说写作中的寻索与实践。经由中篇小说的写作磨炼，陈忠实不仅在艺术上演练了一些写法，积累了一些经验，特别是由"写什么"与"怎么写"的内在结合上，把握更长的历史阶段，负载更大的生活容量，凝结更深的人生思考，都有坚实的进取与明显的长进，这都使他在文学目标上距离《白鹿原》更近了，写作实力上也大为增强了，从而为《白鹿原》的写作打下了坚实的基础，提供了坚定的自信。

1981年到1985年，陈忠实把时间与精力主要集中于中篇小说的创作，先后创作了《初夏》《康家小院》《梆子老太》《蓝袍先生》。之后，《十八岁的哥哥》《四妹子》《夭折》《最后一次收获》《地窖》等相继问世。这些作品的写作，一次有一次的进取，一作有一作的风貌，这在他的小说创作上，是一段集中的历练，也是一个必要的蓄势。近十个中篇小说中，前边提到的四部作品都有不同程度的突破，在陈忠实的中篇小说创作上，更具分量，也更为重要。

最早着手写作的中篇小说《初夏》，因为要"用较大的篇幅来概括我经历过的和正在经历着的农村生活"[1]，写得艰难而辛苦，甚至接近于难产。从1981年完成初稿，到1983年最终定稿，用去了约三年的时间。这不只因为初写中篇小说，文体尚不熟练，还在于他想由这部中篇小说的写作，超越写短篇小说的自己。作品描写父亲冯景藩通过"走后门"让儿子进城当司机，而儿子冯马驹却放弃进城的机会回村办厂，带领大家"共同富裕"。在父与子的观念冲突中，一方面鞭挞小农意识和个人主义，一方面歌吟变革精神和集体主义，这是作品显而易见的价值取向。这个作品与陈忠实之前的短篇小说的相似之处，是镜头依然瞄准当下农村的现实状况，写两代人的思想分野与观念冲突；不同之处则在于，对不同观念的两代人，在人物形象的刻画上更注重心理世界的挖掘，先进者与落后者，都因精神世界的充分展示，显得既形象生动，又性格饱满。

---

[1] 陈忠实：《关于中篇小说〈初夏〉的通信》，见《陈忠实文集》（二），广州出版社2004年版，第492页。

同一时期写作的中篇小说《康家小院》,在康勤娃与吴玉贤因包办成婚而缺少爱恋的故事里,先由康勤娃的木讷与吴玉贤的伶俐,在难得和谐中渐生嫌隙,后又因吴玉贤受来村扫盲的杨老师的吸引动心又动情,遂使偷情导致的离婚闹剧愈演愈烈。而当吴玉贤终于鼓起勇气找到杨老师去表白心迹时,杨老师一句"我只是玩玩"的回答使她如五雷轰顶。一心只想死去的吴玉贤在回家途中遇到众人在极力搭救同样绝望的康勤娃,她在震惊中开始了悔悟。小说在吴玉贤与康勤娃都不满意的爱情生活和难以改变的婚姻现状里,透视的是乡村男女被限定的人生压抑与命运悲剧。由《初夏》和《康家小院》来看,可以说,在初期的中篇小说创作中,陈忠实试图走出短篇小说创作中故事较为单一、人物基本正面的局限,力求在观念冲突中,描绘出人物形象的复杂性格与曲折跌宕的悲剧命运。但严格检视起来,虽然场面大了,故事长了,却因为视野的不够开阔,手法不够灵动,过于执着于生活事象本身,使得作品黏地性过强,想象力不足,在"写什么"与"怎么写"两方面,都未能真正实现创作上的更大突破。

明显地表现出较大突破倾向的作品,是中篇小说《梆子老太》。这个写于1984年的作品,不仅将时间跨度拉大到了新中国成立前后,而且让人物命运始终与历史演进相互交织。小说中的主人公黄桂英,因为脸型狭长被人戏称为"梆子老太",她因不能生育而嫉妒有儿女的人,因自己生活拮据而妒忌家境稍好的人,由此成了人人避之不及的"万人嫌"。但她对别人的"窥视",对他人的妒言,反倒在极左思潮主导的政治运动中成了"有觉悟"的表现,因此还当上了村里的贫协主席,登上了政治舞台,到处呼风唤雨。由她出面所做的外调证言,使得一些在外公干的当事人都遭到了不当处理,返乡当了农民。而在极左政治被纠正、社会生活回归正常后,梆子老太不仅不能适应,而且很不理解,觉得自己一直听着领导的话,跟着形势走,怎么就全错了?在梆子老太去世之后,全村的人以拒绝出面抬埋的方式,表达了对梆子老太的深深厌恶。作品在引人的故事中,深含了醒人的题旨。作者在梆子老太因极左政治起势又因政治变化失势的命运悲剧中,渗透的是对社会与人相互改变的后果的历史反思,包孕的是对政治与人相互利用的遗患的深刻批判,个人的小悲剧里又套着一个社会的大悲剧。可以看出,在《梆子老太》的写作里,陈忠实对于人的命运的省思更为冷峻，对于社会生活的思考更为深邃，与他过去比较偏向于莺歌燕舞看生活的写作开始拉开了一定的距离。

《梆子老太》之后，陈忠实给人们带来了更大的惊喜，这就是1986年发表的中篇小说《蓝袍先生》。关于《蓝袍先生》，陈忠实在《寻找属于自己的句子——〈白鹿原〉创作手记》里说："至今确凿无疑地记得，是中篇小说《蓝袍先生》的写作，引发出长篇小说《白鹿原》的创作欲念的。"[①]《蓝袍先生》这部作品，跟我也有过一定的缘分，那就是作品即将在当时陕西的大型文学杂志《文学家》发表时，时任主编陈泽顺给我寄来刊物排出的《蓝袍先生》的校样，要我赶写一篇作品评论，以便在同期刊出。我看了作品，先是意外，后是震惊。作品里的"蓝袍先生"徐慎行，为遵从"耕读传家"的家训，做一个继承父业的"人师"，从小便遏抑着活泼的天性，后又被配以丑妻以绝色念，成年之后迎来新中国成立、人民当家做主的新时代，人民教师的新职业，使徐慎行看到了过去人生的封闭与偏狭，终于脱掉身上的蓝袍长衫，过起正常人的自由生活。但好景不长，反右运动时因给校长提意见，刚入教师行列的徐慎行被打成了右派。从此，他从谨言慎行到唯唯诺诺，如此这般地从拘束的青年熬到凄凉的中年，又步入孤寂的老年。"文革"之后，社会拨乱反正了，徐慎行的右派也改正了，他可以脱下蓝袍自由参加活动了，但他却无法把"蜷曲的脊骨捋抚舒展"。我被作品的故事感染了，更被一个反差巨大的数字震惊了，那就是活了六十岁的徐慎行，只过了二十天舒心展眉的自由生活。我随即赶写了一篇文章，题目为《人生的压抑与人性的解放——读陈忠实的〈蓝袍先生〉》。当时有关人性、人道主义的讨论方兴未艾，处于这种争论热潮之中的我，选取了人性、人道的角度来解读作品也属顺理成章，这在一定程度上抓住了作品的要害。我在文章中写道："六十岁与二十天，多么巨大的反差，多么悬殊的对比。因与长时间的失常生活过于不成比例，那二十天的自由生活，如同一场稍纵即逝的梦，是那样的甜美，又是那样的虚幻。"我还在评论文章里肯定了陈忠实在作品里所表现出来的可喜的突破

[①] 陈忠实：《寻找属于自己的句子——〈白鹿原〉创作手记》，上海文艺出版社2009年版，第1页。

与超越:"由《蓝袍先生》可以见出,忠实创作思想中悲剧意识的成分在扩伸,在强化。这是一个很重大也很可贵的进展。"

今天回过头重读《蓝袍先生》,并把它放在陈忠实小说创作的总脉络里看,这部作品远非人性、人道的角度可以说清和道尽。徐慎行的背时遭际与坎坷命运里,有着诸多丰富而深厚的内涵,其中的一些元素与意味,都与长篇小说《白鹿原》有着一定的内在关联,这都可以进而佐证陈忠实自己对《蓝袍先生》"引发"了《白鹿原》写作的说法。

陈忠实在《寻找属于自己的句子——〈白鹿原〉创作手记》里谈到《蓝袍先生》"引发"长篇小说《白鹿原》的创作时,这样告诉人们:"在作为小说主要人物蓝袍先生出台亮相的千把字序幕之后,我的笔刚刚触及他生存的古老的南原,尤其是当笔尖撞开徐家镂刻着'耕读传家'的青砖门楼下的两扇黑漆木门的时候,我的心里瞬间发生了一阵惊悚的颤栗,那是一方幽深难透的宅第。也就在这一瞬,我的生活记忆的门板也同时打开,连自己都惊讶有这样丰厚的尚未触摸过的库存。徐家砖门楼里的宅院,和我陈旧而又生动的记忆若叠若离。我那时就顿生遗憾,构思里已成雏形的蓝袍先生,基本用不上这个宅第和我记忆仓库里的大多数存货,需得一部较大规模的小说充分展示这个青砖门楼里几代人的生活故事……长篇小说创作的欲念,竟然是在这种不经意的状态下发生了。"[①]

由这段回忆文字可以看出,《蓝袍先生》写到的徐慎行的家门、家世与家风,触发了作者深藏已久的有关关中乡土的历史记忆与生活积累,那就是以儒家传统为主导的家族文化在乡土社会的根深蒂固和长期运行,以及由此造成置身其中的人们在人生追求和生存想往上的坎坷与艰难,乃至对个人性格的磨损,对人生命运的限定。由具体细节触碰出时代变迁中的家族故事,陈忠实此后还经历了县志调阅、家谱研读、人物踏访以及在艺术上寻找相应的表现方式等具体环节,才开始成形并进入写作,但由徐家"这个宅第"打开"记忆仓库"却是必经的要道。事实上,它不只打开了作者的"记忆仓库",还把作者的写作导向了最能表现乡土社会底蕴的家

---

① 陈忠实:《寻找属于自己的句子——〈白鹿原〉创作手记》,上海文艺出版社2009年版,第1页。

族文化,以及在家族文化的背景与场景下刻画中国农人命运的艺术高地。

在从《蓝袍先生》到《白鹿原》的持续探索与不断寻找中,陈忠实找到了"属于自己的句子",写出了堪为"民族秘史"的杰作。这给了人们不少有益的启示,其中最为重要的一点是,小说写作要扎根于现实社会的土壤,植根于民族文化的沃土。小说创作是虚构的艺术,此言不虚。但这种虚构既非闭门造车式的凭空臆想,也非天马行空般的胡思乱想。这种虚构与想象,应该有所依托,有所附着,这就是与作家相随相伴的现实社会与历史时代。而小说创作,一定是作家对自己置身的社会有话要说,对自己所属的时代有感而发,从而使自己看取的生活和构筑的故事,既成为一个有意义的艺术探求的文本,也成为一份有价值的"历史的摘要"(泰纳语)。正是在这个意义上,别林斯基告诉人们:"没有一个诗人能够由于自身和依赖自身而伟大,他既不能依赖自己的痛苦,也不能依赖自己的幸福;任何伟大的诗人之所以伟大,正因为他的痛苦和幸福深深植根于社会和历史的土壤里,他从而成为社会、时代以及人类的代表和喉舌。"[①] 陈忠实在小说创作上,就是奔着这样的目标一直向前,循着这样的路数去努力探求,这是陈忠实写作出《白鹿原》的诀窍所在,也是他留给当代文坛的重要经验。

2017 年 12 月 12 日于北京朝内

---

① 别林斯基:《别林斯基论文学》,梁真译,新文艺出版社 1958 年版,第 26 页。

描写农村新生活，塑造农民新人物
——王汶石《新结识的伙伴》[①] 编者感言

在新中国成立之后的十七年时期，农村题材的小说创作在一些重量级作家的精心耕耘之下，取得了较高的艺术成就，也造成了很大的社会影响，成为当代与革命历史题材双峰对峙的另一座文学高峰。这些重要的农村题材作家中，就包括了王汶石。

出生于山西、成长于陕西的王汶石，中学时代就参加了进步组织——中华民族解放先锋队，全面抗战爆发后转赴延安，长期在西北文艺工作团工作，担任团长并创作秧歌剧。新中国成立后到西安，出任中国作家协会西安分会秘书长，并兼任《西北文艺》副主编。自1953年起，他到陕西渭南、咸阳等地的农村长期深入生活，参与农村的各项实际工作，广泛接触基层干部和普通群众，立足于这些充沛而丰富的生活感受，先后创作了《风雪之夜》《新结识的伙伴》《沙滩上》等反映农村生活新变化、农民精神新面貌的小说作品，成为20世纪50年代农村题材小说创作的领军人物之一。

重读王汶石的小说，浓烈的时代气韵与浓郁的生活气息一道扑面而来，从中既能感受到我国农村社会形态与农民精神状态的深刻变化，又能感到作家饱含在故事内里和人物性格中的充沛激情。长于写农村，善于写农民，背后潜藏着的，是对农村新生活的热爱，对农民新人物的喜爱，这是王汶石的农村题材小说所以常读常新的秘诀所在。

[①] 王汶石：《新结识的伙伴》，河南文艺出版社2019年版。

一

　　20世纪50年代，社会生活中政治运动频仍，文艺领域极左思潮流行，这些都不能不对当时的文学创作产生一定的影响。置身于这样一个环境里的王汶石，自然也不可能幸免。但现在重读王汶石写于十七年时期的小说，除去个别作品因为紧跟当时的时势，在看取生活和描画人物上政治化的视角稍嫌突出之外，他的大多数作品都富有鲜明的时代气脉与鲜活的生活气息，对于人们认识那一时期的农村社会生活的变迁、农民精神世界的变异，都有很大的助益。

　　置身于被规范的社会政治文化环境，而又能有一定的超越，这在王汶石来说，是有着确定的主观意向与坚定的艺术追求的。现在来看，王汶石由小说创作谈等文字所体现出来的文学观念，个中带有较强的政治性，是显而易见的。但他特别重视生活，格外看重人物，在一定程度上对那种时兴的政治性的要求和政治化的潮流，构成了一定程度的约制与"修正"。他在《〈风雪之夜〉1959年版后记》里告诉人们："写这些文章的时候，有一点确是明确的，这就是：要把笔墨献给新生活，献给新人物；要以现实生活为基础，以革命理想为主导，在本质伟大、貌似平凡的生活现象中，概括和复制无产阶级新人物的形象，展示他们崭新的思想感情。实在说，这也永远是我们的文学对于党、人民和时代的责任。"这样的一个认识，为他在下乡深入农村生活时所看到的一切所证实，或者说多年深入农村生活的体验使他更为明晰了这样的认识。

　　由此，他在创作中秉持了一个以生活为基础、以人物为根本的文学理念，专心致志地观察和感知农村新生活，细针密缕地描画和塑造农民新人物，力求反映新生活的新气象，表现新人物的精气神。这样的一个高度自觉的文学追求，就使得王汶石的小说创作，实现了对某些桎梏的突破，对某些局限的超越，并成为人们了解那个时代农村生活现状的典型文本。

二

在王汶石的小说创作中,《风雪之夜》具有重要的地位。这篇小说,不仅是王汶石十七年时期最先发表的作品,而且借由此作正式拉开了他直面新生活、书写新人物的序幕。《风雪之夜》只写了1955年底一天一夜的事情,但却由作者所亲见亲历的乡支书杨明远认真负责地验收新社,区委书记严克勤顶风冒雪地深夜踏访,王槐旺、王振家等村干部彻夜谋划生产工作,以及由他们话语里透露出来的社员们对于建社的积极态度和高涨热情,多角度又深层次地反映了进入社会主义时代的农村新的蓬勃景象、农民新的精神风貌。一天一夜的故事,时代气韵与生活气息交织而来,让人从基层干部的远大目标和充沛干劲中,强烈地感受到农村生活的悄然变动。

王汶石此后发表的小说作品,始终把故事与人物紧密地结合起来,着力表现农民群众以主人公姿态对于农村工作的积极参与和热情推动,而且着意书写干部与农民各有千秋的个性特征。比较典型的作品有《春夜》《大木匠》《新结识的伙伴》《沙滩上》等。

《春夜》在北顺与青选两位男青年都暗中喜欢云英的故事里,把爱恋的表达与劳动的表现有机地结合起来,云英在两位追求者中更倾心北顺,但又对他时常单打独斗的作为有所不满。北顺领悟了云英的意思,想尽办法去接近和引导自己贪玩还影响别人的青选,终于使青选认识到自己的问题所在,开始向积极的方向转变。作品既写出了不同人物各异的个性,而且写出了新一代农村青年在劳动生产中的成长与进步。

《大木匠》是主要描写大木匠的女儿桃叶与对象相亲的故事,但却由去赶集的大木匠过时未归、归来时忘记了桃叶妈再三交代的给家里买粉条一事,托出了看似性格乖张实则别有志向的大木匠的形象。原来他借着赶集去了集上的铁匠铺,去为自己研制的"除棉花秆机"配零件,一心只顾了这个,别的一概置之脑后。作品以家人的抱怨、别人的议论,从侧面表现了大木匠的不被人理解,却又由此写出了他的忍辱负重,独到地展示了一个旨在革新农具的新型农民形象。

《新结识的伙伴》的主角是两位女性人物，一位是娴淑的吴淑兰，一位是泼辣的张腊月。两位在全乡劳动竞赛中一直暗中较劲的妇女队长，在全乡的棉田管理现场会上不期而遇，从此成为一见如故、相见恨晚的好伙伴。两个人在会间的交谈，去往张腊月家的晤谈，妇女会上的对谈，彼此都是充满着既倾羡又不服、既友好又较劲的混合心态与复杂情感。作品由一系列的对手戏，既在相互对比中写出了各有色彩的性格特征，而且由相互竞争中的共同进步写出了"年富力强的一代妇女"的全新精神风貌。

《沙滩上》描写了大年、秀梅、囤儿、运来等几位思想境界不尽相同的农村青年。大队长大年，拖拉机手秀梅，志向远大，朝气蓬勃；副大队长囤儿，思想脆弱，忽冷忽热；而单身汉运来，则为人懒散，游手好闲。如何使囤儿在工作中坚强起来，特别是帮助运来走出落后状态，大年、秀梅在具体的工作中，既指出他们各自的缺点，又肯定他们实有的优点，不断"指引他们想点新事情"。在大年和秀梅的悉心帮助与耐心影响下，消极的变得积极了，落后的终于进步了。发生于普通农村青年身上的这种可喜的变化，既表现了农村先进分子的积极引领作用，也揭示了社会主义农村正在成为冶炼新人的大熔炉的可喜迹象。

三

王汶石在小说写作上，也逐渐形成了自己独有的艺术特点。时任中国作家协会主席的茅盾在中国文学艺术者第三次代表大会上所做的报告《反映社会主义跃进的时代，推动社会主义时代的跃进！》的第二部分，谈到"民族形式与个人风格"时，对当时一些重要作家的创作特点，做了简洁而精到的点评，说到王汶石的写作特色时，特别用了"峭拔"二字。应该说，这个要言不烦的评点，既是一个精当的概括，又是一个极高的评价。

峭拔，既指文字的雄健、清奇，又指风格的劲峻、豪迈。无论是描画人物，还是状写景物，王汶石都忌讳平顺与平淡，追求着超拔与奇崛，力求写出人物性格的独有劲道、故事内在的深层力道、自然景物的特殊味道。

写人物别见光彩的，如《新结识的伙伴》。吴淑兰与张腊月甫一见面，便以唇枪舌剑的方式相互攀谈,那里既有相互欣赏,又有彼此较劲,一个内敛中自藏锋芒,一个外向中自见倔强,在性格碰撞中性情互见,又友情互补,"好伙伴"既名副其实,又别具新意。

写景物别见光色的,如《风雪之夜》。风雪来临前:"东北风呜呜地叫着。枯草落叶满天飞扬,黄尘蒙蒙,混沌一片,简直分辨不出何处是天,何处是地了。就是骄傲的大鹰,也不敢在这样的天气里,试试它的翅膀。"而风雪到来后:"树木折裂着,狂号着;那滚滚的狂风,卷着滔滔的雪浪,在街巷里疾驶猛冲,仿佛要在瞬息之间把整个村庄毁掉似的。道路全被雪盖住了。风雪打得人睁不开眼。"这些描写性的文字,遣词用语都偏于浓重,叙事姿态也明显峻急。而正是这种文字的浓墨重彩,叙述的铿锵有力,才写出了深冬风雪的凛冽和天气的肃杀,又反衬出干部雪夜踏访村庄十分不易,骨干们聚来熬夜开会商讨工作的难能可贵。外边的"冷"与屋里的"热",形成了强烈的反差和鲜明的对比。

四

可以说,深接地气,富有生气,高扬正气,使王汶石的小说在十七年的农村题材写作中,自出机杼,别树一帜。他的小说创作,从生活积累到艺术实践,都给今天的作家提供了不少可资借鉴的有益经验。

深入生活,参加农村的实际工作,熟悉身边的农村人物,了解他们的喜怒哀乐,揣摩他们的身形容貌,是王汶石从事农村题材小说创作的基本功与必修课。1953年到1958年,他多次深入渭南农村地区,参与互助组、合作社的组织与建立,亲历了农村社会主义革命和建设的各种活动。在这一过程中,他看到了农村在走向集体化时的各种新的变化,尤其是农民在这一过程中的精神更变。而后,深入咸阳地区的一些农村,以挂职县委副书记、市委副书记的方式,参与工作和体验生活。正如他在《一个老共产党员的艺术追求——就农村题材小说创作访王汶石同志》的访谈中所说的:"要忠实地描绘当代生活,就要和人民群众打成一片,'象金属里的合金一样，成为他们中的切切实实的一分子'，'同他们心灵相通，感情相应'。"① 王汶石就是经由深入生活的过程捕捉人民群众的思想感情，把握社会与时代的跃动脉搏，并把自己在农村的实际工作和沸腾的现实生活中受到的种种触动，得到的深切感奋，编织成生动的故事，塑造成鲜活的人物，而这样的复现的"新生活"与描绘的"新人物"，又打动了我们，感动了读者。

注重写出生活的丰富性，写出人物的典型性，是王汶石在小说写作中一直信守的美学原则。他有一句堪称经典的名言，那就是"人物出来了，作品就立住了"。他在《风雪之夜》1959年版后记里说到自己写作时坚持的一个基本理念，那就是"描写各种各样的生活场景、生活情趣；描写人的多方面的生活活动和生活兴趣"的理念。着眼于生活中的人和人的生活，尤其是新的生活与新的人物，生活的广阔性与人的丰富性，就自然地尽收眼底和遣入笔端，使作品以生活现实的鲜活呈现和人物性格的丰富蕴含，成为超越一定的时代局限又了解那个时代特点的文学文本。

最后要说明的是，依这套"百年中篇小说名家经典"的编选要求，应该酌选王汶石的中篇小说。但王汶石只写过一个中篇小说《黑凤》，而且字数有二十万字之多。经再三斟酌，选了他五个短篇小说，以飨读者。这些短篇小说，均为王汶石农村题材小说的代表性作品，而由这些作品，既可看出王汶石小说创作的艺术特色，也可从中窥见一个作家对于时代生活的准确捕捉。

2018年7月7日于北京朝内

---

① 王汶石：《一个老共产党员的艺术追求——就农村题材小说创作访王汶石同志》，见金汉编：《中国当代文学研究专集 王汶石研究专集》，陕西人民出版社1984年版，第175页。

后　记

　　这本《从"高原"到"高峰"——当代文学的陕西经验》里的文章，早一点的写于1981年，晚一点的写于2024年，是新时期以来的四十多年陆陆续续写就的。也就是说，这本由不同时期写作的六十多篇理论批评文章构成的著述，是我跟踪观察和持续评论陕西作家作品的一个评论文章结集。

　　陕西是生我养我的家乡故土，关注陕西文学自然而然，评说陕西作家顺理成章。1979年7月，我由陕西师范大学中文系调至中国社会科学院下属的中国社会科学出版社后，一边做编辑工作，一边写文学评论。那一时期，想看的小说，想写的评论，多是陕西作家的。收入集中"蓄势与崛起"一辑里的关于陈忠实、路遥等人的评论，就是这一时期苦心经营的成果。阅读他们的小说作品，犹如梦中回游故里；撰写他们的作品评论，重在寄寓悠悠乡思。因为熟悉他们描写的生活，了解他们使用的语言，读作品感到悦目舒心，写评论觉着得心应手。

　　早期写作有关陕西作家作品的评论，侧重于品评作家看取生活、构筑故事、塑造人物等方面的新意与妙韵，在阅读与品赏中重温怀乡之情，抒发思乡之愁。20世纪90年代后，"陕军东征"兴起于文坛，《平凡的世界》《白鹿原》《浮躁》等作品相继问世并连获好评。从那时起，我在关注具体作家创作情形的同时,开始注意作为群体的陕西作家的创作状况,并着意探悉他们在不同个性背后的某些共性,以及这些特性与陕西的社会现实、文化传统的内在关联。

从新世纪到新时代,陕西的中青年作家积极进取,成长很快,在他们的不懈努力之下,陕西各类题材的小说创作持续向前跃进,不断涌现出好的和比较好的作品。另一方面,柳青的《创业史》、陈忠实的《白鹿原》、路遥的《平凡的世界》、贾平凹的《秦腔》等小说力作,在文学阅读和文学研究中被高度关注,成为热度不减又深入人心的当代小说经典。这种情形就给人们在重读这些小说经典中总结相关的文学经验,提供了良好的契机。因此,这一时期我的评论文章,在评说小说新作、推介文学新人的同时,把较大的精力用于评说柳青等作家的小说经典的当下意义,以及这些经典作品得以产生的条件与动因,意在从中找寻陕西小说创作迭出经典作品的内在缘由,以及可资借鉴的宝贵经验与普遍意义。

习近平总书记在 2014 年 10 月主持召开文艺工作座谈会并发表重要讲话,这对于文艺创作的繁荣和文艺工作的发展都有重要的思想指引作用和强劲的精神激励意义。在这次重要讲话中,习近平指出,文艺创作中存在的问题之一,是"有数量缺质量、有'高原'缺'高峰'"。他要求"我们必须把创作生产优秀作品作为文艺工作的中心环节"。在这一讲话精神的指引下,新时代的文艺工作者都把创作优秀作品、构筑文艺高峰当作追求的大目标、努力的新方向。在这样一个总趋势和大格局中,陕西作家孜孜不倦和奋勇向前的身影格外显豁,立足"高原"、逼近"高峰"的创作成果也相当显著。我曾在谈《白鹿原》的启示一文中说:"高原处处有,高峰在陕西。"这话看似夸张,实则不虚。事实上,从杜鹏程的《保卫延安》、柳青的《创业史》,到路遥的《平凡的世界》、陈忠实的《白鹿原》,再到贾平凹的《秦腔》、陈彦的《主角》,陕西长篇小说创作的佳作力构有增无减，一直保持着"高峰"耸立的状态。陕西作家的这些创作成就以及内含的文学经验，很值得关注，也需要总结。因此，我的这本论集，通过对陕西小说创作的跟踪观察与持续论评，也从一个独特的角度反映了陕西小说创作四十多年来的艺术跋涉进程与主要创作成果，以及蕴含其中的重要经验。我相信，这对于推动当代小说的高品位创作，促进当代文学的高品质发展，都具有一定的启迪与借鉴意义。

我自己最为满意和自感得意的，是这部评述陕西文学的评论集由陕西师范大学出版总社出版。陕西师范大学是我的母校。我从入学做学生，到留校当老师，在陕西师范大学待了整整八年时间。位于西安南郊吴家坟的老校区，留下了我无数的足迹和无尽的记忆。八年间，我从一个懵懂的文学爱好者变成一个专业的文学研究者，我的知识学养、理论素养和为人做事的涵养，都是在陕西师范大学获得和习得的。没有陕西师范大学的八年，就没有今天的我。自己能够在文学理论批评领域坚持跋涉并有所长进，根基与底气都来自母校师长的培植与教诲。我在毕业留校后忝列中文系文学理论教研室，那几年深得高起学、畅广元、寇效信、刘建国等老师的言传身教，受益良多。如今还能操持"艺术概论""典型化"这样一些基本概念谈文论艺，都是拜老师所教，母校所赐。对此，我深怀感念，没齿难忘。这份特殊的情感，使我容不得别人对陕西师范大学有任何轻慢。我与陕西师范大学，荣辱与共。这本论集由陕西师范大学出版总社出版，可看作一个学子给予母校的一份学业汇报，以此告知母校：学生没有懈怠，学子铭记教恩。

2024 年 12 月 22 日于北京朝内